MW01278680

LA PIANISTE

Elfriede Jelinek

PRIX NOBEL DE LITTÉRATURE

LA PIANISTE

ROMAN

Traduit de l'allemand (Autriche) par
Yasmin Hoffmann et Maryvonne Litaize

Préface de Virginie Despentes

Éditions Jacqueline Chambon

TEXTE INTÉGRAL

TITRE ORIGINAL
Die Klavierspielerin
ÉDITEUR ORIGINAL
Rowohlt Verlag, Reinbek
© 1983, Rowohlt Verlag

ISBN 978-2-7578-4136-5
(ISBN 2-87711-0001, 1ʳᵉ publication)

© Éditions Jacqueline Chambon, 1988, pour la traduction française
© Éditions Points, 2014, pour la préface

PRÉFACE

À la hache

En 1983, le mur séparant l'Est de l'Ouest est encore debout, Tchernobyl est une ville inconnue du grand public, Lech Walesa reçoit le Nobel de la paix, Annie Ernaux le Renaudot pour *La Place*, dans l'Amérique de Ronald Reagan, Kathy Acker publie *Sang et Stupre au lycée*… Et Jelinek publie chez Rowohlt son septième roman : *La Pianiste*. Il y a entre le chef-d'œuvre de Acker et celui de Jelinek nombre de résonances… comme si cette année-là deux auteures que l'Atlantique séparent, et qui ne se réclament d'aucune influence commune, avaient été touchées par une fureur analogue, une même volonté de démolir le rêve occidental d'après les Trente Glorieuses… Jelinek, pour sa part, déclare, évoquant son travail d'écriture : « J'attaque à la hache, pour ainsi dire, afin que pas un seul brin d'herbe ne puisse repousser après mon passage. »

Roman à part dans l'œuvre de Jelinek, en ce sens qu'elle en revendique l'aspect autobiographique, *La Pianiste* constitue une belle mise en application d'une ambition d'écrire comme on conduit un bulldozer… Si vous pensez que les auteurs sont volontiers psychopathes, le roman répondra à vos attentes. Mais pour ceux d'entre vous qui aiment les œuvres de dames qui fleurent bon le thé tiède et les conversations inoffensives, il est envisageable que vous restiez hermétiques au charme très déroutant de la traversée à laquelle vous vous préparez. Autobiographique, donc… Jelinek a vécu seule avec sa mère jusqu'au décès de cette dernière, son père, atteint d'Alzheimer, ayant été placé en institution, et la romancière fut contrainte dans son enfance d'étudier la musique… Il ne s'agit pourtant pas d'une autofiction, au sens que ce terme recouvre aujourd'hui – rien ne vise le réalisme, dans *La Pianiste*, et surtout pas la psychologie des personnages. Il s'agit, en fait, du portrait de l'artiste en tas de viande. On garde nos distances – l'auteur y veille – mais ces ritournelles obsessionnelles nous sont salement familières – l'avarice, la bienveillance marchandeuse, la fausse générosité, le rance, le ressentiment, le mépris de race, la frustration, le ridicule et le grotesque de nos aspirations à comprendre l'art… La gêne et le plaisir naissent de ce qu'on peut reconnaître beaucoup de nos réflexes et aspirations dans cet enchevêtrement de pensées médiocres et violentes.

À chaque récepteur-lecteur de déployer les codes qui lui sont propres pour décrypter l'étrange expérience que constitue la lecture de *La Pianiste*. Elisabeth Wright y voit, par exemple, un exercice virtuose « d'esthétique de la nausée ». D'autres préfèrent souligner l'ironie et l'humour des trois monologues qui se chevauchent et se confondent. Pour ma part, c'est le rapport que le texte creuse avec la honte qui me sidère – un roman qui fouille l'humiliation pour en dynamiter l'essence, de l'intérieur. C'est la honte, ici, qui explose à force d'être explorée.

« Vite Erika se pose sur la cuvette encrassée après avoir soulevé la lunette. Comme d'autres ont eu cette idée avant elle, la froide porcelaine est couverte de microbes. Quelque chose flotte qu'Erika préfère ne pas regarder tant elle est pressée. Dans cet état, elle s'accroupirait même sur une fosse à serpents. Du moment qu'il y a un verrou ! Sans verrou, elle serait incapable de lâcher quoi que ce soit. Le verrou fonctionne et déclenche les vannes. »

Dans *La Pianiste*, on traque ces moments-là : quand ça lâche, quand on se croit à l'abri des regards. Ce que Jelinek extirpe, c'est le cœur caché de la respectabilité, ce qui vient quand on observe de plus près les valeurs morales de la fin du siècle dernier, cette période inouïe pendant laquelle nous n'étions plus tout à fait dans le monde d'avant-guerre, et pas encore dans le troisième millénaire. Quand il était encore possible de recouvrir l'abjection bien vivace de sentiments nobles et de façades morales. Jelinek observe et s'obstine à faire la minutieuse chronique de toutes ces choses qui se font et se pensent quand on pense ne pas avoir de témoin : dans ce livre on se cache beaucoup, pour regarder sans être vu, on ferme bien des portes pour faire les choses tranquillement, on tire les verrous pour se mettre à l'abri des regards. Et c'est cet espace-là – celui du quant à soi, de nos motivations sincères – que *La Pianiste* sonde.

Erika Kohut, la voix centrale du livre, est une virtuose ratée – elle est entrée dans la trentaine sans la reconnaissance pour laquelle elle avait tout sacrifié. Elle vit avec sa mère, qui la surveille de près.

Cette mère est campée comme si on s'était saisi de l'œuvre de Freud pour en tirer un archétype grotesque et fabuleux : la castratrice, l'araignée, la pieuvre… quelle que soit l'image monstrueuse qui vous vienne à l'esprit, en matière de mère toxique, vous en trouverez l'expression dans *La Pianiste*… il ne s'agit pas d'un pied de nez aux stéréotypes de la psychanalyse, mais d'un formidable coup de boule. Tapie dans un appartement dont elle ne s'extrait jamais, surveillant les horaires, les placards, les fréquentations, les dépenses de sa fille, la mère est ici un authentique vampire, elle incarne un cauchemar de transmission mère-fille : excellence, discipline, horreur du corps, méfiance du sexe, défiance de l'étranger. Cette mère n'a pas de nom – elle se confond avec le nid qu'elle incarne, ce nid où l'on croupit autant qu'on y est protégée… et tout ce qui pourrait faire entrer du vivant dans cet univers confiné est soigneusement refoulé à la porte. Ce contrôle tyrannique s'exerce avec l'assentiment passionné de la fille, qui a intégré les censures familiales, qui les respecte jusque dans sa chair. Cette mère sans patronyme pourrait être morte depuis des années, et n'être qu'une voix intégrée, avalée par Erika Kohut.

« Erika se laisse glisser dans le nid douillet, dans le tiède ruisseau de la honte, comme dans un bain où l'on s'immerge avec d'autant plus de prudence que l'eau est assez crasseuse. Une effervescence monte le long de son corps. Couronnes de la honte en mousse sale, rats crevés de l'échec, morceaux de papier, bois de la laideur, vieux matelas maculé de sperme. Ça monte, ça monte. De plus en plus haut. »

Les toilettes jouent un rôle essentiel dans *La Pianiste*. Je connais peu de livres – et pourtant il s'agit là de mon domaine, la littérature qui met mal à l'aise – où l'on passe autant de temps dans les w.-c. : diarrhée, vomissement, sexe, pipi… tout y est décrit, soigneusement, avec une complaisance pleinement assumée, dérangeante et jouissive. L'idée de honte d'avoir un corps et qu'il ait l'outrecuidance d'avoir ses désirs et écoulements propres est poussée jusqu'à l'intolérable. Ce corps dépasse, tout le temps. Il est le moteur de la narration. Le corps des autres, forcément odorant, envahissant, embarrassant. Et le sien propre, qui ne cesse de dépasser, se cabrer. Un corps qu'on ne peut jamais suffisamment brider, qui s'oppose à l'idée de ce qui est bon et juste, comme il s'oppose à l'idée de la beauté, de l'art, de la sophistication. Mais il est là tout le temps, ce corps, et chaque personnage doit s'en débrouiller. Cette enfilade d'orifices dégoulinants, auxquels s'ajoutent les orifices que l'héroïne se taille au rasoir, n'a de cesse que de rabaisser, contrarier le sublime. Il est aussi difficile de faire taire ce corps qu'il est impossible de tout à fait se défaire des mauvaises pensées, celles qui s'opposent à l'autorité maternelle. Jelinek assemble les mots comme si elle malaxait des boules de glaise – pour transformer le texte en corps suintant, palpitant, mouillant… et les psychés deviennent interminables déroulements de viandes molles, de tripes ; *La Pianiste* est construite comme un intestin – le texte s'enroule, revient sur lui-même, s'entasse… pour finalement expulser ce qu'il a à à dire.

L'objet du roman n'est ni la critique ironique de l'avarice, des petites ambitions, du racisme, de la perversion découlant de la pruderie protestante, ni la critique de la féminité, masochiste et passive/agressive, ni la critique de la masculinité, fragmentant, brutale et lâche… L'objet du livre, c'est de détruire l'idée de passion amoureuse, et de la détruire en la raccordant aux vérités du corps, à la honte et aux secrets des désirs incapables de coïncider. Jelinek s'empare du « je te fuis tu me suis je te suis tu me fuis » pour le réduire à son essence : une mascarade – à la fin, il ne reste plus grand-chose de nos fictions érotico-romantiques.

Le désir envahit le roman, progressivement, jusqu'à une résolution à première vue classique : l'accouplement. Mais pour le classique, en fait, on en restera là. Jelinek commence par les robes, de vagues souvenirs de flirts, et puis ça se précise, on s'enfonce dans les ténèbres intimes de la pianiste – sa sexualité prend forme, de page en page – sexualité par procuration, Erika est une voyeuse frigide, perverse et frustrée… L'auteur s'empare de tous les clichés de la psychanalyse et les incarne jusqu'à l'absurde – elle travaille sur la viande, et ne s'arrête que quand elle est complètement hachée.

La Pianiste véhicule avec une joie féroce tous les motifs de la misogynie. Et quand Walter Klemmer – le protagoniste masculin, de dix ans plus jeune que sa partenaire – prend la parole, il joue dans les mêmes tonalités : il est médiocre, mesquin, stéréotypé, arrogant, petit joueur. Sur une partition, il serait la clef de *fa* – la ligne du bas. Il interprète le même morceau – qui se voudrait symphonie sublime et n'est qu'une enfilade de stéréotypes machistes. Walter, pourtant bien décidé à faire d'Erika une femelle passionnée, ne parviendra à lui tendre que le miroir de la honte, de l'humiliation et de l'échec. Car, pour prendre d'assaut Erika Kohut, ce partenaire aurait besoin d'une hache, d'un sabre, d'un canon… et le protagoniste n'a pour arme qu'une asperge molle. Chair flétrie et bite flasque – névrose contre névrose – la romance tourne court. Ils ne peuvent rien, ils se ratent, se croisent, s'étreignent dans des forteresses ridicules et sont incapables de s'étreindre. Jelinek dresse le portrait de deux monstres pathétiques, enchâssés mais ne s'atteignant pas… d'une volonté de conformisme absolue, mais incapables d'appartenir à la normalité, qu'ils désirent tant. Peut-être parce qu'elle n'existe pas, dans ce roman en tout cas, et n'est forcément que façades, prétextes et fausses élégances…

Virginie Despentes
janvier 2014

1

Erika Kohut, professeur de piano, entre en trombe dans l'appartement qu'elle partage avec sa mère. La mère aime appeler Erika son petit ouragan, l'enfant, en effet, se déplace parfois avec une vélocité extrême. Elle cherche à échapper à sa mère. Erika approche de la quarantaine. La mère pourrait aisément, vu son âge, être sa grand-mère. Erika n'était venue au monde qu'après bien des années d'une vie conjugale difficile. Aussitôt le père avait transmis le flambeau à sa fille et quitté la scène. Erika apparut, le père disparut. Aujourd'hui Erika est rapide par nécessité. Comme un tourbillon de feuilles d'automne elle franchit la porte d'entrée et s'efforce de gagner sa chambre sans être vue. Mais déjà la maman se dresse devant, de toute sa taille, et l'accule. À s'expliquer. Dos au mur. Inquisiteur et peloton d'exécution en une seule personne qu'État et famille unanimes reconnaissent comme la mère. La mère enquête : pour quelles raisons Erika ne rentre-t-elle que maintenant, si tard, à la maison ? Voici trois heures que son dernier élève s'en est allé, croulant sous ses sarcasmes. Tu crois peut-être que je ne découvrirai pas où tu as été, Erika ? Un enfant doit spontanément rendre des comptes à sa mère, qui toutefois n'y croira pas, car l'enfant aime bien mentir. La mère attend encore, mais juste le temps de compter jusqu'à trois.

Un, deux… à deux déjà la fille se manifeste par une réponse qui diverge fort de la vérité. À l'instant même sa vieille serviette bourrée de partitions lui est arrachée et l'amère réponse à toutes les questions saute aussitôt aux yeux de la maman. Quatre volumes de sonates de Beethoven et une robe – une de plus – qu'à l'évidence on vient d'acheter, se partagent indignées l'espace exigu. Sur-le-champ la mère s'emporte contre le vêtement. Ce qui tout à l'heure au magasin avait l'air si séduisant, si pimpant, si soyeux, transpercé par le crochet du cintre, n'est plus qu'un chiffon fripé que la mère transperce du regard. L'argent de cette robe était destiné à la Caisse d'épargne ! Le voici dépensé avant terme. Dire qu'à tout moment on aurait pu contempler cette robe, sous forme de dépôt, sur le livret du plan épargne-logement de la Caisse d'épargne autrichienne, à condition d'avoir le courage d'aller jusqu'à l'armoire à linge où, caché derrière une pile de draps, le livret pointe le bout du nez. Mais aujourd'hui il a fait une virée, un retrait a été effectué, et voilà le résultat : chaque fois qu'on voudra savoir où tout ce bon argent est passé, il faudra qu'Erika enfile cette robe. Et la mère de crier : Tu aurais été récompensée plus tard, tu as tout gâché par ta faute ! Plus tard nous aurions eu un nouvel appartement, mais tu n'as pas été capable d'attendre, et tout ce qui te reste, c'est cette loque qui sera vite démodée. La mère veut tout pour plus tard. Rien sur-le-champ. Sauf l'enfant qu'elle veut à tout instant et qu'à tout instant elle veut savoir où joindre, en cas d'urgence ; maman pourrait avoir une crise cardiaque. La mère veut faire des économies maintenant, afin de pouvoir en jouir plus tard. Et voilà qu'Erika ne trouve rien de mieux que de s'acheter une robe ! Robe plus périssable encore qu'un filet de mayonnaise sur un canapé au poisson. L'année prochaine, non, dès le mois prochain, elle sera complètement démodée. L'argent, lui, ne se démode jamais.

Le but de leurs économies est d'acheter ensemble un grand appartement. L'appartement en location où elles croupissent encore pour le moment est si vétuste qu'il est tout juste bon à balancer. Auparavant elles auront tout loisir de choisir ensemble les armoires intégrées et même l'emplacement des cloisons, car leur nouveau logement sera construit selon un procédé révolutionnaire. Tout sera strictement exécuté d'après leurs indications. Qui, paie, décide. La mère, avec sa minuscule retraite, décide, Erika paie. Dans cet appartement flambant neuf, bâti selon la technique de l'avenir, chacune aura son royaume, Erika ici, la mère là, deux royaumes soigneusement séparés. Mais il y aura quand même un salon commun, où l'on pourra se rencontrer. Si on veut. Et mère et enfant veulent toujours – en vertu de lois naturelles, car toutes deux font la paire. Ici déjà, dans cette porcherie qui s'écroule peu à peu, Erika a son propre royaume où elle règne sans partage, sous tutelle. Ce n'est qu'un royaume provisoire, car à tout instant la mère y a ses entrées. Aucune serrure à la porte d'Erika, aucun enfant n'a de secret.

L'espace vital d'Erika se résume à sa petite chambre, où elle peut faire ce qu'elle veut. Personne ne l'en empêche, cette chambre est à elle seule. La mère règne sur le reste de l'appartement, car une maîtresse de maison qui s'occupe de tout passe partout, alors qu'Erika jouit des fruits du travail de sa mère. Dans la maison

Erika n'a jamais eu à torchonner : les tâches ménagères détruisent les mains des pianistes à force de détergents. Ce qui parfois tracasse la mère, lors des rares instants qu'elle s'accorde pour souffler, c'est de posséder un trésor aussi protéiforme. En effet, comment savoir exactement où tout se trouve à tout moment ? Son remuant trésor, où est-il donc encore fourré ? Dans quels lieux ne folâtre-t-il pas, seul ou en compagnie ? Ce vif-argent, cette Erika fuyante comme une anguille, dans quelles eaux ne fait-elle pas des siennes en cet instant précis ? Pourtant, chaque jour, à la seconde près, elle se retrouve là où elle doit être : à la maison. Souvent la mère est prise d'inquiétude, car tout possédant doit apprendre d'abord, et il l'apprend dans la douleur, que la confiance c'est bien, mais le contrôle c'est mieux. Le principal souci de la maman est d'attacher son trésor le plus court possible pour l'empêcher de filer. C'est à quoi sert le poste de télévision qui livre à domicile de belles images, de belles romances, préfabriquées et bien ficelées. Pour lui Erika est presque toujours là, et quand par hasard elle s'absente, on sait exactement en quels lieux elle batifole. Il lui arrive parfois de se rendre le soir à un concert, mais de plus en plus rarement. Soit elle se trouve à son piano qu'elle martèle en ruminant sur sa carrière de concertiste depuis longtemps et à jamais enterrée, soit elle se penche, tel l'esprit du mal, au-dessus de quelque répétition avec ses élèves. Là, on peut l'appeler si besoin est. Ou encore elle rejoint pour son propre plaisir, pour concerter et jubiler, des collègues qu'unit un même amour de la musique de chambre. Là-bas aussi on peut l'appeler. Erika lutte contre les liens maternels et prie maintes fois sa mère de ne plus lui téléphoner, mais cette dernière peut passer outre, car c'est elle seule qui fixe la loi. La mère fixe également la loi de l'offre et de la demande à propos de sa fille, résultat, ceux qui veulent lui parler ou la voir sont de plus en plus rares. Le métier d'Erika, la passion d'Erika ne font qu'un : c'est la musique, puissance céleste. La musique remplit tout son temps. Aucun autre temps n'y trouve place. Rien ne réjouit autant les cœurs qu'une séance musicale de tout premier ordre exécutée par des interprètes hors pair.

Lorsque une fois par mois Erika va au café, sa mère en connaît le nom et peut l'y appeler. Droit dont elle fait ample usage. Échafaudage maison de certitudes et d'habitudes.

Le temps auteur d'Erika se plâtre lentement. Il s'effrite dès que la mère envoie un bon coup de poing dedans. En pareil cas, Erika se retrouve exposée à la risée de tous, avec, autour de son cou mince, les fragments en plâtre de sa collerette orthopédique, bien obligée d'avouer : il faut que je rentre à la maison. À la maison. Erika est presque toujours en train de rentrer chez elle lorsqu'on la croise à l'air libre.

La mère déclare : au fond Erika me convient telle qu'elle est. On n'en tirera rien de plus. Pourtant si elle m'était restée confiée, à moi sa mère, elle aurait pu – et facilement vu ses dons – devenir beaucoup plus qu'une gloire locale. Or Erika est parfois tombée – contre le gré de sa maman – sous la coupe d'étrangers : un amour chimérique pour un homme faillit la détourner de ses études, des frivolités, vêtements et maquillage, dressèrent leurs têtes hideuses ; et sa carrière s'est achevée, avant d'avoir vraiment démarré. Néanmoins, l'on tient du solide : un poste de professeur de piano au conservatoire de la ville de Vienne. Toquade aussi subite qu'éphémère de Monsieur le Directeur, elle n'a même pas eu à s'exiler pour ses années d'apprentissage et de voyage dans quelque établissement obscur, quelque école de musique régionale où tant d'autres avant elle, poussiéreux et courbés, ont laissé leur jeunesse.

S'il n'y avait sa coquetterie. Sa fichue coquetterie. La coquetterie d'Erika donne bien du fil à retordre à sa mère, elle lui ronge les sangs. C'est la seule chose à laquelle Erika devra un jour ou l'autre apprendre à renoncer. Le plus tôt serait le mieux, car l'âge venu – on en est à deux doigts – la coquetterie devient un fardeau supplémentaire. Et l'âge est à lui seul un fardeau suffisant. Cette Erika ! Les grands maîtres de la musique ont-ils jamais été coquets ? Non. La seule chose qu'Erika doit encore sacrifier, c'est sa coquetterie. Si nécessaire, sa mère la rabotera jusqu'à lui enlever la moindre aspérité, afin que rien de superflu ne puisse s'accrocher à elle.

C'est ainsi qu'aujourd'hui la maman tente d'arracher la robe neuve aux doigts crispés de sa fille, mais ces doigts-là sont trop bien entraînés. Lâche, dit la mère. Donne-moi ça ! Ton goût effréné pour les frivolités mérite une punition ! Jusqu'ici c'est la vie qui t'a punie en t'ignorant, dorénavant c'est ta mère qui s'en chargera : elle t'ignorera, même si tu t'accoutres et te barbouilles comme un clown ! Donne-moi cette robe !

Soudain Erika se rue sur son armoire. Un horrible soupçon la saisit, qui s'est déjà vu confirmé plusieurs fois. Aujourd'hui, par exemple, encore une nouvelle disparition : son tailleur d'automne anthracite. Que s'est-il donc passé ? À la seconde même où elle fait ce constat, elle peut désigner la coupable. La seule possible. Garce, sale garce ! hurle Erika furibonde à son instance supérieure, et elle plonge ses griffes dans les cheveux de sa mère – une fausse blonde un peu queue-de-vache aux racines grises. Même le coiffeur c'est cher, aussi préfère-t-on s'en passer. Tous les mois Erika teint les cheveux maternels avec un pinceau et du Crystalcolor. Mais à présent elle s'en prend à la chevelure embellie par ses soins. Folle de rage, elle tire dessus. La mère pleure. Lorsque Erika cesse de tirer, ses mains sont pleines de touffes qu'elle contemple, muette, stupéfaite. Il est vrai que la chimie avait déjà brisé leur résistance, quant à la nature, ce n'était pas là son chef-d'œuvre. Sur le coup, Erika ne sait qu'en faire. Finalement elle se rend à la cuisine et jette à la poubelle ces touffes blondes dont la teinture commence à virer.

À demi scalpée, la mère pleurniche au milieu du salon où sa petite Erika se produit fréquemment en privé : ici elle est la meilleure, car dans ce salon personne d'autre qu'elle ne touche au piano. Là mère tient toujours la robe neuve dans sa main tremblante. Si elle compte la revendre, il faudra qu'elle se dépêche, des pavots gros comme des choux, ça se porte un an, et ensuite, terminé. La mère a mal à la tête, là où justement il lui manque des cheveux. La fille revient, pleurant d'énervement. Elle traite sa mère de crapule, tout en souhaitant la voir se calmer et sceller au plus vite leur réconciliation. Avec un gros baiser. La mère jure qu'Erika perdra cette main qu'elle a osé lever sur maman pour lui plumer le chef. Erika sanglote de plus en plus fort, voilà qu'elle a des regrets, pauvre petite maman qui ne recule devant aucun sacrifice, même pas devant celui de ses cheveux ! Tout ce qu'Erika entreprend contre sa mère, elle le regrette très vite, parce qu'elle aime cette maman qu'elle connaît depuis sa plus tendre enfance. Finalement Erika cède comme on pouvait s'y attendre et verse des larmes amères. Heureuse, trop heureuse, la maman capitule, elle ne peut pas en vouloir sérieusement à sa fille. Je vais d'abord nous faire un bon café et nous le boirons ensemble. Pendant le goûter la pitié d'Erika pour sa mère redouble et les derniers restes de sa colère disparaissent avec le kouglof. Elle examine les clairières dans la chevelure maternelle. Mais elle ne sait qu'en dire, de même qu'elle ne savait que faire des touffes. Et elle repleure un petit coup pour remonter le moral de sa maman, parce que celle-ci n'est plus toute jeune et s'en ira un jour. Et parce que sa propre jeunesse est passée. Et aussi parce qu'à chaque instant des choses meurent, que souvent rien ne remplace.

La mère à présent explique à son enfant pourquoi une jolie fille n'a nul besoin d'apprêt. L'enfant approuve. À quoi bon toutes ces robes, ces innombrables robes accrochées dans l'armoire d'Erika ? Jamais elle ne les met. Elles ne servent à rien, si ce n'est à orner l'armoire. La mère ne peut pas toujours empêcher ces achats, mais de là à ce qu'Erika les porte ! Elle en décide seule et en maître absolu. C'est elle qui décrète dans quelle tenue Erika sortira. Je ne te laisserai pas sortir ainsi vêtue, décrète-t-elle, craignant qu'Erika n'aille dans des maisons inconnues peuplées d'hommes inconnus. Erika elle aussi a résolu de ne jamais porter ces vêtements. Il est du devoir d'une mère d'aider à prendre certaines résolutions et de prévenir toute erreur de jugement. Si l'on n'a rien fait pour favoriser le mal, par la suite on n'a pas non plus à panser les plaies. La mère préfère infliger personnellement ses blessures à Erika et surveille après le processus de guérison.

De fil en aiguille, la conversation en arrive au point

où la mère crache son venin sur celles qui risquent de déborder Erika sur sa droite ou sur sa gauche. Je n'en vois pas la nécessité, il suffit de ne pas les laisser faire ! Et toi tu tolères ça ! Tu serais pourtant bien placée pour les freiner, seulement voilà, tu es trop maladroite, Erika. Lorsque le professeur est décidé à l'empêcher, aucune cadette ne sort du rang et ne brûle les étapes – au moins dans sa classe – pour lui faire, devenue virtuose, une concurrence fâcheuse. Si toi tu n'y es pas parvenue, je ne vois pas pourquoi d'autres, sorties en plus de ta propre écurie, y parviendraient à ta place ?

Erika, toujours reniflant, prend la malheureuse robe dans ses bras et la suspend en silence et sans joie dans son armoire, où elle va rejoindre les autres robes, ensemble pantalon, jupes, manteaux et tailleurs. Jamais Erika ne porte aucune de ces toilettes. Leur rôle est de l'attendre, jusqu'au moment où elle rentre le soir. Alors elle les étale, les drape devant elle et les contemple. Car : elles sont à elle, à elle ! Bien sûr sa mère peut les lui prendre et les vendre, mais pas les mettre, elle est hélas trop grosse pour ces étroits fourreaux. Ces toilettes ne lui vont pas. Tout est entièrement à elle. À elle, Erika. La robe ne soupçonne pas encore que sa carrière vient d'être brutalement interrompue. Flambant neuve elle est mise au rancart et plus jamais ne quittera son placard. Erika veut seulement la posséder. La regarder. De loin. L'essayer ne la tente même pas, il lui suffit de tenir devant elle ce poème d'étoffe et de couleurs et de l'agiter avec grâce. Comme si l'animait un souffle printanier. Tout à l'heure dans la boutique Erika l'a essayée, mais elle ne l'enfilera plus. Déjà elle a oublié l'attrait subit et passager que cette robe avait exercé sur elle dans le magasin. Elle se retrouve avec une dépouille de plus, mais en tout cas bien à elle.

Douce nuit, Sainte nuit, Tout sommeille, Erika veille… Au cours d'une de ces nuits, alors que seule Erika veille, tandis que l'autre fidèle moitié de ce couple enchaîné par les liens du sang – Madame Mère pour tout dire – rêve dans la paix du ciel à de nouvelles tortures, il arrive parfois – rarement – à Erika d'ouvrir la porte de son armoire et de caresser les témoins de ses désirs secrets. Pas si secrets d'ailleurs ces désirs, ils clament haut et fort : Nous avons coûté tant et tant, et à quoi bon ? Et les couleurs crient elles aussi, mêlant à ce chœur une deuxième, une troisième voix. Où porter ce genre de choses sans que la police vous embarque ? En général Erika met une jupe et un pull ou, en été, un chemisier. Quelquefois la mère se réveille en sursaut et comprend d'instinct : cette chipie, cette coquette, la voilà encore en train de regarder ses robes ! La mère en est sûre, car l'armoire ne fait pas grincer ses portes pour son seul plaisir.

Le drame, c'est que tous ces achats repoussent aux calendes grecques l'emménagement dans le nouvel appartement, sans compter qu'Erika risque à tout instant de se laisser prendre aux filets de l'amour et qu'un beau jour on pourrait se retrouver avec un coucou mâle dans son propre nid. Demain matin au petit déjeuner soyons sûrs qu'Erika sera sévèrement tancée pour son insouciance. Hier, avec sa plaie au crâne et sous l'effet du choc, sa mère aurait pu y rester. Mais elle accordera à Erika un moratoire, débrouille-toi pour donner davantage de cours particuliers.

À cette morne collection, il ne manque Dieu merci qu'une robe de mariée. La mère ne souhaite pas devenir mère de mariée. Elle veut rester une mère ordinaire, et se contente de ce statut.

Mais à chaque jour suffit sa peine. Assez maintenant, il faut dormir ! ordonne la mère depuis le lit conjugal, alors qu'Erika tourne et vire toujours devant la glace. Les ordres maternels lui font l'effet de coups de pic dans le dos. Une dernière caresse à cette robe d'après-midi si pimpante avec ses petites fleurs, en bordure cette fois. Fleurs qui n'ont jamais respiré à l'air libre, pas plus qu'elles ne connaissent l'eau. La robe sort, Erika l'assure, d'une des meilleures maisons du centre-ville. Sa qualité, sa façon la destinent à l'éternité, quant à la taille, il ne dépend que d'Erika d'entrer dedans sa vie durant. Gare aux pâtes et aux sucreries ! Au premier coup d'œil Erika avait eu une vision : je la porterai des années sans qu'elle se démode. Elle se maintiendra des années dans le courant de la mode ! Précieux argument qui restera sans effet sur sa mère. Cette robe sera toujours au goût du jour. Que la mère examine scrupuleusement sa conscience, n'a-t-elle pas elle-même porté dans sa jeunesse une robe de cette coupe, n'est-ce pas Maman ? Cette dernière nie par principe. Erika en conclut néanmoins que l'acquisition est rentable : la robe ne vieillissant pas, elle la portera dans vingt ans tout comme aujourd'hui.

Les modes changent vite. Cette robe ne sera jamais portée, bien qu'on ne puisse rien lui reprocher. Mais personne ne demandera à la voir. Ses plus belles années se seront écoulées inutilement et ne reviendront plus, ou alors dans vingt ans.

Certains élèves s'opposent résolument à Erika, leur professeur de piano, mais leurs parents les contraignent à cet apprentissage artistique. Ce qui permet à Mademoiselle le Professeur Kohut d'user également de contrainte. À vrai dire la plupart sont gentils, ils martèlent leur clavier et s'intéressent à cet art qu'ils doivent apprendre. Ils s'y intéressent même lorsque les interprètes sont des inconnus, dans le cadre d'une association musicale ou d'une salle de concert. Ils comparent, évaluent, mesurent et comptent. De nombreux étrangers viennent chez Erika, il en vient chaque année davantage. Vienne, ville de la musique ! Dans cette ville, seul ce qui jusqu'ici a su s'imposer s'imposera encore. Sur sa panse blanche boursouflée de culture et qui continue d'enfler au fil des ans comme ces corps de noyés que l'on ne repêche pas, les boutons sautent.

L'armoire accueille la nouvelle tenue. Une de plus ! La mère ne voit pas d'un très bon œil les sorties d'Erika. Cette robe manque de discrétion, elle n'est pas faite pour son enfant. La mère dit qu'il faut se fixer des limites, sans trop savoir ce qu'elle entend par là. Jusqu'ici et pas plus loin, c'est cela qu'elle a voulu dire.

La mère démontre à Erika, qu'elle, Erika, n'est pas un être parmi tant d'autres : elle est seule et unique. La démonstration maternelle est à toute épreuve. Aujourd'hui déjà Erika se dit individualiste. Elle prétend qu'elle ne peut se soumettre à rien ni à personne. Il est vrai qu'elle s'adapte difficilement. Erika est unique en son genre, le moule en est cassé. S'il est une chose que l'on ne saurait confondre avec d'autres, elle a nom Erika. Ce qu'elle exècre, c'est l'égalitarisme sous tous ses aspects, tel qu'il se manifeste par exemple dans la réforme scolaire où l'on ne tient plus compte des qualités personnelles. Impossible d'associer Erika à d'autres, quelles que soient leurs affinités. Aussitôt elle se distinguerait. Elle est elle-même, point à la ligne. Elle est comme elle est, elle n'y peut rien. Dès qu'Erika échappe à son regard, la mère flaire de mauvaises influences, elle veut avant tout la préserver d'un homme qui risquerait de la remodeler. Car Erika est un être unique, mais bourré de contradictions ! Contradictions qui du reste la forcent aussi à s'opposer résolument à toute massification. Erika est une personnalité fortement marquée, et elle est seule face à la masse de ses élèves, seule contre tous, à la barre du frêle esquif de l'art. Toute schématisation de sa personnalité serait lui faire injure. Des élèves lui demandent-ils quel but elle poursuit, aussitôt elle évoque l'humanité, c'est dans ce sens qu'elle schématise pour eux le contenu du testament de Heiligenstadt de Beethoven, se hissant du même coup à la hauteur du musicien héroïque qu'elle rejoint sur son piédestal.

À partir de considérations artistiques générales et de considérations personnelles, Erika en arrive à cette conclusion mathématique : après s'être tant d'années soumise à sa mère, jamais elle ne pourrait se soumettre à un homme. CQFD. La mère est contre un mariage ultérieur d'Erika, jamais ma fille ne pourrait s'adapter, se soumettre. Elle est ainsi faite. Qu'elle s'abstienne de choisir un partenaire pour la vie, elle manque de souplesse ! Ce n'est d'ailleurs plus une jeune pousse. Et un mariage où personne ne cède finit mal. Reste donc comme tu es, dit la mère à Erika. C'est la mère après tout qui a fait d'Erika ce qu'elle est aujourd'hui. Vous n'êtes pas encore mariée, Mademoiselle Erika, demande la laitière, demande aussi le boucher. Vous savez bien qu'il n'y en a pas un pour me plaire, répond Erika.

Du reste elle sort d'une famille de sémaphores plantés isolés dans le décor. C'est une espèce rare. Ils ne se reproduisent qu'avec ténacité et parcimonie, et tenaces et parcimonieux traversent l'existence. Ce n'est qu'après vingt années de vie conjugale qu'Erika se présenta en ce monde qui rendit son père fou et l'asile le garda afin qu'il ne devienne pas un danger pour le monde.

Avec un silence distingué Erika achète son quart de beurre. Elle a encore sa petite maman et donc aucun besoin de chercher un galant. À peine leur famille s'enrichit-elle d'un nouvel adulte qu'il se voit aussitôt repoussé, écarté. On rompt toutes relations avec lui, dès que la preuve est faite – comme c'était à prévoir – qu'il ne vaut rien et ne peut servir à rien. Armée d'un petit marteau, la mère sonde les membres de la famille et les trie l'un après l'autre. Elle classe et écarte. Examine et rejette. Éliminant ainsi d'éventuels parasites qui ne cesseraient de réclamer ce que l'on veut garder pour soi. Restons entre nous, n'est-ce pas, Erika, nous n'avons besoin de personne.

Le temps passe, et nous passons en lui. C'est sous une cloche à fromage transparente que sont enfermées ensemble Erika, ses fines housses protectrices et sa maman. La cloche ne se soulève que si de l'extérieur quelqu'un en saisit le bouton et tire vers le haut. Erika est un insecte inclus dans de l'ambre, intemporel, sans âge. Erika n'a pas d'histoire et ne fait pas d'histoires. Cet insecte est depuis longtemps incapable de voltes et de virevoltes. Erika est prise à jamais dans le moule de l'éternité. Éternité d'ailleurs qu'elle partage allégrement avec ses chers musiciens, mais elle ne saurait, même de loin, rivaliser de popularité avec eux. Elle se bat pour une petite place qui soit encore dans l'orbite des grands créateurs. Cette place est l'enjeu d'un combat enragé, Vienne tout entière souhaite y ériger ne fût-ce qu'une cabane. Erika délimite sa place de chevalier de l'ordre du mérite et commence à creuser les fondations. Cette place, elle l'a gagnée honnêtement comme étudiante et interprète ! Après tout, le re-créateur est aussi une espèce de créateur. Louche quelque part. Il assaisonne la soupe, pimente son jeu d'ingrédients personnels, d'un peu de lui-même. Il lui infuse son propre sang. L'interprète aussi poursuit un modeste objectif : bien jouer. Mais lui aussi doit se soumettre : au créateur de l'œuvre, dit Erika. Et de convenir spontanément que c'est un problème pour elle. Elle est incapable, tout à fait incapable de se soumettre. Cependant Erika et tous les interprètes ont un seul et même impératif : être meilleur que l'autre !

Papillon lourdement chargé, ELLE est entraînée dans des tramways par le poids d'instruments de musique ballottant dans son dos, sur son ventre, sans compter la serviette bourrée de partitions. L'animal sent sommeiller en lui des forces que la musique seule ne peut satisfaire. L'animal serre ses petits poings sur les poignées des étuis à violon, à flûte, à alto. Il aime orienter ses forces vers le mal et pourtant il pourrait choisir. Mais c'est la mère qui se charge du choix et ce choix couvre un vaste spectre : les mille et une manières de traire une vache nommée Musique.

ELLE enfonce ses instruments à cordes et à vent et ses lourdes partitions dans le dos ou la façade des gens. Droit dans le flanc de ces gros lards sur lesquels ses armes rebondissent comme des balles en caoutchouc. Parfois, si le cœur lui en dit, faisant passer dans une seule main serviette et instrument, elle enfonce sournoisement l'autre poing sous des manteaux d'hiver, des capes ou des lodens inconnus. Elle profane le costume national autrichien dont les boutons en corne de cerf lui adressent un sourire racoleur. À la façon d'un kamikaze elle utilise son propre corps comme arme, puis avec l'extrémité de son instrument, du violon ou de l'alto plus lourd, se reprend à cogner dans ces gens qui rentrent tout poisseux du travail. Quand le tram est bien plein, vers six heures, on peut en blesser du monde rien qu'avec de grands gestes. Mais la place manque pour de grands gestes. ELLE est l'exception à la règle dont elle a sous les yeux le spectacle écœurant, d'ailleurs sa mère aime lui représenter qu'elle est une exception, car elle est son unique enfant et doit rester dans le bon chemin. Tous les jours dans le tram ELLE voit ce qu'en aucun cas elle ne veut devenir. ELLE laboure le flot gris des voyageurs avec ou sans tickets, de ceux qui montent ou s'apprêtent à descendre, de ceux qui n'ont rien obtenu de l'endroit d'où ils viennent et n'ont rien à attendre de l'endroit où ils vont. Ils sont moches. Certains sont mis hors circuit avant même d'être dedans.

Si le peuple en colère l'oblige à descendre à un arrêt trop éloigné de chez elle, cédant à la levée de boucliers que son poing vient de rencontrer, elle quitte docilement le wagon, mais uniquement dans l'intention d'attendre avec patience le tram suivant qui viendra aussi sûrement qu'un amen à la fin d'une prière. Ce sont des chaînes qui jamais ne se rompent. Puis, ses batteries rechargées, ELLE repasse à l'attaque. Bardée d'instruments, elle s'insère avec peine en titubant, au milieu de ces gens qui rentrent du travail, et y détone comme une bombe. Selon les cas elle joue l'innocence et dit : excusez-moi, je descends ici. Aussitôt tout le monde est pour. Qu'elle débarrasse le plancher ! Un moyen de transport public aussi propre, aussi net, n'est pas à la disposition de gens de son espèce ! Il y a ici des usagers qui paient, et si tout le monde en faisait autant !

Ils regardent l'écolière en songeant que la musique lui a sans doute très tôt élevé l'âme, en fait elle ne lui fait lever que le poing. Parfois un jeune homme gris, chargé d'un sac marin râpé bourré d'objets repoussants, se voit bien à tort accusé, car il a davantage la tête de l'emploi. Qu'il descende rejoindre ses amis avant que le bras d'un costaud en loden ne lui en balance une.

Le peuple en colère – après tout ils ont payé – est toujours dans son droit pour ses trois schillings et peut le prouver lors d'un contrôle. Il tend avec fierté son billet composté et en retour obtient un tram pour lui tout seul. Ce qui lui évite pendant des semaines les affres de l'angoisse dans la crainte du contrôleur.

Une dame – pauvre bête comme toi sensible à la douleur – pousse un hurlement strident : son tibia, cet élément essentiel sur lequel repose une partie de son poids, vient d'être pris à partie. Dans cette cohue où l'on risque sa vie le coupable – il n'y a pas d'effet sans cause – reste introuvable. La foule est prise sous un feu croisé d'accusations, de jurons et d'insultes, de plaintes et d'objurgations. De leurs bouches écumantes s'écoulent des plaintes sur leur propre sort tandis que des accusations se déversent sur les autres. Ils sont serrés comme des sardines à l'huile, mais pour que tout baigne, il faut attendre le soir après le turbin.

ELLE envoie un coup de pied rageur dans un os dur appartenant à un homme. Un jour, une de ses camarades de classe, une fille éternellement perchée sur de petites flammes – des hauts talons merveilleux – et vêtue d'un manteau de cuir neuf dernier cri doublé de fourrure, lui demande gentiment : Qu'est-ce que tu trimbales ?

Comment ça s'appelle ? Je te parle de ça, dans la boîte, pas de ta tête là-haut. Ça s'appelle un alto, répond-ELLE poliment. Qu'est-ce que c'est, un nalto ? Drôle de mot, je ne l'ai encore jamais entendu, réplique, amusée, une bouche fardée. En voilà une qui se balade avec un truc qui a un nom bizarre et dont on se demande à quoi ça sert. Et il faut que tout le monde se pousse tellement ce truc est encombrant. Dire qu'ELLE se balade avec ça en pleine rue et que personne ne l'arrête !

Ceux qui s'accrochent lourdement aux poignées du tram et les rares veinards qui font des envieux parce qu'ils sont assis, redressant leurs troncs usés, se dévissent vainement la tête. Personne à la ronde sur qui se venger des coups durs infligés à leurs jambes. Ça y est, on m'écrase les orteils, un flot de littérature ordurière jaillit d'une bouche. Qui est le coupable ? Réunion immédiate du tribunal de première instance des transports en commun de la ville de Vienne discrédité dans le monde entier, afin de prononcer un rappel à l'ordre suivi d'une condamnation. Dans tous les films de guerre on trouve au moins un volontaire, même pour une mission-suicide. Mais ici on a affaire à un salopard, un dégonflé qui se planque derrière nos dos stoïques ! Toute une fournée d'artisans, de vraies faces de rat, à deux doigts de la retraite, la boîte à outils en bandoulière, gagne la sortie à grand renfort de coups de pied, de coups de coude. Na, bien fait, ils feront le trajet à pied jusqu'à la station suivante ! Lorsqu'un bélier joue les trouble-fête parmi les moutons du wagon, un bol d'air frais s'impose et de l'air, y en a dehors. Avant de cracher sa colère sur son épouse, mieux vaut s'oxygéner les poumons, sinon on risque de s'étouffer. Une vague forme de couleur indéfinissable se met à vaciller et glisse, une autre pousse un cri de goret qu'on égorge. Le brouillard « Venin-Viennois » enveloppe ce champ de foire. Quelqu'un va jusqu'à réclamer le bourreau, car voilà sa soirée gâchée avant même qu'elle ait commencé. Telle est la colère du peuple. La paix vespérale à laquelle il a droit depuis vingt minutes n'est pas encore descendue. À moins qu'elle n'ait été brutalement déchirée, déchirée comme le paquet de vie bariolé – avec mode d'emploi – que la victime a pris sur le rayon et ne peut plus dès lors reposer. Plus moyen pour cette victime de prendre dis-crètement un autre paquet intact sans se faire arrêter par la vendeuse comme voleur. Suivez-moi discrètement ! Cependant la porte qui mène – qui semblait mener – au bureau du directeur de la succursale est une fausse porte, finies les promotions de la semaine, à l'extérieur du supermarché flambant neuf, il n'y a rien, plus rien du tout, seulement le noir, et un client qui n'a jamais été regardant tombe maintenant dans une chute sans fin. Quelqu'un dit, dans le langage administratif habituel en ces lieux : Veuillez quitter immédiatement cette voiture ! Une touffe de poils de chamois frémit sur son occiput, car l'homme est déguisé en chasseur.

ELLE se baisse cependant juste à temps pour mettre en scène un autre mauvais tour. Mais d'abord ELLE se déleste de son fatras et l'érige en barrière autour d'elle. Sa tactique : feindre de renouer un lacet afin de piéger le voisin, au passage en effet elle pince, mine de rien, le mollet de l'une ou de l'autre, qu'importe, elles se ressemblent toutes. Tiens, cette veuve-là peut être sûre d'avoir des bleus. La femme ainsi maltraitée bondit, fontaine jaillissant dans la nuit, rayonnante, inondée de lumière, focalisant enfin l'attention générale, elle évoque rapidement et avec précision sa situation familiale, situation qui (surtout si l'on tient compte de son défunt mari) entraînera, jure-t-elle, de terribles conséquences pour sa tortionnaire. Qu'on appelle la police ! La police ne viendra pas, comment s'occuper de tout ?

Un masque inoffensif de musicienne se rabat sur un visage. ELLE feint de s'abandonner subitement à ces forces envoûtantes, à cette escalade voulue de sentiments qui s'expriment dans la musique romantique, incapable de penser à autre chose. Là-dessus, le peuple se prononce comme un seul homme : non, ce n'était sûrement pas la jeune fille à la mitrailleuse. Une fois de plus le peuple se trompe.

Parfois l'un d'eux réfléchit un peu mieux et finit par désigner la véritable coupable : c'est toi qui as fait ça ! On LUI demande ce qu'elle a à dire sous le soleil éblouissant de l'entendement adulte. Elle n'ouvre pas la bouche. Les scellés posés sur le voile de son palais par ceux qui l'ont conditionnée se révèlent efficaces, ils l'empêchent de s'accuser involontairement. Elle ne se défend pas. D'autres s'en mêlent : vous accusez une sourde-muette ! La voix de la raison affirme que quelqu'un qui joue du violon ne peut en aucun cas être sourd et muet ! Peut-être n'est-elle que muette, à moins qu'on l'ait simplement chargée de transporter le violon ! Faute de se mettre d'accord ils laissent tomber l'affaire. Le bon petit vin nouveau du week-end prochain hante déjà leurs cerveaux, détruisant des kilos de matières à réflexion. L'alcool fera le reste. Pays d'alcooliques. Ville de la musique. Cette jeune fille plonge son regard dans les profondeurs de l'âme, et son accusateur un peu trop le nez dans sa chope : de ce fait, SON regard le réduit au silence.

Bousculer les gens est en dessous de SA dignité, la

populace pousse, mais pas une violoniste, une altiste. Pour ces menus plaisirs elle accepte même de rentrer en retard à la maison où sa mère l'attend, chronomètre en main et la gronde. Elle supporte ces fatigues supplémentaires, bien qu'elle ait consacré l'après-midi entier à la musique et à la réflexion, à jouer du violon et à tourner en dérision ceux qui sont plus mauvais qu'elle. Elle veut apprendre aux gens la crainte et le tremblement. Sentiments dont les programmes des concerts philharmoniques regorgent.

Un abonné philharmonique saisit l'occasion que lui offre l'introduction dudit programme pour expliquer à son voisin à quel point les accents douloureux de la musique font vibrer son âme jusqu'au tréfonds. Ces mots ou d'autres, il vient juste de les lire. La douleur de Beethoven, la douleur de Mozart, la douleur de Schumann, la douleur de Bruckner, la douleur de Wagner. Ces douleurs sont à présent sa propriété exclusive, quant à lui c'est Pöschl, propriétaire d'une fabrique de chaussures ou Batzler, grossiste en matériaux de construction. Beethoven actionne les leviers de la terreur, eux en revanche terrorisent leur personnel. Une doctoresse est depuis longtemps à tu et à toi avec la douleur. Elle sonde depuis dix ans le suprême mystère du *Requiem* de Mozart, sans avoir jusqu'ici avancé d'un pouce, car cette œuvre est insondable. Comment pourrions-nous la comprendre ? La doctoresse dit qu'il s'agit de l'œuvre de commande la plus géniale de l'histoire de la musique ; pour elle et quelques autres, c'est une certitude. La doctoresse compte parmi les rares élus qui savent qu'il existe des choses réellement insondables, résistant à la meilleure volonté du monde. Il n'y a plus rien à expliquer ! La naissance d'une telle œuvre est inexplicable ! Il en va de même de

certains poèmes qu'on ne devrait pas non plus analyser.
Pour ce *requiem* un acompte a été versé par un mystérieux
individu drapé dans une pèlerine noire. La doctoresse et
d'autres ayant vu ce film sur Mozart savent : c'était la
Mort en personne ! Forte de ce savoir, elle fend d'un
coup de dent la coque d'un des très grands et s'y faufile.
Il arrive – le cas est rarissime – que l'on grandisse au
contact des Grands. Autour d'ELLE se presse sans cesse
une masse de minables. Constamment l'un ou l'autre
s'impose à SES sens. Non contente de s'approprier l'art
sans le moindre bon d'achat, la plèbe s'installe dans la
peau de l'artiste. Prenant ses quartiers à l'intérieur de
ce dernier, elle perce aussitôt des fenêtres sur le monde
extérieur pour voir et être vue. Ce balourd de Batzler
tripote de ses mains moites quelque chose qui pourtant
n'appartient qu'à ELLE seule. Importuns, impudents, ils
mêlent leurs voix aux cantilènes. Ils suivent le thème
d'un index mouillé, cherchent le second thème, et ne
le trouvant pas, se contentent d'opiner du chef puis de
remuer la queue à la reprise du thème principal qu'ils
reconnaissent. L'attrait essentiel de l'art réside, pour la
plupart, dans la reconnaissance de quelque chose qu'ils
s'imaginent comprendre. Une foule d'émotions submerge
Monsieur le Propriétaire de boucherie. Bien qu'habitué à
un métier sanglant, le voici sans défense. Stupéfié. Il ne
sème pas, il ne récolte pas, il entend mal, mais il ne vient
au concert que pour être vu. À ses côtés les membres
féminins de sa tribu qui ont tenu à l'accompagner.

ELLE balance un coup de pied dans le talon droit
d'une vieille dame. À chaque phrase musicale elle
assigne un emplacement déterminé d'avance. ELLE seule
peut reléguer le moindre son perçu à la place qui lui
revient. Elle enveloppe dans son mépris l'ignorance de

ces moutons bêlants et les punit par là même. Son corps entier n'est qu'une chambre froide où l'art se conserve.

SON instinct de propreté est extrêmement développé. Des corps sales forment autour d'elle une forêt de résineux. Bien sûr, la saleté corporelle, les effluves redoutables s'échappant des aisselles et des entrejambes, la légère odeur d'urine de la vieille dame, la nicotine que le vieillard exsude par ses canaux veineux et par ses pores, les exhalaisons d'estomacs bourrés d'innombrables tonnes de nourritures au rabais, la fade odeur de cire montant des escarres et des croûtes du cuir chevelu, bien sûr, le relent, léger mais pénétrant pour quiconque a du nez, de filets d'excréments infiltrés sous les ongles – reliquats de la combustion d'aliments incolores, de ces stimulants gris et caoutchouteux qu'ils absorbent, mais pour stimuler quoi ? – bien sûr, tout ceci met à rude épreuve SON odorat, SES papilles gustatives… Mais ce qui L'atteint le plus, c'est leur façon de se nicher l'un dans l'autre, l'impudeur avec laquelle l'un s'approprie l'autre. Jusqu'à s'insinuer dans les pensées, les préoccupations intimes de l'autre.

Ils en sont punis. Par ELLE. Et cependant elle ne parvient jamais à se débarrasser d'eux. Elle les secoue, les déchiquette comme un chien sa proie. Mais ils fouillent en elle, importuns, examinent SON for intérieur, et osent affirmer qu'ils ne sauraient qu'en faire et que d'ailleurs il ne leur plaît pas ! Du reste ils osent tout autant affirmer que Webern ou Schönberg leur déplaît.

Sans crier gare la mère dévisse le couvercle de SON crâne, y plonge une main sûre, et fouille, farfouille. Elle chamboule tout et ne remet rien à sa place habituelle. Elle fait un tri rapide, en sort certaines choses, les examine à la loupe et les jette à la poubelle. Elle en prend d'autres, les astique à coups de brosse, d'éponge ou de torchon, et après un séchage vigoureux les revisse à leur place. Comme les couteaux d'un hachoir.

Cette vieille femme-là vient de monter, mais se garde de le signaler au contrôleur. Elle croit que sa présence ici, dans cette voiture, passera inaperçue. En fait il y a longtemps qu'elle est hors circuit et elle s'en doute. À quoi bon payer. Elle a déjà en poche son billet pour l'au-delà. Pourquoi ne serait-il pas valable dans ce tram-là.

À présent une dame LUI demande de lui indiquer une rue, et elle ne répond pas. ELLE ne répond pas, quoiqu'ELLE la connaisse bien. La dame ne cesse de fourgonner à travers toute la voiture et de déloger les gens, l'œil aux aguets, traquant la rue jusque sous leurs sièges. C'est le genre féroce excursionniste qui a pour habitude, au cours de promenades sur les chemins forestiers, de titiller d'innocentes fourmilières à l'aide d'une mince badine, arrachant les fourmis à leur vie contemplative. C'est elle qui pousse les animaux effarouchés à cracher leur acide. Elle est de ces gens qui retournent chaque pierre par principe, ne s'y cacherait-il pas quelque serpent ? Cette dame ratisse sûrement chaque clairière, aussi petite soit-elle, à la recherche de baies et de champignons. Drôles de gens. Ils ne peuvent s'empêcher de pressurer une œuvre d'art, jusqu'à ce qu'elle leur livre une ultime goutte qu'ils distillent à la ronde d'une voix claironnante. Dans le parc, avant de s'asseoir, ils essuient le banc avec un mouchoir. Au restaurant, ils redonnent un petit coup aux couverts avec leur serviette. Ils passent au peigne fin le costume d'un proche, en quête de cheveux, de lettres ou de taches de graisse.

Cette dame à présent s'émeut bruyamment de ce

que personne ne puisse la renseigner. Ne veuille la renseigner, affirme-t-elle. Cette dame est représentative de la majorité ignare qui ne dispose que d'un seul et unique atout : la combativité, mais elle en a à revendre. Si nécessaire, elle est prête à en découdre avec n'importe qui.

ELLE descend à l'endroit même où la dame voulait se rendre et toise cette dernière d'un air moqueur.

La peau de vache comprend, bout, et ses pistons se grippent de rage. L'instant d'après, en compagnie d'une amie et d'un bœuf aux haricots, elle réchauffera cette tranche de son existence, et sa vie serait prolongée de la durée de son récit, si de son côté le temps n'avançait inexorablement. Privant ainsi la dame de vivre autre chose ailleurs.

À plusieurs reprises ELLE se retourne sur cette dame totalement désorientée, avant de prendre le chemin familier menant à la demeure familière. ELLE grimace un sourire à son intention, oubliant que dans quelques minutes, pour cause de retard, ELLE sera incendiée par le chalumeau maternel et réduite à un humble petit tas de cendres. Et que tout l'art du monde ne saura consoler son âme, bien que l'on prête à l'art la vertu entre autres d'être le médecin des âmes. À vrai dire il arrive qu'il soit l'artisan du malheur.

Erika, fleur de bruyère. C'est de cette fleur que cette femme tient son nom. Avant l'enfantement, sa mère rêvait à quelque chose de craintif et de tendre. Aussi dès qu'elle vit la motte de glaise qui venait de jaillir de son corps, elle se mit sur-le-champ à la retailler sans égards, pour l'épurer et l'affiner. Un coup par-ci, un coup par-là. Tout enfant tend instinctivement vers la crasse et les excréments si personne ne l'en empêche. Pour Erika, la mère choisit très tôt un métier plus ou moins artistique, afin de rentabiliser ce raffinement si péniblement conquis pendant que les êtres ordinaires, admiratifs, entourent l'artiste et l'applaudissent. À présent Erika est affinée à souhait : qu'elle lance la musique sur ses rails et taquine la muse sans tarder davantage ! Une fille comme elle n'est pas faite pour les tâches grossières, travaux manuels ou travaux ménagers. Elle est dès sa naissance prédestinée aux subtilités de la danse classique, du chant et de la musique. L'idéal pour la mère ? Une pianiste de réputation mondiale ; et afin que l'enfant puisse s'orienter sur le chemin des intrigues, la mère flanque des panneaux indicateurs à tous les coins de rue, et pendant qu'elle y est une volée à Erika quand celle-ci rechigne au travail. La mère met en garde Erika contre la horde des envieux qui tente à tout instant de détruire ce qu'on vient de conquérir – horde presque exclusivement de sexe masculin. Ne te laisse pas distraire ! À aucune des étapes qu'Erika franchit, elle n'a le droit de se reposer, pas question de s'appuyer sur son piolet et de souffler, l'ascension reprend de plus belle. Jusqu'au palier suivant. Des animaux des bois s'approchent dangereusement et veulent la réduire, elle aussi, à l'état animal. Des concurrents aspirent à l'entraîner vers quelque récif sous prétexte de lui montrer de radieux horizons. Or chuter est facile ! Afin que l'enfant se méfie, la mère lui fait une description imagée de l'abîme. Au sommet : la gloire mondiale que la plupart n'atteignent jamais. Il y souffle un vent froid, l'artiste est seul et le dit. Tant que la mère sera

là et tissera l'avenir d'Erika, l'enfant n'aura qu'un but :
le sommet absolu de la célébrité.

La maman pousse par en bas, bien campée sur ses
pieds enracinés dans le sol. Et bientôt Erika ne campe
plus seulement sur le sol héréditaire et maternel, mais
sur le dos d'un tiers évincé à force d'intrigues. Vous
parlez d'une assise ! Erika s'étire sur la pointe des
pieds, juchée sur les épaules de sa mère, ses doigts
exercés s'agrippent en haut, au sommet, qui hélas se
révélera bientôt simple saillie dans la roche, déguisée en
sommet, elle fait travailler ses biceps, et se hisse, et se
hisse. Le nez déjà dépasse, mais rien à l'horizon, sauf
un nouveau rocher, plus abrupt encore que le premier.
Cependant la célébrité, cette usine à glace, a déjà en
ces lieux une succursale, elle y entrepose ses produits
en blocs, réduisant ainsi les frais de stockage. Erika tire
la langue et lèche un de ces blocs, s'imaginant qu'un
concert scolaire égale le premier prix du concours Chopin. Seuls quelques millimètres, croit-elle, la séparent
encore des cimes !

La mère houspille Erika à cause de sa modestie
excessive. Tu es toujours la dernière ! Ça ne paie pas de
rester fièrement sur son quant-à-soi. Il faut toujours être
au moins parmi les trois premiers, ce qui suit va droit à
la poubelle. Ainsi parle la mère qui veut ce qu'il y a de
mieux et n'autorise pas sa fille à s'amuser dans la rue,
afin que jamais, au grand jamais elle n'aille participer
à quelque concours sportif et en oublie ses exercices.

Erika n'aime guère se faire remarquer. Elle reste
fièrement sur son quant-à-soi, et attend que d'autres
décrochent la timbale pour elle, gémit la mère poule
blessée. Elle se plaint amèrement d'avoir à se décar-
casser toute seule pour son enfant et se jette, jubilante,

dans la bataille. Erika, magnanime, se place à la queue, et n'y gagne même pas trois sous pour ses culottes ou pour ses bas.

La mère chante à qui veut l'entendre, amis et proches – ils ne sont pas nombreux, on a pris ses distances à temps et soustrait l'enfant à leur influence – qu'elle a mis au monde un génie. C'est de plus en plus évident, répète-t-elle, le bec enfariné. Erika est un génie lorsqu'elle manœuvre au piano, simplement on ne l'a pas encore réellement découverte. Sinon il y a longtemps qu'elle serait montée, telle une comète, haut, très haut dans le firmament. À côté, la naissance du petit Jésus n'était que de la gnognote.

Les voisins approuvent. Ils prêtent volontiers l'oreille lorsque la petite répète. C'est comme à la radio, la redevance en moins. Il suffit d'ouvrir les fenêtres, éventuellement les portes, pour qu'aussitôt les sons entrent, envahissant comme des gaz toxiques jusqu'aux moindres coins et recoins. Indigné par le bruit, l'entourage aborde Erika à chacun de ses pas et parle de vacarme. La mère, elle, parle de l'enthousiasme des voisins conquis par l'excellence de ses prestations artistiques. Tel un crachat, Erika est portée par le maigre filet d'admiration qui ruisselle de la bouche maternelle. Plus tard elle s'étonnera lorsqu'un riverain se plaindra. Jamais sa mère ne lui avait transmis la moindre plainte !

Au fil des ans Erika finit par surpasser sa mère en matière de condescendance. Peu importent ces amateurs, Maman, leur jugement manque de finesse et leur sensibilité de maturité, dans ma profession, seuls comptent les spécialistes. La mère de rétorquer : Ne dédaigne pas l'éloge des gens ordinaires, de ceux qui écoutent la musique avec leur cœur, et qui en tirent plus de plaisir que les êtres sophistiqués, gâtés et blasés. La mère n'entend rien à cette musique, mais elle contraint son enfant à vivre sous le joug de la musique. Mère et fille vont bientôt se livrer à des surenchères vengeresses mais de bonne guerre, car l'enfant comprend vite qu'en musique elle a dépassé sa mère. L'enfant est l'idole de la mère qui ne lui demande en retour qu'un modeste tribut : sa vie. La mère veut pouvoir exploiter elle-même la vie de l'enfant.

Si Erika n'a pas le droit de fréquenter les gens ordinaires, elle a toujours le droit d'écouter leurs louanges. Les spécialistes hélas se taisent. Le destin – un destin dilettante, à l'oreille peu musicale – a jeté son dévolu sur un Gulda, un Brendel, une Argerich, un Polini, entre autres. Mais devant la Kohut, il est passé, en détournant obstinément les yeux. Après tout il veut rester impartial, il n'entend pas se faire duper par un gentil minois. Erika n'est pas jolie. Aurait-elle voulu l'être, sa mère le lui eût interdit sur-le-champ. En vain Erika tend-elle les bras vers le destin, il ne fait pas d'elle une pianiste. Il rejette Erika comme un vulgaire copeau. Erika ne comprend pas ce qui lui arrive, car depuis longtemps elle égale les Grands.

Puis un jour, lors d'un important concert de fin d'études à l'Académie de musique, c'est l'échec d'Erika, l'échec devant les parents de ses concurrents en corps constitué et devant sa mère esseulée qui vient de dépenser ses derniers sous pour la toilette de scène d'Erika. Après elle recevra une gifle de sa mère, car même le profane intégral avait pu lire l'échec sur son visage, si ce n'est sur ses mains. De plus, le morceau qu'Erika avait choisi n'était pas fait pour entraîner les masses qui avancent avec la légèreté d'un rouleau compresseur, c'était du Messiaen, choix contre lequel sa mère l'avait pourtant résolument mise en garde. Ce n'est pas ainsi que l'enfant s'insinuera dans le cœur de ces masses que toutes deux ont toujours méprisées, l'une pour en avoir toujours été une petite partie insignifiante, l'autre par crainte de le devenir.

Couverte de honte Erika quitte l'estrade d'un pas chancelant, abreuvée de honte sa mère, la destinataire, la reçoit. Son professeur aussi, une pianiste autrefois célèbre, la gronde vertement pour son manque de concentration. Voilà une grande chance qu'elle n'a pas su saisir et qui ne se présentera jamais plus. Un jour viendra où personne n'enviera plus Erika et où personne ne voudra plus d'elle. Que lui reste-t-il d'autre que le professorat ? Le pas est difficile à franchir pour la virtuose qui soudain se retrouve devant des débutants balbutiants ou des étudiants avancés sans âme. Les conservatoires, les écoles de musique, ainsi d'ailleurs que les professeurs particuliers recueillent stoïquement ce qui serait mieux à sa place sur une décharge publique ou sur un terrain de foot. Nombreux sont les jeunes gens qui se pressent vers l'art tout comme autrefois, la plupart d'entre eux cèdent à la pression de parents qui n'y comprennent rien et savent tout juste qu'il existe. Mais ça leur fait tellement plaisir ! Nombreux sont ceux que l'art repousse, il y a des limites à tout. Dans l'exercice de ses fonctions professorales, Erika éprouve un plaisir particulier à tracer ces limites entre sujets doués et non doués. Ce tri la dédommage de bien des choses, ne l'a-t-on pas elle-même écartée comme une brebis galeuse ? Ses étudiants ou étudiantes sont un grossier mélange de toutes sortes d'espèces qu'aucun goûteur professionnel n'a encore testé. Rares sont les roses rouges parmi eux. Il en est auxquels Erika, dès la première année, parvient à arracher quelque sonatine de Clementi, tandis que d'autres qui labourent et fouillent de leur groin les études pour débutants de Czerny, seront largués dès le premier examen, faute de vouloir goûter le moindre gland alors que leurs parents les voient déjà se régaler de truffes.

Face aux étudiants avancés, aux valeureux qui prennent de la peine, Erika éprouve une joie mitigée. C'est dans la douleur et la sueur qu'ils accouchent des sonates de Schubert, de celles de Beethoven ou de la *Kreisleriana* de Schumann, ces points forts dans la vie d'un futur pianiste. L'outil de travail, un Bösendorfer, sécrète un entrelacs de fibres mélangées et à côté trône le Bösendorfer du maître qu'Erika seule a le droit d'utiliser, sauf lorsqu'on répète une œuvre pour deux pianos.

Tous les trois ans, l'élève doit passer un examen pour accéder au niveau supérieur. L'essentiel du travail incombe alors à Erika : accélérer à fond, afin de faire passer au régime supérieur le moteur poussif de l'élève. Qui, bien que sollicité, ne démarre pas toujours, il préférerait s'adonner à d'autres plaisirs qui n'ont de rapport avec la musique qu'autant que le musicien distille aux oreilles d'une fille des mots mélodieux. Erika voit la chose d'un mauvais œil et s'y oppose chaque fois qu'elle peut. Avant l'examen elle prêche souvent qu'il est moins grave de faire une fausse note que de ne pas respecter l'esprit général de l'œuvre et donc de la trahir ; mais elle prêche à des sourds, la peur leur bouche les oreilles. Car, pour nombre de ses élèves, la musique représente une ascension : des bas-fonds de la classe ouvrière aux sommets aseptisés de l'art. Eux aussi, ces garçons et ces filles, deviendront par la suite professeurs de piano. Ils craignent que leurs doigts moites dopés par la peur et soumis à l'accélération de leur pouls ne dérapent sur la mauvaise touche le jour de l'examen. Qu'Erika parle d'interprétation tant qu'elle veut, tout ce qu'ils veulent, eux, c'est faire un parcours sans faute.

Les pensées d'Erika se tournent non sans plaisir vers M. Walter Klemmer, un charmant petit jeune homme blond qui, depuis peu, le matin arrive le premier et le soir part le dernier. Une véritable abeille, reconnaît-elle. Il est inscrit à l'Institut technologique où il étudie l'électricité et ses effets bénéfiques. Depuis quelque temps il reste là et attend que tous les élèves soient passés, depuis les premiers exercices qu'exécutent des doigts hésitants, jusqu'aux derniers grondements de la Fantaisie en *fa* mineur, op. 49 de Chopin. Il semble avoir beaucoup de temps à perdre, ce qui est surprenant pour un étudiant en fin d'études. Erika lui demande un jour s'il ne préférerait pas travailler son Schönberg plutôt que traîner ici, improductif. N'a-t-il rien à faire, pas de cours, pas d'exercices ? On lui parle de vacances semestrielles, elle n'y a pas pensé, bien qu'elle ait à ses cours de nombreux étudiants. Les vacances de l'art ne coïncident pas avec celles de l'université, l'art à vrai dire ne connaît pas de vacances, il vous poursuit partout et du reste l'artiste n'en est pas mécontent.

Erika s'étonne : comment se fait-il que vous arriviez toujours si tôt, monsieur Klemmer ? Lorsqu'on étudie comme vous la 33 b de Schönberg, on ne peut pas trouver plaisir au recueil de chansons « La joie par le chant », alors, pourquoi écoutez-vous ? Klemmer, le matineux, lui conte qu'il est partout possible et en toute occasion de tirer un profit des choses, fût-il minime. On peut toujours tirer parti de tout, dit ce menteur dont c'est le seul objectif. Vu sa soif d'apprendre, prétend-il, même auprès du plus petit, du plus insignifiant de ses semblables il trouve quelque chose à glaner. Mais pour progresser, il faut vite dépasser ce stade. L'élève doit sortir de la petitesse, de l'insignifiance, sous peine de voir intervenir ses supérieurs.

Le jeune homme se plaît aussi à écouter son professeur, lorsqu'elle joue ne fût-ce qu'une simple ritournelle digue-dondaine, diguedon ou la gamme en *si* majeur. Erika dit : abstenez-vous de faire des compliments à votre vieux professeur de piano, monsieur Klemmer, et lui de répondre : qui parle de vieillesse ou d'ailleurs de compliments ? C'est ma conviction la plus intime ! Parfois ce joli garçon demande comme une faveur de pouvoir étudier, en plus de son pensum, un morceau hors programme, il déborde de zèle. Plein d'espoir il regarde son professeur, à l'affût d'un geste. Il guette un signe. Erika le prend de haut et refrène le jeune homme en lui lançant perfidement à propos de Schönberg : de plus on ne saurait dire que vous le possédiez vraiment ! Avec quel plaisir l'élève s'abandonne à une telle pédagogue, même si elle le regarde de haut tout en gardant les rênes bien en main.

J'ai comme l'impression que ce fringant garçon est amoureux de toi, ronchonne la mère acerbe, et qui vient une fois de plus chercher Erika au conservatoire, afin que ces dames imbriquées l'une dans l'autre, bras dessus, bras dessous, puissent faire leur petite promenade dans le centre-ville. Ces dames donnent le *la*, le beau temps joue sa partie. Dans les vitrines il y a beaucoup de choses qu'en aucun cas Erika ne doit voir, c'est pourquoi sa mère est venue la chercher. Des chaussures élégantes, des sacs, des chapeaux, des bijoux. D'où la manœuvre maternelle et les propos perfides visant à détourner Erika de sa route, il fait si beau aujourd'hui, faisons donc un petit tour. Dans les parcs, tout est déjà en fleur, surtout les roses et les tulipes qui elles n'ont pas eu à s'acheter leurs robes. La mère parle à Erika de beauté naturelle qui n'a nul besoin d'artifices. Elle est belle en soi, tout comme toi, Erika. À quoi bon toilettes et chiffons ?

Mais n'est-ce pas déjà l'appel du huitième arrondissement, l'appel d'un foyer chaleureux, confortable : le cheval sent l'écurie. La mère soupire de soulagement et sans un regard pour les boutiques remorque sa fille jusqu'au couloir d'atterrissage de la Josefstädterstrasse. La mère apprécie que la promenade cette fois encore ne lui ait coûté qu'un peu de ses semelles. Mieux vaut user ses semelles, pensent les dames Kohut, que servir de paillasson.

Ce quartier, en ce qui concerne sa population, serait plutôt un quartier de vieux. De vieilles plus précisément. Par chance cette vieille femme, la mère Kohut, s'est déniché une Erikette dont elle peut être fière et qui s'occupera d'elle jusqu'à ce que la mort les sépare. Seule la mort désunira ces deux-là, la mort, c'est le havre final inscrit sur l'étiquette Erika. Parfois dans ce quartier se produit une série d'assassinats, et des petites vieilles meurent dans leurs terriers obstrués par de vieux papiers. Dieu seul sait – et avec lui le lâche assassin qui a regardé sous le matelas – où ont bien pu passer leurs livrets de caisse d'épargne. Les bijoux, leurs pauvres bijoux se sont également envolés. Et le fils unique, représentant en couverts de table, est refait. Le huitième arrondissement de Vienne est un quartier que les meurtriers affectionnent. Il n'est jamais bien difficile d'apprendre où logent ces vieilles dames. En fait, chaque maison héberge au moins l'une de ces petites vieilles, risée des colocataires et toujours prête à ouvrir gentiment sa porte à l'employé du gaz muni d'une fausse carte. On les a bien souvent mises en garde, mais elles continuent à ouvrir leurs portes et leurs cœurs, ce sont des êtres délaissés. Ainsi parle la vieille Madame Kohut à la demoiselle Kohut, afin de lui faire peur et de la dissuader de jamais laisser sa mère seule.

À part cela, on y trouve des petits fonctionnaires et de paisibles employés. Peu d'enfants. Les châtaigniers sont en fleur ainsi que les arbres du Prater. Dans la campagne viennoise les vignobles verdissent déjà. Y aller voir un jour, c'est un rêve après lequel les Kohut peuvent courir… elles n'ont hélas pas de voiture.

Mais elles prennent souvent le tram et roulent vers un terminus soigneusement choisi, où elles descendent comme tout le monde et s'élancent pour quelque joyeuse balade. Mère et fille, avec la touche des Tantes folles de Charley Frankenstein, et sac au dos. En réalité, seule la fille porte un sac à dos qui abrite aussi le petit fourbi maternel et le protège des regards indiscrets. Des chaussures de marche à semelles épaisses. Des vêtements de pluie. Tout y est, comme le veut le guide de randonnée. Mieux vaut prévenir que guérir. Les deux dames avancent allegretto. Sans chanter, car elles connaissent la musique et ne veulent pas l'offenser par leur chant. C'est comme au temps d'Eichendorff, gazouille la mère, ce qui compte, c'est l'état d'esprit, l'attitude envers la nature ! Et non la nature en soi. Les deux dames ont cette attitude, elles savent se réjouir de la nature où qu'elle se présente. Aperçoivent-elles un ruisselet qu'aussitôt elles s'y désaltèrent. Pourvu qu'un chevreuil n'ait pas pissé dedans ! Avisent-elles un gros tronc d'arbre ou un épais sous-bois, qu'elles jugent le moment venu de faire pipi elles-mêmes, et chacune à son tour monte la garde pour écarter le curieux.

C'est ainsi que les deux Kohut font provision d'énergie pour une nouvelle semaine de travail au cours de laquelle la mère n'aura que peu à faire tandis que les élèves suceront le sang de la fille. Ils t'ont encore énervée aujourd'hui ? demande chaque soir la mère à Erika, la concertiste manquée. Non, ça va, répond la fille qui garde encore un vague espoir, que sa mère s'emploie alors à disséquer. Elle se plaint du manque d'ambition de l'enfant. L'enfant entend ces fausses notes depuis plus de trente ans. La fille qui feint l'espoir sait qu'elle n'a rien d'autre à attendre qu'un titre de Professeur dont elle use déjà et que confère Monsieur le Président de la République. Pour bons et loyaux services. En toute simplicité, au cours d'une petite cérémonie. Un jour ou l'autre – ce n'est plus bien loin – sonnera l'heure de la retraite officielle. La commune de Vienne est généreuse, mais il n'empêche : pour une profession artistique c'est un vrai coup de foudre dans un ciel serein. Celui qui est frappé, est frappé en plein cœur. La commune de Vienne interrompt brutalement le geste de l'ancien transmettant au cadet le flambeau de l'art. Les deux dames disent à quel point elles se réjouissent à la perspective de la retraite d'Erika ! Elles caressent de multiples projets. D'ici là on aura depuis longtemps fini de payer et de meubler l'appartement. On aura même acheté un terrain en Basse-Autriche, et on y construira. Une jolie petite maison, rien que pour elles deux, les dames Kohut. Qui fait des plans est sûr de vaincre. Qui prévoit assure ses arrières. D'ici là la mère sera bien centenaire, mais pas moins gaillarde pour autant.

Le feuillage de la forêt viennoise s'embrase le long des pentes sous l'effet du soleil.

Çà et là des fleurs printanières pointent timidement le bout du nez et se voient aussitôt cueillies et mises en sac. Bien fait pour elles. La curiosité doit être punie, Mme Kohut mère s'en charge. Comme elles feront joli ces petites fleurs, dans le vase boule vert clair de Gmünden, n'est-ce pas, Erika ?

L'adolescente vit dans une réserve où son espèce est à jamais protégée. Protégée des influences et soustraite aux tentations. Le plaisir y est interdit, mais pas le travail. La brigade féminine – mère et grand-mère – monte la garde, arme au pied, pour la défendre contre l'homme-chasseur qui guette dehors et, si besoin est, flanquer à ce dernier une bonne leçon. Les deux vieilles, au sexe desséché, refermé, se jettent devant tout mâle qui se présente pour l'empêcher d'arriver jusqu'à leur petite chatte. Car ce jeune animal ne doit donner prise ni à l'amour, ni au désir. Les grandes lèvres silicifiées des deux vieilles happent le vide avec des claquements secs comme les mandibules d'un lucane à l'agonie, mais aucune proie ne se laisse piéger. Aussi s'en tiennent-elles à la chair fraîche de leur fille et petite-fille qu'elles déchiquettent lentement tout en protégeant de leurs cuirasses ce sang jeune, afin que nul ne vienne l'empoisonner. À dix lieues à la ronde elles ont des espionnes sous contrat qui épient la femme en herbe dès qu'elle sort de chez elle et, à l'heure du café, s'en viennent déballer tout tranquillement leurs découvertes devant ses éducatrices patentées. Les informatrices font un rapport complet autour d'un gâteau maison. Elles racontent ce qu'elles ont vu près de l'ancien barrage : la précieuse enfant avec un étudiant de Graz ! Dorénavant, plus question de laisser l'enfant s'évader de la chape familiale à moins qu'elle ne s'amende et ne renonce à l'homme.

La ferme que l'on possède regarde sur une vallée où demeurent les espionnes qui – simple habitude – armées de leurs jumelles, rendent regard pour regard. Elles ne songent pas à balayer devant leur porte, et négligent leur ménage lorsque, l'été venu, les habitants de la capitale débarquent enfin. Un ruisseau court à travers le pré. Aux yeux d'un observateur, des coudriers interrompent brutalement la course du ruisseau, mais il la poursuit, invisible, dans le pré du voisin, au-delà des arbustes. À gauche de la maison, une prairie escalade les pentes jusqu'à la forêt dont on ne possède qu'une partie, le reste est à l'État. Tout alentour, d'épaisses forêts de conifères rétrécissent considérablement la vue, mais cela ne vous empêche pas de suivre les moindres gestes du voisin, et *vice versa*. Sur les chemins, des vaches montent au pâturage. Derrière, à gauche, une meule de charbonnier abandonnée, à droite, une réserve et des fraises des bois. À la verticale, en haut, des nuages, des petits oiseaux, mais aussi des autours et des buses.

La mère autour et la grand-mère buse interdisent à l'enfant confiée à leurs soins de quitter le nid. Elles s'en prennent à SA vie qu'elles dépècent, et les voisines à SA réputation qu'elles mettent en pièce. Toute parcelle où frémit la moindre vie est déclarée pourrie puis sectionnée. Trop musarder empêche d'étudier. En bas, près du barrage, des jeunes gens s'ébrouent dans l'eau, et son cœur L'y appelle. Ils rient bruyamment et caracolent. Là-bas, parmi les beautés rustiques, ELLE pourrait briller. Briller : c'est à cela qu'elle a été dressée. On lui a seriné qu'elle était le soleil autour duquel l'univers gravite, qu'elle n'avait qu'à attendre, immobile, et que les satellites se hâteraient de venir l'adorer. Elle sait que c'est elle la meilleure, à force de se l'entendre dire. Mais on se garde bien d'aller vérifier.

À contrecœur, le violon qu'un bras récalcitrant soulève s'approche enfin du cou. Dehors un soleil riant invite à la baignade. Le soleil invite à se déshabiller devant d'autres, or les vieilles femmes de la maison l'interdisent. Les doigts de la main gauche écrasent sur le manche les cordes d'acier coupant. Geignant et s'étranglant, l'esprit de Mozart mis à mal lutte pour s'échapper de l'instrument. L'esprit de Mozart clame sa souffrance du fond d'un enfer parce que la violoniste ne ressent rien, inlassablement il lui faut arracher à l'instrument des sons. Qui s'envolent de l'instrument en grognant et grinçant. ELLE n'a pas à redouter les critiques, l'essentiel est qu'il y ait du bruit, car c'est le signe que l'enfant, après les gammes, s'est élevée jusqu'aux sphères supérieures, tandis que son corps, sa dépouille mortelle, demeurait en bas. La défroque fait alors l'objet de manœuvres inquisitoriales, on traque le moindre indice du passage d'un homme, on la bat avec soin, la secoue avec énergie. Et la voici bien sèche, crissante et empesée, prête à être réendossée sitôt le morceau achevé. Insensible, à l'abri des sentiments et de la sensualité d'autrui.

La mère remarque d'un ton acerbe que si on LA laissait faire, elle montrerait sûrement plus d'empressement pour un jeune homme que pour le piano. Piano qu'il faut, ici, accorder tous les ans, car la rudesse du climat alpin lui détraque la voix. L'accordeur arrive de Vienne par le train, et grimpe en soufflant cette montagne où des folles auraient installé un piano à queue, à mille mètres au-dessus du niveau de la mer ! L'accordeur prédit que l'on pourra encore un ou deux ans – au mieux – labourer l'instrument puis qu'il disparaîtra, benoîtement rongé par une coalition de rouille, de moisissures et de champignons. La mère veille à ce que les cordes de l'instrument rendent des sons harmonieux et ne cesse de jouer avec la corde sensible de sa fille, moins pour la mettre à l'unisson que pour renforcer son influence sur cet instrument de chair et d'os, entêté et si peu fiable.

La mère insiste pour que, lors de ces prétendus « concerts » – douce récompense pour la sage ouvrière –, les fenêtres restent grand ouvertes, afin que les voisins aussi goûtent au plaisir des douces mélodies. Armées de leurs jumelles et postées tout en haut, mère et grand-mère vérifient si la fermière d'à côté ainsi que sa tribu ont bien pris place sur le petit banc, devant la chaumière, pour écouter religieusement, dans l'ordre et la discipline. La fermière tient à écouler son lait, son fromage blanc, ses œufs et ses légumes, comment s'abstiendrait-elle ? La grand-mère se félicite, notre vieille voisine trouve enfin le loisir de croiser les bras et d'écouter de la musique. Toute sa vie elle n'a attendu que ça. Et sur ses vieux jours, enfin, c'est là. Mon Dieu, comme c'était beau cette fois encore ! On dirait que les vacanciers aussi sont venus écouter Brahms. C'est, claironne joyeusement la maman, qu'on leur livre à domicile de la vraie musique toute fraîche avec leur bol de vrai lait encore tout chaud du pis de la vache. Aujourd'hui la fermière et ses hôtes se voient servir un Chopin fraîchement inculqué à l'enfant. Joue fort, rappelle la mère, la voisine devient un peu dure d'oreille. Et les voisins d'entendre une mélodie nouvelle qu'ils ne connaissaient pas encore. Ils y auront droit tant et tant de fois qu'à la fin ils reconnaîtraient le morceau les yeux fermés. Ouvrons aussi la porte, ils entendront bien mieux. Du classique, en un flot miasmatique, s'échappe par tous les orifices de la maison et se répand le long des pentes jusque dans la vallée. Les voisins se croiront aux premières loges. Ils n'auront qu'à ouvrir la bouche, Chopin, ça descend comme du petit-lait. Ensuite viendra Brahms, musicien de tous les frustrés, et spécialement de la femme.

Elle rassemble rapidement son énergie, déploie ses ailes et s'abat sur les touches qui foncent vers elle comme la terre vers l'avion qui s'écrase. Toutes les notes qu'elle n'attrape pas du premier coup, elle les laisse tomber. Cette vengeance subtile qu'elle tire de ses tortionnaires – des nullités sur le plan musical – lui procure un frisson de plaisir. Aucun profane ne s'aperçoit qu'on a sauté une note, alors qu'au moindre couac les vacanciers sautent de leurs chaises-longues. Qu'est-ce qui nous tombe dessus ? Chaque année ils font un pont d'or à la fermière pour être au calme à la campagne, et voilà qu'une musique bruyante ébranle les montagnes !

Les deux empoisonneuses épient leur victime, elles l'ont déjà vidée de presque tout son sang, ces araignées. Vêtues de leurs Dirndl avec des tabliers à fleurs par-dessus. Même leurs vêtements, elles les ménagent davantage que les sentiments de leur prisonnière. Déjà elles s'envoient des coups d'encensoir en songeant combien l'enfant sera restée modeste, malgré sa brillante carrière, sa réputation mondiale ! Mais de cette enfant et petite-enfant il faut provisoirement priver le monde, afin que plus tard elle lui appartienne, à lui seul, et non plus à maman et grand-maman. Aussi lui conseillent-elles de se montrer patient, plus tard seulement on pourra lui confier l'enfant.

Quel public tu as, aujourd'hui encore ! Regarde, au moins sept personnes sur les chaises longues rayées. C'est un test. Mais à peine les rodomontades abrahm-scadabrantes terminées, que leur faut-il entendre ? De gros rires qui, jaillissant des gorges déployées des fameux estivants, leur répondent d'en bas comme un écho incongru. De quoi rient-ils si bêtement ? N'ont-ils donc de respect pour rien ? Armées d'un pot à lait, mère et fille s'élancent de leur cime pour demander, au nom de Brahms, réparation des rires. Les vacanciers sautent sur l'occasion pour se plaindre du bruit qui trouble la nature. D'un ton coupant, la mère réplique qu'il y a plus de paix sylvestre dans une seule sonate de Schubert que dans tous les bois du monde. Seulement voilà, cela leur échappe. Hautaine et détournant la tête, la mère, avec son beurre et le fruit de ses entrailles, reprend le chemin escarpé de son ermitage. La fille avance fièrement qui porte le pot à lait. Elles n'apparaîtront plus en public avant le lendemain soir. Les vacanciers discuteront encore longtemps de leur passe-temps favori : la belote.

ELLE se sent exclue de tout, car on l'exclut de tout. D'autres avancent, et même l'enjambent. C'est un si petit obstacle. L'excursionniste va de l'avant, ELLE reste au bord de la route, comme un papier gras qui tout au plus volette au vent. Le papier ne peut aller bien loin et se décompose sur place. Décomposition qui prend des années, des années de monotonie.

Pour rompre la monotonie, son cousin leur rend visite, avec lui un souffle de vie traverse la maison. Qui plus est, il introduit d'autres êtres vivants, des créatures inconnues qu'il attire comme la lumière les insectes. Le cousin fait des études de médecine et attire la jeunesse du village par sa vitalité, ses fanfaronnades et ses connaissances en matière de sport. Il raconte à l'occasion des blagues de carabin et on l'appelle « Zigoto », car c'est un vrai zigue à la coule. Tel un roc il domine les flots tumultueux de la jeunesse paysanne qui l'entoure, n'aspirant qu'à l'imiter. La vie est soudain entrée dans la maison, car, quoi qu'on dise, un homme apporte toujours de la vie dans une maison. Un sourire indulgent aux lèvres mais dans le fond pleines de fierté, les femmes de la maison regardent le jeune homme qui a besoin de jeter sa gourme. Elles le mettent seulement en garde contre certaines jeunes vipères qui en leur sein couvent un mariage. Le jeune homme se défoule de préférence en public, il a besoin de spectateurs, et il en a. Même SA mère à elle, pourtant sévère, sourit. L'homme, en fin de compte, doit savoir vaincre ou périr, les combats sont ses fêtes, la fille, elle, doit se livrer aux transports de la musique, quitte à se faire mal aux chevilles !

Zigoto adore porter un slip de bain minuscule et en ce qui concerne les filles, montre une prédilection pour les bikinis les plus rikikis, le dernier cri de la mode. Avec ses amis, il jauge en centimètres ce qu'une fille a à lui offrir, et se gausse de ce qu'elle n'a pas. Avec les filles du village, Zigoto joue au badmington. Il se donne un mal fou pour initier les jeunes filles à cet art qui requiert avant tout de la concentration. Il se plaît à guider la main qui serre une raquette, tandis que la jeune fille rougit de confusion dans son bikini rikiki. Ce maillot, elle se l'est payé en économisant sur son salaire de vendeuse. La jeune fille aimerait épouser un médecin, elle exhibe sa silhouette, afin que le futur esculape sache ce qu'il peut espérer et n'ait pas à débourser pour acheter chatte en poche. Ses bourses à lui ont été enserrées dans une pochette retenue par deux ficelles qui passent sur les hanches et se nouent de chaque côté, à gauche et à droite. Négligemment, car il s'en moque. Parfois, les nœuds se défont et Zigoto doit les refaire. C'est un mini-maillot.

Mais il y a une chose dont il raffole, c'est de donner ici, dans ces montagnes où il est encore sûr de récolter l'admiration générale, une démonstration de ses récents progrès à la lutte. Il connaît même quelques prises de judo sophistiquées. Souvent il montre de nouvelles astuces. Le profane en cet art ne peut y résister et se retrouve vite par terre. Des rires tonitruants s'élèvent alors auxquels se joint, débonnaire, l'adversaire écrasé, par peur d'essuyer la risée générale. Les filles roulent autour de Zigoto comme des fruits mûrs tombés de l'arbre. Le jeune sportif n'a qu'à se baisser pour les déguster. Les filles poussent des piaillements en se sur-veillant du coin de l'œil et en exploitant les avantages du terrain. Elles dévalent les collines en gloussant, et en piaillant s'étalent sur le gravier ou les chardons. Au-dessus d'elles, le jeune homme triomphe. Il saisit par les poignets la fille qui s'offre à lui et serre, serre. Il utilise une prise secrète, un effet de levier – on ne voit pas trop comment – mais vaincu par sa force et ce tour déloyal le cobaye fléchit les genoux et tombe à ses pieds. Il l'entraîne à demi, à demi elle s'abandonne. Qui pourrait résister à ce jeune étudiant ? S'il est par-ticulièrement bien luné, il va jusqu'à autoriser la jeune fille qui rampe devant lui à lui baiser les pieds, faute de quoi il ne la lâchera pas. Et la victime consentante de baiser lesdits pieds en rêvant à d'autres baisers plus doux, car pris et donnés dans le secret.

La lumière du soleil joue avec les têtes ; du petit pataugeoir l'eau jaillit, scintillante. ELLE s'exerce au piano, ignorant les salves de rires qui montent par à-coups. SA mère lui a instamment recommandé de ne pas y prêter attention. La mère se tient sur les marches de la véranda et rit, elle rit, une assiette de biscuits à la main. On n'est jeune qu'une fois, dit la mère, mais dans le charivari personne ne l'entend.

ELLE a toujours une oreille dehors, où Zigoto mène grand bruit avec les filles. Elle la dresse, pour entendre son cousin croquer le temps à belles dents, goulûment. Ce temps dont ELLE prend de plus en plus douloureusement conscience, comme un métronome ses doigts rythment les secondes que les touches engloutissent. Les fenêtres de la pièce où elle travaille sont protégées par des barreaux. Leur ombre est une croix brandie à la face du monde extérieur et de son agitation, comme à celle d'un vampire assoiffé de sang.

Ayant bien mérité un rafraîchissement, voici que le jeune homme plonge dans le bassin. Il vient d'être rempli, c'est de l'eau de source glacée, mais Zigoto s'y risque, à cœur vaillant, rien d'impossible. S'ébrouant comme un cachalot, il refait surface. ELLE ne le voit pas mais elle le sait. Sous les bravos, les dernières conquêtes du futur médecin se précipitent à leur tour, dans l'eau, vite, la place est rare ! Jets d'eau et jeux de main. Il faut toujours qu'elles l'imitent, dit la mère en riant. Elle est indulgente. Même la vieille grand-maman qu'ELLE partage avec son cousin arrive à toutes jambes pour assister au chahut. L'aïeule aussi sera aspergée, car Zigoto ne respecte rien, pas même la vieillesse. Mais elle en rit, qu'il est vif, qu'il est viril son petit bonhomme. La mère remarque avec bon sens que Zigoto aurait dû se mouiller progressivement, mais elle finit par rire, et même plus que tout le monde, c'est plus fort qu'elle ; elle se tord littéralement lorsque Zigoto imite à s'y méprendre le cri d'un phoque. Tout en elle vibre et s'agite comme si des boules de verre s'entre-choquaient dans son corps. Zigoto qui ne se sent plus jette une vieille balle en l'air et veut la rattraper sur son nez, mais on ne s'improvise pas jongleur. Tout le monde se tord, on croule de rire, on pleure. Quelqu'un lance une tyrolienne, un autre des vivats dans le plus pur style montagnard. Dans un instant le déjeuner est servi. Mieux vaut se baigner avant qu'après, c'est moins dangereux.

La dernière note s'éteint, expire, SES muscles se détendent, le réveil que sa mère en personne a réglé vient de sonner. Elle se lève d'un bond au milieu d'un mouvement et l'âme débordant de ces sentiments compliqués propres à l'adolescence, elle sort en courant dans l'espoir de glaner une dernière petite miette de l'allégresse générale. Dehors on fait à la cousine un accueil digne d'elle. Tu as dû travailler tout ce temps-là ? Ce sont les vacances, ta mère pourrait bien te laisser un peu tranquille. Attention, pas de mauvaises influences sur son enfant, demande la mère. Zigoto qui ne fume ni ne boit plante ses crocs dans un sandwich au saucisson. Pourtant on passe à table d'ici un instant, mais les dames de la maison ne peuvent rien refuser à leur petit chéri qui se verse alors dans une chope une bonne rasade de sirop de framboise – dont la matière première fut cueillie par leurs soins – complète avec de l'eau de source et hop s'envoie le tout derrière la cravate. Le voilà requinqué. Qui se tape avec délectation sur les muscles abdominaux. Et sur d'autres. Mère et grand-mère passent des heures à commenter le bienheureux appétit de Zigoto. Elles se livrent à une surenchère d'initiatives culinaires et se disputent à longueur de journée pour savoir s'il préfère l'escalope de veau ou celle de porc. La mère demande à son neveu ce que deviennent ses études, et le neveu de répondre qu'il aimerait bien les oublier un moment. Il veut profiter une bonne fois de sa jeunesse et jeter sa gourme. Le jour viendra où il dira que sa jeunesse est loin.

Zigoto LA regarde droit dans les yeux et lui conseille de rire un peu. Pourquoi tant de sérieux ? Le sport lui ferait du bien, ça permet de s'amuser et ses effets sont généralement bénéfiques. Aux joies du sport le cousin éclate de rire et des miettes de sandwich jaillissent de sa gorge déployée. Il soupire d'aise. S'étire avec volupté. Tournoie sur lui-même comme une toupie, se jette dans l'herbe et fait le mort. Mais se relève aussitôt, n'ayez crainte. Car voilà le moment de montrer la fameuse prise de judo à la petite cousine qu'on aimerait égayer. Ça lui fera plaisir à cette petite et ça embêtera Tata.

Et c'est parti pour la descente, ELLE fend le vent, adieu. Voyage sans retour. Elle s'affaisse de tout son long, en avant, par ici l'ascenseur, les arbres, la petite rampe d'escalier avec son églantier, l'assistance, défilent à toute allure et sortent de son champ visuel. Attention au décollage. Sa charpente est comprimée, une poitrine velue rase sa tête, la ligne de démarcation recule, déjà apparaissent les ficelles qui retiennent le paquet de testicules. Suivies d'une vision impitoyable : un petit Everest rouge, et dessous, en gros plan, les longs poils soyeux des cuisses. Arrêt brutal de l'ascenseur. Rez-de-chaussée. Quelque part dans son dos, des os craquent, sinistres, des charnières grincent d'avoir été si rudoyées.

Et voilà le travail, elle est à genoux, hourra ! Une fois de plus Zigoto a piégé une fille. Elle est agenouillée devant son cousin, enfant en vacances devant un autre enfant en vacances. Un léger vernis de larmes brille sur SON visage qu'elle lève vers une face hilare, prête à éclater. Ce voyou l'a bien eue et savoure sa victoire. Il l'écrase contre le sol de la prairie. La mère pousse un cri, en voilà des manières de traiter son enfant devant toute la jeunesse du village, une petite si douée, si admirée.

Le petit paquet rouge plein de sexe se met à osciller, il tourne, aguicheur, devant SES yeux. Il appartient à un séducteur auquel nulle ne résiste. ELLE y appuie la joue juste un instant. Sans trop savoir pourquoi. Juste sentir, une seule fois, juste toucher de ses lèvres cette boule de Noël scintillante. L'espace d'un instant, le paquet LUI est destiné. ELLE l'effleure des lèvres, ou est-ce du menton ? Sa volonté n'y est pour rien. Zigoto ignore qu'il a déclenché un véritable éboulement chez sa cousine. ELLE regarde de tous ses yeux. On dirait une préparation sous le microscope, placée là exprès pour elle. Que le temps suspende son vol, il faut savourer l'instant.

Personne n'a rien remarqué, ils se sont tous rassemblés autour des victuailles. Zigoto LA libère aussitôt et recule d'un pas. Vu les circonstances, on se passera de la cérémonie du baise-pied qui d'ordinaire clôt les exercices. Il sautille sur place pour se dégourdir, saute en l'air faute de savoir quoi faire, et décampe à toute allure en riant. La prairie le happe, les dames appellent à table. Zigoto s'est envolé, d'un bond il a quitté le nid. Sans rien dire. Il a déjà presque disparu, talonné par quelques copains qui ne demandent qu'à le suivre. La course folle s'éloigne. Avec mansuétude la mère le condamne par contumace pour délit de chahut. Elle s'est donné tant de mal à la cuisine, et tout ça pour des prunes.

Zigoto ne rentrera que bien plus tard. Déjà le soir ramène le silence, Vénus se lève à l'horizon. Tout le monde joue aux cartes sous la véranda. Des papillons à demi groggys voltigent autour de la lampe à pétrole. ELLE, aucun cercle lumineux ne l'attire. ELLE est seule dans sa chambre, à l'écart de la foule qui l'a oubliée ; elle est si légère. Elle n'est un poids pour personne. Elle déballe avec soin une lame de rasoir empaquetée dans plusieurs papiers. Où qu'elle aille, elle ne s'en sépare jamais. La lame sourit comme le fiancé à sa promise. ELLE examine le fil avec précaution : tranchant comme un rasoir. Alors elle enfonce la lame dans le dos de sa main, à plusieurs reprises, profondément mais pas assez pour toucher les tendons. Ça ne fait pas mal du tout. Le métal entre comme dans du beurre. Un instant la fente d'une tirelire s'ouvre dans le tissu jusqu'ici intact, puis le sang péniblement contenu rompt la digue. En tout quatre entailles. Pas plus, sinon elle se saigne à blanc. Elle essuie la lame et la remballe. Pendant ce temps, le sang rouge vif coule des plaies, ruisselle, salissant tout sur son passage. Le sang ruisselle, chaud, silencieux, ce n'est pas déplaisant. Il est si fluide. Il coule sans répit. Il teint tout en rouge. Quatre fentes, d'où il jaillit sans s'arrêter. Par terre et même sur la literie les quatre ruisselets s'unissent en un fleuve impétueux. Suis le cours de mes larmes, et bientôt le ruisseau t'accueillera. Une petite flaque se forme. Le sang coule toujours. Il coule, il coule, il coule.

Impeccable comme toujours, le professeur Erika quitte pour aujourd'hui et sans regret le théâtre de ses activités musicales. Elle s'éclipse discrètement, au son des cors, des trombones et des trilles de violon qui s'échappent de concert par les fenêtres. Et l'accompagnent. Elle effleure à peine les marches. Pour une fois sa mère ne l'attend pas. D'un pas déterminé Erika s'engage dans une voie qu'elle a déjà prise quelquefois. Ce n'est pas le plus court chemin pour rentrer, mais peut-être y croisera-t-elle le merveilleux, le grand, le méchant loup en train de se curer les dents, adossé à un poteau télégraphique en pleine campagne, sa dernière victime dépecée. Erika voudrait pouvoir marquer d'une pierre blanche ne fût-ce qu'une seule journée de sa vie ô combien à sens unique, et lancer une œillade au loup. Elle le verra de loin et entendra des bruits d'étoffes déchirées et de peaux crevées. Il sera déjà tard. L'événement émergera de la brume des faux-semblants de la musique. Erika pose un pied devant l'autre. Résolument.

Des rues, des défilés s'ouvrent et se referment, parce qu'elle se refuse à s'y engager. Lorsque par hasard un homme lui fait de l'œil, elle regarde droit devant elle. Lui n'est pas le loup, et SON sexe ne se déploie pas, il se bouche à l'émeri. Erika se rengorge comme une grosse tourterelle, si bien que l'homme passe son chemin sans plus s'attarder. Le glissement de terrain qu'il a provoqué l'épouvante. Il chasse sur-le-champ de son esprit l'idée de profiter de cette femme ou de la protéger. Erika pointe un visage arrogant : le nez, la bouche, tout se transforme en une flèche de signalisation qui creuse son chemin et prétend afficher : on tient le cap, en avant. Une horde de jeunes lance une remarque désobligeante sur dame Erika. Ils ignorent qu'ils ont affaire à une Mme le Professeur et ne font preuve d'aucun respect. Erika porte une jupe plissée à carreaux qui couvre exactement le genou, pas un millimètre de plus ou de moins. Avec un chemisier en soie qui, pour ce qui est de l'ampleur, épouse exactement son buste. Elle coince comme toujours sous le bras sa serviette à la fermeture Éclair rigoureusement tirée. Chez Erika tout ce qui peut se fermer est fermé.

Faisons un bout de chemin en tram, il nous transporte vers les banlieues. Ici la carte d'abonnement n'est plus valable et il faut qu'elle achète un billet. Elle n'emprunte jamais cet itinéraire. Ce sont des coins où l'on ne s'aventure guère à moins d'y être contraint. Et bien peu d'élèves en proviennent. Le temps d'un disque dans un juke-box, c'est le maximum qu'une musique puisse tenir ici.

Quelques bistrots crachent déjà leur lumière sur le pavé. Sous les îlots éclairés des réverbères, des groupes se disputent car quelqu'un vient de lancer une affirmation fausse. Erika est obligée de voir quantité de choses qu'elle ne connaissait pas sous cet angle. Çà et là des cyclos démarrent et leurs pétarades criblent brutalement l'air de piqûres d'aiguilles. Puis ils s'éloignent en hâte, comme s'ils étaient attendus. Au foyer de la paroisse, où a lieu une soirée, et d'où ils seront aussitôt chassés car ils troublent la paix. La plupart du temps ils montent à deux sur ces engins anémiques pour qu'il n'y ait pas de place perdue. Tout le monde ne peut pas se payer de cyclo. Ici les mini-voitures sont bourrées à craquer. Souvent une aïeule y trône fièrement au milieu des siens qui l'emmènent faire un tour au cimetière.

Erika descend. Elle continue à pied. Sans regarder ni à droite ni à gauche. Des employés verrouillent les portes d'un supermarché, devant, les dernières ménagères font tourner au ralenti leurs machines à caqueter. Une soprano a le dernier mot sur un baryton, elle se plaint, hier le raisin était joliment moisi. Surtout les grappes au fond de la corbeille en plastique. C'est pourquoi aujourd'hui on n'en a pas acheté ; la voix de casse-noisettes expose à qui veut l'entendre un ramassis de plaintes et de colère. Derrière les portes vitrées fermées, une caissière se débat avec sa machine, elle a beau faire, elle ne trouve pas l'erreur. Un enfant sur une trottinette, et un autre qui court à côté, en claironnant d'une voix geignarde que cette fois c'était son tour, comme promis. Le premier enfant ignore les supplications du collègue moins bien loti. Dans d'autres quartiers on ne voit plus du tout ce genre de trottinette, se dit Erika. Un jour on lui en avait offert une, à elle aussi, ce qui l'avait ravie. Mais elle n'avait pas eu le droit de s'en servir, parce que la rue tue les enfants.

La tête d'une gamine de trois-quatre ans valse en arrière sous une rafale de claques maternelles, et vacille un instant pitoyablement, comme un poussah déséqui-libré qui a bien du mal à se redresser. Enfin la revoilà d'aplomb, à sa place, l'enfant émet des sons effroyables, sur quoi la femme exaspérée lui remet à tour de bras du plomb dans la tête. La tête de l'enfant est déjà marquée à l'encre invisible, un destin bien pire l'attend. La femme, elle, est chargée comme un baudet et préférerait voir l'enfant disparaître dans une bouche d'égout. En effet, pour pouvoir maltraiter la petite, il lui faut à chaque fois poser ses lourds cabas par terre, d'où un surcroît de travail. Pourtant ce petit effort semble en valoir la peine. L'enfant apprend le langage de la violence, mais l'apprentissage lui déplaît, et à cette école elle ne comprend rien. Par ailleurs elle possède deux ou trois mots, les plus nécessaires, bien qu'on les distingue mal à travers ses braillements.

Mais bientôt Erika laisse derrière elle la femme et la petite braillarde. Elles s'arrêtent à tout bout de champ ! À cette allure, jamais leur pas ne s'accordera à la frénésie du temps. La caravane Erika progresse. C'est un quartier strictement résidentiel, mais mal coté. Des pères de famille rentrant de vadrouille et rasant les murs s'engouffrent dans des maisons où ils s'abattront sur les leurs comme des coups de massue. Les dernières voitures font claquer leurs portières, arrogantes et conscientes de leur valeur, car ici les minis sont les chouchoutes de toutes les familles et peuvent tout se permettre. Brillantes, souriantes, elles restent le long du trottoir, tandis que leurs propriétaires se hâtent de rentrer dîner. Qui maintenant n'a pas de foyer a beau en souhaiter un, jamais n'en construira, pas plus avec le crédit foncier qu'avec d'autres crédits à long terme. Et qui pour son malheur a son foyer ici préfère souvent courir les chemins. Des hommes de plus en plus nombreux croisent la route d'Erika. Par un coup de baguette magique, les femmes ont disparu dans les trous qu'on nomme par ici logements. À cette heure, elles ne sortent pas seules. Uniquement en compagnie de leur famille, pour boire une bière ou rendre visite à des proches. Uniquement si un homme adulte les accompagne. Partout elles œuvrent, Pénélopes discrètes mais si indispensables. Odeurs de cuisine. Çà et là légers bruits de casseroles, cliquetis de fourchettes. La lueur bleue de la première émission familiale de la soirée danse à une fenêtre, puis à une autre, puis à toutes ou presque. Cristaux scintillants dont s'orne la nuit tombante. Les façades deviennent des décors en trompe-l'œil derrière lesquels on a peine à s'imaginer quoi que ce soit ; tout se ressemble et s'assemble à ce qui lui ressemble. Seuls les bruits des téléviseurs sont réels, ils constituent le véritable événement. Tous les gens alentour vivent la même chose en même temps, sauf dans le cas rarissime où un non-conformiste a mis la deuxième chaîne qui diffuse « Le monde de la chrétienté ». Ces individualistes ont droit à des informations étayées par des chiffres sur un congrès eucharistique. Il est vrai que de nos jours, l'originalité, ça se paie.

Tiens : des sonorités en u, des glapissements turcs. La deuxième voix ne se fait pas attendre – des hautes-contre gutturaux, aux accents serbo-croates. Des hordes d'hommes filant comme des carreaux d'arbalète avancent séparément, et tous ensemble donnent l'assaut : à une arche du suburbain où s'est installé un peep-show. Sous une des arcades du viaduc où le train passe à toute allure. Le moindre petit recoin a été mis soigneusement à contribution, il n'y a pas de place perdue. Aux yeux des Turcs ces voûtes évoquent sans doute vaguement une mosquée. Et le tout leur rappelle peut-être bien un harem. Une arche de viaduc, entièrement évidée, et pleine de femmes nues. L'une après l'autre, elles défilent toutes. Montagne de Vénus en miniature. En format réduit. Et voici Tannhäuser qui s'approche et frappe de son bâton. Arche de viaduc en briques à l'extérieur, à l'intérieur plus d'une leur a tourné la tête. Elle s'emboîte parfaitement, cette petite boîte où des femmes nues s'étendent et s'étirent. Des femmes qui se relaient. Des femmes qui tournent à l'intérieur d'une chaîne de peep-shows, selon un principe de déplaisir bien défini, afin d'offrir – à intervalles réguliers – de la chair fraîche à l'habitué, au client fidèle. Sinon il ne reviendrait pas. L'abonné. Après tout, c'est lui qui apporte son bon argent et jette pièce après pièce dans une fente béante et goulue. Car c'est toujours au moment où les choses deviennent vraiment intéressantes qu'il doit glisser une nouvelle pièce. D'une main il jette la pièce, de l'autre il pompe et jette sa virilité à tout vent. À la maison, il mange pour trois, ici il se prodigue et se laisse répandre à terre.

Toutes les dix minutes, le suburbain de Vienne vrombit au-dessus de leurs têtes. Il ébranle la voûte entière, mais, inébranlables les filles continuent leurs contorsions. Elles s'y sont faites. On s'habitue à ces sourds grondements. Clic, une pièce glisse dans la fente, déclic d'une lucarne, et, miracle de la technique : une chair rose apparaît. On n'a pas le droit de toucher, d'ailleurs c'est impossible, une paroi s'interpose. La fenêtre qui donne sur la piste cyclable à l'extérieur est obstruée par du papier noir. Des motifs décoratifs jaunes sont collés dessus pour faire joli. Serti dans le papier noir, un petit miroir, pour se regarder. Mais dans quel but ? Peut-être pour se recoiffer, après. Un petit sex-shop se trouve juste à côté. Si ça vous a donné des idées, vous trouverez là tout ce qu'il vous faut. On n'y vend pas de femmes mais, pour compenser, de minuscules culottes en nylon avec de multiples fentes devant ou derrière au choix. Rentré à la maison, on les fait enfiler à son épouse, et on peut s'y faufiler sans que cette dernière ait à les enlever. Il existe également des chemisettes assorties ; elles ont en haut deux trous bien ronds, par lesquels la femme passe les seins. Un voile arachnéen recouvre le reste. Le tout est bordé de ruches minuscules. On a le choix, selon ses préférences, entre deux coloris, rouge foncé ou noir. Le noir sied mieux aux blondes, le rouge aux brunes. Il s'y trouve en outre des livres et des magazines, des films super-8 et des vidéo-cassettes plus ou moins empoussiérées. Ici ces derniers articles ne marchent pas. Le client n'a pas chez lui l'appareil qui convient. Les articles d'hygiène en caoutchouc à surface nervurée, ainsi que les poupées gonflables se vendent déjà mieux. Dedans le client contemple d'abord la femme en vrai, dehors il se rabat sur la copie. Car il ne peut hélas emporter ces belles dames nues et se défoncer avec elles jusqu'à les crever, bien à l'abri dans sa chambrette. Ces femmes-là n'ont jamais rien vécu de fondamental sinon elles ne s'exhiberaient pas ainsi. Mais suivraient l'homme de bon cœur, au lieu de faire comme si. Ce n'est vraiment pas un métier pour une femme. Le mieux serait d'en embarquer une tout de suite, n'importe laquelle, en principe elles se ressemblent toutes. Elles ne se différencient pas radicalement, tout au plus par la couleur des cheveux, tandis que les hommes, eux, ont leur personnalité propre, l'un préfère ceci, l'autre cela. La salope derrière la vitre, donc quasiment de l'autre côté de la barrière, n'a en revanche qu'un seul désir : que ces salauds derrière leur lucarne vitrée s'arrachent la queue à force de se branler. De cette façon chacun tire profit de l'autre, et l'atmosphère est à la détente. Pas de service sans contrepartie. Ils paient et reçoivent quelque chose en retour.

La pochette qu'Erika porte en plus de sa serviette se bosselle de toute une collection de pièces de dix schillings. Une femme ne se hasarde pour ainsi dire jamais par ici, mais il faut toujours qu'Erika fasse sa maligne. Elle est ainsi. Si les uns sont comme ci ou comme ça, par principe elle sera le contraire. Tirent-ils à hue, elle seule tire à dia, et en est fière de surcroît.

Erika ne peut se faire remarquer que comme ça. Et veut maintenant entrer là. Les enclaves et îlots linguistiques turcs et yougoslaves reculent, effarouchés, devant cette apparition d'un autre monde. Ça leur en bouche un coin, pourtant d'habitude un bon petit viol ne serait pas pour leur déplaire. Ils lancent derrière son dos des choses que par bonheur Erika ne comprend pas. Elle marche la tête haute. Personne ne la touche, même pas le pochard du coin. D'ailleurs un homme d'un certain âge veille au grain. Est-ce le propriétaire ? Le gérant ? Les rares autochtones présents rasent les murs. Ils sont seuls. Aucun groupe pour leur donner du cœur au ventre et de plus ils sont obligés ici de côtoyer des gens qu'ailleurs ils évitent avec soin. Ils bénéficient d'un contact physique qu'ils ne souhaitent pas, et celui qu'ils souhaitent ne s'établit pas. L'instinct sexuel de l'homme est hélas puissant. Pas de quoi s'offrir un vrai pousse-café, on est raide, c'est la fin du mois. Les indigènes défilent d'un pas hésitant le long du viaduc. Sous l'arcade juste avant la salle de spectacle, un magasin de ski. Une arcade plus loin, un magasin de cycles. Tout le monde dort à cette heure, dans ces boutiques il fait noir comme dans un four. Mais de là sort une lumière accueillante qui attire les papillons de nuit, ces friponnes lucioles. Qui veulent en voir pour leur argent. Chacun est strictement séparé du voisin. Les cabines en contreplaqué sont taillées sur mesure. Elles sont petites, exiguës, leurs habitants temporaires sont de petites gens. En outre – plus les cabines sont petites, plus il y en a. Ainsi sont-ils relativement nombreux à pouvoir se soulager en relativement peu de temps. Ils repartent avec leurs soucis, mais abandonnent là leur précieuse semence. Des femmes de ménage veillent et luttent contre toute prolifération anarchique. Et pourtant chacun d'entre eux, à l'entendre, mériterait particulièrement de croître et de se multiplier. La plupart du temps tout est occupé. L'affaire est une mine d'or, une cassette à bijoux. Par petits groupes, les travailleurs étrangers font patiemment la queue. Ils tuent le temps en blaguant sur les femmes. L'exiguïté des boxes est directement proportionnelle à celle de leurs logements qui parfois se résument à un coin dans une pièce. Ils sont donc habitués à être serrés, et ici, grâce aux cloisons, ils peuvent même s'isoler. Ils ne sont admis qu'un par un dans les boxes. Là, ils sont seuls avec eux-mêmes. Sitôt les schillings introduits, la belle femme apparaît dans la ligne de mire. Ici les deux salons particuliers avec service personnalisé pour client exigeant sont presque toujours vides. Car rares sont ici les hommes capables de formuler des vœux particuliers.

Erika, très Mme le Professeur, pénètre dans ce lieu.

Une main se tend vers elle, mais déjà hésite et se retire. Erika ne se dirige pas vers le secteur des employés mais vers celui des hôtes payants. C'est le plus important. Cette femme veut assister à un spectacle qu'elle pourrait s'offrir pour moins cher à la maison devant la glace. Les hommes manifestent bruyamment leur étonnement, car eux sont obligés de se serrer la ceinture pour pouvoir venir en douce à la chasse aux femmes. Sur leurs miradors, ces chasseurs. Ils guettent à travers les trous, et l'argent du ménage s'envole. Du spectacle rien ne leur échappe.

Erika aussi ne veut être que spectatrice. Ici, dans cette cabine, elle reste telle qu'elle est. Rien n'entre en Erika, mais Erika, elle, entre parfaitement dans cette chartreuse. Erika est un instrument compact revêtu d'une forme humaine. La nature ne semble pas lui avoir laissé d'ouvertures. Là où chez les vraies femmes le menuisier a ménagé l'entrée, Erika a le sentiment d'être en bois massif. C'est du bois spongieux, du bois mort, abandonné dans la futaie, et la moisissure gagne. D'où les airs de grande dame qu'elle se donne. À l'intérieur elle pourrit, mais elle repousse les Turcs du regard. Les Turcs veulent l'éveiller à la vie, mais se heurtent à un mur de majesté. Erika, très grande dame, pénètre dans la grotte de Vénus. Les Turcs ne se montrent ni polis, ni impolis. Ils la laissent simplement entrer, elle et sa serviette bourrée de partitions. Elle peut même passer devant tout le monde sans soulever de protestations. En plus elle porte des gants. L'homme à l'entrée l'appelle vaillamment chère madame. Je vous en prie, donnez-vous donc la peine, et aussitôt il l'introduit dans son petit salon, où des chattes et des seins baignent dans la quiète lueur des lumignons. Sculpter par la lumière des triangles poilus, voilà l'essentiel, car c'est la toute première chose que l'homme regarde, c'est une loi. L'homme regarde le néant, il regarde le manque absolu. C'est d'abord cela qu'il regarde, ensuite vient le reste de la mignonne.

Erika se voit attribuer une cabine de luxe. Mme Erika n'a pas à attendre. Les autres n'en attendront que plus longtemps. Elle tient l'argent à portée de sa main gauche comme le manche du violon lorsqu'elle joue. Dans la journée, il lui arrive de calculer combien de séances elle pourra s'offrir avec les pièces qu'elle a mises de côté. Ce sont des économies qu'elle rogne sur ses goûters. Un spot bleu effleure un morceau de chair. Même les couleurs sont bien envoyées ! Erika ramasse un mouchoir en papier tout collé de sperme et le tient sous son nez. Elle respire profondément ce qu'un autre a produit au terme d'un dur labeur. Elle respire, regarde et ce faisant consomme un petit bout de vie. Dans certains clubs on peut prendre des photos. Là-bas chacun choisit son modèle selon son humeur et ses goûts. Mais Erika ne veut pas passer à l'acte, elle veut simplement regarder. S'asseoir tranquillement et regarder. Regarder. Erika qui regarde sans toucher. Erika n'a pas de sensations et pas l'occasion de se caresser. Sa mère dort dans le lit voisin et surveille les mains. Ces mains-là doivent s'entraîner et non filer comme des fourmis sous les draps pour s'attaquer au pot de confiture. Même lorsque Erika se travaille de taille ou d'estoc, elle ne sent presque rien. Seul le sens de la vue est parvenu chez elle à son plein épanouissement.

La cabine empeste le désinfectant. Les femmes de ménage sont aussi des femmes même si elles n'en ont pas l'air. Elles ont l'habitude de flanquer sans cérémonie dans un seau crasseux le sperme éparpillé de ces vaillants chasseurs de la Marquise. Néanmoins il y a encore un mouchoir qui traîne, froissé et dur comme du béton. Pour ce qui est d'Erika, elles pourraient souffler un peu dans ce domaine et calmer leurs articulations en colère. Elles sont toujours cassées en deux. Erika s'assied simplement et observe. Elle n'enlève même pas ses gants, pour éviter de toucher à quoi que ce soit dans ce cachot infect. À moins qu'elle ne les garde pour cacher les fers qu'elle porte aux poignets. Le rideau se lève pour Erika, on l'aperçoit, tirant les ficelles derrière la scène. Tout se déroule pour elle seule ! Et ici seules des femmes bien roulées ont leurs entrées. De l'allure et du chic, c'est tout ce qu'on demande. Mais auparavant, toutes doivent subir un examen détaillé de leur corps, aucun propriétaire n'achetant jamais chatte en robe-sac.

Ce qu'Erika n'a pu exécuter dans une salle de concert, ces dames s'en chargent maintenant à sa place. Évaluation des capacités selon l'ampleur des courbes féminines. Elle regarde attentivement. Un instant de distraction, et voilà encore quelques schillings de fichus.

Une fille aux cheveux noirs prend une pose inspirée permettant de plonger jusqu'au fond d'elle-même. Elle tourne en rond, juchée sur une sorte de tour de potier. Mais qui actionne le tour ? D'abord elle serre les cuisses, on ne voit rien, et les bouches salivent ferme dans l'anticipation du plaisir. Puis elle écarte lentement les jambes et défile devant toutes les lucarnes. Parfois, malgré de louables efforts d'équité, on voit plus d'une lucarne que d'une autre, à cause des révolutions régulières du plateau. Les fentes cliquettent nerveusement. Il faut oser pour gagner, et oser encore permet peut-être de gagner une nouvelle fois.

Tout à la ronde la pâte humaine frotte et se malaxe avec ferveur, cependant qu'une gigantesque spatule invisible la pétrit soigneusement. Dix petites pompes travaillent d'arrache-pied. Certains les amorcent déjà dehors, pour moins dépenser jusqu'à la giclée finale. Durant laquelle l'une de ces dames vous tient compagnie. Dans les ermitages voisins, les queues se délestent par saccades de leur précieuse cargaison. Bientôt elles auront refait le plein, et chacun devra à nouveau calmer ses ardeurs. Parfois en cas d'enrayage, quarante à cinquante schillings ne sont pas de trop. Surtout lorsque à force de regarder on en oublie d'actionner son propre piston. Voilà pourquoi les femmes changent si souvent, ça distrait. On écarquille les yeux comme un idiot et on n'agit pas.

Erika regarde. L'objet de sa curiosité passe justement

une main entre ses cuisses et manifeste son plaisir en formant avec la bouche un petit o. Ravie de tant de spectateurs, la fille ferme les yeux, les roule vers le ciel et les rouvre. Elle lève les bras et se masse le bout des seins, afin qu'ils se dressent. Elle s'assied confortablement, écarte les jambes, on aperçoit à présent, en contre-plongée, l'intérieur de la femme. Elle joue, mutine, avec les poils de son pubis. Passe ostensiblement la langue sur ses lèvres, tandis que devant elle tantôt l'un, tantôt l'autre de ces francs-tireurs ajuste le tir. Tout son visage exprime la joie formidable qu'elle aurait à être avec toi. Malheureusement c'est impossible, la demande est trop forte. De cette façon chacun en a sa part, et pas seulement un seul.

Erika regarde de très près. Non pour apprendre. En elle rien ne s'anime, tout reste inerte. Mais il faut qu'elle regarde quand même. Pour son propre plaisir. Chaque fois qu'elle veut se lever, quelque chose rabat sa tête coiffée avec soin, la plaque énergiquement contre la vitre, et elle se voit contrainte à regarder encore. Le plateau sur lequel la belle femme est assise continue à tourner. Erika n'y peut rien. Il faut qu'elle regarde. Il le faut. Pour elle-même elle est taboue. Pas question de toucher.

Sur sa gauche et sur sa droite, on crie, on hurle de plaisir. À quoi Erika réplique : Moi, personnellement, j'ai du mal à comprendre, je m'attendais à plus. Une décharge s'écrase contre la cloison en contreplaqué. Les parois sont faciles à nettoyer, car leurs surfaces sont lisses. Quelque part à droite, sur la cloison latérale, une inscription, amoureusement gravée en un allemand correct par un de ces messieurs les visiteurs : Sainte Marie, pute et ivrogne. Les graffitis sont rares, les hommes ici ont d'autres sujets de préoccupation. L'orthographe est rarement leur fort. Ils n'ont qu'une main de libre, et encore. Et il y a les pièces à mettre.

Voici qu'une fausse rousse de l'espèce dragon propulse sur la scène une face postérieure plutôt adipeuse. Sur sa pseudo-cellulite, des masseurs de bas étage s'esquintent les doigts depuis des années. Mais avec elle, les hommes en ont pour leur argent. Les cabines de droite ont déjà vu la femme de face, à celles de gauche maintenant de savourer la façade. Certains préfèrent jauger les femmes par-devant, d'autres par-derrière. La rousse actionne des muscles avec lesquels habituellement elle marche ou s'assied. Aujourd'hui ils lui servent de gagne-pain. Elle se masse de la main droite à laquelle sont fixées des griffes rouge sang. De la gauche, elle se gratte les seins. De ses faux ongles effilés, elle tire légèrement sur le mamelon élastique qui se rétracte à peine lâché pour pointer aussitôt comme un corps étranger. À cet instant, la rousse qui a de l'expérience sait : Le candidat a 95 points. Plus qu'un et c'est gagné ! Qui maintenant n'y arrive pas, n'y arrivera jamais. Qui maintenant est seul, le restera longtemps, à son corps défendant.

Erika a atteint une limite. Jusqu'ici et pas plus loin. Cela passe quand même les bornes, se dit-elle, comme bien souvent. Elle se lève. Elle a depuis longtemps fixé ses propres limites et les a étayées de conventions irrévocables. En revanche, du haut de sa tour d'ivoire, elle embrasse tout du regard et voit jusqu'à l'horizon. Voir de loin, c'est l'essentiel. Cette fois non plus Erika ne veut pas connaître la suite. Elle rentre chez elle.

Son regard seul suffit à écarter ces messieurs les clients qui font le pied de grue dehors. Un monsieur se hâte de prendre sa place. Un passage se ferme, Erika s'y engage et s'éloigne d'un pas ferme. Elle marche, elle marche, aussi machinalement qu'elle regardait l'instant d'avant. Ce qu'Erika fait, elle le fait jusqu'au bout. Pas de demi-mesures, a toujours exigé sa mère. Pas de flou. Aucun artiste ne tolère dans son œuvre quelque chose d'inachevé, d'ébauché. Et si parfois l'œuvre est inachevée, c'est que l'artiste est mort prématurément. Erika s'éloigne. Rien n'est déchiré, rien n'a déteint. Rien n'est décoloré. Rien ne l'a atteinte. Rien n'est là qui ne s'y soit trouvé avant, rien ne s'est ajouté à ce qui était là.

À la maison, de douces remontrances émanant de la mère se répandent dans la chaude couveuse qu'elles occupent toutes deux. Pourvu qu'Erika n'ait pas pris froid au cours de son voyage – voyage dont elle dissimule le but à sa mère par quelque mensonge. Aussitôt Erika enfile une robe de chambre bien chaude. Erika et sa mère mangent du canard farci aux marrons et autres merveilles. C'est un repas de fête. Les marrons sortent par tous les bouts, fidèle à elle-même, la mère en a trop fait. Salière et poivrière sont en partie d'argent, les couverts entièrement. L'enfant a de bonnes joues rouges aujourd'hui, ce qui réjouit la mère. Pourvu que ce ne soit pas une poussée de fièvre. La mère interroge de ses lèvres le front d'Erika. Vérification sera faite plus tard, au dessert, avec le thermomètre. Par bonheur la fièvre est mise hors de cause. Erika, ce poisson bien nourri baignant dans le liquide amniotique maternel, est en parfaite santé.

Des flots de néon glacés déferlent sur les salons des glaciers, sur les dancings. Des grappes de lumière bourdonnent aux réverbères des mini-golfs. Fleuve glacial et scintillant. Avec la sérénité qui naît de l'habitude, des êtres de SON âge campent devant des tables rognon chargées de calices de verre où de longues cuillers oscillent, tiges de fleurs de glace. Marron, jaune, rose. Chocolat, vanille, framboise. Les plafonniers teintent d'un gris presque uniforme les boules fumantes. Des pinces rondes en nickel attendent dans des bacs remplis d'eau ; sur l'eau, des filaments de crème glacée. Avec le naturel d'une joie qui n'a pas à se justifier constamment, ces silhouettes jeunes campent devant leurs donjons de glace piqués de petits parasols en papier de couleur. Dissimulées au centre, en éboulis criards, des cerises à cocktail, des rondelles d'ananas et des pépites de chocolat. Elles enfournent sans relâche des bouchées glacées dans leurs cavités glacées – le froid retourne au froid – ou laissent fondre le tout avec indifférence, les propos qu'elles ont à échanger étant plus importants que cette froide jouissance.

Ce spectacle suffit à rendre SON visage dédaigneux. ELLE tient pour unique le sentiment qu'elle éprouve lorsqu'elle contemple un arbre ; dans une pomme de pin elle voit un univers merveilleux. Elle sonde la réalité à l'aide d'un petit marteau, ardent chirurgien-dentiste du langage ; le faîte d'un simple pin prend à ses yeux la majesté sauvage de crêtes enneigées. Une gamme de couleurs laque l'horizon. D'énormes engins méconnaissables défilent au loin, leur sourd grondement est imperceptible. Ce sont les titans de la musique et les titans de la poésie, camouflés sous de gigantesques draps. Des centaines de milliers d'informations clignotent dans SON cerveau conditionné, un champignon de fumée – délire et ivresse – fuse en un éclair et, gris cendre, retombe lentement dans un acte de renoncement. Une fine poussière grise recouvre rapidement toutes les installations, capillaires et cornues, éprouvettes et circuits de refroidissement. SA chambre devient pierre absolue. Grise. Ni chaude, ni froide. Tiède. À la fenêtre, crissement d'un rideau rose en nylon qu'aucun souffle n'anime. Dedans, tout propre, un ensemble-salon. Chambre inhospitalière. Inhabitée.

Les touches du piano se mettent à chanter sous les doigts. Une gigantesque traîne formée par les déchets de la civilisation progresse de tous côtés dans un léger froissement, millimètre par millimètre l'étranglement se resserre. Boîtes de conserve sales, assiettes chargées de restes, couverts crasseux, trognons de pommes et pain moisi, disques cassés, papiers froissés et déchirés. Ailleurs, des jets d'eau brûlante giclent dans les baignoires. Une jeune fille essaie distraitement une nouvelle coiffure. Une autre choisit le bon chemisier pour la bonne jupe. Des chaussures neuves, très pointues, attendent qu'on les étrenne. Quelque part un téléphone sonne. Quelqu'un décroche. Quelqu'un rit. Quelqu'un dit quelque chose.

Le flot d'immondices s'étire, démesuré, entre ELLE et LES AUTRES. Ailleurs, on se fait faire une nouvelle permanente. On assortit un vernis à ongles à un rouge à lèvres. Du papier d'aluminium miroite au soleil. Un rayon se prend à une dent de fourchette, à une lame de couteau. La fourchette est une fourchette. Le couteau est un couteau. Effarouchés par une brise légère s'élèvent délicatement des pelures d'oignon, s'élève du papier de soie poissé de liqueur de framboise sirupeuse. Dessous, les couches moisies plus anciennes, déjà décomposées et réduites en poussière, font un lit aux croûtes de fromage et épluchures de melon pourrissantes, aux bouteilles cassées et aux boules à démaquiller noircies, promises au même sort.

Et la mère de tirer vigoureusement sur SA longe. Déjà deux mains promptes s'empressent et se remettent à Brahms, et mieux, cette fois. Brahms se glace quand il est l'héritier des classiques, mais il est émouvant en exalté ou en ténébreux. Toutefois il en faut plus pour émouvoir la mère.

Une cuiller en métal se voit abandonnée tout net dans une glace à la fraise qui fond, parce qu'une jeune fille a quelque chose d'urgent à dire, qui en fait rire une autre. L'autre arrange dans son chignon une grosse pince en plastique nacrée. Comme ces gestes féminins leur sont à toutes deux familiers ! La féminité coule de leurs membres en petits ruisseaux proprets. Un poudrier en bakélite s'ouvre, dans le reflet du miroir on retouche quelque chose avec du rose scintillant et souligne autre chose avec du noir.

ELLE est un dauphin fatigué qui sans entrain s'apprête pour le finale. Épuisé d'avance à la vue du ballon ridicule qu'il ramasse du museau d'un geste routinier. Il prend son souffle et fait tourner l'objet. Dans *Un Chien andalou* de Buñuel, il y a deux pianos à queue. Et puis ces deux ânes, têtes ensanglantées, à demi putréfiées, sur les touches. Morts. Pourris. En dehors de tout. Dans un espace strictement privé d'air.

On colle une rangée de faux cils sur des vrais cils. Des larmes coulent. On retrace vigoureusement une arcade sourcilière. Le même crayon à sourcils dessine un point sur une envie près du menton. Le manche d'un peigne fourrage dans un chignon crêpé pour alléger la meule de foin. Une épingle à cheveux refixe quelque chose. On remonte des bas, rectifie une couture. Une pochette vernie s'élance et se voit emportée. Des jupons crissent sous des jupes en taffetas. Elles ont déjà payé et à présent elles sortent.

Un monde s'ouvre à ELLE, dont les autres ignorent tout. C'est le monde du Lego, un minimundus, un univers miniature, fait de petits éléments en plastique, rouges, bleus et blancs. Et de ces ergots qui permettent à chacun d'assembler son propre monde s'échappe pour elle un monde rempli de musique, miniature lui aussi. SA main gauche de rapace que paralyse une maladresse incurable, racle faiblement quelques touches. S'élever, ah, s'élever jusqu'aux confins de l'exotisme, de l'extase, pulvériser la raison ! Elle ne parvient même pas à construire avec un Lego la pompe à essence pourtant accompagnée d'une notice détaillée. ELLE n'est qu'un instrument grossier. Accablée d'un cerveau lent et lourd. Un poids mort, du plomb. Un frein. Une arme à jamais entravée tournée contre elle-même. Un étau en fer-blanc.

Hurlements soudains d'orchestres composés exclusive-ment d'une centaine de flûtes à bec. Toutes tailles et catégories mélangées. On y insuffle de la chair d'enfant. On produit des sons avec le souffle des enfants. Aucun instrument à clavier ne vient à la rescousse. Les étuis en plastique ont été cousus par les mères. Dedans se trouvent aussi de petites brosses rondes pour le nettoyage. Les corps de flûtes se couvrent d'une chaude condensation. On recourt au souffle de petits enfants pour produire tous ces sons. Aucune aide à attendre de la part d'un piano !

Le concert de chambre ultra-sélect a lieu devant un cénacle de volontaires dans une vieille demeure patricienne au bord du canal du Danube – deuxième arrondissement – où une famille d'immigrants polonais de la quatrième génération a déployé ses deux pianos à queue ainsi que sa riche collection de partitions. Ils possèdent en outre, là où d'autres ont leur voiture, tout près du cœur, une collection d'instruments anciens. Ils n'ont pas de véhicule, mais quelques jolis violons et altos de Mozart, ainsi qu'une viole d'amour, un véritable bijou accroché au mur qui reste sous la surveillance constante d'un membre de la famille lorsque la musique de chambre éclate dans l'appartement. On ne la décroche que pour l'étudier. Ou en cas d'incendie. Ces gens aiment la musique et veulent y inciter d'autres. En usant de patience, d'amour, et au besoin de force. Ils veulent rendre la musique accessible à des enfants déjà adolescents, car brouter ces champs en solitaire offre beaucoup moins d'agrément. Comme les alcooliques ou les drogués, il leur faut absolument partager leur dada avec le maximum de gens. On leur refile adroitement des enfants. Depuis l'enfant de vieux, le bon gros que tout le quartier connaît, avec ses cheveux collés et ses cris pour un oui pour un non, jusqu'à celui qui est seul dans la journée et se défend comme un beau diable mais se voit bien obligé de céder. Au cours de ces concerts on ne sert pas de collation. Et le silence solennel n'est pas spécialement nourrissant. Pas de miettes, pas de taches de graisse sur les fauteuils capitonnés ni de vin rouge sur les housses du piano numéro un et du piano numéro deux. Et surtout pas de chewing-gum. Les enfants sont triés sur le volet, ils pourraient introduire de la saleté. Restent dans le tamis les plus grossiers qui ne tireront jamais rien de leur instrument.

Cette famille n'engage pas de dépenses inutiles. Que la musique agisse d'elle-même et par elle-même. Qu'avec ses gros sabots elle se fraye son chemin dans les cœurs. D'ailleurs est-ce qu'ils dépensent pour eux-mêmes ? Erika a convoqué tous ses élèves en corps constitué. Mme le Professeur a levé le petit doigt, et cela a suffi. Les enfants arrivent en compagnie d'une mère toute fière, d'un père tout fier ou des deux à la fois, et leurs saintes familles remplissent les locaux. Ils savent qu'ils auraient une mauvaise note sur leur bulletin s'ils refusaient de participer. Seule la mort serait une raison de se soustraire à l'art. L'amateur d'art professionnel n'en conçoit pas d'autre. Erika Kohut brille.

En ouverture, le deuxième concerto de Bach pour deux pianos. Au deuxième piano, un vieillard qui une fois dans sa vie s'est produit à la salle Brahms, avec un piano entier à sa disposition. Ces temps sont révolus, mais les plus âgés s'en souviennent encore. L'approche de la faucheuse semble impuissante à inciter M. le Docteur Haberkorn, puisque ainsi il se nomme, à donner le meilleur de lui-même, comme elle y parvint avec Mozart, Beethoven, et même avec Schubert. Et pourtant ce dernier n'avait vraiment pas beaucoup de temps devant lui. Sacrifiant à la coutume locale et malgré les ans, le vieillard salue sa partenaire au deuxième piano, Mme le Professeur Erika Kohut, d'un galant baisemain, permettez, avant que nous ne commencions.

Chers amis de la musique, chers invités. Les invités se ruent à table et s'empiffrent de ragoût baroque. Dès le début certains élèves trépignent, ils pensent à mal, mais n'ont pas le courage de passer à l'acte. Ils ne s'échapperont pas de ce poulailler promu temple de l'art, bien que les lattes en soient fort minces. Erika porte une simple jupe longue en velours noir et une blouse de soie. Et elle toise deux de ses élèves d'un regard à couper le verre, tout en secouant très légèrement la tête. C'est exactement ce geste que la mère d'Erika avait balancé à la figure de sa fille, après le concert raté. Par leur bavardage, les deux élèves ont déjà perturbé le discours d'introduction de leur hôte. Pas question de les rappeler à l'ordre encore une fois. Au premier rang, à côté de l'épouse du maître de maison, la mère d'Erika trône dans un fauteuil préparé à son intention, tout en se repaissant d'une boîte de bonbons et de la considération exceptionnelle dont jouit sa fille.

On assourdit brutalement la lumière, en accotant à la lampe du piano un coussin qui tremble sous les coups de fouet du tissu contrapuntique où se prennent et s'enlacent les divers motifs. Le coussin enveloppe les musiciens d'une lueur rouge démoniaque. Bach le ruisseau roule ses eaux graves. Les élèves portent leurs habits du dimanche, ou ce que leurs parents considèrent comme tels. Les parents parquent dans ce vestibule polonais ce qu'un jour ils ont mis au monde, afin d'avoir eux-mêmes un peu de tranquillité et que les enfants apprennent à se tenir tranquilles. Le vestibule des Polonais s'orne d'un gigantesque miroir art déco représentant une jeune fille nue aux nénuphars devant laquelle les gamins s'arrêtent systématiquement. Plus tard, en haut, dans le salon de musique, les petits sont devant, et les grands derrière parce qu'ils peuvent voir par-dessus et superviser. Lorsqu'un jeune collègue a besoin d'être calmé, les plus âgés donnent un coup de main aux hôtes de céans.

Walter Klemmer n'a encore jamais manqué une seule de ces soirées, depuis qu'à l'âge tendre de dix-sept ans il s'est mis sérieusement, et pas seulement pour s'amuser, à travailler le piano. Ici il se fait livrer en espèces de l'inspiration pour ses propres interprétations.

Bach le ruisseau s'écoule presto et Klemmer, l'appétit spontanément aiguisé, examine de dos le corps de son professeur de piano, tronqué par le siège. Pas moyen d'avoir d'autres éléments pour évaluer la silhouette. Pas moyen d'apprécier la partie avant à cause d'une grosse maman qui s'est installée devant. Aujourd'hui sa place préférée est prise. Pendant les cours, elle est toujours assise à côté de lui au second piano. Coincé à côté de la frégate maternelle, un minuscule canot de sauvetage : le fils débutant vêtu d'un pantalon noir, d'une chemise blanche et d'un nœud papillon rouge à pois blancs. L'enfant est déjà affalé sur son siège comme un passager aérien qui a mal au cœur et ne souhaite qu'une chose, atterrir enfin. Erika, transportée par l'art, plane dans des couloirs aériens supérieurs, pour un peu, elle s'envolerait à travers l'éther. Walter Klemmer l'observe avec inquiétude, car elle s'éloigne de lui. Mais il n'est pas seul à tendre inconsciemment la main vers elle, la mère aussi saisit vivement la corde de rappel d'Erika, son cerf-volant. En aucun cas elle ne doit lâcher prise ! Déjà la mère est emportée, elle se dresse sur la pointe des pieds. Le vent hurle, comme toujours à cette altitude.

Au dernier mouvement de Bach, une rosette rouge apparaît à droite et à gauche sur les pommettes de M. Klemmer. Il tient à la main une rose rouge qu'il compte offrir tout à l'heure. Il admire avec désintéressement la technique d'Erika et la façon dont son dos épouse la cadence. Il observe le balancement de sa tête, évaluant, comparant les nuances de son jeu. Il voit jouer les muscles de ses bras, et cette collision de la chair et du mouvement l'excite. La chair obéit au mouvement intérieur né de la musique, et Klemmer supplie le ciel de faire qu'un jour son professeur lui obéisse. Il gigote sur sa chaise. Une de ses mains se porte machinalement vers l'arme redoutable de son sexe. L'élève Klemmer se maîtrise avec peine et jauge en esprit les dimensions hors tout d'Erika. Il compare la partie supérieure à la partie inférieure peut-être un soupçon trop forte, ce qui au fond n'est pas pour lui déplaire. Il confronte le haut et le bas. En haut : à nouveau un léger déficit. En bas : ici le solde est positif. Mais la silhouette d'ensemble lui plaît quand même. Pour sa part il trouve que Mlle Kohut est une personne très délicate. Et si elle pouvait coller en haut un peu de ce qu'elle a de trop en bas, ça irait. L'inverse ne serait pas mal non plus, mais lui plairait moins. Si elle rabotait un peu en bas, le résultat pourrait en effet être assez harmonieux. Sauf que là encore elle serait trop mince ! Cette petite imperfection rend la dame Erika désirable aux yeux de son élève adulte, elle en devient plus accessible. Éveillez en une femme la conscience de son imperfection physique, et vous vous l'enchaînez. En outre cette femme-là vieillit à vue d'œil, et lui est encore jeune. Parallèlement à la musique, l'élève Klemmer a une arrière-pensée qui se précise en cet instant. C'est un fou de musique. Secrètement fou de son professeur de musique. Il a l'intime conviction que Mlle Kohut est exactement la femme dont rêve tout jeune homme pour faire ses débuts dans la vie. Le jeune homme commence petit et progresse rapidement. Il y a un commencement à tout. Bientôt il quittera le niveau des débutants, tout comme l'automobiliste débutant achète d'abord une petite voiture d'occasion pour passer ensuite, lorsqu'il la maîtrise, à un véhicule neuf et plus puissant. Mlle Erika est toute musique, et elle n'est pas si vieille que ça, se dit l'élève Klemmer, valorisant son premier modèle. Du reste, il ne débute pas dans le bas de gamme, ce n'est pas une Volkswagen, au moins une Opel Kadett. L'élève secrètement amoureux s'acharne sur un ongle rongé. Il a la figure toute rouge – les rosettes se sont élargies – et des cheveux blonds mi-longs. Il est modérément à la mode. Modérément intelligent. En lui, rien ne dépasse, rien n'est exagéré. Il s'est laissé pousser les cheveux, mais juste ce qu'il faut pour ne pas avoir l'air ni trop d'aujourd'hui ni trop d'hier. Il ne porte pas de barbe, bien que ça l'ait souvent tenté. Jusqu'ici il a su résister à la tentation. Il entend bien donner un jour un long baiser à son professeur et palper son corps. Il entend bien la confronter à ses instincts animaux. Entend bien de temps à autre la frôler un peu rudement, comme sans le faire exprès, feignant d'avoir été projeté contre elle par un maladroit. Puis il la pressera d'encore plus près en s'excusant. Et entend bien un jour se serrer contre elle tout à fait exprès et, si elle ne proteste toujours pas, se frotter éventuellement contre elle. Il fera tout ce qu'elle dira, dans l'espoir d'en tirer profit pour d'autres amours plus sérieuses. Le commerce d'une femme nettement plus âgée – avec laquelle les égards sont devenus inutiles – lui permettra de découvrir comment s'y prendre avec les jeunes filles qui ne se laissent pas faire si facilement. Serait-ce un fait de civilisation ? Le jeune homme doit commencer par se fixer des limites, pour ensuite les transgresser victorieusement. Un de ces jours, il embrassera son professeur jusqu'à ce qu'elle en étouffe. La lèchera partout où elle le lui permettra. La mordra là où elle l'y autorisera. Mais plus tard, il poussera consciemment jusqu'aux limites extrêmes de l'intimité. Il commencera par la main et montera. Il lui apprendra, sinon à aimer, du moins à accepter son propre corps, qu'elle nie encore pour l'instant. Il lui enseignera l'amour avec précaution, mais ensuite se tournera vers des objectifs plus payants et des tâches plus difficiles touchant au mystère féminin. L'éternel mystère. Pour une fois ce sera lui le professeur. Il n'aime pas non plus ces éternelles jupes plissées bleu marine et ces inévitables chemisiers qu'elle porte d'ailleurs avec si peu d'assurance. Elle devra s'habiller jeune et gai. De la couleur ! Il lui expliquera ce qu'il entend par là. Il lui montrera ce que cela veut dire : être jeune, éclatante, et en retirer une joie légitime. Et lorsqu'elle aura compris à quel point elle est jeune, il la quittera pour une plus jeune. J'ai l'impression que vous méprisez votre corps, que seul l'art compte pour vous, Madame le Professeur. Dit Klemmer. Vous ne tenez compte que de ses besoins les plus élémentaires, mais ce n'est pas assez de manger et dormir ! Vous pensez que votre physique est votre ennemi et voyez dans la musique votre unique amie. Regardez donc dans ce miroir, c'est vous que vous y voyez, et vous n'aurez jamais de meilleur ami que vous-même. Allons, mettez-vous un peu en valeur, Mademoiselle Kohut. Si vous me permettez de vous appeler ainsi.

M. Klemmer aimerait tant devenir l'ami d'Erika. Après tout ce cadavre informe, ce professeur de piano dont le métier saute aux yeux, peut encore évoluer, car il n'est pas si vieux, ce sac à viande avachi. Elle est même relativement jeune, comparée à sa mère. Cet esprit tordu qui s'étiole accroché à ses idéaux, cet être débilité, exalté qui ne vit que dans les hautes sphères de l'esprit, le jeune homme le branchera sur une prise de terre. Tu vas les savourer les joies de l'amour, tu ne perds rien pour attendre ! En été, au printemps déjà, Walter Klemmer descend les torrents en kayak, il parvient même à contourner les balises. Il dompte un élément, et Erika Kohut, son professeur, il saura bien la soumettre elle aussi. Un beau jour même il lui montrera à quoi ressemble un bateau. À la suite de quoi il faudra qu'elle apprenne à mener sa propre barque. D'ici là, il l'appellera déjà par son prénom : Erika ! L'oiseau Erika finira bien par se sentir pousser des ailes, l'homme s'y emploiera.

L'un préfère ceci, M. Klemmer cela.

Le ruisseau s'est calmé. Sa source est tarie. Les deux Maîtres, Maestro Haberkorn et Maîtresse Kohut, se lèvent de leurs tabourets et s'inclinent, chevaux patients devant les sacs d'avoine d'un quotidien subitement ressuscité. Ils laissent entendre qu'ils s'inclinent davantage devant le génie de Bach que devant les maigres applaudissements de cette foule qui ne comprend rien et qui est même trop bête pour poser des questions. Seule la mère d'Erika s'esquinte les doigts à force d'applaudir. Bravo ! Bravo ! crie-t-elle. L'hôtesse va jusqu'à la soutenir par un petit sourire. Cette foule, qui sort tout droit de son tas de fumier et dont le mauvais goût vestimentaire frôle la démesure, mesure à son tour Erika. Clignant des yeux à cause de la lumière. Quelqu'un a enlevé le coussin, plus rien ne gêne le rayonnement, l'éclat de la lampe. C'est donc ça le public d'Erika. Si on ne le savait pas, on les prendrait difficilement pour des êtres humains. Erika est au-dessus de tous, mais ils se pressent déjà vers elle, la frôlent et sortent des inepties. Ce jeune public, elle l'a élevé dans sa propre couveuse. Et c'est en recourant à des moyens douteux, chantage, menace, coercition, qu'elle les a convoqués en ces lieux. Le seul qui viendrait de son plein gré serait sans doute M. Klemmer, l'élève modèle du cours de perfectionnement. Les autres préféreraient un téléfilm, un match de ping-pong, un livre ou faire des bêtises. Tous sont obligés de venir. On dirait même qu'ils se réjouissent de leur médiocrité ! Mais qu'ils osent s'attaquer à Mozart, à Schubert ! Ils s'étalent, flasques grumeaux nageant dans le liquide amniotique des sons. Ils s'en nourrissent temporairement, sans comprendre ce qu'ils absorbent. D'ailleurs l'instinct grégaire prise la médiocrité, précieuse à ses yeux. Ils se croient forts parce qu'ils forment la majorité. Dans les couches moyennes ni crainte ni tremblement n'existent. Ils s'agglutinent dans l'espoir illusoire de se tenir chaud. Au milieu des médiocres nul n'est jamais seul, et encore moins seul avec soi-même. Et comme ils s'en réjouissent, par-dessus le marché ! Rien dans leur existence ne peut leur valoir de reproche, et nul ne pourrait leur reprocher d'exister. Même d'éventuels reproches d'Erika concernant par exemple une interprétation ratée, rebondiraient contre la paroi élastique de leur patience. En effet, elle, Erika, est de l'autre côté, mais loin d'en être fière, elle se venge. En forçant tous les trois mois ces moutons à franchir la barrière qu'elle tient ouverte pour eux, afin qu'ils puissent venir écouter. Tous, des suffisants jusqu'aux blasés, les voici à présent qui filent en bêlant, en se bousculant, se renversant même si un idiot les arrête, parce qu'il a accroché son manteau complètement en dessous de la pile et qu'il n'arrive pas à le retrouver. D'abord ils veulent tous entrer, ensuite, ils veulent ressortir aussi vite que possible. Et bien entendu tous ensemble. Plus vite ils seront dans l'autre pâturage, celui de la musique, plus vite ils pourront en repartir, se disent-ils. Mais il reste encore tout Brahms, après le petit entracte que nous allons faire maintenant, Mesdames et Messieurs. Et chers élèves. Aujourd'hui pour une fois la singularité d'Erika n'est pas une tare, c'est un privilège. Car tous la regardent, les yeux écarquillés, même s'ils la détestent au fond d'eux-mêmes.

M. Klemmer qui se faufile jusqu'à elle la contemple de ses yeux bleus rayonnants empreints de solennité. Il saisit des deux mains une main de la pianiste, mes hommages, les mots me manquent, Madame le Professeur. La maman d'Erika s'interpose et tranche net, interdisant formellement toute poignée de main. Je vous en prie, pas de ces marques de sympathie ou d'amitié, elles risquent de déformer les tendons. Son jeu en souffrirait. Que la main garde donc sa position naturelle. Bah, inutile d'être trop regardant pour ce public de troisième classe, n'est-ce pas, M. Klemmer ? Il faut les tyranniser, il faut les bâillonner, les subjuguer avant qu'un effet quelconque ne les touche. Il leur faudrait la matraque ! Ils veulent des coups et un tas de passions que le compositeur doit vivre à leur place et noter avec soin. Ils veulent que ça crie, sinon ils seraient eux-mêmes obligés de crier à longueur de journée. D'ennui. De toute façon, la gamme des gris, les nuances subtiles, les camaïeux délicats sont hors de leur portée. Pourtant c'est tellement plus facile – en musique et dans le domaine artistique en général – d'agencer des contrastes violents, des oppositions brutales. Au mieux c'est du chromo. Ces moutons ne le savent pas. D'ailleurs ils ne savent rien. D'un geste familier, Erika passe le bras sous celui de Klemmer, qui aussitôt en tremble. Pourtant il n'a pas froid au milieu de cette horde d'adolescents aux corps sainement irrigués. Barbares repus dans un pays où la barbarie règne culturellement parlant. Regardez les journaux : ils sont encore plus barbares que ce dont ils parlent. Un homme qui dépèce soigneusement femme et enfants et les met au frigo comme provision de bouche n'est pas plus barbare que le journal qui raconte l'histoire. Et c'est bien dans ce pays-ci qu'un certain Anton Kuh a parlé contre le singe de Zarathoustra ! Aujourd'hui le *Kurier* parle contre le *Kronenzeitung*. Vous vous imaginez, Klemmer ? Ah, maintenant il faut que je salue Mme le Professeur Vyoral, si vous permettez. Je vous rejoins plus tard.

Vite la mère lui pose sur les épaules un petit gilet angora bleu clair crocheté par ses soins, pour éviter que le liquide synovial ne se fige brutalement, bloquant ses articulations. Le gilet l'encapuchonne comme un couvre-théière. Parfois certains objets utilitaires, des rouleaux de papier hygiénique par exemple, sont affublés de ces housses production maison, couronnées de pompons hauts en couleur. Ils ornent alors les plages arrière des voitures. En plein milieu. Erika a pour pompon sa propre tête qui dépasse fièrement au sommet. Avec ses talons aiguilles, elle s'avance sur le parquet – une vraie patinoire – qu'aujourd'hui des tapis bon marché protègent aux endroits les plus exposés, et se dirige vers une collègue plus âgée, dans le but de recueillir quelques félicitations de cette bouche experte. La mère la pousse délicatement par-derrière. Une main posée sur son dos, sur l'omoplate droite d'Erika, par-dessus le gilet angora.

Walter Klemmer est toujours non fumeur et anti-alcoolique, cependant son énergie est étonnante. Il fend la horde caquetante dans le sillage de son professeur, comme fixé à elle par des ventouses. Il colle à ses talons. Si elle a besoin de lui, elle l'aura sous la main. Si elle a besoin de la protection d'un homme. Elle n'aura qu'à se retourner et tombera sur lui. Ce corps à corps, il le recherche même. Le bref entracte se termine. Il respire la présence d'Erika à pleines narines, comme s'il se trouvait sur un alpage où l'on respire d'autant plus profondément qu'on y vient rarement. Afin d'emmagasiner un maximum d'oxygène pour la ville. Il enlève un cheveu tombé sur la manche du gilet bleu ciel, et on l'en remercie, très cher Chevalier au Cygne. La mère pressent quelque mystère, mais s'incline, bien obligée, devant sa courtoisie et son sens du devoir. Quel contraste avec les comportements aujourd'hui de mise entre les sexes ! Ce M. Klemmer est un jeune homme aux yeux de la mère, mais ses manières sont très vieille Autriche.

Encore un brin de causette, avant le dernier tour de piste. Klemmer veut savoir pourquoi ces concerts privés – pourtant si exquis – sont en voie de disparition, ce qu'il déplore. Les Maîtres, ces chers disparus, ont montré le chemin, et maintenant leur musique suit, parce que les gens n'écoutent plus que le top-50, le pop et le rock. Des familles comme celle-ci n'existent plus. Dans le temps elles étaient légion. Des générations de laryngologistes se sont nourries des derniers quatuors de Beethoven, s'usant parfois la santé à racler leurs instruments. De jour, ils raclaient et frottaient des cordes vocales usées, le soir apportait sa récompense et eux-mêmes se frottaient à Beethoven. Aujourd'hui ceux qui ont fait des études supérieures se contentent de taper du pied en cadence aux barrissements de Bruckner et louent cet honnête artisan de Haute-Autriche.

Mépriser Bruckner est une erreur de jeunesse fréquente, Monsieur Klemmer. On ne le comprend que bien plus tard, croyez-moi. Ne faites pas vôtres des opinions à la mode avant de mieux vous y connaître, mon cher collègue. L'interpellé, ravi du mot « collègue » tombé d'une bouche compétente se met aussitôt à parler dans un jargon technique saisissant du crépuscule de l'esprit chez Schumann et chez le Schubert des dernières années. Il parle de la délicatesse des sons intermédiaires que l'on trouve chez eux, alors que sa propre voix n'est que grisaille et naphtaline.

S'ensuit alors un duo Kohut/Klemmer dans les jaune citron fielleux sur le système des concerts dans leur pays. *Molto vivace*. C'est un duo bien rodé. Ils n'ont ni l'un ni l'autre aucune part à ce marché. N'ont le droit d'y participer qu'à titre de consommateurs, quoique tellement plus qualifiés ! En fait ils ne sont jamais que des auditeurs et se bercent d'illusions quant à leurs compétences. Pour un peu, l'un d'eux serait devenu actionnaire : Erika. Mais le destin en a décidé autrement.

Et les voici voguant côte à côte au-dessus du mol édredon des sons empoussiérés, des mondes et des royaumes intermédiaires, car les classes moyennes sont à leur aise dans l'entre-deux. L'inexorable crépuscule de l'esprit chez Schubert ouvre donc la ronde, ou comme le dit Adorno, le crépuscule de l'esprit dans la Fantaisie en *ut* majeur de Schumann. Dérivant dans l'espace, dans le néant, mais sans jamais se masquer derrière l'apothéose d'une plongée consciente. Sombrer dans le crépuscule sans en avoir conscience, sans même s'apercevoir qu'il s'agit de soi ! Tous deux se taisent un instant, afin de savourer ce qu'ils viennent de dire à voix haute en un lieu inapproprié. Chacun s'imagine comprendre mieux que l'autre, l'un en raison de sa jeunesse, l'autre de sa maturité. À tour de rôle ils font assaut de colère contre les incultes, les esprits bornés, on en a ici un bel échantillon. Regardez-les donc, Madame le Professeur ! Regardez-moi ça, Monsieur Klemmer ! Maître et apprenti sont unis par les liens du mépris. Ce flambeau de la vie qui, chez Schubert et Schumann, lentement se consume, est pourtant absolument à l'opposé exact de ce que la foule, avec sa bonne santé, entend, lorsqu'elle qualifie de saine une tradition et s'y vautre avec délice. Au diable la santé. La santé est la sublimation de ce qui est. Dans leur conformisme abject, les plumitifs chargés de rédiger les programmes des concerts philharmoniques font de cette santé le critère principal de toute grande musique, c'est proprement inconcevable ! Enfin, la santé se range du côté des vainqueurs ; ce qui est faible fait long feu… Fait fiasco chez ces habitués des saunas et autres joyeux compisseurs de murailles. Prenez Beethoven, ce Maître qui leur paraît tellement sain – manque de chance, il était sourd ! Quant à un Brahms foncièrement sain… Klemmer lance un ballon d'essai (et marque) : à lui aussi Bruckner a toujours paru très sain. Ce qui lui vaut d'être sérieusement remis à sa place. Erika produit modestement les blessures que lui ont values ses frictions constantes avec le marché de la musique, à Vienne et en province. Jusqu'à ce qu'elle se résigne. L'être sensible, frêle papillon de nuit, se brûle les ailes. Et c'est pourquoi – dit Erika Kohut – ces deux très grands malades, je pense à Schumann et Schubert qui ont en commun la moitié de leur nom, sont les plus proches de mon cœur éprouvé. Il ne s'agit pas du Schumann dont l'esprit s'est enfui, mais de celui d'avant ! De celui juste avant ! Qui pressent déjà la fuite de son esprit, en souffre jusque dans les moindres de ses capillaires, dit adieu à sa vie consciente et déjà se tourne vers les chœurs des anges et des démons, puis la retient une dernière fois au seuil même de l'inconscience. Une dernière fois il tend une oreille nostalgique et pleure la perte du plus précieux des biens : son moi. Il s'agit de cette phase où l'on sait encore ce que l'on perd en se perdant, avant la dépossession totale.

Erika dit avec une douceur mélodieuse que son père, entièrement enténébré, est mort à Steinhof. D'où les égards qui au fond lui sont dus, n'a-t-elle pas traversé de bien lourdes épreuves. Au milieu de cet arrogant étalage de bonne santé Erika refuse d'en dire plus mais laisse entendre certaines choses. Erika cherche à extorquer des sentiments à Klemmer, et elle n'y va pas avec le dos de la cuiller. Cette femme mérite pour ses souffrances jusqu'au dernier gramme d'affection que l'on peut tirer d'un homme. Du coup l'intérêt du jeune homme renaît, violent.

Fin de l'entracte. Veuillez regagner vos places. Suivent les Lieder de Brahms, interprétés par une soprano de la jeune génération. Et c'est bientôt la fin, de toute façon le duo Kohut-Haberkorn était un sommet. Les applaudissements sont encore plus forts qu'avant l'entracte, car tous sont soulagés que ce soit fini. Les bravos redoublent, mais cette fois la mère d'Erika n'est plus seule, l'élève modèle s'y est mis aussi. La mère et l'élève modèle s'observent du coin de l'œil, tous deux s'égosillent avec énergie et conçoivent des soupçons à la pelle. L'un veut quelque chose que l'autre n'est pas prête à céder. Soudain tout s'illumine, y compris les lustres, on ne lésine sur rien, le moment est trop beau. Le maître de maison a les larmes aux yeux. À la fin, en supplément,

Erika a joué du Chopin, et pensant à sa Pologne dans la nuit, le maître de maison en a les larmes aux yeux. La cantatrice et Erika, sa charmante accompagnatrice, reçoivent de gigantesques gerbes. Apparaissent en outre deux mères et un père qui eux aussi tendent des bouquets, à Mme le Professeur qui pousse leur enfant. La jeune et talentueuse collègue de chant ne reçoit qu'un seul et unique bouquet. La mère d'Erika aide de bon cœur à embaumer ces fleurs pour le transport dans du papier de soie. Nous n'avons que quelques pas à faire avec ces magnifiques bouquets, la station n'est pas loin, ensuite le tram nous mènera confortablement jusqu'à notre porte ou presque. Les petites économies sur les taxis font les grands appartements. Les indispensables amis et autres bonnes volontés s'offrent à organiser le transport dans leurs propres voitures, mais aux yeux de la mère nul n'est indispensable. Non merci. Nous n'aimons pas qu'on nous rende service et ne sommes pas rendeuses de service non plus.

S'approche alors à grandes enjambées Walter Klemmer qui tend à son professeur de piano le manteau d'hiver à col de renard qu'il connaît fort bien, il l'a souvent remarqué pendant les cours, avec sa ceinture à la taille et ce somptueux col en fourrure. Il recouvre la mère de son manteau en pattes d'astrakan. Veut reprendre la conversation qu'ils ont dû interrompre. Parle aussitôt art et littérature pour le cas où Mlle Kobut serait vidée par la musique, cette sangsue, après le triomphe qui lui a été fait. Il s'accroche de toutes ses ventouses, plante son râtelier dans Erika. Il l'aide à enfiler les manches et s'enhardit jusqu'à soulever les cheveux mi-longs pris dans le col pour les poser soigneusement par-dessus. Il s'offre à accompagner ces dames jusqu'à la station.

La mère pressent quelque chose que pour l'instant on ne peut absolument pas dire tout haut. Erika prend un plaisir mitigé aux attentions qui pleuvent sur elle. Pourvu qu'il ne se mette pas à grêler des œufs de pigeon, ça ferait des trous ! Elle a reçu en prime une énorme bonbonnière que porte à présent Walter Klemmer après la lui avoir arrachée des mains. En plus il s'est fait coller un bouquet de lis orange ou autre chose de ce genre. Croulant sous diverses charges dont la musique n'est pas la moindre – encore mille mercis pour cette merveilleuse soirée – tous trois s'acheminent lentement vers le tram. Que les jeunes marchent devant, la maman avec ses vieilles jambes ne peut suivre l'allure. Car à l'arrière la maman a un bien meilleur poste d'écoute et d'observation. À ce stade pourtant précoce, Erika, déjà, hésite, parce que la pauvre petite maman doit trotter toute seule derrière. D'habitude les deux dames Kohut, bras dessus bras dessous, se plaisent à commenter et à louer sans vergogne les prestations d'Erika. Aujourd'hui un jeune homme sorti d'on ne sait où prend la place de cette mère qui a pourtant fait ses preuves et qui, froissée et délaissée, se voit reléguée à l'arrière-garde. Les courroies de transmission mère-fille se tendent, tirant Erika en arrière. Quel supplice de savoir sa mère obligée de marcher toute seule derrière. Qu'elle l'ait proposé d'elle-même n'arrange rien, bien au contraire. Si M. Klemmer n'était pas en apparence indispensable, Erika pourrait marcher tranquillement à côté de sa génitrice. Ensemble elles pourraient ruminer ce qu'elles viennent de vivre, tout en se repaissant peut-être de quelques bonbons. Avant-goût de la chaleur et du confort douillet qui les attend dans leur salon. Dont personne n'a fait échapper la chaleur. Peut-être arriveront-elles même à temps pour le film de minuit à la télévision. Quel merveilleux finale pour une journée si musicale ! Et cet élève qui la serre de plus en plus ! Il ne peut donc pas garder ses distances ? C'est gênant de sentir près de soi un corps chaud, bouillonnant de jeunesse. Ce jeune homme semble si redoutablement intact et léger qu'Erika est prise de panique. Il ne compte tout de même pas l'accabler de sa bonne santé ? Le tête-à-tête à la maison semble menacé, or nul n'a le droit d'y prendre part. Qui pourrait mieux que la mère maintenir l'ordre et la sécurité, guerrantir la paix entre leurs quatre murs ? Erika aspire de toutes ses fibres à son doux fauteuil de télévision derrière une porte bien verrouillée. Elle a sa place attitrée, la mère a la sienne et pose souvent ses jambes enflées en hauteur, sur un pouf persan. Le torchon brûle à la maison à cause de ce Klemmer qui ne veut pas débarrasser le plancher. Il ne compte tout de même pas s'introduire de force dans leur chez-soi, non ? Erika aimerait surtout retourner dans le ventre maternel, s'y laisser bercer dans la douceur et la chaleur des eaux. Retrouver au-dehors la même chaleur, la même humidité. Avec sa mère sur ses talons, elle se raidit chaque fois que Klemmer s'approche de trop près.

Klemmer parle et parle envers et contre tout. Erika se tait. Ses rares expériences avec le sexe opposé lui traversent l'esprit en un éclair, mais le souvenir n'est pas bon. L'événement au présent n'était d'ailleurs pas mieux. Un jour ça s'était produit avec un représentant de commerce qui l'avait baratinée au café, jusqu'à ce qu'elle cède pour le faire taire. Un jeune juriste et un jeune professeur de lycée devaient compléter cette misérable collection de pantouflards blafards. Mais depuis ce temps-là les années ont filé et défilé. Après un concert les deux intellos lui avaient présenté tout à trac à elle, Erika, les manches de son manteau, comme les canons d'un pistolet mitrailleur. Ainsi l'avaient-ils désarmée, les instruments les plus dangereux, c'est eux qui en disposaient. Mais chaque fois, absolument chaque fois, Erika n'avait eu qu'un souhait, retourner au plus vite chez sa mère. Qui en l'occurrence ne soupçonnait rien. Elle avait donc mangé à plus d'un râtelier, deux ou trois studios de célibataires avec cuisine intégrée et baignoire sabot y étaient passés. Amère pâture pour ce fin bec amateur de nourritures artistiques.

D'abord elle prit un certain plaisir à se faire mousser comme pianiste – bien qu'à cette heure-là elle ne fût plus de service. Aucun de ces messieurs n'avait encore eu de pianiste chez lui, sur son canapé. Dans une telle situation, l'homme se montre chevaleresque et la femme jouit par-dessus sa tête d'une vue panoramique. Mais en amour, aucune femme ne reste longtemps sublime. Très vite les jeunes messieurs se permettent certaines privautés charmantes qui se prolongent à l'extérieur. La femme ne voit plus les portières de voiture s'ouvrir pour elle, on tourne ses maladresses en ridicule, puis successivement on lui ment, on la trompe, on la torture, on ne lui téléphone plus que rarement. On la laisse intentionnellement dans le vague sur ses intentions. Laisse deux ou trois lettres sans réponse. La femme attend, attend encore, mais en vain. Et elle ne demande pas pourquoi elle attend, craignant plus encore la réponse que l'attente. Et pendant ce temps-là l'homme prodigue résolument ses soins à d'autres femmes, dans une vie parallèle.

Les jeunes messieurs déclenchèrent le désir chez Erika, et puis ils le stoppèrent. Ils lui fermèrent le robinet. Elle eut juste droit à un petit filet de gaz. Erika essayait de les enchaîner à elle par la passion et le plaisir. Elle frappait à grands coups de poing sur le poids inerte qui se balançait au-dessus d'elle, l'enthousiasme lui arrachait des cris. Elle griffait judicieusement de ses ongles le dos de son partenaire du moment. Elle ne ressentait rien. Donnait tous les indices d'un plaisir irrésistible, uniquement pour que l'homme s'arrête enfin. Le monsieur s'arrête, certes, mais il revient une autre fois. Erika ne sent rien et n'a jamais rien senti. Elle est aussi insensible que du carton goudronné sous la pluie.

Tous ces messieurs eurent vite fait de quitter Erika, et maintenant elle ne veut plus se sous-maître. Les hommes n'ont que de faibles attraits et se donnent bien peu de peine. Ils ne se compliquent pas la vie même pour l'amour d'une femme aussi extraordinaire qu'Erika. Pourtant plus jamais ils ne rencontreront une telle femme. Car cette femme est unique. Ils auront des regrets leur vie durant, mais ça n'empêche rien. Ils voient Erika, tournent les talons et s'en vont. Ils ne prennent pas la peine d'examiner de plus près les aptitudes artistiques absolument uniques de cette femme, ils préfèrent culti-ver leur médiocre savoir et travailler à leur médiocre avenir. Cette femme leur paraît un trop gros morceau pour leurs petits couteaux émoussés. Cette femme va se flétrir et se dessécher, mais ils s'en accommodent. Cela ne leur coûte pas une minute de sommeil. Erika se ratatine comme une momie, et eux continuent leur train-train, comme s'ils ne voyaient pas cette fleur rare qui n'exige qu'un peu d'arrosage.

M. Klemmer, dans l'ignorance de ces événements, ondule tel un bouquet vivant au côté de Mme Kohut fille, Madame mère dans son sillage. Il est si jeune.

Il ignore à quel point. Il gratifie son professeur d'une œillade de connivence pleine de vénération. Tous deux ont part au mystère de la compréhension de l'art. Cette femme à son côté réfléchit certainement comme lui au moyen de neutraliser illico cette mère-là. Comment inviter Erika à un dernier verre, pour que la journée se termine sur un air de fête ? Klemmer ne voit pas plus loin. Le professeur est sacrée à ses yeux. Déposer la mère, sortir Erika. Erika ! Et il prononce son nom. Celle-ci feint de ne pas comprendre et force le pas, avançons, avant qu'il ne lui vienne quelque idée saugrenue ! Qu'il s'en aille, à la fin ! Les chemins ne manquent pas par où il pourrait disparaître. Dès qu'il aura le dos tourné, elle ne se privera pas de dauber avec sa mère sur la vénération que cet élève lui porte en secret. Vous n'allez pas regarder le film avec Fred Astaire ce soir ? Moi si ! Je ne le manquerais en aucun cas. À présent M. Klemmer sait ce qui l'attend : rien.

Le pont du suburbain, obscur, devient alors le théâtre d'une entreprise follement hardie : vif comme l'éclair, Klemmer tente de saisir la main de Mme le Professeur. Donnez-moi votre main, Erika. Cette main si divine au piano ! Ni vu ni connu, la main se faufile froidement à travers les mailles et disparaît aussitôt. Une brise s'est levée, le silence est retombé. Erika feint d'ignorer l'approche. Première tentative ratée. La main ne s'est hasardée que parce que la maman, un instant, marchait au même niveau. Transformée en side-car, afin de mieux surveiller la façade du jeune couple. À cette heure les voitures ne sont plus à craindre et à cet endroit le trottoir est étroit. La fille qui, elle, a quelques craintes, rapatrie en vitesse sa risque-tout de mère sur le trottoir. Et la main klemmerienne reste sur le carreau.

À la bouche maintenant de risquer l'aventure. Elle s'ouvre et se ferme, sans aucune des ridules que l'âge dessine. Sans le moindre effort. Il voudrait échanger avec Erika le contenu d'un livre. De Norman Mailer, que Klemmer admire en tant qu'homme et artiste. Il y a vu ceci et cela, mais peut-être Erika y a-t-elle vu tout autre chose ? Erika ne l'a pas lu et l'échange s'enlise. La fortune a des retours qui rendent tout commerce difficile. Erika aimerait avoir un retour de jeunesse et Klemmer est en quête de bonne fortune. Le jeune visage du jeune homme brille doucement à la lueur des réverbères et des vitrines éclairées, tandis qu'à son côté la pianiste flambe et se ratatine telle une feuille de papier dans le fourneau du désir. Elle n'ose regarder l'homme. La mère tentera à coup sûr de séparer ce couple, si une séparation s'avère nécessaire. Erika est taciturne, indifférente, et ce d'autant plus qu'ils approchent du but, la station du tram. La mère empêche toutes transactions entre les jeunes gens qui marchent devant en évoquant un éventuel refroidissement dont elle dépeint aussitôt les symptômes en long, en large et en travers. La fille l'approuve. C'est maintenant qu'il faut se prémunir contre la contagion, demain il sera peut-être trop tard. Dans une ultime tentative désespérée M. Klemmer déploie ses ailes et claironne qu'il connaît un remède efficace : s'endurcir à temps. Il conseille le sauna. Il conseille quelques bonnes longueurs de bassin dans une piscine. Il conseille le sport en général et en particulier l'une de ses variantes, la plus excitante sans doute, le kayak. En cette saison la glace l'interdit, on doit se rabattre provisoirement sur d'autres disciplines. Mais bientôt, au printemps, ce sera le meilleur moment, parce que les rivières enflent à la fonte des neiges, emportant tout ce qui se risque sur leurs eaux. Puis Klemmer conseille à nouveau le sauna. Il conseille la marche, toutes sortes de marches : des marches d'endurance, des marches en forêt, des parcours de santé. Erika n'écoute pas, mais son regard le frôle et glisse aussitôt, embarrassé. Comme par inadvertance elle jette un coup d'œil depuis la prison de son corps vieillissant. Ces barreaux-là, elle ne les sciera pas. Sa mère l'en empêchera. Klemmer qui, quoi que dise Erika, est d'un avis contraire, Klemmer, cet ardent lutteur, hasarde intrépide un pas de plus, taurillon rôdant autour de la clôture. Mais cherche-t-il la vache ou juste un nouveau pâturage ? Allez savoir. Si Klemmer prône le sport, c'est parce qu'il permet de développer le plaisir que l'on prend à son corps et plus généralement d'éveiller pour son corps et en son corps une sensibilité. Vous n'imaginez pas, Madame le Professeur, la joie que l'on prend parfois à son propre corps ! Demandez-lui ce qu'il veut et il vous le dira. Au début, ce corps n'a l'air de rien, mais ensuite, oh oh ! Il se détend et développe ses qualités musculaires. Il s'étend à l'air libre. Mais il a aussi conscience de ses limites. Et de toute façon, là encore, le roi, c'est le kayak, son sport favori. Un vague souvenir traverse en un éclair la tête d'Erika, elle a déjà vu quelque chose de ce genre à la télévision : des kayakistes. Au cours d'un Spécial-sport, un week-end, juste avant le film de la soirée. Elle se souvient des kayakistes avec leurs gilets de sauvetage orange et leurs casques rembourrés. Coincés dans de minuscules canoës ou engins similaires, comme des poires Williams dans leur bouteille d'eau-de-vie. Ils versaient souvent au cours de leur activité. Erika sourit. Repense fugitivement à l'un des messieurs pour lequel elle a crié si fort et l'oublie aussitôt. Subsiste un faible désir qu'elle oublie aussi vite. Voilà. Nous sommes presque arrivés !

Dans la bouche de M. Klemmer les mots se glacent. Il bredouille péniblement quelque chose à propos du ski dont la saison vient de commencer. Inutile d'aller loin, à peine sorti de la ville vous trouvez des pentes merveilleuses, des raides, des moins raides. Fantastique, non ? Vous devriez venir un jour, Madame le Professeur, la jeunesse au fond recherche la jeunesse. Nous rejoindrions des amis de mon âge qui seraient aux petits soins pour vous, Madame le Professeur. Nous ne sommes pas très sportives, coupe la mère, qui n'a jamais vu pratiquer un sport de plus près qu'à la télévision. En hiver nous préférons nous retirer de bonne heure avec un bon policier. D'ailleurs, vous savez, d'une manière générale nous aimons à vivre retirées, retirées de tout. On sait ce que l'on quitte, et on préfère ne pas savoir ce qu'on va trouver. On risque de s'y casser le nez.

M. Klemmer dit pouvoir emprunter à tout moment la voiture de son père à condition de prévenir à temps. Sa main farfouille dans l'obscurité et ressort bredouille.

Une aversion de plus en plus violente grandit en Erika, qu'est-ce qu'il fait encore là ! Qu'ils disparaissent, lui et sa main ! Du balai ! Avec lui c'est la vie qui défie Erika – un terrible défi – et elle n'a pas coutume d'en relever d'autres que ceux posés par l'interprétation fidèle d'une œuvre. Enfin la station est en vue, voici la lumière rassurante, l'abri en plexiglas et son petit banc. Aucun assassin en vue, et à elles deux elles viendront bien à bout de ce Klemmer. Reflet d'un réverbère. Tiens, deux autres silhouettes emmitouflées qui attendent, deux femmes, sans escorte, sans protection. À une heure aussi tardive, les intervalles entre les trams sont longs, et

Klemmer malheureusement s'accroche. À tout moment l'assassin risque de venir, même s'il n'est pas encore là, et on pourrait avoir besoin de lui. Erika est prise d'horreur, que ces manœuvres d'approche cessent, que ce calice s'éloigne de moi ! Voilà le tram ! Dans un instant, avec la distance, quand ce Klemmer sera parti, elles en parleront en détail, sa mère et elle. Qu'il commence par s'en aller, ensuite il offrira un sujet de conversation inépuisable. Pas plus excitant que le chatouillement d'une plume sur la peau. Le tram arrive et repart aussitôt tout joyeux, emportant les dames Kohut. M. Klemmer agite la main, mais ces dames sont aux prises avec leurs porte-monnaie et leurs carnets de tickets.

Dans sa maladresse effroyable, l'enfant dont le talent est commenté à cent lieues à la ronde, mais dont tous les mouvements laissent croire qu'elle est engoncée dans un sac jusqu'au cou, trébuche sur un dispositif de ficelles tendues au ras du sol. Et rame avec les bras et les jambes. C'est la négligence des autres qui lui a dressé ces embûches, se plaint-elle haut et fort. ELLE n'est jamais en faute. Des professeurs qui l'ont observée saluent et consolent ce forçat de la musique qui d'une part lui sacrifie tout son temps libre, et d'autre part se ridiculise devant les autres. Néanmoins ce n'est pas sans un léger dégoût, une aversion vague et diffuse, que les professeurs déclarent qu'ELLE est bien la seule, après l'école, à avoir autre chose en tête que des bêtises. SON âme est accablée d'humiliations gratuites dont elle accable sa mère en rentrant. Et celle-ci de se précipiter aussitôt à l'école et d'accabler de violents reproches les autres élèves qui ne songent qu'à causer la perte de son précieux rejeton. Sur quoi la colère des autres, décuplée, frappe en retour. Circuit fermé où plaintes et griefs se répondent et se renforcent mutuellement. Des casiers métalliques remplis de bouteilles de lait vides vendues pendant l'interclasse se mettent volontiers en travers de SA route, réclamant une attention qu'elle leur refuse. Et qu'elle concentre tout entière et secrètement sur ses camarades de sexe masculin qu'elle épie subrepticement du coin de l'œil, tandis que sa tête tout en haut met le cap sur une direction complètement différente, ignorant l'homme en herbe. Ou plutôt ce qui s'essaie à la virilité.

Des obstacles s'embusquent dans les salles de classe malodorantes. Le matin transpire en ces lieux l'élève normal, ordinaire, celui qui se maintient d'extrême justesse tandis que ses parents se démènent frénétiquement aux commandes de son cerveau, afin qu'il atteigne au moins le niveau moyen de la classe. L'après-midi, la salle est détournée de sa fonction par des êtres extra-ordinairement doués pour l'extraordinaire : les élèves (spécialité musique) qui envahissent alors l'école de musique installée en ces lieux. Des instruments bruyants s'abattent comme des sauterelles sur ces espaces silencieux voués à la réflexion. Ainsi à longueur de journée l'école est inondée de valeurs qui défient le temps : Savoir et Musique. Les élèves de musique existent dans toutes les tailles et dans tous les âges, il y a même des bacheliers et des étudiants ! Tous unis dans un même effort : produire des sons isolément ou à plusieurs. ELLE s'accroche de plus en plus violemment aux évanescentes, aux inaccessibles bulles d'air d'une vie intérieure dont les autres ne soupçonnent rien. Le noyau en est d'une beauté céleste. Mais ce noyau s'est formé tout seul dans sa tête. Les autres ne voient pas cette beauté. ELLE se pense belle et arbore en esprit une tête de starlette. Sa mère le lui interdirait. Elle peut changer de tête à volonté, tantôt brune, tantôt blonde, c'est ainsi que les hommes préfèrent les femmes. Et elle s'y conforme, voulant elle aussi être aimée. Mais elle est tout sauf belle. Elle est douée, ça oui ! merci bien, pas de quoi. Pas de quoi se vanter : en fait elle est plutôt insignifiante, ce que sa mère ne cesse de lui rappeler au cas où elle se croirait belle quand même. Et de brandir cette menace ignoble : jamais elle ne fascinera personne, si ce n'est par SON art et SON savoir. Elle menace l'enfant de l'assommer si jamais on la repérait en compagnie d'un homme. De son poste d'observation, la mère contrôle, cherche, calcule, tire les conséquences et punit.

ELLE est ficelée, ligotée comme une momie égyptienne par ses obligations quotidiennes, mais personne ne brûle de la contempler. Trois années de suite, tenace, elle appellera de ses vœux sa première paire de talons aiguilles ! Jamais elle n'abandonne par oubli. Et il lui en faut de la ténacité pour obtenir ce qu'elle désire. En attendant les chaussures, qu'elle mette donc cette même ténacité au service des sonates pour violon de Bach au bout desquelles la mère, perfide, lui fait miroiter les chaussures en question. Que jamais elle n'obtiendra. Elle pourra un jour se les acheter elle-même, quand elle gagnera de l'argent. Ces chaussures lui sont resservies trois fois par jour comme appât. C'est ainsi que sa mère l'appâte et lui soutire du Hindemith, morceau par morceau. En retour, elle l'aime infiniment plus que ne le pourraient des chaussures.

Au-dessus des autres, souveraine, ELLE trône à tout instant. Au-dessus des autres, hautaine, sa mère la porte constamment. Elle les laisse tous loin derrière, loin en-dessous. Au fil des ans SES désirs innocents se transforment en une avidité dévastatrice, en une volonté de tout anéantir. Ce que les autres possèdent, elle le veut compulsivement. Ce qu'elle ne peut avoir, elle veut le détruire. Elle se met à voler. Dans l'atelier sous les combles où a lieu le cours de dessin, aquarelles, crayons, pinceaux et règles disparaissent par légions. Disparaît une paire entière de lunettes de soleil, dont les verres – dernier cri – ont des reflets scintillants ! Par peur, elle jette ce bien mal acquis qui jamais ne lui profiterait dans la première poubelle venue, afin qu'on ne risque pas de le trouver sur elle. La mère cherche et finit toujours par découvrir quelque pot aux roses : chocolat acheté en cachette, ou glace économisée, toujours en cachette, sur l'argent du tram.

Au lieu des lunettes de soleil, elle aurait préféré s'emparer du nouveau tailleur en flanelle grise d'une autre fille. Mais comment dérober un tailleur quand sa propriétaire reste constamment fourrée dedans. Pour se dédommager, ELLE découvre à la suite d'un minutieux travail de détective amateur que ce tailleur est le produit d'un corps à corps : la retape des Lolitas. Des jours durant, ELLE a filé l'ombre grise du loup qui se profile sur la porteuse du tailleur ; le conservatoire et le Bristol-Bar avec ses hommes d'affaires entre deux âges qui se sentent si seuls aujourd'hui ma mignonne, se trouvent dans le même district. La camarade de classe n'a que seize ans, âge tendre s'il en est, et son manquement sera signalé conformément au règlement. ELLE décrit à sa mère ce tailleur de rêve et lui explique où le gagner par ses propres moyens. Avec une fausse candeur enfantine les mots coulent de ses lèvres, afin que la mère se réjouisse de l'ingénuité de sa propre fille et l'en félicite. Aussitôt la mère chausse ses éperons et part en guerre. Soufflant, écumant et la crinière au vent, la maman caracole jusqu'à l'école, où elle obtient en beauté une mise à la porte : le tailleur gris et son contenu sont virés de l'établissement ; et voilà le tailleur loin des yeux, mais non point loin du cœur qu'il hantera encore longtemps, crève-cœur laissant des traces sanglantes. Comme punition, la propriétaire du tailleur deviendra vendeuse dans une parfumerie du centre-ville, condamnée pour le reste de son existence à se passer du bonheur de la culture générale. Petit poisson n'est pas devenu grand. Comme récompense pour avoir si promptement signalé le danger, ELLE obtient la permission de fabriquer de ses propres mains un cartable aussi extravagant qu'extraordinaire avec des chutes de cuir bon marché. C'est qu'il s'agit de meubler intelligemment des loisirs qu'elle n'a pas. Et il en faudra pour terminer ce cartable. Mais elle aura créé quelque chose que personne d'autre ne pourra – et ne voudra ! – nommer sien. ELLE sera seule à posséder un cartable aussi exceptionnel et à oser l'exhiber dans les rues !

Les hommes en herbe, ces jeunes musiciens de la relève avec lesquels elle instrumentalise en chambre et philharmonise de force éveillent en elle une attirance, une nostalgie vraisemblablement tapies depuis toujours au fond de son être. D'où la fierté indomptable qu'ELLE affiche, mais qui repose sur quoi ? Sa mère la supplie et la conjure de ne jamais se compromettre car jamais ELLE ne se le pardonnerait. ELLE ne peut se permettre la moindre erreur, sinon des mois durant elle en est obsédée et tourmentée. Souvent une idée la mine : elle aurait pu agir autrement mais maintenant c'est trop tard ! Ce m'as-tu-vu de petit orchestre est dirigé par Mme le Professeur de violon en personne ;

le premier violon y incarne le pouvoir absolu. ELLE tient à être du côté des puissants, afin qu'ils l'entraînent dans leur réussite. Elle est du côté du pouvoir depuis le premier jour où elle a vu sa mère. Pendant les pauses le jeune homme à la volonté duquel les autres violons se plient comme le vent à la girouette, lit des livres indispensables pour son baccalauréat imminent. Il dit qu'avec la fac n'est-ce pas, les choses sérieuses vont commencer. Il forge des projets et les expose avec courage. Parfois il la regarde distraitement sans LA voir, peut-être cherche-t-il à se remémorer quelque formule mathématique ou quelque formule d'homme du monde. Mais il ne pourrait jamais capter son regard, car depuis un bon moment elle contemple le plafond d'un air hautain. Elle ne voit en lui que le musicien, pas l'être humain ; elle ne le voit pas, il faut qu'il s'aperçoive qu'il est inexistant. Intérieurement elle se consume presque. Sa mèche déverse plus de mille soleils sur ce rat ranci qu'est son sexe. Un jour, afin qu'il tourne les yeux vers elle, elle fait tomber le couvercle en bois de son étui à violon sur sa main gauche dont elle a pourtant tellement besoin. Elle pousse un grand cri de douleur, pour qu'il la place éventuellement sous surveillance. Peut-être même se montrera-t-il galant. Mais non, il voudrait faire son service militaire pour s'en débarrasser au plus vite. Il aspire en outre à devenir professeur de sciences naturelles, d'allemand et de musique dans un lycée. Cette dernière matière étant jusqu'à ce jour la seule qu'il maîtrise assez bien. Afin qu'il la reconnaisse en tant que femme et que sa cervelle l'enregistre sous la rubrique « sexe féminin », elle s'installe seule au piano pendant les pauses et joue en solo pour lui seul. Au piano elle est très habile, mais il ne la juge qu'en fonction de son effroyable balourdise dans la vie quotidienne. Avec sa maladresse et ses gros sabots, jamais elle ne trouvera le chemin de son cœur.

Elle décide : non, à personne elle ne se livrera comptant, ne se livrera jusqu'aux confins les plus extrêmes, les plus reculés de son moi ! Elle veut tout garder et si possible obtenir un petit quelque chose en plus. Dis-moi ce que tu as, je te dirai qui tu es. ELLE amoncelle des montagnes escarpées, ses connaissances et compétences forment un sommet recouvert de neige damée que seul le plus intrépide skieur saura vaincre. À tout instant le jeune homme risque de déraper et de s'abîmer dans une crevasse. ELLE a confié à quelqu'un la clef de son cœur exquis, de son esprit aux glaçons finement polis, et peut donc à tout instant lui reprendre sa clef.

Ainsi attend-ELLE avec impatience que sa valeur de futur crac de la musique monte à la bourse de la vie. Elle attend, silencieuse, de plus en plus silencieuse, que l'un ou l'autre se décide pour elle, et aussitôt elle se décidera pour lui avec joie. Ce sera un être exceptionnel, doué pour la musique, dépourvu de vanité. Mais quant à celui-ci, il a fait son choix depuis longtemps : sa matière principale sera l'anglais ou l'allemand. Il a de quoi être fier.

Dehors quelque chose l'appelle, auquel elle ne participe pas, exprès, afin de pouvoir se vanter de sa non-participation. Elle voudrait des médailles, des distinctions pour avoir réussi avec succès cette non-participation, pour son refus de se faire jauger, de se faire évaluer. Tel un animal qui nage difficilement avec ses membranes trouées entre des griffes émoussées, elle patauge dans le chaud lisier maternel, avançant par saccades et levant une tête craintive, où donc est passée la rive salvatrice ? Grimper au sec vers ce lieu drapé de brume est trop pénible, elle n'a que trop souvent patiné sur le talus glissant.

Elle se languit d'un homme très savant, violoniste de surcroît. Mais si elle veut qu'un tel homme la caresse, il faudra qu'elle l'abatte d'abord. Car ce chamois toujours sur le qui-vive escalade déjà l'éboulis, mais l'énergie pour débusquer sa féminité enfouie sous les gravats lui manque. D'après lui, une femme est une femme. Puis il fait une petite plaisanterie sur la célèbre inconstance de la gent féminine en lançant : Ah, les femmes ! Lorsqu'il LUI donne le signal de jouer, il la regarde sans vraiment la voir. Il ne décide pas contre ELLE, il décide simplement sans ELLE. Jamais ELLE ne se mettrait dans des situations où elle pourrait apparaître faible, voire inférieure. Aussi reste-t-elle là où elle est. Ne parcourt que les stades habituels de l'apprentissage et de l'obéissance – sans explorer de nouvelles régions. La vis du pressoir grince – de ce pressoir qui exprime le sang sous les ongles. Apprendre est une exigence de la raison car, lui a-t-on dit, tant qu'elle s'efforce et cherche, elle vit. Obéir est une exigence de la mère. Laquelle ajoute ce conseil en prime : qui prend des risques, périt. Lorsque personne n'est à la maison, elle taille exprès dans sa propre chair. Elle attend toujours avec impatience l'instant où elle pourra se taillader à l'abri des regards. À peine la porte a-t-elle claqué que la lame paternelle tout-usage, son petit talisman, sort de sa cachette. ELLE la dépouille de ses habits du dimanche, de ses cinq couches de plastique virginal. Elle est habile dans le maniement des lames, n'a-t-elle pas à raser son père, à raser la douce joue du père, sous un front totalement vide qu'aucune pensée ne trouble plus et qu'aucune volonté ne ride ? Cette lame est destinée à sa chair à ELLE. Lame d'acier bleuté, fine, élégante, souple, élastique. Jambes écartées, ELLE s'assied devant la face grossissante du miroir à raser et fait une entaille censée agrandir l'ouverture qui sert de porte d'entrée à son corps. Elle sait par expérience qu'une telle entaille ne fait pas mal car ses bras, ses mains et ses jambes lui ont déjà souvent servi d'objets d'expérience. Son passe-temps favori : taillader son propre corps.

Comme la cavité buccale, cette entrée et sortie ne saurait être qualifiée de vraiment jolie, mais elle est nécessaire. Elle est totalement livrée à elle-même, ce qui vaut toujours mieux que d'être livrée à d'autres. Elle a les choses en main, et la main est sensible. Sait exactement combien de fois opérer et à quelle profondeur. Avec le crochet du miroir elle écarte les bords de l'orifice et saisit l'instant propice pour couper. Vite, avant que quelqu'un ne vienne. Mal informée en anatomie et plus malchanceuse encore, elle approche l'acier glacial et l'introduit là où, croit-elle, un trou doit apparaître. Béance, effroi devant la transformation, épanchement de sang. Vision qui n'est pas inhabituelle, ce sang, mais à laquelle cependant l'habitude n'ajoute rien. Comme de coutume aucune douleur. Pourtant ELLE a coupé au mauvais endroit, séparant ainsi ce que Dieu le Père et Mère nature, dans une alliance inhabituelle, ont assemblé. L'être humain n'en a pas le droit, l'acte appelle vengeance : elle ne sent rien. Pendant un moment les deux moitiés de chair entaillées se fixent, consternées par cette distance soudaine qui n'existait pas auparavant. Des années durant elles ont partagé joies et souffrances, et les voici séparées ! De plus, dans le miroir, les deux moitiés voient leur image inversée, si bien qu'aucune des deux ne sait plus qui elle est. Alors, décidément, jaillit le sang. Les gouttes suintent, ruissellent, se mêlent à leurs camarades pour former un ruisseau continu. Puis un flux rouge au cours régulier et apaisant, par la conjonction des différents ruisseaux. Le sang l'empêche de voir ce qu'elle a réellement coupé. C'était son propre corps, mais il lui est terriblement étranger. Elle n'a pas songé tout à l'heure qu'elle ne pourrait pas contrôler cette ligne de coupe aussi facilement que celle d'un vêtement où avec une petite roulette on peut suivre un à un pointillés, hachures ou traits-points, gardant ainsi contrôle et vue d'ensemble. ELLE doit d'abord stopper l'hémorragie et prend peur. Le bas-ventre et la peur sont à ses yeux deux amis complices, ils se manifestent presque toujours ensemble. Si l'un des deux amis entre dans sa tête sans frapper, elle peut en être sûre : l'autre n'est pas loin. Sa mère peut bien contrôler si la nuit ELLE garde ou non ses mains sur la couverture ; pour contrôler la peur, il faudrait qu'elle commence par ouvrir au ciseau la boîte crânienne de sa fille et en éradique personnellement la peur avec un scalpel.

Afin d'arrêter le sang, elle recourt à la précieuse garniture dont toutes les femmes connaissent et apprécient les avantages, surtout pour faire du sport ou simplement se déplacer. Celle-ci remplace bien vite la couronne en carton doré de la fillette déguisée en petite princesse qui se rend à une matinée enfantine. Mais, enfant, ELLE n'est jamais allée à un bal costumé, ELLE n'a jamais porté de couronne. La parure royale a soudain disparu et s'est faite garniture et la femme sait où est sa place dans l'existence. Ce que l'enfant, dans sa fierté naïve, portait sur la tête, a atterri là où le bois féminin attend la hache en silence. La princesse est devenue adulte, et déjà les goûts divergent : l'un de ces messieurs voudrait un gentil petit meuble en plaqué, pas trop voyant, l'autre un ensemble-salon en noyer du Caucase, et le troisième n'a hélas qu'un désir, empiler du bois de chauffage. Mais même ce monsieur-là peut se distinguer : par exemple stocker son bois le plus rationnellement possible en gagnant le maximum de place. L'une des caves à charbon contient plus de bois qu'une autre où l'on s'est contenté de jeter les bûches en désordre. L'un des feux dure plus longtemps dans un âtre que dans l'autre, parce qu'il y a tout bonnement plus de bois.

Dehors, juste devant sa porte, le vaste monde attendait Erika, voulant à tout prix l'escorter. Plus elle le repoussait, et plus il s'empressait. Une violente tempête de printemps l'emporta dans ses bourrasques. S'engouffra sous sa jupe évasée puis, découragée, la laissa aussitôt retomber. D'épais matelas d'air vicié par les gaz d'échappement l'assaillirent, gênant véritablement la respiration. Quelque chose cliqueta, claqua contre un mur, clac, et rebondit.

Dans de petites boutiques, les mères modernes éclatantes de couleur – pourquoi s'habiller triste – prennent leur tâche au sérieux et se penchent sur quelque marchandise, frissonnantes derrière le mur du föhn. Les jeunes femmes donnent du mou à la laisse des enfants, pendant qu'elles mettent à l'épreuve sur d'innocentes aubergines et autres produits exotiques leurs connaissances tirées de luxueuses revues gastronomiques. Devant la mauvaise qualité, ces femmes reculent effarouchées, comme devant une vipère dressant sa tête hideuse au milieu des courgettes. Aucun homme adulte sain de corps et d'esprit ne traîne à cette heure dans la rue où il n'a rien à faire. De chaque côté de leur porte d'entrée les marchands de légumes ont entreposé sur différents étages des cageots remplis de substances vitaminées multicolores à tous les stades de la pourriture et de la décomposition. La femme y fouille d'une main experte. Elle tient tête à la tempête. Elle tâte avec dégoût pour détecter degré de fraîcheur et fermeté. Ou à la surface des traces de conservateurs et d'insecticides, ce qui met cette jeune mère cultivée hors d'elle. Regardez, là, sur cette grappe, la pellicule verdâtre, c'est assurément toxique, ce raisin a été traité sur pied et sans précaution. Écœurée on le présente à la marchande ceinte d'un tablier bleu, afin de prouver qu'une fois de plus la chimie l'emporte sur la nature, au risque d'introduire le germe d'un cancer dans l'enfant de la jeune mère. Dans ce pays, le fait d'avoir à vérifier la toxicité des produits alimentaires est mieux connu que le nom du vieux chancelier, cet empoisonneur public, c'est ce qui ressort indubitablement d'un sondage. Même la cliente entre deux âges veille aujourd'hui à la qualité du sol – où pousse la pomme de terre. Cette cliente se sent déjà hélas suffisamment menacée en raison de son âge. Et voilà que le danger qui la guette s'est encore considérablement accru. Elle se rabat sur des oranges parce qu'on peut les éplucher, ce qui réduit notablement la nocivité environnante. Mais à quoi bon, pour cette ménagère, chercher à faire l'intéressante avec ses notions de toxicologie, Erika est passée devant elle sans même daigner la remarquer, et son mari ne la remarquera pas davantage ce soir, tout occupé à lire le journal du lendemain qu'il a pu acheter en rentrant afin d'avoir les informations avec une longueur d'avance sur son temps. Les enfants non plus ne feront pas honneur au repas préparé avec amour, ils sont grands et ont quitté la maison. Ils sont eux-mêmes déjà mariés depuis longtemps et à leur tour achètent allégrement des fruits empoisonnés. Un jour, ils se tiendront devant la tombe de cette femme, pleurant d'un œil, et le temps déjà cherchera à les rattraper. À peine débarrassés du souci de leur mère, il seront un souci pour leurs propres enfants.

Telles sont les pensées d'Erika.

En allant à l'école, Erika voit partout de façon quasi obsessionnelle le dépérissement des êtres humains et des victuailles, elle ne voit que rarement croissance et prospérité. Sauf peut-être dans le parc de l'Hôtel de ville et au jardin public où s'exhibent roses et tulipes charnues. Mais elles aussi se réjouissent trop tôt, car elles portent déjà en elles le temps de la flétrissure. Telles sont les pensées d'Erika. Tout la confirme dans ces pensées. Seul l'art a, selon elle, une durée de conservation supérieure. Erika le soigne, le taille, le tuteure, désherbe et pour finir moissonne. Mais qui sait quelle part de lui a déjà disparu, s'est injustement évanouie ? Chaque jour meurt un morceau de musique, meurt une nouvelle, meurt un poème, parce qu'à l'époque actuelle plus rien ne les justifie. Et ce que l'on prétendait impérissable périt à son tour, oublié de tous. Bien qu'il eût mérité la pérennité. Dans la classe de piano d'Erika, même les enfants malmènent Mozart et Haydn, les plus avancés s'élancent sur les traces des traîneaux de Brahms et de Schumann, répandant leur bave de limace dans les sous-bois de la littérature pianistique.

Erika K. se jette résolument dans la tempête de printemps, espérant émerger saine et sauve à l'autre bout ; il s'agit de traverser cette place dégagée devant l'Hôtel de ville. Un chien à côté d'elle sent également le premier souffle printanier. Pour Erika ce qui relève du corps, de l'animalité, est une abomination, un handicap permanent sur sa voie tracée d'avance. Sans doute est-elle moins handicapée qu'un infirme, mais sa liberté de mouvements est tout de même limitée. La plupart des gens en effet s'avancent amoureusement à la rencontre d'un Tu, d'un partenaire. Ils n'aspirent qu'à cela. Mais qu'un jour une collègue du conservatoire veuille lui donner le bras, elle recule effarouchée par cette impudence. Personne n'a le droit de s'appuyer sur Erika, seul le poids plume de l'art, qui risque au moindre souffle de s'envoler et de se reposer ailleurs, a le droit de se poser sur elle. Erika serre si violemment le bras le long de son corps que le deuxième bras – celui de la musicienne – incapable de percer le mur entre Erika et bras d'Erika, retombe, découragé. On dit volontiers d'une telle personne qu'elle est inabordable. Et personne ne l'aborde. On fait un détour avant. On s'accommode de retards et d'attentes, rien que pour éviter de coudoyer Erika. Certains se font remarquer par leur tapage, Erika pas. D'autres font des signes, Erika pas. Il y en a des comme ci et des comme ça. D'autres encore sautillent sur place, jodlent et crient, Erika pas. Car ils savent ce qu'ils veulent. Erika pas.

Deux élèves ou apprenties s'approchent en gloussant, étroitement enlacées, leurs têtes soudées comme deux perles en plastique. Deux petits fruits, si attachés l'un à l'autre. Elles se démêleront certainement sur-le-champ lorsque s'approchera le petit ami de l'une ou de l'autre. Aussitôt elles s'arracheront à leurs étreintes amicales et chaleureuses pour orienter vers lui leurs ventouses et s'enfouir sous sa peau comme des mines à retardement.

Un jour viendra où leur mécontentement explosera bruyamment, et la femme se séparera de l'homme pour déployer un talent tardif resté jusque-là en friche.

Seuls, les humains sont à peine capables de marcher et de tenir debout, ils se déplacent en hordes, comme s'ils n'étaient pas déjà individuellement une trop lourde charge pour la croûte terrestre, pense Erika, l'individualiste. Ce sont d'informes limaces, des invertébrés inconscients, sans caractère ! Qu'aucune magie, que la magie de la musique, n'a jamais émus, n'a emportés ! Ils collent l'un à l'autre de toute leur couenne qu'aucun souffle n'anime jamais.

Erika s'époussette de la main. De petits coups secs qui claquent sur la jupe et la veste en drap. Avec toute cette tempête et ces rafales la poussière s'y est forcément incrustée. Erika évite les passants avant même qu'ils ne soient en vue.

C'est par une de ces journées de printemps baignée d'une lumière scintillante, agressive, que les dames Kohut avaient transporté un père déjà totalement désorienté et mentalement diminué dans une maison de repos de Basse-Autriche, avant que l'asile d'aliénés d'État, le Steinhof – même des étrangers connaissent ce nom que de sombres ballades ont popularisé –, ne l'accueillît et l'invitât à rester. Tant qu'il voudrait ! Aussi longtemps qu'il lui plairait.

Leur boucher habituel, un maître-charcutier réputé qui pratiquait l'abattage maison mais n'aurait jamais songé à ouvrir une maison d'abattage, se porta volontaire pour assurer le transport dans son estafette grise plus habituée à voir pendouiller des quartiers de veaux. Et le papa de traverser la campagne printanière en respirant. Avec lui voyagent ses effets, tous soigneusement chiffrés, la moindre chaussette arbore un K brodé main, ouvrage fort délicat que depuis longtemps il n'est plus en mesure d'admirer ou simplement d'apprécier, bien qu'il soit le premier à bénéficier de cette dextérité qui empêche en effet M. Novotny, tout aussi gâteux que lui, ou M. Vytvar, de détourner sans mauvaise intention lesdites chaussettes. Leurs noms commencent par d'autres initiales, mais qu'arrivera-t-il avec M. Keller, ce vieillard sénile qui fait dans son lit ? Eh bien, Dieu soit loué, il occupe une autre chambre, comme Erika et sa mère pourront s'en assurer sur les lieux. Ils roulent, le but approche. Il y sont presque ! Ils longent la Rudolfshöhe, le Feuerstein, le Wienerwaldsee, le Kaiserbrunnenberg, le Jochgrabenberg et le Kohlreitberg qu'autrefois, dans l'ancien temps qui n'était pas le bon vieux temps, elles ont gravi avec le père, et auraient pour un peu enchaîné avec le Buchberg s'ils n'avaient tourné avant. Et au-delà des monts les attend pour le moins Blanche-Neige en personne ! Éclatante de fraîcheur et riant de joie à la vue du visiteur supplémentaire qui débarque dans son pays. Dans une villa prévue pour deux familles appartenant à une seule famille aux origines paysannes et revenus occultes, aménagée en fonction d'un but noble et humain : mise à l'abri des fous, mise à profit de la folie. De cette façon la maison ne sert pas qu'à deux familles mais à de très très nombreux fous qu'elle abrite et protège d'eux-mêmes et des autres. Les pensionnaires ont le choix entre bricolage et promenade. Le tout sous surveillance. Mais qui dit bricolage dit saletés, et qui dit promenades dit dangers (fuite, morsures d'animaux, blessures), seul le bon air de la campagne est gratuit. Libre à chacun d'en respirer à volonté, selon ses besoins. Par l'intermédiaire de son tuteur légal, chaque interné verse une jolie somme pour être admis et surtout pour rester admis. Ce qui coûte bien des pourboires en sus, selon la gravité du cas et le degré de saleté du patient. Les femmes campent au deuxième étage et sous les combles, les hommes au premier et dans l'aile qui a officiellement renoncé à l'appellation de garage, aménagée après transformation en une véritable petite maisonnette avec eau courante (froide) et toiture percée. On n'oserait exposer les véhicules de l'établissement aux moisissures et à la pourriture, aussi sont-ils garés dehors. Parfois quelqu'un repose aussi dans la cuisine, au milieu des aliments en promotion et autres offres exceptionnelles, et lit à la lumière d'une lampe de poche. Vue sa taille, l'annexe a été conçue pour abriter une Volkswagen, une Mercedes y resterait coincée sans pouvoir avancer ni reculer. Tout autour à perte de vue un bon grillage bien solide. Mais la famille ne peut quand même pas rembarquer la personne qu'elle vient juste de déposer : la livraison lui a coûté tant de peine et d'argent ! Avec l'argent que ses petits pensionnaires lui versent, la famille Bicoque a certainement acheté un château ailleurs, quelque part où le spectacle d'idiots lui sera épargné. Et parions qu'elle l'habite en solo, pour se reposer de ses activités caritatives.

Guidé par une main sûre le père dont la cécité grandit se hâte vers sa future demeure, juste après avoir abandonné sa demeure attitrée. Une jolie chambre lui a été attribuée, elle l'attend déjà ; il a fallu qu'un ancien se décide enfin à mourir pour qu'un nouveau puisse entrer. Et lui aussi devra un jour débarrasser le plancher. Les malades mentaux sont plus envahissants que le modèle standard, ils ne se contentent pas de bonnes paroles et ont presque autant besoin d'exercice qu'un berger allemand de taille moyenne. La maison déclare : nous sommes toujours complet et pourrions même augmenter le nombre de nos lits ! L'interné à vrai dire contraint de rester couché la plupart du temps parce qu'ainsi il fait moins de saletés et prend moins de place, est, lui, interchangeable. Hélas on ne peut pas faire payer deux fois la même personne du jour au lendemain, sinon on se gênerait pas. Ce qui est là, ça s'incruste et ça paie, et c'est payant pour la famille Bicoque ! Et celui qui est là, y restera, ainsi en ont décidé ses proches. Il peut tout au plus empirer ! Steinhof ! Gugging ! La chambre est soigneusement compartimentée en lits individuels, à chacun son propre lit et c'est tant mieux que les lits soient tout petits, car ainsi ils se multiplient ! Entre les couches on a laissé un passage d'environ trente centimètres – un homme y pose juste le pied – afin qu'en cas d'urgence l'alité puisse se lever et se soulager, chose interdite au lit, ça mobilise du personnel. Si ça se produit, il revient plus cher que le prix de sa literie, et sera déporté en quelque endroit bien pire. Souvent l'un ou l'autre a lieu de s'interroger : Qui a couché dans mon petit lit ? Qui a mangé dans ma petite assiette ? Qui a fouillé dans ma petite cassette ? Ah, ces nains ! À peine le gong du déjeuner tant espéré a-t-il retenti que les nains se bousculent et s'empressent en hordes désordonnées vers la salle où Blanche-Neige, leur Blanche-Neige à la présence si délicate, attend chacun d'entre eux. Elle les aime tous et les serre tous sur son cœur, elle, la féminité depuis longtemps oubliée, au teint blanc comme neige, à la chevelure d'ébène. Mais dans la salle à manger se dresse seulement une énorme table de réfectoire recouverte d'un plateau en formica garanti contre corrosion, détergents et rayures, à cause de ces porcs qui ne savent pas se tenir à table ; et la vaisselle est en plastique pour éviter que ces idiots se cognent ou cognent sur les autres, pas de petits couteaux, pas de petites fourchettes, juste de jolies petites cuillers. S'il y avait de la viande, ce qui n'est pas le cas, elle serait pré-coupée. À défaut ils se collent viande contre viande, se bousculent, se poussent, se pincent pour défendre leurs minuscules places de nains.

Le père ne comprend pas pourquoi il est ici, car ici, ça n'a jamais été chez lui. Beaucoup de choses lui sont interdites, et le reste est mal vu. Quoi qu'il fasse, c'est de travers, mais il a l'habitude avec sa femme. Il ne doit plus toucher à rien, ne doit pas bouger, doit combattre sa fébrilité et rester tranquillement allongé, lui l'infatigable promeneur. Interdiction de faire entrer de la saleté dans la maison et d'en sortir aucun des biens de la famille Bicoque. Pas de confusion, s'il vous plaît, entre extérieur et intérieur, chaque chose a sa place, et pour l'extérieur il faut même se changer ou mettre des vêtements supplémentaires que le voisin de lit vient de faucher exprès, afin de gâcher au père le plaisir qu'il avait à sortir. À peine mis au dépôt, le père tente de reprendre le large, mais se voit aussitôt arrêté et prié de rester. Sinon comment sa propre famille pourrait-elle trouver la paix avec ce trublion, et la famille Bicoque, sans lui, son gagne-pain ? Les uns ont besoin de son absence, les autres de sa présence. Les uns vivent de sa venue, les autres de son départ, de sa disparition. Au revoir, quel merveilleux moment ! Mais il y a une fin à tout. Soutenu par un aide en blouse blanche et service commandé, le père est censé faire gentiment au revoir à l'intention de ses deux femmes au moment de leur départ. Mais au lieu de cela le papa se cache les yeux, et supplie qu'on ne le batte pas. Ce qui éclaire d'un très mauvais jour la famille-croupion sur le départ, jamais, au grand jamais, Papa n'a été battu. D'où ce geste lui vient-il ? La famille décapitée espère une réponse du bon air de la campagne. Qui ne dit mot. Le boucher, délesté d'une personne dangereuse, conduit plus vite qu'à l'aller ; il veut rentrer à temps pour emmener ses enfants au foot, car c'est dimanche. Son jour de repos. Il console par quelques mots préalablement pesés avec soin. Il plaint les dames Kohut avec des phrases choisies ; choisir, peser, c'est un langage que les commerçants maîtrisent à merveille. Le boucher parle comme s'il s'agissait de choisir entre filet et rumsteak. Il parle son jargon professionnel bien qu'on soit aujourd'hui dimanche, jour consacré au langage du loisir. La boutique est fermée. Mais un boucher qui se respecte est toujours de service. Les dames K. déballent et étalent leurs tripes encore fumantes, tout juste bonnes à faire de la pâtée pour chats, juge l'expert. Elles radotent : Ah qu'elles avaient eu de peine à s'y résoudre, c'était bien triste mais hélas nécessaire, et elles n'avaient que trop tardé ! Elles surenchérissent l'une sur l'autre. Les fournisseurs du boucher font plutôt dans la sous-enchère. Mais les prix de ce boucher-là sont fixes et il connaît le prix des choses. Une queue de bœuf vaut tant, un plat de côtes tant et un jambonneau tant. Ces dames peuvent faire l'économie de leurs belles paroles. Mais qu'elles s'abstiennent dorénavant de lésiner sur leurs achats en charcuterie et viande fumée, car elles ont une dette envers le boucher qui ne se balade pas gratis un dimanche. Seule la mort est gratis, et encore, elle vous coûte la vie ; tout a une fin, autant meurt veau que vache, dit le commerçant serviable, éclatant d'un rire gras. Les dames l'approuvent non sans mélancolie parce qu'elles viennent de perdre un membre de leur famille, mais elles connaissent leur devoir de vieilles, de fidèles clientes. Le boucher qui se flatte de les compter parmi le noyau dur de ses habitués s'en trouve encouragé. La façon de donner vaut mieux que ce qu'on donne. « À défaut de pouvoir donner la vie à une bête, offre-lui une mort rapide. » Le voici subitement bien grave, l'homme au métier sanglant. Là encore les dames K. l'approuvent. Mais qu'il fasse donc attention à la route, sinon l'adage se réalisera cruellement avant même qu'ils s'en aperçoivent. C'est la circulation du week-end avec ses apprentis conducteurs. Sur ce le boucher rétorque que depuis belle lurette il a la conduite dans le sang. À quoi les K. femelles ne peuvent opposer que leur chair, et leur sang qu'elles ne tiennent pas à verser. C'est déjà trop d'avoir dû caser à grand prix un peu de cette chair et de ce sang précieux dans un dortoir bourré. Que le boucher n'aille pas croire que ça leur ait été facile. Une partie d'elles-mêmes était restée là-bas, à l'hospice de Neulengbach. Laquelle au juste ? demande le spécialiste.

Là-dessus elles réintègrent leur appartement un peu plus vide à présent. Cavité protectrice qui se referme sur elles, jamais elles n'auront eu autant de place pour leurs passe-temps ; l'appartement n'accueille pas n'importe qui, seulement les ayants droits !

Une nouvelle bourrasque se leva, un géant mit Kohut fille dans le creux de sa main – main d'une taille et d'une douceur surnaturelles – et la plaqua contre la devanture d'un opticien toute miroitante. Une paire de lunettes démesurée équipée de verres violets surplombait le magasin et vacillait sous les rafales du föhn, menaçant les passants. Soudain c'est le silence, comme si l'air au moment de reprendre son souffle éprouvait quelque crainte. Sûr qu'en cet instant la mère se retire bien tranquille dans sa cuisine et prépare leur dîner en faisant rissoler quelque chose qui sera servi froid, ensuite elle passera à un ouvrage de dame qui l'attend déjà, un petit napperon blanc en dentelle.

Dans le ciel, des nuages aux contours nets rougeoient sur les bords. Ils semblent indécis et filent étourdiment tantôt par-ci, tantôt par-là. Erika sait régulièrement des jours à l'avance ce qui l'attend dans les jours suivants : le service de l'art au conservatoire. Ou quelque chose en rapport avec la musique, cette sangsue qu'Erika ingurgite sous différents états, en boîte où sortant du gril, sous forme de purée ou de mets plus solides et plus élaborés, et tantôt aux fourneaux, tantôt commandant à l'escouade des marmitons.

Quelques ruelles déjà avant le conservatoire Erika est aux aguets selon son habitude, épiant, flairant le vent, fin limier lancé sur une piste. Prendra-t-elle aujourd'hui sur le fait tel ou telle de ses élèves qui, n'ayant pas encore été gratifié d'un pensum musical, a trop de loisirs et s'adonne à des activités privées d'ordre stricte-ment personnel ? Erika n'a qu'un désir : s'introduire, s'immiscer dans ces vastes contrées qui, hors de son contrôle et, malgré tout, partagées en champs labourés, s'étendent devant elle. Montagnes de sang, champs de vie sur lesquels il lui faut s'acharner. Le professeur en a bien le droit, il représente l'instance parentale. Elle veut coûte que coûte savoir ce qui se passe dans la vie des autres. À peine un élève l'évite-t-il, à peine s'épanche-t-il à l'intérieur de sa bulle en plastique démontable se croyant à l'abri des regards, que déjà la K. frétille, prête à le suivre discrètement sans y avoir été conviée.

Elle surgit au coin des rues, jaillit des couloirs, et se matérialise soudain dans les cabines d'ascenseur, esprit survolté prisonnier dans sa bouteille. Afin de former son goût musical et de l'imposer ensuite à ses élèves, elle se rend parfois à des concerts. Elle évalue les interprètes les uns par rapport aux autres et anéantit les élèves avec sa mesure de capacité où seuls les meilleurs peuvent déverser leur art. Elle chasse, hors de vue des élèves, mais sans jamais se perdre de vue : elle s'observe dans les vitrines en train de suivre une piste étrangère. On l'appellerait communément une bonne observatrice, mais Erika se distingue du commun. Elle est de ceux qui le guident et le dirigent. Absorbée par la vacuité de son corps absolument inerte, l'ouverture de la bouteille la fait sortir dans une explosion et la projette dans l'existence d'inconnus, choisis au préalable ou surgis à l'improviste. Impossible de prouver qu'elle espionne délibérément. Pourtant la méfiance s'éveille ici et là. Voici qu'elle apparaît à un moment où l'on préfère ne pas avoir de témoins. Le moindre changement de coiffure d'une élève suffit à déclencher à la maison une demi-heure de vives controverses, y compris des accusations contre la mère qui cloître sa fille exprès, pour l'empêcher de se promener dans la nature et de faire ses propres expériences. Après tout, elle aussi, sa fille, aurait grand besoin de changer de coiffure. Mais cette mère qui n'ose plus toucher à un seul des cheveux d'Erika s'incruste en elle comme du glouteron, une sangsue ou un abcès de fixation. La mère lui suce la moelle des os. Ce qu'Erika sait grâce à ses observations clandestines, elle le sait ; ce qu'elle est en réalité – un génie – nul ne le sait mieux que sa maman qui connaît son enfant comme le fond de sa poche. Cherchez et vous trouverez un objet de scandale, ce qu'au fond vous espérez.

Devant le cinéma Metro de la Johannesgasse, depuis que le programme a changé, Erika, pour la troisième journée consécutive – ah les beaux jours ! – trouve des trésors cachés, car l'élève tout à son affaire et à ses cochonneries intra-ciboulot en a depuis longtemps oublié sa méfiance. Ses sens aiguisés se focalisent sur les photos du film. En ce moment le cinéma donne un porno soft, sans se soucier des enfants du quartier en route pour la musique. L'un de ces jeunes badauds juge minutieusement chaque photo en fonction de ce qu'on voit, un autre se laisse plutôt guider par la beauté des femmes exposées, un troisième souhaite obstinément voir ce que l'on ne voit pas, l'intérieur du corps de ces dames. À peine deux exemplaires de ces futurs jeunes gens viennent-ils de s'engager dans une polémique enrichissante portant sur l'opulence de la poitrine fém. que Mme le Professeur de piano, propulsée par le föhn, explose au milieu d'eux comme une grenade. Elle a rabattu sur son visage un masque de reproches silencieux et de vague pitié, difficile de croire qu'elle et les femmes sur les photos appartiennent à un seul et même sexe – au beau sexe, pour ne pas le nommer, quant au profane il n'hésiterait pas à les ranger dans des catégories différentes de l'espèce humaine. À en juger par l'aspect extérieur. Mais une image ne montre pas la vie intérieure, et toute comparaison ferait par conséquent injure à Miss Kohut dont c'est précisément la vie intérieure qui s'épanouit, pleine de sève. Sans ajouter un mot la Kohut s'éloigne. Aucun propos n'est échangé, mais même ainsi l'élève sait qu'une fois de plus il n'aura pas assez travaillé, son intérêt s'étant malencontreusement porté sur tout autre chose que le piano.

Dans la boîte à images vitrée, hommes et femmes s'éreintent mutuellement, coincés dans l'éternité du plaisir – un laborieux ballet. Ce travail les fait transpirer. L'homme besogne par-ci par-là la chair féminine et peut présenter publiquement le résultat de ce labeur : la giclée finale qui retombe sur le corps de la femme. Tout comme dans la vie où la plupart du temps l'homme doit nourrir la femme et se trouve jugé selon ses seules aptitudes nourricières, l'homme apporte ici une chaude nourriture que ses propres entrailles ont mijotée à petit feu. La femme pousse un gémissement sonore, au figuré s'entend, mais on la voit littéralement crier ; l'offrande la comble, son nourricier la comble et ses cris redoublent. Évidemment sur les photos il n'y a pas du tout de son, mais le son attend déjà dans la salle de cinéma où la femme hurlera de gratitude pour la peine que l'homme se donne, sitôt que le spectateur aura acheté son billet.

L'élève pris sur le fait emboîte le pas à la Kohut à distance respectueuse. Il se reproche d'avoir blessé sa fierté de femme en regardant des femmes nues. Peut-être que la Kohut se prend elle aussi pour une femme et qu'elle est à présent profondément ulcérée. Il vaudra mieux que sa pendule intérieure tic-taque un peu plus fort la prochaine fois que le professeur s'approchera à pas de loup. Plus tard pendant le cours de piano, les regards de la Kohut évitent intentionnellement l'élève, ce paria du plaisir. Dès le premier morceau de Bach, après les gammes et les exercices, le manque d'assurance gagne du terrain, prend le dessus. Cet entrelacs de fibres mélangées ne supporte que la main assurée du maître qui tire doucement les ficelles. Le thème principal a été écrasé, les deuxièmes voix se sont trop imposées et le tout manque singulièrement de transparence. Un pare-brise poisseux. Erika se gausse du petit filet de Bach que l'élève vient de produire et qui s'écoule, cahotant, dans un lit encrassé où des amoncellements de boue et de caillasse freinent son cours. Erika se met à expliquer plus en détail l'œuvre de Bach : c'est une construction cyclopéenne en ce qui concerne les Passions, et souterraine en ce qui concerne le Clavier Bien Tempéré et les diverses œuvres contrapuntiques pour intrument à clavier. Erika porte l'œuvre de Bach aux nues dans la seule intention d'humilier l'élève ; elle affirme que là où il retentit, Bach reconstruit en musique les cathédrales gothiques. Erika sent entre ses jambes le léger picotement que seul l'élu de l'art et pour l'art ressent à parler d'art, et l'hypocrite de raconter que la cathédrale de Strasbourg comme le choral en ouverture de la Passion selon saint Matthieu sont nés d'un élan faustien vers Dieu. Et ce que l'élève venait de jouer là n'avait pas grand chose d'une cathédrale ! Erika ne peut alors retenir une allusion enjouée à Dieu qui a aussi créé la femme. Un jour où il était à court d'idées, ajoute-t-elle ressortant la blague masculine éculée. Mais elle reprend aussitôt sa petite plaisanterie en demandant fort sérieusement à l'élève s'il sait comment il convient de regarder une photo de femme. Avec respect, n'est-ce pas, car sa maman qui l'a porté et qui l'a mis au monde était une femme, elle aussi, ni plus ni moins. L'élève fait certaines promesses que la Kohut exige de lui. En remerciement elle lui apprend que le savoir-faire de Bach, par l'extrême diversité de son art et des formes contrapuntiques, représente le triomphe du travail artisanal. Et elle s'y connaît en travail manuel, s'il avait suffi de travailler, elle aurait triomphé aux points et même par k.o. de tous ses adversaires ! Mais Bach est davantage, s'extasie-t-elle, c'est un acte de foi en Dieu, et le Manuel d'histoire de la musique, Ire partie, – édition nationale autrichienne ici en usage – surpasse encore Erika dans l'art de manier l'encensoir : l'œuvre de Bach, affirme-t-il, est un acte de foi en l'homme spécifique qu'est l'homme nordique luttant pour obtenir la grâce de Dieu.

L'élève décide d'éviter si possible de se laisser pincer une nouvelle fois devant la photo d'une femme nue. Les doigts d'Erika frémissent comme les griffes d'un animal dressé pour la chasse. Pendant les cours elle brise les volontés l'une après l'autre. Mais ressent en elle-même le violent désir d'obéir. Pour cela elle a sa mère à la maison. Cependant la vieille femme vieillit de plus en plus. Qu'arrivera-t-il le jour où, complètement délabrée, elle se trouvera réduite à la triste condition d'assistée et contrainte de lui obéir, à elle, Erika ? Erika se consume dans l'espoir de se voir imposer des tâches difficiles qu'elle remplira mal. Méritant ainsi une punition. Cet homme jeune, débordé par son propre sang, n'est pas un adversaire à sa taille, n'a-t-il pas déjà baissé pavillon devant l'œuvre admirable de Bach ! Que sera-ce si on lui donne un être vivant pour qu'il joue avec ! Il n'osera même pas l'empoigner un peu rudement, honteux comme il est de sa pogne responsable de tant de fausses notes ! Erika peut d'un seul mot, d'un regard nonchalant le faire instantanément rentrer sous terre, et dans sa honte il prendra diverses résolutions qu'il sera incapable de traduire en actes. Celui qui obtiendrait d'elle qu'elle obéisse à un commandement – il y faudrait un commandant autre que sa mère et les sillons brûlants dont elle a labouré la volonté d'Erika – celui-là pourrait TOUT obtenir d'elle. S'appuyer à un mur solide, qui ne cède pas ! Quelque chose la tire, la tiraille par le coude, alourdit l'ourlet de sa jupe, c'est une petite bille de plomb, un poids minuscule, dense. Elle ignore ce qu'il pourrait faire une fois lâché, ce chien dressé à l'attaque qui retrousse les babines et rôde le long du grillage, les poils de la nuque hérissés, mais toujours exactement à un centimètre de sa victime, un sourd grondement dans la gorge, une lueur rouge dans la pupille.

Elle n'attend que ce commandement-là. Que ce trou jaune, fumant, au milieu de la masse de neige, une petite tasse pleine de pisse ; elle est encore chaude, cette urine, et le trou ne sera bientôt plus qu'un fin tuyau de glace jaune pris dans la montagne enneigée – pour le skieur, le lugeur, le marcheur : trace, menace fugitive d'une présence humaine qui a toutefois passé son chemin.

Elle est versée dans la forme sonate et la composition de la fugue. Elle enseigne cette matière. Et néanmoins : ses pattes frémissent et se tendent, nostalgiques, vers l'obéissance absolue, ultime. Les dernières collines enneigées, les élévations de terrain, bornes dans le désert, s'étirent lentement en plaines, s'aplatissent dans les lointains, se transforment en miroirs glacés, sans traces humaines, sans traces animales. À d'autres de devenir champion de ski, premier à la descente hommes, première à la descente dames, et premier au combiné !

Erika n'a pas un seul cheveu qui se soulève, Erika n'a pas de manche qui flotte au vent, sur Erika pas un grain de poussière ne se repose. Un vent glacial s'est mis à souffler, et la voici qui s'élance, patineuse artistique court vêtue, chaussée de patins blancs. La surface la plus lisse qui soit s'étend d'un horizon à l'autre et même au-delà ! Crissements sur glace ! Les organisateurs du spectacle ont égaré la bande sonore ad hoc, si bien qu'on n'entendra pas l'habituel pot-pourri de comédies musicales, et que le scintillement non accompagné des patins d'acier se transformera toujours plus en un raclement métallique, mortel, flash fugitif, message en morse aux confins du temps, que nul ne comprend. Elle prend vigoureusement son élan, la patineuse, et un poing gigantesque la comprime sur elle-même, énergie cinétique concentrée qui, à cet unique dixième de seconde possible, explose en un double saut précis au millimètre près, avec rotation complète et atterrissage tout aussi précis. La puissance du saut tasse à nouveau la patineuse, elle porte au moins le double de son poids qu'elle enfonce dans la glace qui ne cède pas. L'appareil cinétique de la patineuse entre comme une fraiseuse dans le miroir d'une dureté de diamant et dans le frêle réseau de ses ligaments, jusqu'à la limite de ce que les os peuvent supporter. Et maintenant une pirouette sautée assise. D'un même élan ! La patineuse devient tube cylindrique, tête foreuse pétrolière ; l'air se disperse, de la poudre de glace s'envole dans un grincement, des nuages de condensation se volatilisent, une scie hurle, mais la glace reste de glace, aucune trace de dégâts ! La rotation ralentit, la gracieuse silhouette devient reconnaissable en tant que telle, le disque bleu clair confus de la jupette vacille et retombe soigneusement en plis. Une dernière révérence devant les tribunes de droite et les tribunes de gauche, et elle file en saluant, agitant un bouquet. Mais les tribunes restent invisibles ; peut-être la fille des glaces les croit-elle là parce qu'elle a nettement entendu les applaudissements. À pas élancés la fille s'éloigne vers la sortie et se fait déjà toute petite au loin, il n'est pas de plus grande paix que là où l'ourlet du costume de championnat bleu clair reposant sur les cuisses musclées dans leurs collants roses et les fouettant, sautille, flotte et se balance, centre de tout apaisement – ce court costume, cette jupette en forme, de velours soyeux, ce justaucorps au décolleté brodé.

Dopée au café, la mère, assise dans la cuisine, distille ses ordres à la ronde. Puis la fille sortie, elle met la télévision pour les émissions du matin, rassurée, car elle sait où Erika est allée. Qu'est-ce qu'on regarde aujourd'hui ? Denise Diderot ou Descente Dames ?

Après les fatigues de la journée la fille se rattrape en criant à sa mère : qu'elle la laisse enfin mener sa propre vie ! Elle y a bien droit, rien qu'en vertu de son âge, hurle-t-elle. La mère répond chaque jour qu'une mère sait cela mieux que l'enfant, car jamais elle ne cesse d'être mère.

Cependant cette vie autonome ardemment désirée par la fille débouchera, culminera dans l'obéissance absolue, sous toutes ses formes, jusqu'à ce que s'ouvre une minuscule, une étroite ruelle, juste assez large pour une personne, où on lui ferait signe de s'engouffrer. Le policier indique que la voie est libre. À droite et à gauche, des murs lisses, soigneusement polis, très hauts, pas de niches ni de cavités, pas de bifurcation ni de galeries latérales, rien que cette voie étroite qu'elle doit suivre jusqu'à l'autre bout. Où attend – elle l'ignore encore – un paysage d'hiver qui s'étend au loin, où nul château-refuge ne se dresse, que nul sentier ne permet d'atteindre. À moins que seule attende une pièce sans porte, un meublé avec une table de toilette à l'ancienne, une cruche et une serviette, tandis que les pas du propriétaire s'approchent sans jamais arriver, précisément parce qu'il n'y a pas de porte. Dans cette étendue infinie ou dans cet espace exigu et sans porte, la bête, la frousse au ventre, se rendra à une bête encore plus grande ou simplement à cette petite table de toilette à roulettes qui n'est là que pour qu'on s'en serve un point c'est tout.

Erika se domine jusqu'à ne plus sentir en elle la moindre pulsion. Elle neutralise son corps, parce que nul ne fait un saut – de panthère – jusqu'à elle pour s'emparer de son corps. Elle attend et se tait. Elle assigne à ce corps des tâches rudes dont elle peut en plus augmenter à volonté la difficulté en y intégrant des chausse-trappes. Elle affirme face à elle-même qu'il est à la portée de chacun, même du primitif, de suivre ses pulsions, à condition d'oser les assouvir au grand jour.

Erika rafistole Bach, ravaude là où elle peut. L'élève, les yeux baissés, fixe ses mains enchevêtrées. Le professeur regarde à travers lui mais au-delà de lui n'aperçoit qu'un mur auquel est accroché le masque mortuaire de Schumann. Un instant fugace elle éprouve le besoin d'attraper la tête de l'élève par les cheveux et de la flanquer dans le ventre du piano, jusqu'à ce qu'un magma sanglant de tripes et cordes à boyaux gicle et s'échappe en hurlant par le couvercle. Puis le Bösendorfer ne pipera plus note. Ce désir traverse le professeur d'un pas ailé et s'enfuit sans engendrer d'effet.

L'élève promet de s'améliorer, quitte à y consacrer beaucoup de temps. Erika l'espère aussi et demande le Beethoven. L'élève aspire impudemment aux éloges, bien qu'il en soit moins assoiffé que M. Klemmer dont les charnières grincent la plupart du temps sous l'effet du zèle.

Pendant ce temps, tapie dans les vitrines du cinéma Metro, la chair rose s'expose librement sous différentes formes, en différents modèles et dans différentes catégories de prix. Elle foisonne et déborde parce qu'en ce moment Erika ne peut pas monter la garde devant le cinéma. Les places assises sont tarifées, devant c'est moins cher que derrière, bien qu'on soit plus près et qu'on voie peut-être mieux à l'intérieur des corps. Des ongles rouge sang extra-longs s'enfoncent dans une femme, un objet pointu s'enfonce dans une autre, c'est une cravache. Elle fait un trou dans la chair et montre au spectateur qui est le maître et qui ne l'est pas ; et le spectateur aussi se sent le maître. Erika, elle, se sent transpercée dans sa propre chair. Ce qui la renvoie expressément à sa place, du côté des spectateurs. Le visage d'une des femmes grimace de joie, car seule l'expression de son visage permet à l'homme d'évaluer combien de plaisir il lui a procuré et combien s'est évaporé en pure perte. Le visage d'une autre sur l'écran grimace de douleur, car elle vient d'être battue, bien que légèrement. La femme ne peut pas donner des gages matériels de son plaisir, l'homme en est donc réduit à ses indications. Il lit le plaisir sur son visage. La femme tressaute, pour ne pas offrir une cible trop facile. Elle a les yeux fermés, la tête renversée. Lorsque les yeux ne sont pas fermés, ils se révulsent éventuellement. Ils regardent rarement l'homme ; et celui-ci est dans l'obligation de s'échiner d'autant plus qu'il ne peut pas compter sur ses propres mimiques pour améliorer son score final et marquer des points. À la femme le plaisir cache l'homme. L'arbre lui cache la forêt. Elle ne regarde qu'en elle-même. L'homme, mécanicien qua-lifié, travaille sur la voiture-épave, travaille la femme, pièce à usiner. En général on travaille plus dans les films porno que dans les films sur le monde du travail.

Erika est habilitée à regarder des gens qui peinent

durement dans l'espoir d'un résultat. De ce point de vue, la différence – généralement énorme – entre le monde de la musique et le monde du plaisir, devient assez insignifiante. Elle regarde moins volontiers la nature, jamais elle ne se rend dans le Waldviertel où d'autres artistes retapent des fermes. Jamais elle n'escalade de montagne. Jamais elle ne plonge dans un lac. Jamais elle ne s'allonge sur une plage. Et jamais ne file à ski sur la neige. L'homme thésaurise avidement les orgasmes jusqu'à ce que, baigné de sueur, il se retrouve à son point de départ. Mais désormais avec un compte en banque nettement amélioré. Il y a longtemps qu'Erika a vu ce film dans un cinéma de banlieue où elle est totalement inconnue (seule la dame à la caisse la connaît maintenant et lui donne du chère madame) ; elle l'a même vu deux fois. Elle n'y retournera pas, préférant en matière de porno une nourriture plus corsée. Ces gracieux exemplaires de l'espèce humaine, ici, dans ce cinéma du centre-ville, agissent sans éprouver aucune douleur et sans avoir la possibilité d'en éprouver. Du flan ! La douleur n'est que la conséquence de la volonté de plaisir, de la volonté de détruire, d'anéantir, et dans sa forme suprême c'est une sorte de plaisir. Erika aimerait franchir la frontière qui la sépare de son propre assassinat. Les maladroites copulations de banlieue permettent d'espérer davantage dans la mise en scène, la mise en valeur de la douleur. Ces comédiens-amateurs, ces minables déguenillés, triment beaucoup plus et sont beaucoup plus reconnaissants de pouvoir figurer dans un vrai film. Ils sont avariés, leur peau présente des taches, des boutons, des cicatrices, des rides, des croûtes, de la cellulite et des bourrelets de graisse. Cheveux mal teints. Sueur. Pieds sales. Les films qui obéissent à des exigences esthétiques et passent dans des salles distinguées aux fauteuils rembourrés ne montrent pour ainsi dire que la surface de l'homme et de la femme, ces deux spécimens étant étroitement revêtus de peaux synthétiques garanties anti-crasse, résistant à l'acide, aux coups et à la chaleur. En outre, dans le porno de bas étage, l'avidité avec laquelle l'homme pénètre la femme est beaucoup moins voilée. La femme ne parle pas, et si elle parle, c'est pour dire Encore ! Encore ! Ce qui épuise le dialogue, mais non l'homme qui souhaite avidement prolonger ses instants de gloire et en enchaîner le plus grand nombre possible.

Ici dans le porno soft, tout se réduit à l'extérieur. Ça ne suffit pas à cette Erika difficile, à cette finaude, car en s'acharnant sur ces gens agrippés l'un à l'autre, elle veut élucider ce qui se cache là-dessous et semble ravager les sens, au point que tous veulent le faire ou du moins le voir faire. Une descente à l'intérieur du corps n'explique qu'imparfaitement les choses et n'élimine pas les doutes. On ne peut tout de même pas éventrer les gens pour leur arracher leur ultime secret. Le film porno de bas étage offre, côté femme, une vision plus profonde. Chez l'homme on va moins loin. Mais de toute façon personne ne voit l'ultime retranchement. Même si on ouvrait la femme au scalpel on ne verrait que boyaux et organes internes. De plain-pied dans la vie active, l'homme est davantage porté à se manifester à l'extérieur, y compris sur le plan physique. À la fin il produit – ou non – le résultat escompté, et si oui chacun peut l'examiner publiquement de tous côtés, et le producteur-procréateur se réjouit de son précieux produit fabriqué maison.

L'homme doit avoir souvent l'impression, pense

Erika, que la femme lui cache quelque chose d'essentiel dans le désordre de ses organes. Ce sont justement ces ultimes mystères qui aiguillonnent la curiosité d'Erika et l'orientent vers des spectacles toujours nouveaux, toujours plus profonds, toujours plus interdits. Elle est sans cesse à la recherche d'une perspective nouvelle, d'une perspective inouïe. Son corps – même dans la pose standard qu'elle prend, jambes écartées, devant le miroir à raser – son corps n'a encore livré aucun de ses muets secrets – pas même à sa propriétaire ! Et les corps sur l'écran eux aussi gardent tout : pour l'homme qui musarde dans le coin, histoire de voir s'il n'y a rien de nouveau sur le marché libre en matière de femmes, et pour Erika, l'observatrice fermée et renfermée.

Aujourd'hui l'élève d'Erika sera traité de haut et par là même puni. Erika croise négligemment les jambes et lance une remarque sarcastique sur son interprétation de Beethoven à peine digeste. Inutile d'en dire plus, il va se mettre à pleurer.

Aujourd'hui elle ne juge même pas opportun de lui jouer le passage en question. Aujourd'hui il ne tirera rien de plus de son professeur de piano. S'il ne remarque pas lui-même ses fautes, tant pis pour lui.

L'ex-animal des steppes, présentement bête de cirque, aime-t-il son dompteur ? Peut-être, mais pas forcément. L'un ne peut se passer de l'autre. L'un a besoin de l'autre et de ses tours d'adresse pour s'enfler sous les feux des projecteurs, aux flonflons de la musique comme la grenouille qui veut égaler le bœuf, l'autre a besoin de l'un comme point fixe au milieu du chaos général qui vous aveugle. L'animal doit savoir où est le haut, où est le bas, sinon il se retrouve soudain sur la tête. Privé de son entraîneur, l'animal, impuissant, serait condamné à la chute libre ou à l'errance à travers l'espace, réduit à déchiqueter, lacérer, dévorer tout ce qui croise son chemin, sans discernement. Mais en l'état actuel il y a toujours quelqu'un pour lui dire ce qui est consommable ou pas. Parfois l'animal se voit présenter du pré-mâché ou pré-découpé. La quête de nourriture, souvent harassante, est totalement éliminée. Et avec elle l'aventure dans la jungle. Car là le léopard sait encore ce qui est bon pour lui et se le paie – antilope ou chasseur blanc imprudent. À présent l'animal mène de jour une vie contemplative et réfléchit aux tours d'adresse qu'il doit accomplir dans la soirée. Il saute alors à travers des cerceaux en flammes, grimpe sur des tabourets, referme – crac – ses mâchoires sur des cous sans les briser, exécute quelques pas de danse en cadence, seul ou avec d'autres animaux auxquels il sauterait à la gorge s'il venait à les rencontrer en pleine cambrousse sans restoroute ou à la vue desquels il rebrousserait chemin s'il n'était pas trop tard. L'animal porte des déguisements ridicules sur la tête ou sur le dos. On en a déjà vu monter des chevaux recouverts de housses en cuir ! Et le maître, le dompteur, fait claquer son fouet ! Prodigue louanges ou punitions, c'est selon. Selon ce que l'animal a mérité. Mais même le plus rusé des dompteurs n'a pas eu l'idée d'envoyer sur les routes un léopard ou une lionne avec un étui à violon. L'ours à vélo est le maximum de ce qu'un être humain puisse imaginer.

2

La dernière bribe de jour s'émiette comme un reste de gâteau sous des doigts malhabiles, le soir vient, et la chaîne des élèves ralentit. Les pauses se multiplient pendant lesquelles le professeur, aux toilettes, mord discrètement dans un sandwich qu'ensuite elle remballe avec soin. Le soir viennent à elle les adultes qui doivent travailler dur dans la journée justement pour se payer le luxe de faire de la musique maintenant. Ceux qui veulent devenir musiciens professionnels, le plus souvent pour enseigner cette matière où ils sont encore étudiants, viennent dans la journée, n'ayant rien d'autre que cette musique. Sur laquelle ils veulent tout savoir de A à Z afin de passer au plus vite l'examen d'État. La plupart ont coutume d'assister de surcroît aux cours de collègues qu'ils critiquent sans ménagements, de concert avec Mme le Professeur Kohut. Ils ne se gênent pas pour épingler chez les autres des fautes qu'eux-mêmes commettent. Souvent ils entendent bien mais sont incapables de ressentir ou de reproduire ce que leur oreille a perçu. Après le dernier élève la chaîne repart en sens inverse pendant la nuit et reprend sa marche normale à partir de neuf heures lardée de candidats tout frais. Les rouages cliquettent, les pistons cognent, les doigts sont mobilisés puis démobilisés. Quelque chose résonne.

Cela fait déjà trois Sud-Coréens que M. Klemmer est assis dans son fauteuil, et le voici qui s'approche avec prudence de son professeur, millimètre par millimètre. Elle ne remarquera pas la manœuvre – et soudain il sera directement sur elle. Alors que juste avant il était encore derrière, à distance. Les Coréens ne comprenant en allemand qu'un minimum indispensable se voient donc servir en anglais leur lot de jugements, préjugés et reproches. M. Klemmer s'adresse à Mlle Kohut dans la langue internationale du cœur. Les Extrêmes-Orientaux l'accompagnent en musique, fidèles à leur réputation d'impassibilité ils restent insensibles aux vibrations entre le professeur bien tempéré et l'élève épris d'absolu.

Erika parle dans la langue étrangère de péché contre l'esprit de Schubert – il faut que les Coréens sentent la musique, et non qu'ils imitent platement un disque d'Alfred Brendel. Car s'ils en restent là le jeu de Brendel sera toujours d'un bon cran supérieur ! Sans y avoir été convié ni incité Klemmer se met à parler de l'âme d'une œuvre musicale qu'il n'est pas si facile d'éliminer. Et pourtant certains y parviennent quand même ! Qu'ils restent chez eux, s'ils n'ont pas de sensibilité ! Ce n'est pas dans un coin de la pièce que le Coréen trouvera une âme, ironise Klemmer, l'élève modèle. Il se calme peu à peu et, citant Nietzsche avec lequel il se sait en harmonie, ajoute qu'il n'est pas assez heureux, pas assez sain pour toute cette musique romantique (dans laquelle il inclut aussi Beethoven). Klemmer conjure son professeur de lire dans son jeu merveilleux le malheur, la maladie dont il souffre. Ce qu'il faudrait, c'est une musique qui fasse oublier les souffrances. La vie animale ! doit se sentir divinisée. On veut danser, triompher. Des rythmes légers, allègres, de douces harmonies d'or – rien de plus, rien de moins – exige le philosophe de la colère, d'une colère qu'attise la médiocrité, et Walter Klemmer s'associe à cette exigence. Quand vivez-vous, Erika ? demande l'élève, faisant remarquer qu'il reste, le soir venu, assez de temps pour vivre à qui sait le prendre. Une moitié de ce temps appartient à Walter Klemmer, de l'autre elle peut disposer. Mais il faut toujours qu'elle soit fourrée avec sa mère. Les deux femmes se chamaillent. Klemmer parle de la vie comme d'une grappe de muscat doré qu'une maîtresse de maison dispose dans une coupe à l'intention d'un invité, afin qu'il puisse aussi le manger des yeux. Hésitant, l'invité prend d'abord un grain, puis un autre, et bientôt il ne reste plus qu'une tige plumée avec, dessous, en improvisation libre, un petit tas de pépins.

Des attouchements fortuits menacent cette femme dont on apprécie l'esprit et l'art. La menace pèse peut-être en haut, du côté des cheveux, ou peut-être du côté des épaules sur lesquelles un gilet repose négligemment. Le fauteuil du professeur s'avance un peu, le tire-bouchon s'enfonce profondément pour extorquer au prince viennois du Lied – qui aujourd'hui ne s'exprime que par la voix du piano – un ultime zeste de sa substance. Les yeux écarquillés, le Coréen fixe le cahier de musique acheté avant son départ. Ces nombreux signes noirs représentent un contexte culturel qui lui est totalement étranger et dont il fera étalage sitôt rentré dans sa patrie. Klemmer défend les couleurs de la sensualité, même dans la musique il l'a déjà rencontrée ! Le professeur – fossoyeur femelle de l'esprit – conseille de renforcer la technique. Sa main gauche n'est pas encore à la hauteur de sa main droite. Il existe un exercice spécifique pour délier les doigts, il met la main gauche au niveau de la main droite et lui apprend en même temps l'autonomie. Chez lui les deux mains sont constamment en conflit, comme ce je-sais-tout de Klemmer en conflit constant avec les autres. Exit le Coréen pour aujourd'hui.

Erika Kohut sent un corps humain dans son dos, et elle frémit. Surtout qu'il ne se hasarde pas à la frôler. Il fait quelques pas derrière elle puis revient sur ses pas. Il n'a pas de but et il le montre. Enfin il se rapproche et surgit de biais dans le champ visuel d'Erika, agressif et se rengorgeant comme un pigeon, son très jeune visage hypocritement offert au faisceau lumineux de la lampe là où elle éclaire le mieux, Erika se ratatine et se dessèche complètement de l'intérieur. L'écorce flotte en apesanteur autour de son noyau terrestre comprimé. Son corps cesse d'être chair et quelque chose la menace, qui se fait objet également. Un cylindre métallique. Un outil de structure très simple qui s'utilise comme un pilon. Et l'image de l'objet Klemmer se projette, brûlante, dans la cavité de son corps, se projette à l'envers sur les parois intérieures. Dedans, image nette, renversée ; au moment même où Klemmer devient pour elle un corps tangible, il se fait abstraction totale, il est dépossédé de sa chair. Dès l'instant où tous deux deviennent corps l'un pour l'autre, ils rompent toutes relations humaines entre eux. D'ailleurs il n'y a même plus de parlementaires que l'on pourrait dépêcher avec des messages, des lettres, des signes. Ce n'est plus un corps qui en saisit un autre, c'est un objet qui pour l'autre devient moyen, altérité pure que l'on souhaite pénétrer dans la douleur, et plus on s'enfonce, plus le tissu des chairs se décompose, devient léger comme plume, s'envole de ces deux continents étrangers et hostiles qui s'entre-heurtent avec fracas pour s'effondrer ensemble, il ne subsiste qu'un échafaudage branlant avec quelques lambeaux d'écran qui se détachent au moindre contact et tombent en poussière.

Le visage de Klemmer est lisse comme un miroir, intact. Le visage d'Erika est déjà marqué par sa décomposition future. La peau de son visage se ride, les paupières se gondolent légèrement telle une feuille de papier sous l'effet de la chaleur, le tissu délicat sous les yeux se fronce en ombres bleuâtres. Au-dessus de la racine du nez, deux plis nets, à jamais ineffaçables. Le visage devient une enveloppe trop large, et ce processus durera encore des années, jusqu'à ce que la chair se ratatine sous la peau, disparaisse, et que la peau adhère étroitement à la tête de mort qui ne la réchauffe plus. Dans la chevelure, des fils blancs isolés, nourris de sucs insipides, se multiplient jusqu'à former des excroissances, des nids d'un gris hideux qui ne font rien éclore, n'enserrent et ne protègent rien, et Erika non plus n'a jamais rien serré avec chaleur, même pas son propre corps. Mais elle aimerait tant que des bras l'enserrent. Qu'il la convoite, qu'il la poursuive, qu'il soit à ses pieds, qu'il l'ait toujours présente à l'esprit et n'ait aucun moyen de lui échapper. Erika se montre rarement en public. Sa mère aussi s'est comportée de cette façon sa vie durant, elle s'exposait rarement aux regards. Elles restent entre leurs quatre murs et n'aiment pas beaucoup que des visiteurs les débusquent. Ainsi s'use-t-on moins vite. Il est vrai que lors de leurs rares apparitions en public les dames Kohut n'ont jamais vraiment trouvé preneur.

Pour Erika la décrépitude frappe à la porte d'un doigt

furtif. Les premiers symptômes de maladies organiques – troubles vasculaires des membres inférieurs, crises de rhumatisme, inflammation articulaire – s'installent en elle. (Ces maladies, l'enfant les connaît rarement. Jusqu'ici Erika ne les connaissait pas non plus.) Klemmer, vivant prospectus de la santé par le kayak, examine son professeur comme s'il voulait la faire emballer et l'emporter illico ou même la croquer sur le pouce dans la boutique. Peut-être est-ce le dernier qui me désire, pense Erika avec rage, bientôt je serai morte, plus que trente-cinq ans, pense Erika en colère. Vite, prenons le train en marche, car une fois morte, plus moyen d'entendre, de sentir, de goûter !

Ses serres griffent les touches. Ses pieds grattent le sol sans rime ni raison, gênés ; elle tapote vaguement par ici, lisse par là, l'homme rend la femme nerveuse et la prive de son soutien, la musique. À cette heure la mère attend déjà à la maison. Elle regarde l'horloge de la cuisine, pendule impitoyable dont les tic-tac ramèneront sa fille au plus tôt dans une demi-heure. Mais la mère, désœuvrée comme elle est, préfère faire des provisions d'attente. Si jamais un jour un élève n'étant pas venu Erika rentrait plus tôt que prévu, et que sa mère ne l'ait pas attendue ! Erika est empalée sur son tabouret, mais en même temps quelque chose l'attire vers la porte. L'appel impérieux du calme domestique que seul émaille le son de la télévision, ce point où convergent paresse et paix absolues, devient dès à présent physiquement douloureux. Qu'est-ce que Klemmer attend pour s'évaporer ! Qu'est-ce qu'il a à ergoter encore tandis qu'à la maison l'eau bout, à faire moisir le plafond de la cuisine !

Klemmer, nerveux, dévaste le parquet du bout de sa

chaussure tout en lâchant comme des ronds de fumée certaines petites évidences de la plus haute importance à propos de l'art du doigté, tandis qu'intérieurement la femme n'aspire qu'à sa patrie. Il demande ce qui fait la qualité du son et donne lui-même la réponse : l'art du doigté. Sa bouche verbeuse déverse un flou résiduel insaisissable de sons, de couleurs, de lumière. Non, ce que vous désignez là, ce n'est pas la musique telle que je la connais, module Erika, grillon du foyer qui ne songe qu'à regagner la chaleur dudit foyer. Le jeune homme éclate : si, c'est cela, et rien d'autre. L'impondérable, l'incommensurable, voilà pour moi les critères de l'art, dit Klemmer contredisant son professeur. Erika ferme le piano, range ici et là. L'homme vient de dénicher par hasard l'esprit de Schubert dans un compartiment de son âme et en profite aussitôt : plus l'esprit de Schubert se résout en fumée, couleur, odeur, pensée, plus sa valeur se situe au-delà du descriptible. Elle grandit, atteint des sommets. Que personne ne comprend. L'apparence prime résolument l'essence, dit Klemmer. Oui, la réalité est sans doute une des pires erreurs qui soit. Par conséquent le mensonge prime la vérité, conclut l'homme de son propre discours. L'irréel passe avant le réel. Et l'art y gagne en qualité.

Le bonheur d'un dîner en famille qui tarde aujourd'hui bien malgré elle représente le trou noir pour l'étoile Erika. Elle sait qu'elle sera dévorée, digérée par les étreintes maternelles, mais celles-ci n'en exercent pas moins une attirance magique. Un rouge incarnat se pose sur ses pommettes et aménage ses positions. Que cette colle de Klemmer décampe ! Rien, pas la moindre poussière de ses chaussures, ne doit le rappeler au souvenir d'Erika. Elle – cette femme sublime – aspire à une longue, une

147

ardente étreinte pour pouvoir ensuite, l'étreinte achevée, le repousser royalement. Jamais encore Klemmer n'a été aussi loin de quitter cette femme, il a tant de choses à lui dire, par exemple qu'il ne peut aimer les sonates de Beethoven qu'à partir de l'op. 101. Parce que, divague-t-il, ce n'est qu'à partir de là qu'elles s'adoucissent, qu'elles coulent harmonieusement. Les mouvements s'aplanissent, s'estompent sur les bords, ne sont plus aussi durement contrastés, fabule Klemmer. Qui arrache à ses tripes ce reste de pensées et de sentiments et encolle solidement les deux bouts de la saucisse, afin que la chair ne s'en échappe pas.

Pour donner à cette conversation une orientation nouvelle, Mme le Professeur, je dois encore vous dire – et m'en expliquerai plus longuement dans un instant – que l'homme n'atteint sa valeur suprême qu'à la condition d'abandonner la réalité et d'entrer dans le royaume des sens, et cela vaut également pour vous. Exactement comme pour Beethoven et Schubert, mes maîtres préférés dont je me sens très proche, par quels liens je ne sais au juste, mais je sens qu'eux comme moi méprisons la réalité et faisons de l'art et des sens notre seule et unique réalité. Beethoven et Schubert, c'est fini, mais moi, Klemmer, je commence. Et d'accuser Erika Kohut de pécher sur ce point. Elle s'accroche aux apparences, l'homme, lui, pratiquant l'abstraction, sépare l'essentiel de l'inutile. Avec ces mots, il vient de lui répondre en élève effronté. Il a osé.

Dans la tête d'Erika, une seule source de lumière qui éclaire tout comme en plein jour, et surtout le panneau indiquant : par ici la sortie. Le bon vieux fauteuil de télévision ouvre grand ses bras, l'indicatif du journal télévisé retentit doucement, le speaker s'agite gravement

au-dessus de sa cravate. Sur la desserte, en un foisonne-
ment exemplaire et coloré, une collection de raviers
pleins de friandises, les dames y piquent ensemble ou
à tour de rôle. À peine sont-ils vides, qu'on les remplit
aussitôt ; c'est comme au pays de cocagne, là non plus
rien ne s'achève, rien ne commence.

Erika déplace des objets d'un bout de la pièce à l'autre
et les rapporte aussitôt à leur place initiale ; elle regarde
ostensiblement sa montre et du haut de son sémaphore
émet un signal invisible indiquant sa fatigue après une
dure journée de travail qui vit l'art profané par des
dilettantes pour la satisfaction de parents ambitieux.

Klemmer, immobile, la regarde.

Erika ne veut pas que le silence s'installe et dit une
banalité. L'art c'est son pain quotidien, car c'est l'art
qui la nourrit. Comme il est plus facile à l'artiste, dit la
femme, de catapulter hors de soi sentiments ou passions.
Ce tour dramatique que vous prisez tant, Klemmer,
signifie tout de même que l'artiste recourt à des artifices,
délaissant les véritables moyens. Elle parle pour éviter
que le silence n'éclate. Moi, en tant que professeur, je
défends un art non dramatique. Schumann, par exemple.
Le drame est toujours plus facile ! Sentiments et passions
ne sont jamais que des succédanés, des substituts de la
cérébralité. Un tremblement de terre, un raz-de-marée
où s'abattraient sur elle des éléments déchaînés, voici à
quoi aspire le professeur. De colère le fougueux Klemmer défoncerait presque le mur avec sa tête ; la classe
de clarinette voisine que depuis peu il fréquente deux
fois par semaine en tant que propriétaire d'un second
instrument serait à coup sûr bien surprise de voir surgir
du mur la tête furibonde de Klemmer à côté du masque
mortuaire de Beethoven. Erika, cette Erika ne sent-elle

donc pas qu'en vérité il ne parle que d'elle – et de lui naturellement ! Il établit entre eux un rapport sensuel, refoulant ainsi l'esprit, cet ennemi des sens, cet ennemi primordial de la chair. Elle croit qu'il pense à Schubert mais il ne pense qu'à lui-même, comme il ne pense jamais qu'à lui lorsqu'il ouvre la bouche.

Il propose soudain à Erika de passer au tutoiement, tenez-vous-en aux faits, lui conseille-t-elle. Sa bouche se fronce à son insu en une rosace ridée, elle ne la contrôle plus. Elle contrôle bien ce que dit cette bouche, mais non l'image qu'elle donne à l'extérieur. La chair de poule la gagne, partout.

Klemmer s'étonne de sa propre hardiesse, il se vautre en grognant d'aise dans l'auge tiède de ses pensées et de ses paroles. Il se jette sur le piano, et la pose lui plaît. Joue dans un tempo trop rapide une assez longue phrase qu'il vient par hasard d'apprendre par cœur. Et par laquelle il veut démontrer quelque chose, reste à savoir quoi. Erika Kohut n'est pas mécontente de cette petite diversion, elle se jette en travers de la voie pour arrêter le rapide avant qu'il ne soit lancé à pleine vitesse. Vous jouez beaucoup trop vite et beaucoup trop fort, M. Klemmer, et ne prouvez qu'une chose : l'absence totale d'esprit dans l'interprétation peut provoquer d'immenses dégâts.

L'homme se propulse à reculons vers un fauteuil et s'y laisse tomber. Sous pression comme un cheval de course qui a déjà remporté maintes victoires. Et qui exige en récompense de ses victoires et pour prévenir une défaite, un traitement au moins aussi coûteux et des soins au moins aussi attentifs qu'un service en argent de douze pièces.

Erika veut rentrer à la maison. Erika veut rentrer à

la maison. Erika veut rentrer à la maison. Elle donne un bon conseil : promenez-vous donc simplement dans Vienne et respirez profondément. Ensuite vous jouerez Schubert, mais cette fois correctement !

Bon, moi aussi je m'en vais, Klemmer ramasse rageusement son épais paquet de partitions et fait une sortie digne d'un Joseph Kainz, sauf qu'il y a moins de gens pour le regarder. Qu'à cela ne tienne, il joue aussi les spectateurs. Star et public en une personne. Et tonnerre d'applaudissements en sus.

Dehors, Klemmer laisse ses blonds cheveux flotter au vent et se précipite dans les toilettes où il engloutit un demi-litre d'eau directement au robinet, ce qui ne risque pas de causer de grands ravages dans son corps habitué à cet élément. Puis il s'envoie dans la figure des flots d'eau de source qui ont coulé proprement depuis le Hochschwab jusqu'ici. L'eau meurt sur le visage de Klemmer. Je ne peux m'empêcher de traîner tout ce qui est beau dans la boue, pense-t-il. Les eaux de Vienne si réputées, bien qu'entre-temps quelque peu polluées, s'en trouvent gaspillées. Klemmer se frotte avec une énergie qu'il n'a pu dépenser ailleurs. Il prend du savon liquide au distributeur, du savon vert parfumé aux aiguilles de pin, il en prend et reprend. Il s'asperge, se gargarise. Renouvelle les ablutions *ad libitum*. Gesticule et en plus se mouille les cheveux. Sa bouche émet des sons arti-vicieux qui en dehors de l'art ne signifient rien de concret. Parce qu'il a des peines de cœur. Pour cette même raison il fait claquer ses doigts et craquer ses articulations. Du bout de sa chaussure, il maltraite le mur sous la fausse fenêtre côté cour, sans pouvoir libérer ce qui est prisonnier en lui. Quelques gouttes giclent bien par en haut, mais le reste demeure dans son réceptacle et rancit lentement, faute de pouvoir relâcher dans son port de destination, la femme. Oui, aucun doute, Walter Klemmer est joliment amoureux. Ce n'est certes ni la première fois, ni assurément la dernière. Mais il n'est pas payé de retour. On ne lui rend pas son sentiment. Ce qui le rend malade et il le prouve en raclant de sa gorge des mucosités qu'il expédie bruyamment d'un jet bien placé dans le lavabo. Placenta d'amour. Il referme le robinet si fort que le prochain utilisateur ne pourra plus le rouvrir à moins d'être également pianiste et d'avoir par conséquent des doigts et des articulations d'acier. Comme Klemmer n'a pas rincé le lavabo, des glaires qu'il a expectorées sont restées accrochées dans la bonde – il suffit d'avoir des yeux pour voir.

À cette seconde même, sortant tout droit de son examen de passage, un collègue en pianisterie ou similaire entre en coup de vent, livide, se rue dans un des w.-c. et vomit dans la cuvette, comme un cataclysme. Son corps semble dévasté par un tremblement de terre, tant de choses viennent de s'effondrer, y compris son espoir de passer bientôt l'examen de fin d'études. Comme finalement le directeur assistait à l'examen, le candidat a été obligé de contenir son émotion jusqu'ici. À présent l'émotion insiste énergiquement pour entrer en scène et gagner la cuvette. Le malheureux a raté l'étude pour touches noires, dès le début il a mis les bouchées doubles, allure insoutenable pour tout le monde y compris Chopin. Klemmer méprise la porte fermée du w.-c. derrière laquelle son co-musicien est en train de lutter avec la diarrhée. Un pianiste pareillement dominé par le corps ne peut en aucun cas transcender son jeu. Sans doute ne voit-il dans la musique qu'un travail manuel et se tourmente-t-il inutilement si l'un de ses dix outils vient à défaillir. Ce palier, Klemmer l'a déjà franchi, il se concentre exclusivement sur la charge de vérité intrinsèque d'une œuvre. Il n'en est plus à discuter par exemple des *sforzandos* dans les sonates pour piano de Beethoven : il faut les saisir par l'intuition, les suggérer à l'auditeur, plutôt que les jouer. Klemmer pourrait des heures durant pérorer sur la plus-value spirituelle d'une œuvre musicale qui est à portée de main de tout pianiste mais que seuls les audacieux savent saisir. Ce qui compte, c'est l'essence, le sentiment, et non la simple construction. Il soulève sa lourde serviette et, à l'appui de cette thèse, la laisse plusieurs fois s'écraser de tout son poids sur le lavabo en porcelaine, afin d'exprimer ses dernières gouttes d'énergie, au cas où il lui en resterait. Mais il est vidé, ainsi qu'il le remarque. Il a tout sacrifié à cette femme, dit Klemmer comme on dit. Il a fait tout ce qu'il pouvait. À présent je passe, dit Klemmer. Il a offert le meilleur de lui-même – sa personne entière. A été jusqu'à se mettre en scène lui-même à plusieurs reprises ! Et n'a plus qu'un désir : faire du kayak à mort pendant tout un week-end et retrouver le nord. Erika Kohut est sans doute trop racornie pour le comprendre. Elle ne saisit de lui que certaines parties, pas le grand tout.

Le naufragé des études pour touches noires sort d'un pas lourd de sa cabine et devant la glace, un peu rassuré par son reflet tremblotant, imprime à ses cheveux un mouvement artistique, la dernière touche, afin de compenser ce que ses mains auraient dû réaliser. Walter Klemmer trouve un réconfort à l'idée que son professeur aussi a échoué dans sa carrière. Alors il crache bruyamment par terre le reste d'écume qui s'est amassé sous le coup de la colère. Le co-pianiste regarde le crachat avec réprobation, étant de naissance habitué à l'ordre. L'art et l'ordre, parents ennemis. Avec emportement Klemmer arrache de leur boîte des dizaines d'essuie-mains en papier qu'il malaxe en un gros tapon et jette pile à côté de la poubelle, soupesé du coin de l'œil et trouvé trop léger par son raté de camarade. Qui sursaute pour la deuxième fois, cette fois devant le gaspillage de biens appartenant à la ville de Vienne. Il sort d'une famille de petits-bourgeois, de boutiquiers, et sera bien forcé d'y retourner s'il ne réussit pas son examen au prochain coup. Car ses parents alors lui couperont les vivres. Il sera obligé de passer d'une « form. art. » à une « form. comm. » et la petite annonce qu'il fera paraître dans la rubrique matrimoniale s'en ressentira sûrement. Femme et enfant le paieront très cher. Mais le commerce sera sauvé. Des doigts boudinés rougis par le froid et souvent obligés de dépanner au magasin se recourbent comme les serres d'un rapace chaque fois que leur propriétaire pense à cette éventualité.

Walter Klemmer, en homme sensé, place son cœur dans sa tête et réfléchit à fond aux femmes qu'il a déjà possédées puis bradées. En leur donnant force explications. Sans lésiner ; il fallait tout de même qu'elles comprennent pourquoi, dussent-elles en souffrir. Mais suivant son humeur l'homme peut aussi bien avoir envie de partir sans un mot. Les antennes de la femme jouent nerveusement en l'air, comme des organes sensibles, du reste la femme est un être sensible. Ce n'est pas la raison qui domine chez elle, et son jeu au piano s'en ressent également. La plupart du temps la femme se contente de laisser deviner l'ébauche d'un talent et s'en tient là. Klemmer par contre est un homme qui aime aller au fond des choses en toutes circonstances.

Walter Klemmer ne peut se dissimuler qu'il aimerait bien mettre son professeur en service. Il souhaite faire sa conquête, méthodiquement. À l'idée que son amour puisse ne pas être récompensé, il piétine deux carreaux de faïence blanche avec une grâce éléphantesque. Dans un instant il sortira des lavabos à toute vapeur, comme l'Arlbergexpress du tunnel du même nom, pour s'engouffrer dans un paysage glacial d'hiver, où règne la raison. Ce paysage est froid aussi parce que Erika Kohut ne l'illumine d'aucune chandelle. Klemmer conseille à cette femme de reconsidérer sérieusement ses maigres possibilités. Un jeune homme se met littéralement en quatre pour elle. Actuellement il y a bien entre eux une base intellectuelle, mais si on la retire, Klemmer se retrouvera tout seul à bord de son canot.

Dans le couloir du conservatoire déjà désert ses pas résonnent. Il descend, sautillant de marche en marche, l'allure délibérément élastique comme une balle en caoutchouc, de branche en branche, et retrouve lentement sa bonne humeur qui l'a patiemment attendu. Derrière la porte kohutienne, plus un son. Quelquefois, après les cours, Erika joue encore un peu, parce que son piano à la maison est nettement moins bon. Il a déjà découvert ça. Il tâtonne un instant vers la clenche, pour palper quelque chose que son professeur aussi touche tous les jours, mais la porte reste froide et muette. Elle ne cède pas d'un millimètre, elle est verrouillée. Fin des cours. Erika est déjà à mi-chemin de chez sa mère gâteuse avec qui elle croupit dans un nid, où les deux dames passent le plus clair de leur temps à se bousculer et se rembarrer. Néanmoins elles ne peuvent se séparer, même pendant les vacances, au cours desquelles elles se chamaillent dans une villégiature de Styrie.

Et ce depuis des décennies ! Situation morbide pour une femme sensible qui, tout bien calculé, n'est pas si vieille que ça ; voilà de quelle façon positive Klemmer pense à sa bien-aimée sur la liste d'attente au moment de prendre à son tour la direction du domicile de ses parents où il habite. Il a réclamé un dîner particulièrement reconstituant : d'une part il veut refaire le plein de ses réservoirs d'énergie vidés en pure perte pour la Kohut, d'autre part il compte demain aller faire du sport et ce aux aurores. Peu importe où, mais sans doute une fois de plus au club de kayak. Il ressent le besoin très personnel de se dépenser jusqu'à épuisement en respirant de l'air non pollué, et pas de l'air que des milliers de gens ont déjà inspiré et expiré avant lui. De l'air avec lequel il ne lui faille pas absorber en même temps, bon gré mal gré, les émanations des moteurs et celles des nourritures vulgaires de l'homme ordinaire. Il voudrait absorber un peu de ce produit frais que les arbres des Alpes viennent juste de fabriquer grâce à la chlorophylle. Il se rendra en Styrie, dans la région la plus sombre, la plus déserte. Là-bas, près d'un vieux barrage, il mettra son canoë à l'eau. Tache orange vif visible de loin à cause du gilet de sauvetage, de la jupe et du casque, il filera entre deux forêts, tantôt par ici, tantôt par là, mais toujours dans la même direction : en avant, suivant le cours du torrent. Dans la mesure du possible, éviter pierres et roches. Éviter de chavirer ! Et foncer ! Un camarade – de kayak – le suivra de près, mais sans la moindre chance de le dépasser et de prendre la tête. En sport la camaraderie s'arrête là où l'autre risque de vous gagner de vitesse. Le camarade ne sera là que pour permettre à Klemmer de mesurer ses propres forces aux siennes, plus faibles, et de creuser l'écart. Dans ce but Walter Klemmer choisit avec soin et de longue main un kayakiste moins entraîné. Il est de ceux qui n'aiment pas perdre, ni dans le jeu, ni dans le sport. C'est pourquoi cette histoire avec la Kohut l'énerve tant. Dans une discussion lorsqu'il a le dessous, au lieu de jeter l'éponge, il jette furibond à la figure de son partenaire une pelote de réjection, un petit paquet d'os, de cheveux indigestes, de pierres et d'herbes, prend un air méprisant, retourne dans sa tête tout ce qu'il aurait pu sortir et qu'il n'a hélas pas dit, et quitte le ring en colère.

De sa poche revolver il tire, maintenant qu'il est dans la rue, son amour pour la demoiselle Kohut. Puisque par hasard il est seul et sans personne à battre sur un plan sportif, il grimpe à cet amour jusqu'à atteindre un point culminant, tant physique que spirituel. Comme à une échelle de corde invisible.

À longues foulées élastiques et à un train d'enfer il remonte la Johannesgasse en direction de la Kärtnerstrasse qu'il longe jusqu'au Ring. Devant l'opéra, des tramways qui se faufilent les uns derrière les autres tels des dinosaures, forment une barrière naturelle quasi infranchissable et obligent Klemmer malgré son goût du risque à descendre dans le ventre du carrefour de l'Opéra par l'escalier roulant.

Depuis un moment déjà la silhouette d'Erika Kohut s'est détachée d'un porche. Elle voit le jeune homme passer au pas de charge et, véritable lionne, s'attache à la piste. Chasse que nul ne voit, que nul n'entend, donc nulle et non avenue. Elle ne pouvait savoir qu'il resterait si longtemps aux toilettes, mais elle a attendu. Attendu. Il passera forcément devant elle, ici, aujourd'hui. Sauf s'il prend la direction inverse, qui n'est pas la sienne.

Erika est toujours quelque part à attendre patiemment. Elle observe là où personne ne soupçonnerait jamais sa présence. Découpe avec soin les bords effrangés de choses qui explosent, détonnent ou traînent simplement à proximité immédiate et les rapporte à la maison, là, elle les tourne et les retourne, seule ou de concert avec sa mère, pour voir s'il ne resterait pas dans une couture quelques miettes, déchets ou morceaux d'un corps déchiqueté qui se prêteraient à l'analyse. Débris de la vie ou de la mort des autres, de préférence avant que leur existence ne soit passée chez le blanchisseur. Et là, qui cherche trouve d'abondance. Pour Erika, l'essentiel, ce sont justement ces lichettes. Seules ou à deux, les dames K. se penchent fébrilement sur leur table d'opération maison et approchent les morceaux de tissu de la flamme d'une bougie pour vérifier s'il s'agit de fibres purement végétales ou animales, de fibres mélangées ou de purs produits de l'art. Odeur et consistance permettent immanquablement d'identifier la chose brûlée, après quoi, perplexe, on cherche ce qu'on peut bien faire de ce tronçon.

Mère et enfant se tiennent têtes imbriquées, comme si elles ne faisaient qu'une, tandis que le corps étranger s'étale devant elles, en lieu sûr, détaché de son port d'ancrage originel, sans les toucher ni les menacer, bien que gros des méfaits d'autrui, attendant d'être examiné à la loupe. Il ne peut s'échapper, et souvent les élèves non plus ne peuvent échapper à l'autorité de leur professeur de piano qui les rattrape partout, dès qu'ils quittent les eaux bouillonnantes du bassin d'entraînement.

Devant Erika, Klemmer propulse ses jambes à toute allure. Il se lance droit dans une direction, sans détours. Erika échappe à tout un chacun, toutefois : si quelqu'un, trop preste, lui échappe, elle voit en lui son sauveur, et lui emboîte aussitôt le pas, comme attirée par un gigantesque aimant.

Erika Kohut file à travers les rues derrière Walter Klemer. Klemmer qui bout de rage car il reste sur sa faim, et de colère car les contrariétés lui restent sur l'estomac, ne soupçonne pas que l'amour, excusez du peu, est à ses trousses et vole aussi vite que lui. Erika se méfie des jeunes filles dont elle évalue mensurations et vêtements, cherchant à les tourner en ridicule. Ah la bonne tranche qu'elle se payera avec sa mère aux dépens de ces créatures, elles ne perdent rien pour attendre ! Innocentes, elles croisent le chemin d'un Klemmer innocent, et pourtant elles pourraient s'infiltrer en lui comme le chant des sirènes jusqu'à ce qu'il les suive, aveuglé. Elle surveille le regard de Klemmer s'attardant sur une femme et gomme ensuite ce regard avec soin. Un jeune homme qui joue du piano peut s'autoriser des prétentions telles que nulle ne saurait y satisfaire. Pas question qu'il en choisisse aucune, pourtant elles seraient nombreuses à le choisir.

Telles sont les voies détournées, les mauvais chemins que ce couple emprunte, traversant la Josephstadt à un train d'enfer. L'un pour se refroidir, l'autre pour chauffer sa jalousie à blanc.

Erika ramasse étroitement sa chair autour d'elle – manteau impénétrable – tout contact serait insupportable. Elle reste enfermée en elle-même. Et pourtant quelque chose l'entraîne à courir derrière son élève. Comme la queue d'une comète à la traîne du noyau central. Aujourd'hui elle ne pense pas à augmenter son stock de vêtements. Par contre elle pense à puiser dans son fonds pour le prochain cours : elle se mettra chic, d'ailleurs le printemps approche. À la maison la mère en a assez d'attendre, et les saucisses qu'elle fait cuire n'aiment guère attendre non plus. Un rôti à l'heure qu'il est serait déjà transformé en carne immangeable. Blessée dans sa fierté et grâce à un truc de ménagère, la mère s'arrangera – lorsque Erika finira par rentrer – pour que les saucisses éclatent et que l'eau s'infiltre sournoisement dedans, afin qu'elles aient un goût particulièrement insipide. Ça suffira comme avertissement. Erika ne se doute de rien.

Elle court toujours derrière Klemmer, et Klemmer court devant elle. Ainsi tout s'ajuste. Toujours au bon endroit. Le pied d'Erika là où celui de Klemmer était posé l'instant d'avant. Naturellement Erika ne parvient pas tout à fait à traiter par le mépris les boutiques devant lesquelles elle passe à fond de train. Elle examine les vitrines du coin de l'œil. C'est un secteur qu'elle n'a pas encore exploré question vêtements. Bien qu'elle soit constamment à la recherche de nouvelles toilettes somptueuses. Une nouvelle robe de concert ne serait pas du luxe, mais elle n'en voit pas ici. Mieux vaut acheter cela dans le centre-ville. Des guirlandes de carnaval et des confettis s'égrènent gaiement sur les premiers modèles de printemps et les derniers soldes d'hiver. Et sur un truc en strass que la nuit noire, et encore, pourrait faire passer pour une tenue habillée. Deux coupes de champagne disposées avec art et remplies d'une boisson factice, sur lesquelles un boa est jeté avec une fausse négligence. Une paire de vraies sandales italiennes à hauts talons, saupoudrées en plus de scintillant. Devant, abîmée dans ses pensées, une dame entre deux âges, dont les pieds bosselés par les tâches stupides exécutées debout sa vie durant n'entreraient même pas dans des charentaises de taille 41. Erika lorgne sur une robe en crêpe de chine d'un rouge démoniaque avec des ruches au décolleté et sur les manches. Qui s'informe se forme. Celle-ci lui plaît, celle-là beaucoup moins, elle n'est pas encore assez vieille pour porter ça.

Erika Kohut suit Walter Klemmer qui, sans se retourner, s'engouffre sous la porte cochère d'une maison bourgeoise de standing supérieur pour gagner au premier l'appartement de ses parents, où sa famille l'attend. Erika Kohut n'entre pas avec lui. Elle-même n'habite pas loin, c'est encore le même arrondissement. Grâce aux fiches d'élèves elle sait que Klemmer habite près de chez elle et y voit un symbole de leur affinité profonde. Peut-être que l'un d'eux est quand même fait pour l'autre, et que l'autre, après force rogne et grogne, ne pourra qu'en convenir.

Les saucisses n'auront plus longtemps à attendre, Erika est déjà en route vers elles. Erika sait à présent que Walter Klemmer ne s'est attardé nulle part, qu'il est rentré tout droit chez lui, elle peut donc abandonner sa filature pour aujourd'hui. Mais en elle quelque chose s'est passé, et elle emporte le résultat de l'événement à la maison où elle commencera par l'enfermer dans une armoire, à l'abri de la curiosité maternelle.

À Vienne, au Prater des polichinelles, s'amuse le petit peuple, et dans les prés du Prater, le peuple salace, chacun à sa manière. Au Prater des polichinelles, des parents bourrés à ras bord de rôti de porc, de knödel, de bière ou de vin, plantent leur petite couvée tout aussi bourrée qu'eux dans des marmites, sur des chevaux, des éléphants, dans des voitures (en plastique), sur de méchants dragons, et l'enfant mis en rotation restitue ce qu'on vient juste de lui enfourner à grand-peine. Ce qui lui vaut une claque en retour, car le repas au restaurant n'était pas donné et on ne peut pas se payer ça tous les jours. Les parents gardent leur repas, leurs estomacs sont robustes, et leurs mains sont rapides comme l'éclair quand elles s'abattent sur leur descendance. Dont ils accélèrent ainsi la croissance. Quant à eux, c'est uniquement lorsqu'ils ont trop bu qu'ils risquent de mal supporter une course folle sur le grand huit.

Pour tester son courage et sa combativité, la jeune génération dispose aussi d'engins électroniques excitants issus de l'avant-dernière génération de puces. Leurs noms font référence à la conquête spatiale, ils fusent dans les airs sans paliers et là-haut tourniquent dans tous les sens bien que minutieusement guidés, avec la possibilité d'inverser le haut et le bas. Il faut du cran pour y monter, en fait ils sont conçus pour des adolescents déjà endurcis par le monde, mais qui n'ont pas encore de responsabilités, pas même envers leur corps. Que le bas passe en haut et vice versa ne le gêne pas. Le vaisseau spatial est un ascenseur qui emporte les passagers dans deux vastes capsules bariolées. Au sol, pendant ce temps, on tire sur des poupées en plastique que la fiancée rapportera chez elle. Des années plus tard, la femme, entre-temps déçue, pourra constater *de visu* à quel point son ami tenait à elle autrefois.

Dans les verts horizons du Prater par endroits si sauvage, les choses sont déjà beaucoup plus ambiguës. Dans une première partie, c'est le règne de l'esbroufe : de somptueuses limousines ou de méchants bolides déposent des gens vêtus en cavaliers, prêts, conformément à la situation, à monter sur le dos d'un cheval. Parfois ils économisent sur l'essentiel, le cheval, et n'achètent que la tenue dans laquelle ils paradent. Des secrétaires se ruinent ici car il faut bien n'est-ce pas se constituer aussi une garde-robe élégante pour les jours de semaine avec le patron. Des comptables se crèvent afin que le samedi après-midi, une heure durant, ils puissent crever une bête sous eux. Rien que pour cela ils font volontiers des heures supplémentaires. Les chefs du personnel et les chefs d'entreprise prennent les choses avec plus de décontraction, comme ils ont les moyens, ils peuvent s'en dispenser. De toute façon chacun voit bien ce qu'ils sont et ils peuvent dès à présent envisager de jouer au golf.

Il existe sûrement de plus jolies contrées à sillonner à cheval, mais point où vous fassiez autant l'admiration de familles innocentes avec chiens en laisse et enfants innocents qui diront : oh, le dada !, sur lequel eux aussi aimeraient bien monter, ce qui leur vaut une claque s'ils insistent trop fort. Nous on peut pas se payer ça ! Et de planter, à défaut, le gamin ou la gamine sur un cheval en plastique du manège où ils continuent à brailler. L'enfant pourrait au moins en tirer la leçon que les choses ont presque toutes une réplique bon marché réservée à son usage privé. Hélas l'enfant ne pense qu'à ce dont on l'a privé et il hait ses parents.

Il y a aussi Krieau (spécialité trot) et Freudenau (spécialité galop) où les chevaux se claquent profession-nellement, ceux qui trottent ne doivent pas « prendre le galop » et ceux qui galopent doivent également se dépêcher. Partout le sol est parsemé de boîtes de bois-sons vides, de tickets de PMU et d'autres détritus que la nature ne saurait digérer. Elle a déjà assez de mal avec le papier fin, comme celui qui sert à fabriquer les mouchoirs ; le papier a été jadis un produit de la nature, mais il faudra du temps avant qu'il ne retourne à elle. Des assiettes en carton, semences indigestes, parsèment la terre piétinée. Des bombes quadrupèdes judicieusement nourries et parfaitement musclées avancent d'un pas dansant sous leur couverture, confiantes en leur guide. Elles n'ont à s'inquiéter de rien, si ce n'est de la tactique qui leur permettra de gagner la troisième course, et encore, même cela le jockey ou le conducteur le leur dira à temps avant qu'elles risquent de perdre.

Ce n'est que lorsque la lumière du jour s'éteint et que la nuit s'étale avec une lampe et un travail de couture ou avec un pistolet et un coup de poing américain, qu'entrent en scène des êtres qui n'ont pas eu la chance d'avoir d'aussi bons guides dans l'existence, des femmes le plus souvent. Parfois, mais rarement, des hommes jeunes, très jeunes, car lorsqu'ils vieillissent, ils valent encore moins sur le marché que des femmes vieillissantes. Femmes qui pour l'homosexuel n'ont de toute façon aucune valeur à aucun stade. Alors le tapin du Prater ouvre grand ses portes.

Tout Vienne sait, à commencer par les bambins, qu'il est déconseillé de s'approcher de ces lieux à la tombée de la nuit, même de loin : à gauche les garçons, à droite les filles. On trouve ici beaucoup de femmes déjà vieillies, au bout de leur métier et au bout du rouleau. Souvent on tombe aussi sur leurs restes criblés de balles, jetés d'une voiture en marche. La plupart du temps la police enquête en vain, le coupable est sorti d'un milieu bien rangé, paisible, où il est aussitôt retourné. À moins qu'il ne s'agisse du souteneur qui, lui, avait un alibi. C'est en ces lieux que le matelas itinérant fut inventé et inauguré en première mondiale. À défaut d'appartement, de chambre, d'hôtel, de pied-à-terre ou de voiture, on se doit – c'est bien le moins – de posséder un support transportable qui vous tienne chaud et sur lequel vous puissiez atterrir en douceur quand le plaisir vous renverse. Ici l'esprit de Vienne dans sa malignité infinie voit éclore ses plus belles fleurs, lorsque quelque Yougoslave agile ou quelque serrurier de Fünfhaus pressé, voulant économiser leurs sous, filent à toutes jambes, poursuivis par les propos orduriers de la professionnelle frustrée de son salaire. Le serrurier de Fünfhaus ne désire rien tant qu'un nouveau placard mural intégré pour lui et sa fiancée, bien pratique pour cacher les saloperies de sa vie privée. Livres, chaîne stéréo avec disques et enceintes, téléviseur, radio, collection de papillons, aquarium, outils de bricolage et tutti quanti y sont en sécurité, à l'abri des regards. Le visiteur n'aperçoit que les portes teintées en palissandre, il ne voit pas le désordre derrière. Il voit peut être – c'est fait pour – le petit bar maison avec sa rangée de liqueurs multicolores et ses verres assortis, scintillants de colère à force d'être astiqués. Du moins les astique-t-on avec soin pendant les premières années de mariage. Plus tard, les enfants les casseront ou bien on oubliera exprès de les nettoyer, parce que le mari rentre régulièrement à point d'heure et qu'il se pinte extra-muros. Le bar lambrissé de miroirs se couvre lentement de poussière. Le Yougoslave ainsi que le Turc méprisent la femme par nature, le serrurier lui ne la méprise que si elle n'est pas proprette ou prend de l'argent pour baiser. Argent qu'on peut dépenser plus intelligemment ailleurs où il vous profite plus longtemps. Le serrurier juge inutile d'avoir en plus à payer pour quelque chose d'aussi bref qu'une décharge, car en fin de compte avec lui la femme a du plaisir, ce qui ne serait pas le cas avec d'autres hommes. Son sperme est le produit laborieux, lent, pénible, de sa propre vie. Une fois mort, il ne produira plus ni sues, ni sève, au grand regret des femmes. Le serrurier ne peut pas souvent tenter l'arnaque, il se ferait repérer par le milieu et traquer sans pitié. Mais en période de difficultés financières aiguës – des traites à payer – il prend le risque de se faire tabasser ou pire. Son goût du changement en matière de vagin ne s'accorde pas toujours avec ses disponibilités pécuniaires.

Le voici donc en quête d'une femme qui n'ait plus l'air d'inspirer à quiconque des idées de protection. Sûr qu'elle lui sera même reconnaissante, car le serrurier est un costaud tout en muscles. Il s'est choisi le type même d'une solitaire dans l'empire des sens, une poupée quelque peu défraîchie. Un Turc, un Yougoslave a moins souvent l'occasion de tenter sa chance, car les femmes ne le laissent pas souvent approcher. En tout cas pas plus près qu'un jet de pierre. Celle qui l'accepte comme client ne peut généralement pas exiger grand-chose, car son travail ne vaut pratiquement plus grand-chose. Un Turc par exemple qui ne vaut presque rien non plus aux yeux de son employeur – la lecture de son bulletin de paye est éloquente sur ce point – est dégoûté par sa partenaire. Il se refuse à mettre une capote anglaise, car la salope c'est la femme, par lui. Et pourtant, lui comme le serrurier sont attirés par cette réalité déplaisante bien qu'inévitable qu'on appelle femme. Cette femme ne leur plaît pas, jamais ils ne la fréquenteraient de leur plein gré. Mais puisqu'elle est là, à première vue, qu'est-ce qu'on peut bien faire avec elle ?

Le serrurier de Fünfhaus prodiguera au moins une semaine de bons traitements à sa fiancée. La qualifiera de proprette, de travailleuse. Dira à ses amis qu'il n'a pas à rougir d'elle et c'est déjà beaucoup ! Avec elle il peut se montrer dans n'importe quelle discothèque et comme elle a peu d'exigences, elle exige peu de lui. Elle reçoit encore moins et le remarque à peine. Elle est beaucoup plus jeune que lui. Sortant d'un foyer assez peu comme il faut, elle apprécie d'autant plus un foyer comme il faut. Il a quelque chose à lui offrir. Difficile de parler de la vie privée du Turc, en fait il n'est pas là. Il travaille. Et après la travail il doit être en sûreté quelque part, plus ou moins à l'abri des intempéries, mais nul ne sait où. De toute évidence dans le tram, sans avoir payé son billet. Il est pour son environnement non-turc comme une de ces figures sur lesquelles on tire dans les stands de foire. En cas de boulot, un procédé électro-moteur le fait sortir, quelqu'un tire sur lui, il est touché ou pas et à l'autre bout du stand on lui fait dégager les lieux : il regagne, invisible – nul ne sait ce qui lui arrive, rien sans doute – sa position de départ derrière le massif montagneux en papier mâché, puis réapparaît au milieu du décor – croix en toc au sommet, edelweiss en toc et gentiane en toc – où l'attend déjà le Viennois armé de frais, excité par l'épouse endimanchée, le *Kronenzeitung*, et le fils adolescent qui aimerait un de ces jours battre son papa au tir et n'attend que son échec. Le tir au but est récompensé par une petite poupée en plastique. Il y a aussi des fleurs en plumes et des roses dorées, mais quel qu'il soit, le prix est toujours taillé sur mesure pour la dame qui attend le tireur glorieux, sa propre personne étant pour lui la récompense suprême. Et elle sait bien que ce n'est que pour elle qu'il s'escrime et s'énerve lorsqu'il rate. Dans les deux cas elle trinque. Cela peut même dégénérer en une rixe sanglante si l'homme ne supporte pas d'avoir tiré à côté. La femme ne fait qu'envenimer les choses, si elle tente alors de le baisoter pour le consoler. Elle le paiera en se faisant sauter d'une manière particulièrement moche, sans avoir droit aujourd'hui au moindre hors-d'œuvre. Lui se paiera une cuite, et si elle refuse d'ouvrir sa fourche, elle en prendra plein les gencives. Et la police fera hurler ses sirènes, sautera de voiture et demandera à la femme pourquoi elle crie de la sorte. Si elle ne peut pas dormir, qu'elle laisse au moins dormir ses voisins ! Après quoi on lui glissera l'adresse d'un SOS femmes.

La navette Erika part en chasse et se faufile avec souplesse à travers le territoire qui s'étend sur toute la partie boisée du Prater. Depuis peu c'est devenu également son terrain de chasse. Elle a élargi son champ d'activité, connaissant trop bien le gibier de son environnement immédiat. Et il lui en faut du courage. Elle est solidement chaussée afin de pouvoir marcher, au cas où elle serait débusquée, dans des broussailles ou des crottes de chien, sur des bouteilles plastiques de forme phallique contenant les restes liquides d'une limonade pour enfants aux colorants toxiques (du genre qu'est-ce que t'y bois dis-donc dou dou), sur des tas de papiers gras ayant servi à Dieu sait quoi, des assiettes en carton ourlées de moutarde, des bouteilles cassées ou sur des objets en caoutchouc remplis à ras bord et qui conservent encore mollement la forme de la queue qu'ils revêtaient. Elle flaire, nerveuse, par précaution. Elle aspire l'air puis souffle.

Pourtant ici au Praterstern où elle descend, il n'y a pas encore de danger. Certes quelques mâles en rut se mêlent déjà aux passants et flâneurs inoffensifs, mais rien ne s'oppose à ce qu'une élégante effectue une visite informelle au Praterstern, quoique le quartier manque de distinction. Ici se tient par exemple un marché à la sauvette où des étrangers qui traînent çà et là, quand ils ne vendent pas de journaux, puisent dans d'immenses sacs en plastique dont ils vendent discrètement le contenu à la criée : chemises de sport avec pochettes, stock d'usine, robes dernier cri aux couleurs criardes, stock d'usine, jouets pour enfants légèrement abîmés bien que stock d'usine, sacs bourrés de gaufrettes de second choix, composants électriques ou électroniques, stock d'usine ou rapine, transistors ou platines, stock d'usine ou rapine, ainsi que des cartouches de cigarettes d'origine fort obscure. En dépit de l'extrême simplicité de sa mise, Erika donne l'impression de n'avoir fait fabriquer et de n'avoir trimbalé jusqu'ici le gigantesque cabas qu'elle porte en bandoulière que pour y faire disparaître au nez et à la barbe du public quelque mini-lecteur de cassettes – encore un stock d'usine – d'origine et de fonctionnement douteux mais sous emballage plastique flambant neuf. Pourtant ce sac contient essentiellement, outre quelques objets de première nécessité, une bonne paire de jumelles à infra-rouge. Erika a l'air solvable, ses chaussures sont en cuir véritable avec des semelles solides, son manteau sans en jeter ne renie pas ses origines, calme, coûteux, il repose sur son mannequin et porte avec fierté, bien qu'invisible à l'extérieur, la marque anglaise mondialement connue. C'est un vêtement qu'on peut porter une vie durant s'il ne vous tape pas sur les nerfs avant. La mère l'a chaudement recommandé à Erika, car elle est pour un minimum de changements dans la vie. Le manteau reste sur Erika, et Erika chez sa maman.

À présent Erika esquive les mains baladeuses d'un Yougoslave qui a le culot de lui proposer une cafetière électrique défectueuse avec sa compagnie en prime. Il n'a plus qu'à remballer. Erika dont la tête change de cap enjambe un obstacle invisible et met ce cap sur les prés du Prater où une personne seule se perd rapidement. Elle, à vrai dire, ne cherche pas à se perdre en tant que personne, mais plutôt à s'enrichir. Et – à supposer qu'elle se perde – sa mère dont elle augmente les biens depuis sa naissance irait aussitôt faire valoir ses droits. Et le pays entier se mettrait à sa recherche : la presse, la radio, la télévision. Quelque chose aspire Erika, l'entraîne dans ces contrées, et ce n'est pas la première fois. Elle est déjà venue souvent. Elle s'y connaît. La foule se raréfie. S'effiloche aux bords ; les individus isolés se dispersent comme des fourmis qui toutes assument une tâche précise au sein de leur État. Une heure plus tard, l'animal se présentera fièrement avec un bout de fruit ou de charogne.

À l'instant encore, des grappes humaines, des groupes et des îlots s'agglutinaient aux arrêts d'autobus pour passer à l'assaut quelque part tous ensemble, mais à présent que la nuit tombe rapidement – le calcul d'Erika était bon – voici que s'éteignent à leur tour les lumières de la présence humaine. Par contre on s'agglutine de plus en plus autour de la lumière artificielle des réverbères. Ici, à l'écart, se retrouvent sans transition tous ceux qui y sont professionnellement obligés. Ou qui s'adonnent à leur passe-temps favori, la baise, la fauche ou éventuellement l'homicide de la personne qu'ils viennent de baiser. Certains se contentent de regarder tranquillement. Un petit quarteron se dénude au bon endroit à la station du Liliputbahn.

Un dernier petit retardataire, bardé d'un équipement de sport d'hiver en retard d'une saison se hâte, en trébuchant vers la dernière lumière d'un abri d'autobus, la conscience éperonnée par la voix de ses parents lui déconseillant de se trouver seul la nuit au Prater. Et de citer certains cas – pas les plus graves – où des skis flambant neufs acquis pendant les soldes d'hiver en prévision de la saison prochaine, ont brutalement changé de propriétaire. L'enfant a trop longtemps lutté avant d'avoir ces skis pour les abandonner maintenant. Chargé comme un baudet, clopin-clopant, il passe tout près de Mlle Kohut. Cette dame solitaire l'étonne, n'est-elle pas la vivante contradiction de tout ce que ses parents affirment ?

Attirée par l'obscurité, Erika s'enfonce à grands pas dans les prés qui s'étalent tranquillement, sillonnés de bosquets, de buissons et de ruisseaux. Les prés s'étendent là, simplement, et portent des noms. Son but : la Jesuitenwiese. Ça fait encore une bonne trotte. Erika avance d'un pas égal avec ses chaussures de randonnée. Voici le Prater aux polichinelles, au loin des lumières fulgurent et fusent. Des coups de feu partent, des voix braillent victoire. Dans les salles de jeux, des jeunes crient en même temps que leurs engins de combat ou secouent sans mot dire des appareils qui du coup se mettent à pétarader, sonner, cliqueter deux fois plus fort et lancent des éclairs. Erika laisse résolument cette agitation derrière elle avant même de l'avoir laissée s'approcher. Les lumières tendent leurs doigts tâtonnants vers Erika, ne trouvent pas de prise, passent distraitement sur ses cheveux couverts d'un foulard en soie, dérapent, abandonnant à regret sur son manteau une trace de couleur humide, et retombent derrière son dos où elles expirent dans la boue. Des mini-explosions tentent de l'attirer, qui elles aussi ne peuvent que la laisser passer sans provoquer en elle la moindre déchirure. Elles n'ont rien qui puisse la séduire, elles la repousseraient plutôt. La grande roue est une roue gigantesque soulignée de maigres lumières ponctuelles. Elle domine tout. Mais elle est concurrencée par le grand huit, éclairé lui aussi bien que plus crûment, et où déboulent avec des hurlements de minuscules chariots chargés de courageux qui, affolés par la puissance de la technique, hurlent en se collant et s'agrippant. Entre autres à leur compagne, pourquoi pas, tous les prétextes sont bons. Ce n'est pas pour Erika. Tout, mais pas qu'on se colle à elle. Au terminus d'un château hanté, un spectre éclairé salue mollement, il ne fait plus marcher personne, tout au plus des minettes et leurs premiers amoureux qui jouent encore comme des chatons à se faire peur avec l'horreur de ce monde, avant de devenir eux-mêmes partie de ce monde horrible.

Des maisons en lignes et des villas individuelles, ultime arrière-garde du jour, où vivent des gens obligés de subir ce bruit lointain à longueur de jour et même de nuit. Des routiers des pays de l'Est qui veulent écluser un dernier bol d'air libre. Pour la femme là-bas, une paire de sandales qui sortent précisément d'un de ces fameux sacs en plastique et qu'on examine une dernière fois afin de vérifier qu'elles sont à la hauteur du standard occidental. Aboiements de chiens. Scintillements d'amour à la télé. Devant un cinéma porno, un homme claironne, entrez donc messieurs, vous allez voir ce que vous n'avez encore jamais vu ! À peine la nuit est-elle tombée, que le monde semble en majeure partie se composer de participants masculins. La quote-part de féminité à laquelle ils ont droit attend patiemment au-delà du dernier cercle lumineux, dans l'espoir de profiter un peu de ce que le porno aura laissé de l'homme. L'homme va seul au cinéma, après la séance il a besoin de la femme, ici comme là-bas éternelle tentatrice. Il ne peut pas tout faire seul. Hélas il paye deux fois, pour le billet d'abord et ensuite pour la femme.

Erika va toujours de l'avant. Des prairies désertes ouvrent leurs gorges goulues. Le paysage s'étend à perte de vue et au-delà encore jusqu'à des pays étrangers. Jusqu'au Danube, au port pétrolier de Lobau, au port de Freudenau. Le port aux grains de Albern. La jungle à l'entour du port de Albern. Puis l'Eau Bleue et le Cimetière des Sans-noms. Le lac de Heustadl et le terrain du Prater. Où les bateaux accostent et d'où ils repartent. Et de l'autre côté du Danube, les immenses régions « d'inondation » pour lesquelles se battent les jeunes de la défense de l'environnement, berges sablonneuses, herbages, aulnes et fourrés. Des vaguelettes. Erika n'a pas besoin d'aller jusque-là, ce serait d'ailleurs trop loin. À pied, seul un excursionniste entraîné y parviendrait moyennant quelques haltes agrémentées de casse-croûtes. Erika a maintenant sous les pieds le sol moelleux d'une prairie et elle avance à grands pas. Elle marche, elle marche. De petites îles gelées, des napperons en dentelle de neige, une herbe encore prise par les glaces de l'hiver. Jaune et brune. Erika met un pied devant l'autre avec la régularité d'un métronome. Si l'un des pieds écrase une crotte, l'autre le sait aussitôt et évite l'endroit empuanti pour longtemps. Le premier pied est essuyé dans l'herbe. Les lumières restent peu à peu en arrière. L'obscurité ouvre ses portes : Entrez donc ! Mlle Kohut sait par expérience qu'il est assez facile dans ce secteur d'observer des prostituées en train de négocier ou d'officier. Dans le sac d'Erika il y a même un petit pain au cervelas comme provision de bouche. Son repas préféré, même si sa mère le désapprouve parce que malsain. Une petite lampe de poche en cas d'urgence, un pistolet d'alarme (pas plus grand que le doigt !) en cas d'extrême urgence, un tétrapak de lait chocolaté pour la petite soif après le cervelas, beaucoup de mouchoirs en papier pour d'autres urgences, peu d'argent mais en tout cas suffisamment pour le taxi, pas de papiers d'identité, même pas pour le cas où. Et la lunette d'approche. Héritée du père qui, de nuit également, du temps où il avait sa tête, épiait les oiseaux et scrutait les montagnes. En ce moment la mère croit son enfant à un concert de musique de chambre privé ; devant Erika elle se targue haut et fort de la laisser y aller seule afin que sa fille ait une vie personnelle et ne lui reproche plus de la garder dans ses griffes. Dans une heure au plus tard la mère passera son premier coup de fil à la collègue musicienne qui lui sortira tout un boniment. La collègue croit à une histoire d'amour et s'imagine dans la confidence.

Le sol est noir. Le ciel se détache, à peine plus clair, juste assez pour que l'on sache où est le ciel, où est la terre. À l'horizon, des arbres aux frêles silhouettes. Erika joue la prudence. Elle se fait silencieuse, légère comme une plume. Se fait souple, aérienne. Presque invisible. Se dissout quasiment dans l'air. Elle est tout ouïe et tout regard. La prolongation de son œil, c'est sa longue-vue. Elle évite les sentiers battus des autres promeneurs. Elle cherche les endroits où les autres promeneurs s'amusent – toujours à deux. Elle n'a pourtant rien fait qu'il lui faille reculer devant les gens. Recourant à son instrument d'optique, elle scrute la nuit à la recherche de couples devant lesquels plus d'un reculerait, effarouché. Elle ne peut explorer le terrain sous ses pieds et avance maintenant à l'aveuglette. S'oriente entièrement à l'oreille, son métier l'y a habituée. Parfois elle se tord la cheville, trébuche presque, mais continue sa progression toujours tout droit, se fiant à ses sens. Elle marche, elle marche et marche encore. Des détritus s'insinuent dans les crans de ses semelles sport et les égalisent. Mais elle progresse toujours sur le sol herbeux.

Enfin elle y est. Du sol de la prairie, devant Erika Kohut, émergent, telles les hautes flammes d'un grand feu de camp, les cris d'un couple faisant l'amour. Terre élue, enfin, pour la contemplatrice. C'est si près qu'elle n'a même pas besoin de sa longue-vue. À infrarouge. Ah qu'elle est verte la vallée, qu'elle est douce la patrie où la partie de jambes en l'air vole, vole à tire-d'aile dans les prunelles d'Erika. Avec des cris de jubilation exotiques un homme se visse dans une femme. La femme ne carillonne pas, presque hargneuse elle donne à mi-voix des ordres et des instructions que l'homme ne comprend sans doute pas, car il continue à exulter en turc ou dans quelque autre langue rare, sans se conformer aux objurgations de la femme. D'une voix d'arrière-gorge, comme un chien prêt à l'attaque, la femme sonne les cloches à son client : qu'il la ferme. Mais le Turc susurre et murmure comme la brise printanière caressant une harpe – en plus bruyant. Il émet une longue série de cris saccadés qui permettent à Erika de mieux s'orienter et de se glisser encore plus près, bien qu'elle soit déjà très proche. Ce même buisson qui offre aux amoureux un abri provisoire suffira aussi à camoufler Erika. Le Turc, ou l'étranger turcoïde, semble se réjouir de ce qu'il fait. La femme aussi, à l'entendre. Mais chez elle le plaisir est plus retenu. La femme tente de diriger l'homme. Impossible d'établir s'il obéit, il semble vouloir suivre ses propres ordres intérieurs, et entrera alors immanquablement en conflit avec les désirs de sa partenaire. Erika est témoin de la façon dont les choses se déroulent. La femme tire à hue, l'homme tire à dia. On dirait que la femme se fâche peu à peu de ce que l'homme ne lui cède pas le pas comme il se doit. Dit-elle : pas si vite, il fait : plus vite, à l'aller comme au retour. Peut-être n'est-ce pas une professionnelle mais seulement quelque femme soûle qui s'est fait embarquer. Si ça se trouve, elle se sera donné toute cette peine pour rien. Erika s'accroupit. S'installe confortablement. Elle aurait pu s'amener avec de grosses chaussures à clous que ces deux-là ne l'auraient pas entendue. Tellement ils crient fort, tantôt l'un, tantôt l'autre, ou tous deux à la fois. Erika n'a pas toujours autant de chance dans sa quête de spectacles. À présent la femme dit à l'homme d'attendre un p'tit moment. Erika n'est pas en mesure d'établir si l'homme se range à son avis. Il dit dans sa langue une phrase qui sonne relativement calme. La femme l'enguirlande, tu crois qu'on y comprend quelque chose ! Toi attendre, compris ? Attendre ! Attendre tu parles, Erika ne perd rien des événements. Il s'envoie la femme comme s'il devait en un temps record ressemeler une paire de chaussures ou souder une carrosserie. Chaque coup ébranle la femme jusque dans ses fondations. Elle crache son venin, sur un ton plus criard que la situation ne l'exige : Pas si vite !! Pas si fort, je t'en prie. Tiens, tiens, elle en est déjà à supplier. Résultat tout aussi nul. Le Turc dispose d'une telle énergie et de si peu de temps ! Il décide même de passer la sur-multipliée, afin de placer le maximum de coups dans une seule unité de temps – et si possible d'argent. La femme renonce à mener son affaire à bonne fin et se déchaîne, c'est pas bientôt fini, ça va durer longtemps ! L'homme pousse en langue turque des fanfares hale-tantes qui émanent du tréfonds de son être. Il fait feu des deux bouts. À présent on dirait qu'il fait coïncider langage et sensations. Il grince en allemand : Femme ! Femme ! La femme fait, elle aussi, une dernière ten-tative : Pas si vite ! Erika dans sa cachette additionne deux et deux et conclut : ce n'est pas une putain du Prater, sinon elle encouragerait l'homme au lieu de le freiner. Afin d'embarquer le maximum de clients en un minimum de temps, au contraire de l'homme qui veut juste l'inverse : profiter le plus longtemps possible. Peut-être qu'un jour il ne pourra plus du tout, et il ne lui restera plus que le souvenir.

Les deux sexes veulent toujours quelque chose de fondamentalement opposé.

Erika n'est qu'un souffle, son haleine s'échappe à peine, mais elle a les yeux grand ouverts. Ces yeux flairent comme le gibier flaire avec le nez, ce sont des organes ultra-sensibles, qui tournent vifs comme des girouettes. Erika fait cela pour ne pas être exclue. Elle est en visite tantôt ici, tantôt là. Il ne tient qu'à elle de décider où elle sera présente et où elle ne le sera pas. Elle ne veut pas prendre part, mais pas question non plus que ça ait lieu sans elle. Avec la musique, elle est présente tantôt comme interprète, tantôt comme spec-tatrice ou auditrice. Son temps passe ainsi. Erika saute dedans et redescend comme avec ces vieux trams dont l'ouverture des portes n'est pas encore automatique. Avec les voitures modernes, une fois monté, on reste obligatoirement dedans. Jusqu'au prochain arrêt. L'homme lime et taraude à la chaîne. Il transpire terriblement et enserre la femme d'une main de fer, pour l'empêcher de filer. Il l'ensalive comme une proie qu'il voudrait avaler. La femme ne parle plus mais gémit de même à présent, le zèle de son partenaire l'a gagnée. Elle couine en fausset une série de mots absurdes. Siffle comme une marmotte qui a flairé l'ennemi sur l'alpage. Ses mains s'ancrent dans les reins de son vis-à-vis pour l'empêcher de filer. Pour qu'il ne la rejette pas trop vite et une fois le devoir accompli la gratifie en prime d'une petite caresse ou d'une plaisanterie. L'homme travaille aux pièces. Il augmente sa cadence. C'est sa première occasion depuis longtemps d'être avec une autochtone, et il saute frénétiquement dessus. Au-dessus du couple les cimes en frémissent. Le ciel nocturne semble encore vivant sous le vent. De toute évidence le Turc ne peut se retenir aussi longtemps qu'il en avait eu l'intention. Il dégurgite quelque chose qui ne ressemble même plus à du turc. La femme l'encourage dans la dernière ligne droite avec des hop, hop, hop !

Un branle-bas général ravage la spectatrice. Ses pattes frémissent à l'idée de prendre du service actif, mais si on le lui interdit, elle reprendra ses distances. Elle attend l'interdiction formelle. Ses actes exigent un cadre fixe où s'inscrire. À l'insu des deux autres, elle fait de leur équipe à deux une équipe à trois. En elle quelque part des organes accélèrent la cadence, s'emballent sans qu'elle puisse les contrôler. Une forte pression sur la vessie, une gêne pénible l'assaille comme chaque fois qu'elle s'énerve. Et toujours au moment le moins propice, encore qu'ici des kilomètres de paysage soient prêts à résorber sans traces ce besoin naturel et ses résultats. La dame et le Turc lui font la démonstration d'une certaine activité. Erika réagit involontairement par un léger bruissement dans les branchages. Souhaitait-elle ou non ce bruissement ? Le besoin qui pousse de l'intérieur est de plus en plus fort. La spectatrice doit modifier légèrement sa position accroupie afin d'apaiser ce besoin qui la titille et la démange. C'est très urgent. Qui sait combien de temps elle tiendra. En tout cas pas question de se soulager en ce moment précis. Bruissements et murmures font déjà assez de bruit ; Erika elle-même ignore si elle n'a pas sciemment donné un coup de pouce à la branche, ce qui serait naturellement absurde. Elle a poussé la branche et la branche prend sa revanche en se manifestant méchamment.

Le Turc, un enfant de la nature qui de toutes ses fibres tient aux herbes, aux fleurs et aux arbres, plus encore qu'à la machine à laquelle il est habituellement rivé, interrompt brutalement toute activité. En premier lieu avec la femme. Qui ne s'en aperçoit pas sur-le-champ, et couine encore une seconde ou deux, bien que le migrant turc ait déjà renversé la vapeur. Le Turc demeure maintenant immobile, ce n'est pas mal non plus. Il vient, quel hasard, de terminer son travail, et se repose. Il est fatigué. Il prête l'oreille au vent. La femme aussi dresse l'oreille mais seulement après qu'une chuintante de l'habitant du Bosphore lui ait enjoint le silence. Le Turc aboie, est-ce un ordre ? Une brève question ? La femme l'apaise sans conviction, il se peut qu'elle veuille un petit rabiot de son riverain amoureux. Le Turc ne comprend pas. Peut-être devra-t-il la battre puisqu'elle n'arrête pas de lui chanter ne me quitte pas. Ou quelque chose d'approchant qu'Erika n'a pas très bien compris. Elle a été distraite, ayant fait un bond de dix mètres en arrière au moment où le Turc, agité de secousses et de tremblements, était complètement à la merci de la femme. Par chance celle-ci ne s'en est pas aperçue, et le Turc s'appartient à nouveau. Et il est un homme à part entière. Fielleuse la femme exige : La bourse ou l'amour. De la bouche de la femme ne sortent que pleurnicheries et jérémiades. L'habitant de la Corne d'or pousse une gueulante, se débranche et débranche la transmission sans fil avec elle. En battant en retraite, Erika a fait plus de vacarme qu'une horde de buffles à l'approche d'une lionne. Peut-être l'a-t-elle fait exprès ou inconsciemment exprès, ce qui en l'occurrence revient au même.

D'un bond le Turc est sur ses pieds, il s'apprête à foncer mais retombe aussitôt, son pantalon et son caleçon aux reflets blancs flottent éclatants dans l'obscurité autour de ses genoux. Il tiraille sur ses vêtements, jure sans façon et des deux mains fait un geste qui se veut menaçant. Un à droite, un à gauche. En direction des broussailles proches où Mlle Kohut retient à présent son souffle, rétracte tout, et mord un de ses dix petits marteaux.

Le Turc jongle entre les pans d'étoffe. Il donne dans un panneau, puis dans un autre. Il ne prend pas son temps pour l'essentiel. Il y en a vraiment qui ne réfléchissent pas avant d'agir et font n'importe quoi : pensée subite qui traverse l'esprit de la spectatrice lorsque cette vision s'impose à elle. Le Turc appartient à cette catégorie. La partie inférieure du couple d'amoureux, déçue et toujours à l'horizontale, lance sur un mode suraigu : ce n'était sûrement qu'un chien ou qu'un rat qui voulait se goinfrer des préservatifs qui traînent dans le coin. Il y a de fameux déchets par ici. Qu'il revienne, son mignon. Par pitié, qu'il ne la laisse pas toute seule ici ! La jolie petite tête bouclée de l'étranger ne l'écoute pas, elle se pousse de toute la taille de son propriétaire – un Turc relativement grand, semble-t-il. Ayant enfin remonté son pantalon il fait une descente dans les broussailles. Par chance – ou exprès – il déboule dans la direction diamétralement opposée, là où les buissons s'épaississent. Erika, sans grands calculs, a choisi un endroit plus clairsemé où jamais on ne la soupçonnerait. La femme au loin chantonne quelque supplique mélodieuse. Puis elle aussi se rajuste. Elle se fourre quelque chose entre les jambes et s'essuie vigoureusement. Elle jette force mouchoirs en papier froissés. Elle râle, dans une tonalité lugubre qu'elle vient d'inaugurer et qui semble correspondre au registre de sa voix naturelle. Elle appelle, appelle encore. Erika frémit. L'homme grommelle de brèves réponses et cherche, cherche encore. Il avance à tâtons toujours d'un même endroit à un autre, invariablement le même. Puis d'une manière stéréotypée revient à l'endroit initial. Sans doute a-t-il peur et ne tient-il pas vraiment à découvrir le papillon de nuit. Car il ne fait qu'osciller entre un bouleau et des buissons et vice versa. Jamais il ne va vers les autres buissons, et Dieu sait s'il y en a. Par intervalle de quarte, comme une voiture de pompier, la femme claironne que de toute façon il n'y a personne. Reviens, exige-t-elle. Mais l'homme qui n'est toujours pas d'accord lui ordonne en allemand de la boucler. Par précaution la femme se fourre un deuxième paquet de Kleenex entre les jambes, au cas où quelque chose serait resté dedans, et remonte à son tour sa culotte. Puis elle lisse sa jupe par-dessus. Son attention se porte sur son chemisier encore ouvert, ensuite elle ramasse le manteau qu'elle avait étendu par terre. Elle a fait un petit nid, comportement bien féminin. Elle ne voulait pas salir sa jupe, résultat : un manteau sali et froissé. Le Turc a changé de disque et crie : viens ! L'amie du Turc refuse et insiste pour qu'ils décampent en vitesse. À présent Erika la voit elle aussi en entier. C'est une femme relativement âgée, mais pour un Turc, c'est encore un joli p'tit lot. Prudente la guêpe se tient à l'arrière-plan, avec tous ces Kleenex elle a besoin, le cas échéant, d'une longueur d'avance. On les sème si facilement ! Déjà qu'en amour elle n'est pas rentrée dans ses frais, si en plus elle doit se faire descendre ! La prochaine fois elle veillera particulièrement à ce qu'il lui soit possible de savourer en paix l'amour jusqu'au bout. À vue d'œil la femme se fait de plus en plus Autrichienne et le Turc de plus en plus Turc, ce qu'il n'a jamais cessé d'être. Elle devient une femme qui commande le respect, et le Turc, circonspect, veille automatiquement au grain.

Erika se garde de faire bruire ou frémir le feuillage le long de son corps. Elle reste inerte, morte, comme une branche pourrie qui s'est cassée et crève, inutile, dans l'herbe.

La femme menace le travailleur immigré de partir illico. Le travailleur immigré veut répondre quelque insolence, mais se ravise à temps et continue ses recherches en silence. C'est l'instant ou jamais de faire preuve de bravoure, s'il veut que cette femme en qui l'autochtone s'est si brutalement réveillée éprouve du respect pour lui. Rien ne bougeant, il s'enhardit et décrit un cercle plus grand, s'approche dangereusement de la Kohut. La femme l'avertit une dernière fois et ramasse sa pochette. Elle rectifie les derniers détails en elle et sur elle. Un bouton par-ci, une agrafe par-là, et secoue quelque chose. Part lentement à reculons en direction des auberges, jetant un dernier regard à l'ami turc tout en accélérant déjà sa propre vitesse. En guise d'adieu elle hurle une grossièreté incompréhensible.

Le Turc balance, ne sait où aller. S'il lâche cette femme, il lui faudra des semaines avant de trouver une remplaçante. La femme crie : des comme lui elle en trouve à la pelle ! Le Turc, immobile, avance la tête tantôt vers la femme, tantôt vers l'invisible homme des bois. Le Turc ne sait pas trop, il oscille entre deux instincts, l'un comme l'autre lui ont déjà souvent porté malheur. Il aboie, en chien qui ne sait quel gibier poursuivre.

Erika Kohut n'y tient plus. La nécessité l'emporte. Elle baisse prudemment sa culotte et urine par terre. Une chaude averse crépite sur le sol de la prairie, entre ses cuisses. Ruisselle sur le doux matelas de feuilles, de branchages, de déchets, de saletés, d'humus. Elle ne sait toujours pas si elle souhaite ou non être découverte. Elle laisse simplement le liquide s'écouler, le regard fixe, les sourcils froncés. Le vide grandit en elle, et le sol s'imbibe. Elle ne pèse rien, ni cause, ni conséquence. Elle relâche ses muscles et le crépitement initial se mue en douce bruine continue. Sous le micromètre de ses pupilles elle a fixé l'image de l'étranger immobile, dressé de toute sa taille, et l'y retient tout en continuant à uriner gaillardement par terre. Que l'affaire tourne dans un sens ou dans l'autre, elle est prête, les deux lui conviennent. Elle laisse le destin – sous la forme du hasard – décider si le Turc est débonnaire ou non. Elle retient soigneusement sa jupe écossaise au-dessus de ses genoux pliés, pour éviter de la mouiller. Après tout la jupe n'y est pour rien. Les picotements cessent enfin, elle pourra bientôt fermer le robinet.

Le Turc est toujours planté comme une statue dans la prairie. La compagne du Turc, elle, détale comme un lapin et traverse le vaste pré en glapissant. Elle se retourne de temps à autre et fait un geste vulgaire universellement connu. Elle surmonte une barrière linguistique.

L'homme est attiré tantôt par ici, tantôt par là. Une bête apprivoisée entre deux maîtres. Il ne sait pas ce que signifient ces légers bruits, ces clapotis, il n'a pas remarqué de cours d'eau, tout à l'heure. Par contre il y a une chose qu'il sait avec certitude : la compagne de ses sens lui échappe.

Au moment où Erika Kohut le voit déjà franchir les deux pas de géant qui le séparent d'elle, au moment où Erika Kohut secoue une dernière goutte dans l'attente d'un coup de massue humaine qui fondra du ciel sur elle (ce simulacre d'homme qu'un menuisier ingénieux a taillé dans une planche en chêne écrasera Erika comme un insecte), à ce moment précis l'homme fait demi-tour et d'abord hésitant, regardant constamment autour de lui, puis de plus en plus vite, de plus en plus résolu, se lance à la poursuite de la proie levée au début de cette joyeuse soirée. Un tiens vaut mieux que deux tu l'auras. En effet comment savoir si dans ce dernier cas la qualité sera à la hauteur de tes exigences. Le Turc prend la fuite devant l'incertitude qui dans ce pays ne s'est que trop souvent avérée douloureuse pour lui et se colle aux talons de sa partenaire. Il faut qu'il se hâte, la femme n'est plus qu'un petit point lointain à l'horizon. Et bientôt lui aussi n'est plus qu'une chiure de mouche à l'horizon.

Elle est partie maintenant, lui aussi est parti, et dans l'obscurité le ciel et la terre resserrent leur étreinte un bref instant relâchée.

D'une main Erika vient de jouer sur le clavier de la raison, de l'autre sur le clavier des passions. Les passions ont produit leur effet en premier et maintenant c'est au tour de la raison qui la pousse par de sombres allées en direction de la maison. Mais même les résultats de la passion, d'autres les ont produits à sa place. Le professeur les a regardés et leur a attribué des notes en fonction de son barème personnel. Pour un peu, si elle avait été pincée, elle aurait été impliquée dans une de ces passions.

Erika file à travers des rangées d'arbres où la mort rôde déjà sous la forme de différentes espèces de gui. Bien des branches ont déjà dû quitter leur place habituelle et ont atterri dans l'herbe. Erika abandonne au galop son poste d'observation pour aller se fourrer dans son nid tout prêt. Extérieurement rien ne trahit son désarroi. Mais une tornade se lève en elle lorsqu'en bordure du Prater elle voit traîner des hommes jeunes aux corps jeunes dont, vu son âge, elle pourrait presque être la mère ! Tout ce qui s'est produit avant cet âge est irrévocablement passé et ne pourra plus jamais se reproduire. Mais allez savoir ce que réserve l'avenir. En l'état très avancé de la médecine d'aujourd'hui la femme peut exercer ses fonctions féminines jusqu'à un âge lui aussi avancé. Erika remonte une fermeture Éclair. C'est ainsi qu'elle se ferme aux contacts. Même fortuits. Cependant à l'intérieur où tout est à vif, la tempête ravage ses pâturages encore gonflés de sève.

Où stationnent les taxis, elle le sait fort bien et elle prend le premier de la file. Des vastes prés du Prater il ne lui reste qu'un peu d'humidité aux chaussures et à l'entrejambe. Sous sa jupe monte une petite odeur aigrelette que le chauffeur ne flairera sûrement pas, vu que son déodorant est roi. Le chauffeur ne veut pas imposer aux passagers sa sueur de taximan, mais il n'a pas non plus à être au parfum des saloperies de ses clients. Dans la voiture l'air est chaud, absolument sec, le chauffage travaille en silence, luttant contre la fraîcheur de la nuit. Dehors les lumières défilent. Blocs sombres et interminables des immeubles anciens du deuxième arrondissement privés d'éclairage et plongés dans un lourd sommeil. Le pont sur le canal du Danube. De petits cafés inhospitaliers, imbibés de déboires, d'où l'on éjecte des ivrognes qui se relèvent aussi sec et se sautent dessus. De vieilles femmes en fichus qui sortent leur chien pour la dernière fois de la journée, et qui espèrent rencontrer au moins une fois un vieil homme seul, qui lui aussi aurait un chien et serait veuf de surcroît. Erika est entraînée devant tout cela à la vitesse de l'éclair, souris en caoutchouc au bout d'une ficelle qu'un chat gigantesque joue à attraper.

Une meute de cyclos. Des filles en jeans serrés, au chef orné d'une réminiscence de coiffure punk authentique. Mais leurs cheveux n'arrivent pas à rester hérissés, ils s'effondrent constamment. Le gel seul ne suffit pas. Ils se rejettent désespérément en arrière sur la peau du crâne, les cheveux. Et les filles, elles, se jettent sur une selle derrière un pilote de cyclo et s'envolent à toute allure en vrombissant.

L'Urania lâche à la fin d'une conférence un tas d'esprits curieux qui se regroupent et se bousculent autour du conférencier comme des moutons. Ils veulent en apprendre encore plus sur le système de la voie lactée, pourtant ils viennent d'entendre tout ce qu'il y a à dire sur le sujet. Erika se souvient d'avoir tenu ici, en public et devant des intéressés, une conférence sur la vie de Franz Liszt et son œuvre méconnue, de la belle ouvrage de dame au point de chaînette. Et d'avoir deux ou trois fois brodé au point d'épine sur les premières sonates de Beethoven. Elle avait dit à l'époque que dans les sonates de Beethoven – tardives ou comme ici œuvres de jeunesse – règne une telle variété qu'il faut commencer par s'interroger sérieusement sur la signification réelle du terme si décrié de sonate. Ce que Beethoven nomme sonate n'en est peut-être plus, au sens strict du terme. Il s'agit de détecter de nouvelles lois dans cette forme musicale si intensément dramatique où souvent le sentiment fausse compagnie à la forme. Chez Beethoven ce n'est pas le cas, tous deux marchent la main dans la main ; le sentiment attire l'attention de la forme sur un trou dans le sol et vice versa. Il fait plus clair à présent, car le centre-ville approche où l'on ne lésine pas sur l'éclairage, afin de faciliter aux touristes le chemin du retour. L'opéra est déjà fini. Ce qui signifie concrètement qu'il est si tard que Mme Kohut mère se déchaînera de rage dans son rayon d'action domestique que jamais elle ne déserte pour aller se coucher avant que sa fille ne soit rentrée saine et sauve à la maison. Elle hurlera. Lui fera une scène de jalousie épouvantable. Il en faudra du temps avant qu'elle soit amadouée. Et aussi qu'Erika lui rende une bonne douzaine de petits services d'amour hautement spécialisés. Car depuis ce soir, une chose est sûre et certaine : la mère se sacrifie et l'enfant ne lui consacre même pas une seconde de son temps libre ! Comment d'ailleurs la mère pourrait-elle s'endormir avec la crainte d'avoir à se réveiller lorsque la fille grimpera dans sa moitié du lit conjugal ? La mère rôde maintenant comme une louve à travers l'appartement, allongeant le pas, braquant ses yeux, deux poignards, sur les pendules. Elle fait halte dans la chambre de sa fille, où il n'y a ni lit personnel ni clef personnelle. Ouvre l'armoire, et dans sa mauvaise humeur flanque en l'air ces vêtements achetés bêtement, traitement aussi contraire à la délicatesse des tissus qu'aux étiquettes d'entretien. Dès son lever le lendemain matin, avant d'aller au conservatoire, la fille devra tout ranger. Ces vêtements sont aux yeux de la mère autant d'indices de l'égoïsme et de l'obstination d'Erika. Égoïsme que dénote aussi le fait qu'il est onze heures passées et que la mère est toujours seule avec elle-même. C'en est trop. À qui parler après la fin du film à la télévision ! Il y a bien encore un débat de nuit, mais elle ne tient pas à le regarder car elle s'endormirait, ce qui est hors de question avant d'avoir réduit l'enfant à l'état de pelote informe et humide. Elle veut rester tout à fait éveillée, la mère. Elle plante les dents dans une vieille robe de concert qui recèle encore entre ses plis l'espoir d'appartenir un jour à une grande star européenne du piano. À l'époque pour l'acheter, ils s'étaient enlevé le pain de la bouche, elle ainsi que le père fou. Aujourd'hui cette bouche mord férocement dans le vêtement. À l'époque cette sale coquette d'Erika aurait préféré mourir plutôt que de se présenter en jupe de taffetas et chemisier blanc comme les autres. En ce temps-là on croyait faire un investissement si de surcroît la concertiste était jolie. En vain. Peine perdue. La mère piétine la robe de ses pantoufles qui sont aussi propres que le plancher en dessous, et donc bien incapables d'abîmer ladite robe, en plus les semelles sont souples. Résultat : la robe a juste l'air un peu froissée. Alors, armée de ciseaux de cuisine, la mère se jette sur le champ du déshonneur, afin de parachever ce chef-d'œuvre d'une couturière de banlieue à demi aveugle qui, lorsqu'elle s'était attaquée à la confection du vêtement, n'avait pas mis le nez dans une revue de mode depuis au moins dix ans. Mais ça n'arrange rien. Peut-être aurait-elle plus d'allure et dévoilerait certains avantages si Erika avait le courage de porter cette création originale : des bandes de tissu, des pans entre lesquels joue l'air. En déchirant le vêtement, la mère met en pièces ses propres rêves. Mais comment cette Erika réaliserait-elle les rêves de la mère, alors qu'elle ne peut même pas transcrire les siens dans la réalité ? Erika n'ose même pas penser jusqu'au bout ses propres rêves, tout au plus lève-t-elle bêtement les yeux vers eux. La mère en vient aux garnitures du décolleté et aux gracieuses manches gigot contre lesquelles Erika s'était défendue pied à pied et résolument les sabre aussi sec. Puis d'un coup sec elle sépare du corsage les restes de la jupe froncée. Elle se donne un mal de chien. Il a d'abord fallu qu'elle se crève pour qu'il puisse exister une robe qu'elle a payée en économisant sec sur l'argent du ménage. À présent elle se donne un mal de chien pour son œuvre de destruction. Elle a devant elle des pièces détachées juste bonnes à passer dans un broyeur à chiffons qu'elle ne possède pas. L'enfant n'est toujours pas rentrée. Bientôt la peur relaiera la colère. On se fait du souci. Un malheur est si vite arrivé quand une femme se trouve seule nuitamment sur une voie qui n'est pas la sienne. La mère appelle la police qui ne sait rien et n'a eu vent de rien. La police explique qu'elle serait certainement la première au courant s'il arrivait quelque chose. Comme personne n'a entendu parler de quoi que se soit qui corresponde en taille et en âge à Erika, il n'y a donc rien à signaler. À moins que le cadavre n'ait pas encore été découvert. La mère appelle quand même un ou deux hôpitaux, mais eux non plus ne savent rien. Les hôpitaux expliquent, chère Madame, appeler ainsi n'a absolument aucun sens. Pourtant si ça se trouve en ce moment même les paquets ensanglantés contenant sa fille en morceaux atterrissent dans des poubelles aux quatre coins de la ville. Et la mère restera seule, avec comme perspective une maison de retraite où elle ne pourra plus jamais être seule ! D'autre part, là-bas, personne ne dormira avec elle dans le lit conjugal, comme elle en a l'habitude.

Dix minutes de plus ont passé depuis tout à l'heure, et toujours pas de bruit dans la serrure, ni de sonnerie de téléphone qui vous annonce suavement : venez tout de suite à l'hôpital Wilhelmine. Ni de fille qui vous dit : Maman, je serai là dans un quart d'heure, j'ai été retenue inopinément. Et on a beau laisser sonner trente fois, la prétendue organisatrice du concert de musique de chambre ne décroche plus.

La mère puma se glisse de la chambre à coucher où le lit attend, ouvert, au salon où le poste de télévision qu'elle a rallumé fait entendre les derniers accents de l'hymne national. Tandis qu'un drapeau rouge-blanc-rouge flotte au vent. Pour montrer que c'est fini. C'était bien la peine de rallumer le poste, l'hymne, la mère le connaît par cœur. Elle change deux figurines de place. Transporte la grande coupe de cristal d'un endroit à un autre. Dans la coupe, des fruits artificiels. Qu'elle polit régulièrement à l'aide d'un doux chiffon blanc. La fille qui s'y connaît en art les qualifie d'horribles. La mère récuse ce jugement impitoyable, jusqu'à nouvel ordre c'est toujours *son* appartement, et *sa* fille. Le jour où elle mourra, les choses changeront d'elles-mêmes. Retour dans la chambre à coucher pour une nouvelle et minutieuse inspection des dispositions prises : coin de la couverture soigneusement replié de manière à former un triangle équilatéral, drap tiré comme les cheveux d'une femme portant chignon, et sur l'oreiller une friandise au chocolat, un fer à cheval enrobé dans du papier alu, ultime reliquat de la soirée du Nouvel An. Et puis non, pas de surprise aujourd'hui, elle mérite une punition. Sur la table de nuit à côté de la lampe, le livre que la fille est en train de lire. Dedans, un signet, souvenir d'une enfance peinte à la main. À côté un verre d'eau plein, en cas de soif nocturne, car toute punition se doit d'être mesurée. La brave maman remplit le verre une nouvelle fois au robinet afin que l'eau soit aussi froide, aussi fraîche que possible, sans petites bulles, signe qu'elle serait insipide, éventée. De l'autre côté du lit conjugal – le sien – la mère néglige ces petites attentions. Mais ne se néglige pas au point d'enlever son dentier devant Erika. Elle l'enlève avant l'aube pour le nettoyer et le remet aussitôt ! Quand Erika exprime nui-tamment quelque désir supplémentaire, la mère l'exauce, dans la mesure où c'est possible de l'extérieur. Mais qu'Erika garde pour elle ceux qu'elle forme de l'inté-rieur. Ne lui suffit-il pas d'être choyée et dorlotée à la maison ? Après mûre réflexion, la mère ajoute une grosse pomme verte à côté du livre, afin qu'Erika ait le choix. Telle une chatte qui craint pour ses petits et les trimbale sans cesse avec elle, la mère transporte la robe lacérée d'un endroit à un autre. Puis à un autre encore d'où la robe vous fusille du regard. Que la fille découvre immédiatement l'œuvre de destruction dont elle est en fin de compte seule responsable ! Mais que ça ait l'air naturel. Finalement, Mme Kohut étale les restes du vêtement sur le fauteuil de télévision de sa fille, avec soin, comme si cette dernière allait la passer, là, maintenant, avant un concert. Elle veille à donner corps et âme au chiffon. La mère dispose les lambeaux de manches de différentes manières. Elle présente son œuvre de dévastation légitime comme sur un plateau.

La mère soupçonne fugitivement ce M. Klemmer entr'aperçu l'autre soir à ce concert privé, de vouloir s'interposer de force entre elle et son enfant. Ce jeune homme est bien gentil, mais ne remplace pas une mère dont on ne possède qu'un exemplaire unique, l'original. Si par hasard en cet instant une jonction s'opérait entre sa fille et ce Klemmer, ça serait bien la dernière fois. Bientôt le nouvel appartement sera mûr pour la première traite. Chaque jour la mère concocte un nouveau plan qu'elle rejette aussitôt, afin d'expliquer à sa fille pourquoi, dans le nouvel appartement aussi, elles devront continuer à partager le même lit. Il faudrait battre le fer Erika dès maintenant, tant qu'il est encore chaud. Et pas chaud pour ce Walter Klemmer. Arguments maternels : risques en tous genres, incendie, vol, effraction, rupture de canalisation, attaque (cérébrale !), ainsi qu'angoisses nocturnes de toute nature, diffuses ou plus spécifiques. Chaque jour la mère aménage différemment et avec plus de raffinements que la veille la chambre qu'Erika occupera dans le nouvel appartement. Mais il ne saurait être question d'un lit pour la fille. Un fauteuil confortable sera l'ultime concession.

La mère s'allonge et se relève sur-le-champ. Elle est déjà en chemise de nuit et robe de chambre. Elle tourne comme un ours en cage entre ses quatre murs, prend un objet – arrêt sur objet – le pose ailleurs. Elle regarde toutes les pendules et les remet à l'heure. L'enfant ne perd rien pour attendre.

Stop, voici le moment, le moment de lui montrer de quel bois on se chauffe, car la serrure cliquette distinctement, la clef tourne rapidement, puis la porte s'ouvre sur le morne pays, le mortel pays de l'amour maternel. Erika entre. Cligne des yeux comme un papillon de nuit qui a trop bu, dans la lumière crue de l'entrée. Partout des lumières, les grandes illuminations. Pourtant l'heure de la Cène est passée depuis longtemps sans que rien n'ait été consommé. Sans bruit mais écarlate la mère surgit de son dernier campement, sprinte, fauche par mégarde quelque chose et pour un peu sa fille, anticipant sur la phase ultérieure du combat. En silence elle fond à coups de poing sur l'enfant qui les lui rend, passé un temps de latence. Des semelles d'Erika monte une odeur de fauve, indice au moins d'une certaine putréfaction. À cause des voisins qui doivent se lever tôt, toutes deux s'affrontent en une lutte silencieuse. À l'issue incertaine. Par respect peut-être l'enfant laissera gagner la mère à la dernière seconde. Par égards peut-être pour les dix petits marteaux gagne-pain la mère laissera gagner l'enfant. En fait et en principe l'enfant est plus forte, car plus jeune ; en outre la mère est déjà usée par les luttes avec son mari. Mais l'enfant n'a pas appris à jouer pleinement la carte de la force contre sa mère. La mère envoie de bonnes claques en plein sur la coiffure défaite du fruit tardif de ses entrailles. Le foulard en soie avec les têtes de chevaux s'envole et retombe à point nommé sur une applique de l'entrée, adoucissant et tamisant la lumière, comme il se doit pour toute représentation intimiste. De plus la fille est désavantagée, ses chaussures gluantes d'herbe, de crotte et de boue dérapent sur la carpette. Vlan, le corps du professeur tombe sur le plancher, chute à peine amortie par le tapis rouge en sisal. Augmentation considérable du niveau sonore. Et la mère de siffler à nouveau, à cause des voisins : Silence ! Et la fille pour se venger, et toujours à cause des voisins, d'exiger à son tour : Silence ! Elles se griffent le visage. La fille émet le cri du faucon qui survole sa proie, et dit que les voisins pourront toujours se plaindre du bruit demain, c'est la mère qui écopera. Hurlement de la mère aussitôt étouffé. Suivi, mi-sourds, mi-sonores, de halètements, de gémissements, de râles et de comédie. La mère commence à appuyer sur la touche « pitié » et l'issue du combat restant indécise, met en œuvre des moyens déloyaux : son grand âge et sa mort prochaine. Elle présente ces arguments à mi-voix, produisant à la chaîne dans un sanglot toute sorte de faux-fuyants afin d'expliquer pourquoi aujourd'hui elle ne pouvait gagner. Erika est atterrée par les plaintes de sa mère, elle ne veut pas qu'elle s'épuise à ce point. Et dit que c'est la mère qui a commencé. La mère dit que c'est Erika. Que sa vie en est abrégée d'un bon mois. Alors elle griffe, elle mord, mais n'a plus toutes ses griffes dehors, cette Erika. La mère saisissant promptement l'avantage lui arrache du crâne une touffe de cheveux juste au-dessus du front, ces cheveux qui font la fierté d'Erika parce qu'ils poussent joliment bouclés en épi. Erika y va aussitôt d'un cri de fausset, un seul et unique, qui effraie tant la mère qu'elle s'arrête net.

Demain Erika devra porter un pansement là où son crâne est scalpé. À moins que – *quasi una fantasia* – elle ne garde son foulard sur la tête pendant ses cours. Assises face à face sur le tapis de l'entrée qui a glissé, les deux dames inspirent et soufflent bruyamment, sous la lueur assourdie de la lampe. Après avoir respiré quelques bons coups sans en avoir porté aucun, la fille demande si tout ceci était bien nécessaire. Telle une femme amoureuse qui vient de recevoir une terrible nouvelle de l'étranger, elle serre convulsivement sa main droite contre son cou où une artère tressaute et se contracte. La mère, une Niobé à la retraite adossée au petit meuble du vestibule sur lequel repose un service, un set de fonction mystérieuse et d'usage indéterminé, la mère répond, en cherchant ses mots. Non, répond-elle, cela n'aurait pas été nécessaire, si sa fille rentrait régulièrement à l'heure. Puis elles s'opposent leurs silences. Mais leurs sens sont aiguisés, affûtés sur une meule en une lame incroyablement tranchante. Pendant la lutte la chemise de nuit maternelle a glissé et prouve que la mère, en dépit de tout, d'abord et avant tout, reste femme. La fille lui conseille pudiquement de cacher ce qu'elle ne saurait voir. La mère obéit, gênée. Erika se lève et dit qu'elle a soif. La mère court au devant de ce modeste vœu. Elle redoute que demain par dépit Erika ne s'achète une nouvelle robe. La mère sort un jus de pommes du frigo, une promotion du week-end, car elle hésite de plus en plus à se coltiner ces lourdes bouteilles depuis le supermarché jusque chez elle. La plupart du temps elle achète du concentré de jus de framboise : l'effort est le même et ça dure plus longtemps. On l'allonge avec de l'eau des semaines durant. La mère dit qu'elle va bientôt mourir pour de bon, la volonté y est et son cœur si faible. La fille lui conseille de ne pas tirer sur la corde ! Ces sempiternelles jérémiades sur la mort l'ont blindée. À présent la mère veut se mettre à pleurer, ce qui lui assurerait la victoire par K.-O. au troisième round ou au pire par abandon. Erika le lui interdit, en raison de l'heure tardive. Erika veut boire son jus de fruit et ensuite filer au lit. Que la mère en fasse de même, mais de son côté ! Qu'elle ne lui adresse plus la parole ! Erika n'est pas près de lui pardonner de l'avoir agressée de la sorte, elle la musicienne de chambre rentrant innocemment au bercail. Erika ne veut pas prendre de douche maintenant. Elle dit qu'elle ne prend pas de douche, à cause des canalisations qui résonnent dans tout l'immeuble. Elle s'allonge telle quelle à côté de sa mère. Un ou deux plombs ont sauté chez elle aujourd'hui, mais elle est cependant rentrée. Comme les plombs étaient conçus pour des appareils servant rarement, Erika ne s'en est pas encore aperçue. Elle s'allonge et s'endort immédiatement, après un bonsoir sans réponse. La mère reste encore longtemps éveillée et se demande *in petto* pourquoi sa fille s'est endormie si vite, sans un signe de repentir. Elle aurait dû remarquer que la mère avait fait exprès de ne pas entendre son bonsoir. Un jour normal, elles resteraient environ dix minutes sans bouger à mijoter chacune dans son jus, puis suivrait l'inévitable réconciliation avec son long, très long cortège d'explications à voix basse, scellée par un baiser, bonne nuit. Mais aujourd'hui, Erika s'est simplement enfuie dans le sommeil, emportée par des rêves dont la mère ne saura rien parce qu'on ne les lui racontera pas le lendemain. La mère se recommande à elle-même la plus extrême prudence dans les jours, les semaines, voire les mois à venir. Elle en reste éveillée des heures durant jusqu'à l'approche de l'aube.

En ce qui concerne les six Concertos brandebourgeois de Bach, tout être doué d'une conscience artistique se plaît à affirmer par exemple qu'aux jours de leur genèse les étoiles se mirent à danser dans le ciel. Quand ces gens-là parlent de Bach, Dieu et ses demeures sont toujours de la partie. Erika Kohut vient de relayer au piano une élève prise de saignement de nez et qui a dû s'allonger, un trousseau de clefs sous la nuque. Elle est couchée sur un tapis de gymnastique. Flûtes et violons complètent l'ensemble instrumental et confèrent aux Concertos brandebourgeois valeur de curiosité : car la distribution, pour ce qui est des musiciens, relève toujours de la plus haute fantaisie. On y trouve toujours les instruments les plus hétéroclites, une fois même deux flûtes à bec !

Dans le sillage d'Erika, Walter Klemmer est passé à une nouvelle offensive, sérieuse cette fois. Il a délimité un coin du gymnase et s'y est installé. C'est sa loge personnelle d'où il suit la répétition de l'orchestre de chambre. Il feint de se concentrer intensément sur la partition qu'il a apportée, mais en réalité n'a d'yeux que pour Erika. Aucun de ses mouvements au piano ne lui échappe, non qu'il veuille en tirer une leçon, il veut la troubler, comportement typiquement masculin. Sans un geste, provocant, il regarde son professeur. Il se veut, en tant qu'homme, défi vivant, que seule une femme hors du commun, une artiste, saura relever. Erika demande s'il ne veut pas lui-même se mettre au piano.

Il dit non. Non. Et marque entre ces deux monosyllabes une pause significative chargée de sous-entendus. Il réagit par un silence éloquent lorsque Erika affirme que c'est en forgeant qu'on devient forgeron. Klemmer salue une jeune fille qu'il connaît d'un baisemain qu'il veut badin, et rit avec une autre de quelque insanité.

Erika ressent le vide intellectuel qui émane de ce genre de jeunes filles qui auront vite fait d'ennuyer l'homme. Un joli minois sans rien derrière s'use prématurément.

Klemmer, le héros tragique – trop jeune à vrai dire pour ce rôle, tandis qu'Erika ne l'est à vrai dire plus assez pour jouer l'innocente victime de tant de prévenances – Klemmer laisse courir ses doigts sur la feuille de partition muette, correctement, en suivant bien les notes. Du premier coup on reconnaît en lui un grand blessé et non un profiteur de la musique. Il est lui-même un claviériste qui par le jeu de circonstances contraires n'a pu trouver d'emploi. Klemmer pose un instant son bras sur l'épaule d'une troisième fille, une de celles qui sacrifient au retour de la mini-jupe et que visiblement les pensées n'étouffent pas. Erika pense : si Klemmer veut s'abaisser à ce point, libre à lui, mais sans moi. De jalousie sa peau se plisse comme du crêpe de chine. Ses yeux lui font mal parce qu'elle est obligée de regarder du coin de l'œil, il ne faut surtout pas que Klemmer repère son manège. À aucun prix il ne doit remarquer l'attention qu'elle lui porte. Le voilà qui plaisante avec la troisième fille ; celle-ci tressaute, secouée par des salves de rires, exhibant ses jambes jusque là où pratiquement elles s'arrêtent parce qu'elles se fondent dans le tronc. La jeune fille est inondée de soleil. Les constantes sorties en kayak ont donné une bonne couleur aux joues de Klemmer, sa tête se confond avec celle de la jeune fille, ses cheveux clairs pris dans les longs cheveux rayonnent. Pendant ses activités sportives, Klemmer protège sa tête à l'aide d'un casque. Il raconte à l'élève une blague que ses yeux bleus, tels des feux arrière, ponctuent de flashs bleus. Il sent constamment la présence d'Erika. Ses yeux ne signalent aucune manœuvre de freinage. Au contraire, Klemmer se trouve à nouveau en pleine attaque. Alors qu'il était découragé, prêt à céder, sur le point de cueillir des fleurs plus printanières qu'Erika, ciel, air et vents, rivages tors et sources ondoyantes lui ont chaudement conseillé de patienter car certains indices laissaient présager un fléchissement, un attendrissement de celle qu'il aime en secret. Ah, s'il pouvait la transplanter ne fût-ce qu'une fois dans une barque, pas forcément dans un kayak qui passe pour si difficile à manœuvrer ! Une nacelle paisiblement amarrée ferait l'affaire. Là-bas, sur un lac, sur une rivière, Klemmer serait tout à fait dans son élément originel. Sa domination sur elle serait assurée, car dans l'eau il se sent chez lui. Il pourrait diriger, coordonner les gesticulations d'Erika. Ici, sur le clavier, sur les ondes sonores, c'est elle qui est dans son élément, et qui plus est c'est le chef d'orchestre qui dirige, un exilé hongrois, un enragé qui tempête contre les élèves avec un fort accent.

Ayant diagnostiqué comme penchant ce qui l'unit à Erika, Klemmer se refuse une fois de plus à abandonner, bien au contraire, il se redresse, ses pattes avant tâtent vivement le terrain, ses pattes arrière suivent prestement le mouvement. Encore un peu et elle lui échappait, ou il abandonnait faute de succès. C'eût été une erreur grossière. Elle lui apparaît aujourd'hui physiquement plus expressive, plus accessible qu'il y a encore un an, avec sa façon d'attaquer les touches et de décocher de timides regards en coin à son élève – qui ne s'en va pas, mais ne vient pas non plus lui parler, du bûcher misérable où il se consume. Par contre, côté analyse musicale, Klemmer semble quelque peu absent. Il est bel et bien là. Mais est-il là pour elle ? Dans les groupes de musiciens il y a tant de jeunes et jolies filles de toutes les dimensions, de tous les gabarits, de toutes les couleurs. Erika ne montre pas qu'elle remarque Klemmer, ce qui la rend suspecte. Elle se fait rare, tout en lui signifiant qu'il est le seul élève qu'elle ait remarqué depuis le début. À part Klemmer, seule la musique existe pour Erika, cette dompteuse de sons. Connaisseur, Klemmer n'ajoute pas foi à ce qu'il croit reconnaître sur le visage de la femme : le refus. Lui seul est digne d'ouvrir, là-haut sur l'alpage, la grille portant l'inscription : « Défense d'entrer sous peine d'amende ». Des manchettes blanches de son chemisier Erika secoue une fine pluie de notes perlées, elle est fébrile, sur-voltée. Cette fébrilité provient peut-être de l'arrivée du printemps qu'annonce de toutes parts la fréquence accrue des oiseaux et la réapparition d'automobilistes sans-gêne qui ayant délaissé leurs véhicules pendant l'hiver pour des raisons d'ordre technico-médicales ou technico-générales font à présent une nouvelle percée, de concert avec les premiers perce-neige, provoquant de terribles accidents parce qu'ils ont perdu l'habitude du volant. Erika joue sa partition de manière mécanique. Ses pensées vagabondent au loin, un voyage d'études pianistiques avec l'élève Klemmer. Rien qu'elle et lui, une chambrette dans un hôtel, et l'amour.

Puis un camion embarque toutes ces pensées et les débarque dans le petit appartement pour deux. Juste avant la fin du jour, elles doivent faire cou-couche panier, dans la niche que la mère a molletonnée et regarnie avec amour – et la jeunesse se blottit contre la vieillesse.

Nouvelle interruption de M. Nemeth. Les violons n'étaient pas assez moelleux. Reprenons au *si* bémol, s'il vous plaît. Retour du nez saignant, ravigoté, qui réclame sa place au piano et fait valoir ses droits de soliste arrachés de haute lutte à la concurrence. C'est une chouchoute de Mme le Professeur Kohut, elle aussi possède une mère qui a adopté une ambition au lieu d'une enfant.

La jeune fille prend la place de son professeur. Walter Klemmer l'encourage d'un clin d'œil en surveillant la réaction d'Erika. Celle-ci se précipite hors de la salle, avant même que M. Nemeth ait eu le temps de reprendre sa baguette. Klemmer, son chevalier servant connu dans la ville entière pour partir au quart de tour en art comme en amour, se lève lui aussi vivement, il souhaite coller à la piste. Mais d'un regard le chef d'orchestre plaque le spectateur Klemmer sur son siège. L'élève doit décider : il sort ou il rentre, mais une fois la décision prise, qu'il reste où il est.

Du bras droit les violonistes se jettent sur leurs archets et raclent avec emportement. D'un trot altier le piano entre en piste, balance la croupe, sautille avec allégresse, exécute une pirouette raffinée, style Haute École, qui ne figure pas dans la partition mais résulte de longues nuits de réflexion, puis sous le feu rose vif des projecteurs, se met à parader avec grâce dans l'hémicycle. M. Klemmer n'a plus qu'à rester assis en attendant la prochaine interruption du chef d'orchestre. Cette fois le maestro compte aller jusqu'au bout coûte que coûte, à condition que personne ne saute du train en marche. Mais rien à craindre, ces musiciens-là sont des adultes. L'orchestre junior et les classes de solfège, puzzle formé de toutes les écoles de chant existantes, ont déjà répété à quatre heures. Une composition du responsable de la classe de flûtes à becs, avec un solo de chant, contribution vocale de l'ensemble du corps professoral féminin des écoles de musique-succursales, filiales de la maison mère, le Conservatoire de Vienne. Œuvre audacieuse avec une alternance de mesures simples et composées auxquelles bien des petits doivent de faire régulièrement pipi au lit.

Hic et nunc les futurs pros se grisent de musique. Pépinière de musiciens pour l'orchestre de Basse-Autriche, pour les opéras de province, et l'orchestre symphonique ORF. Et même pour le Philharmonique, à condition qu'un parent de l'élève, de sexe masculin, y joue déjà.

Klemmer, assis, couve des yeux sa partition. Mais comme une poule qui pour l'instant ne se soucie guère de son œuf. Erika va-t-elle bientôt revenir ? Est-elle allée se laver les mains ? Il ne connaît pas les lieux, ici. Il ne peut toutefois s'empêcher d'échanger des clins d'œil avec ses jolies camarades. Il tient à rester à la hauteur de sa réputation de don juan. Aujourd'hui la répétition a dû se réfugier dans ce quartier de fortune. Toutes les grandes salles du conservatoire sont réquisitionnées pour une répétition générale urgente de la classe d'opéra, en vue d'une ambitieuse mission suicide (*Les Noces de Figaro*). C'est une école primaire amie qui a aimablement mis son gymnase à la disposition de Bach. Les agrès se sont retirés contre les murs, la culture physique s'est inclinée l'espace d'un jour devant la grande culture. Cette école primaire qui se trouve dans le secteur où opérait Schubert héberge dans ses étages supérieurs l'école de musique dudit arrondissement, mais pour une répétition ces locaux sont trop petits.

Les élèves de cette succursale ont aujourd'hui la permission d'assister à la répétition du célèbre orchestre du conservatoire. Peu en profitent. Cela est censé leur faciliter le choix d'une future profession. Les mains, constatent-ils, ne sont pas faites seulement pour effectuer des tâches grossières mais aussi pour caresser avec douceur. Des objectifs professionnels – menuiserie, enseignement supérieur – s'envolent en fumée. Les élèves se recueillent religieusement sur des chaises ou des tapis de gymnastique et ouvrent grand les oreilles. Aucun d'eux n'a de parents qui auraient le cœur de les forcer à devenir menuisier.

Mais que l'enfant n'aille pas en conclure que le métier de musicien vous fait tomber les alouettes toutes rôties dans le bec. Aussi doit-il – à titre d'entraînement – sacrifier son temps libre. Walter Klemmer est déprimé par cet environnement scolaire dont il a perdu l'habitude depuis longtemps, il se retrouve devant Erika comme un enfant. Leur relation élève/maîtresse se cimente, la relation amant/maîtresse est plus que jamais repoussée aux calendes grecques. Klemmer n'ose même pas jouer des coudes pour gagner rapidement la sortie. Erika s'est enfuie devant lui et a fermé la porte sans l'attendre. L'ensemble fait donner les violons, les altos, gronde, et frappe vlan sur les touches. Les participants s'appliquent particulièrement, parce qu'on s'applique toujours plus devant des auditeurs ignorants – eux apprécient encore des visages recueillis et des mines concentrées. Aussi l'orchestre prend-il sa tâche plus au sérieux que d'habitude. Le mur du son se ferme devant Klemmer, et il n'ose le franchir, ne serait-ce que par carriérisme musical. M. Nemeth risquerait de le récuser comme soliste pour le prochain grand concert de fin d'année alors qu'il a été pressenti. Un concert Mozart.

Tandis que Walter Klemmer tue le temps au gymnase en évaluant et comparant les mensurations féminines – jeu d'enfant pour ce technicien – son professeur de piano furète indécise dans les vestiaires. Ils regorgent aujourd'hui d'étuis, de manteaux, de casquettes, de châles et de gants. Les flûtistes ont besoin de réchauffer leur tête, les pianistes et violonistes leurs mains, tout dépend de la partie du corps dont – par un coup de baguette magique – jaillira le son. D'innombrables paires de chaussures traînent partout, car dans un gymnase les chaussures de sport sont obligatoires. Certains les ont oubliées et se retrouvent assis en chaussettes ou en bas, au risque de prendre froid.

Le grondement lointain d'une bruyante Bacharacte parvient aux oreilles d'Erika, la pro du piano. Le terrain où elle se trouve prépare à des performances sportives honorables sans plus, et elle ne sait trop ce qu'elle y fait ni pourquoi elle a quitté en trombe la salle de répétition. Est-ce Klemmer qui l'a poussée à sortir ? Insupportable sa façon d'examiner ces jeunes filles offertes pêle-mêle en solde à l'étalage du rayon friandises. Interrogé, il s'en sortirait en affirmant qu'il apprécie en connaisseur la beauté féminine, toutes classes d'âge et catégories confondues. C'est un affront pour le professeur qui s'est donné la peine de prendre la fuite jusqu'ici devant ses sentiments.

La musique a souvent consolé Erika dans des situations difficiles, mais aujourd'hui elle exaspère la sensibilité de ses terminaisons nerveuses que l'homme Klemmer a mises à nu. L'endroit où Erika a atterri est une salle de restaurant poussiéreuse, sans chauffage. Elle veut rejoindre les autres, mais quelqu'un lui barre la sortie en la personne d'un aubergiste musclé qui conseille à Madame de se décider une fois pour toutes car la cuisine va fermer. Alors, une Leberknödelsuppe ou une Fridatten-suppe ? Les sentiments sont toujours ridicules, mais plus encore lorsqu'ils tombent dans des mains étrangères. Erika traverse la salle fétide, étrange échassier au zoo des désirs secrets. Elle s'oblige à une extrême lenteur, dans l'espoir que quelqu'un viendra et la retiendra. Ou dans l'espoir d'être dérangée en plein milieu du méfait qu'elle projette et d'avoir à en subir les terribles conséquences : un tunnel, hérissé d'affreux instruments pointus, qu'on l'obligerait à traverser en courant dans l'obscurité complète. Aucune lueur à l'autre bout. Et où peut bien se trouver l'interrupteur permettant d'éclairer les renfoncements dans lesquels le personnel de la voierie se réfugie en cas de nécessité ?

Elle ne sait qu'une chose : à l'autre bout se trouve l'arène torride inondée par la lumière des projecteurs, où d'autres épreuves de dressage, d'autres examens l'attendent. Des rangées de bancs de pierre, disposés en gradin comme dans un amphithéâtre, d'où pleuvent sur elle des cosses de cacahuètes, des cornets de pop-corn, des bouteilles de limonade munies de pailles tordues, des rouleaux de papier hygiénique. Ce serait donc là son véritable public. Du gymnase parviennent les glapissements étouffés de M. Nemeth : Jouez plus fort ! *Forte* ! Plus de son !

Le lavabo en porcelaine est sillonné de craquelures. Au-dessus un miroir. Sous le miroir une tablette en verre soutenue par un cadre métallique. Sur la tablette un verre à eau. Le verre n'a pas été posé avec soin, on l'a mis n'importe comment, sans égard pour l'objet inerte. Il est là, un point c'est tout. Au fond s'accroche encore une gouttelette isolée qui se repose avant de s'évaporer. Un élève vient sûrement d'y boire une gorgée à l'instant. Erika fouille les poches des manteaux et des vestes, à la recherche d'un mouchoir qu'elle ne tarde pas à trouver. Produit de la saison des grippes et des coryzas. Erika saisit le verre avec le mouchoir et couche l'un dans l'autre. Le verre avec les innombrables empreintes déposées par des mains d'enfants malhabiles est entièrement caché par le tissu. Erika pose par terre le verre ainsi emmitouflé et l'écrase vigoureusement avec son talon. Il se brise en sourdine. Puis le verre déjà blessé se voit concassé jusqu'à obtention d'une bouillie coupante mais non homogène. Il ne faut surtout pas que les éclats soient trop petits ! Il faut qu'ils piquent correctement ! Erika ramasse le mouchoir ainsi que son contenu acéré et déverse les éclats dans la poche d'un manteau. Ce verre bon marché aux parois fragiles a donné des débris particulièrement vicieux et coupants. Les gémissements lancinants du verre ont été étouffés par le mouchoir.

Erika a nettement reconnu le manteau, tant à sa couleur mode criarde qu'à la coupe mini qui fait un retour en force. Au début de la répétition cette fille s'est encore distinguée par des tentatives de rapprochement en direction d'un Walter Klemmer cent coudées au-dessus d'elle. Erika aimerait voir comment elle s'y prendra pour faire la mijaurée, avec la main tailladée. Son visage se distordra en une vilaine grimace où nul ne reconnaîtra plus sa jeunesse et sa beauté. L'esprit d'Erika triomphera des prérogatives du corps.

Erika a dû sauter la période minijupe n° 1 à la prière de sa mère. L'ordre d'en rester au mi-mollet, la mère l'avait enrobé dans un avertissement : à Erika cette mode courte n'irait pas. En ce temps-là toutes les autres filles avaient coupé jupes, robes et manteaux et refait les ourlets. À moins qu'elles n'aient acheté directement du court. La roue du temps tournait et s'approchait, que les jambes nues des jeunes filles jalonnaient comme des bougies, mais Erika, elle, sur ordre maternel était une « enjambeuse », elle enjambait le temps. À qui voulait ou ne voulait pas l'entendre, elle allait expliquant : personnellement cela ne me va pas, personnellement cela ne me plaît pas ! Puis prenant son élan, enjambait d'un bond le temps et l'espace. Projetée par la catapulte maternelle. De là-haut, très haut, elle jugeait les cuisses dénudées plus haut que ça tu meurs selon des critères d'une extrême sévérité concoctés au cours de ses nuits blanches. Elle distribuait des notes individuelles à des jambes qui s'exhibaient dans toute la panoplie des collants résille ou – pire encore – dans leur nudité estivale. Erika proclamait alors à son entourage, à la place d'une telle ou d'une telle, jamais je n'oserais ! Erika expliquait, exemples à l'appui, pourquoi seule une minorité avait assez d'allure pour se le permettre. Puis nonobstant le temps et ses modes, elle se fixa un jour dans l'intemporalité du juste au-dessous du genou, selon l'expression consacrée. Mais n'en fut pas moins fauchée plus vite que d'autres par les lames sans merci de la roue du temps. Elle pense qu'il ne faut pas être esclave de la mode, que c'est au contraire à la mode d'être esclave et de se plier à ce qui vous va ou ne vous va pas.

Cette flûtiste, grimée comme un clown, a allumé son

Walter Klemmer moyennant une vue imprenable sur Montmartre. Erika sait que cette fille très enviée est élève d'une école de haute couture. Au moment où Erika glisse adroitement dans la poche du manteau le verre qu'elle vient de casser exprès, l'idée qu'à aucun prix elle ne voudrait revivre sa propre jeunesse lui traverse l'esprit. Elle est contente d'avoir l'âge qu'elle a, la jeunesse, elle a pu la remplacer à temps par l'expérience.

Pendant tout ce temps personne n'est entré, mais le risque était grand. Dans la salle chacun concourt à la musique. L'allégresse, ou ce que Bach entendait par là, envahit coins et recoins et grimpe aux espaliers. Le finale n'est plus très loin. Au beau milieu des ronrons de la mécanique Erika ouvre la porte et retourne modestement dans la salle. Elle se frotte les mains comme si elle venait de les laver, et se blottit sans mot dire dans un coin. En tant qu'enseignante, il va de soi qu'elle peut ouvrir la porte, bien que Bach soit encore en effervescence. M. Klemmer prend note de ce retour, ses yeux pétillants de nature pétillent encore davantage. Erika l'ignore. Il tente de saluer son professeur comme l'enfant le lièvre de Pâques. Chercher les œufs colorés de Pâques est bien plus amusant que les trouver et Walter Klemmer aussi aime mieux la chasse que la prise. La chasse est pour l'homme un plaisir supérieur à celui de l'inéluctable union. Reste à savoir quand faire l'ouverture. Car avec cette fichue différence d'âge Klemmer garde quelque appréhension. Toutefois le fait qu'il soit un homme compense aisément les dix années qu'Erika a d'avance sur lui. En outre, la valeur d'une femme décroît fortement à mesure qu'elle avance en âge et progresse en intelligence. Le technicien en Klemmer fait un calcul global et le total de toutes les opérations au bas de la page donne qu'Erika dispose d'encore un peu de temps avant de passer à la trappe. Walter Klemmer gagne en aisance quand il découvre des rides sur le visage et le corps d'Erika. Mais un malaise le gagne quand elle lui explique quelque chose au piano. Toutefois pour le résultat final, seuls cheveux blancs, rides, ridules, cellulite, poches sous les yeux, pores dilatés, prothèse dentaire, lunettes et embonpoint entrent en ligne de compte.

Heureusement Erika n'est pas rentrée chez elle avant la fin, comme ça lui arrive assez souvent. Elle aime filer à l'anglaise. Sans crier gare, sans un signe. Soudain elle a disparu, sans tambour ni trompette. Les jours où elle fait exprès de lui échapper, Klemmer écoute longuement le « Voyage d'hiver » sur son tourne-disque, en fredonnant. Le lendemain il rapporte à son professeur que seul ce cycle des Lieder de Schubert – le plus triste de tous – a pu adoucir l'humeur dans laquelle j'étais plongé hier à cause de vous, Erika. Quelque chose au fond de moi vibrait avec Schubert qui, lorsqu'il écrivit la *Solitude*, vibrait sûrement, quelle coïncidence, exactement comme moi hier. Nous souffrions pour ainsi dire sur le même rythme, Schubert et ma modeste personne. Je suis certes petit, insignifiant à côté de lui. Mais en des soirées comme celle d'hier la comparaison entre Schubert et moi m'est plus favorable que d'ordinaire. Dans la vie courante, j'aurais plutôt tendance à être superficiel, je l'avoue en toute sincérité, Erika.

Erika demande à Klemmer de cesser de la regarder ainsi. Mais Klemmer continue à ne rien dissimuler de ses désirs. Erika et lui sont lovés ensemble comme des larves jumelles dans un même cocon. Leurs enveloppes arachnéennes – tissées d'ambitions, d'ambitions, et encore d'ambitions – reposent légères, fragiles, sur la charpente de leurs fantasmes et désirs charnels. Seuls ces désirs les rendent en fin de compte réels l'un à l'autre. Seul ce désir – pénétrer l'autre et être pénétré – fait d'eux la personne Klemmer et la personne Kohut. Deux morceaux de viande dans la vitrine bien réfrigérée d'une boucherie de banlieue, l'entame rose face au client. Et après mûre réflexion la ménagère demande cinq cents grammes de ceci et ajoutez-moi donc un kilo de cela. Le tout emballé dans du papier sulfurisé. La cliente les fourre dans un sac à provisions peu hygiénique avec sa doublure en plastique jamais nettoyée. Et les deux morceaux, filet de bœuf et longe de porc, l'un rouge foncé et l'autre rose pâle, se blottissent tendrement l'un contre l'autre.

Vous voyez en moi la limite contre laquelle se brisera votre volonté, M. Klemmer, car jamais vous ne passerez outre à ma personne ! Et l'apostrophé de protester vivement, et de poser de son côté limites et jalons.

Entre-temps dans les vestiaires a éclaté un vrai chambardement, des pieds trépignent, des mains agrippent. Des voix se plaignent de ne pas retrouver telle ou telle chose pourtant posée à tel ou tel endroit. D'autres crient que tel ou tel leur doit encore de l'argent. Sous le pied d'un jeune homme craquement sec d'un étui à violon qu'il n'a sûrement pas payé de sa poche, sinon il le traiterait mieux, comme l'en conjurent ses parents. Deux sopranos américaines échangent en gazouillant leur impression générale troublée par quelque chose d'indéfinissable, l'acoustique peut-être ? En tout cas, quelque chose les a gênées.

C'est alors qu'un cri déchire l'atmosphère et qu'une main lacérée, ensanglantée s'arrache à une poche de manteau. Le sang goutte sur le vêtement neuf ! Il fait des taches indélébiles. La jeune fille à qui appartient la main crie de terreur et pleure sous l'effet d'une douleur qu'elle ressent vivement à présent et ce, passé le premier choc où elle a d'abord eu très mal, puis n'a plus rien senti du tout. Dans cet outil de flûtiste lacéré qu'il va falloir recoudre, dans cette main qui appuie sur des clefs de flûte et les relâche, sont fichés des morceaux et des éclats de verre. Stupéfaite, l'adolescente contemple sa main dégoulinante, et déjà mascara et fard à paupières ruissellent à l'unisson le long de ses joues. L'assistance se tait puis rompant les digues, afflue de tous côtés vers le centre. Comme des copeaux métalliques après la mise en route d'un champ magnétique. Mais à quoi bon coller ainsi à la victime. Ils n'en deviennent pas pour autant des criminels, pas plus qu'ils ne nouent de liens mystérieux avec elle. On les chasse lamentablement et M. Nemeth reprend la baguette de l'autorité et réclame un médecin. Trois chouchous filent téléphoner. Les autres restent spectateurs et sont loin de soupçonner que le désir dans une de ses manifestations particulièrement désagréable est à l'origine de cet incident. Ils ne peuvent absolument pas s'expliquer que quelqu'un soit capable d'une chose pareille. Eux ne pourraient commettre un tel attentat.

Un groupe de volontaires se concentre en un noyau dur, une pelote de réjection, qui se recrachera bientôt elle-même. Personne ne bouge, tous veulent tout voir en détail.

La jeune fille doit s'asseoir parce qu'elle se sent mal. Serait-on enfin débarrassé de cette maudite flûte ?

Erika feint de se trouver mal, dans cette atmosphère de sang, et d'être mal lunée.

S'ensuit ce qui est humainement possible en cas d'accident. Les uns se mettent à téléphoner juste parce que d'autres téléphonent déjà. Beaucoup s'époumonent à réclamer le silence, peu le respectent. Chacun pousse son voisin hors de son champ visuel. Chacun accuse des personnes totalement innocentes. Va à l'encontre des ordres donnés. Fait la sourde oreille aux demandes réitérées de dégager les lieux et de faire preuve de calme, de discrétion face à cet affreux incident. Deux ou trois élèves manquent déjà aux règles les plus élémentaires du savoir-vivre. Dans différents coins où se sont retirés discrètement les mieux élevés d'entre eux et les indifférents, se pose la question du coupable. Quelqu'un laisse entendre que la jeune fille s'est blessée elle-même pour se rendre intéressante. Un autre dément énergiquement et répand le bruit qu'il s'agit d'un ami jaloux. Un troisième dit que le principe de la jalousie est à retenir, mais qu'il s'agit d'une fille jalouse.

Un innocent suspecté se met à tempêter. Une innocente soupçonnée se met à pleurnicher. Un groupe d'élèves rejette des mesures dictées par la raison. Quelqu'un récuse catégoriquement un reproche à l'instar des hommes politiques qu'il a vus à la télévision. M. Nemeth demande le silence bientôt troublé par la sirène de l'ambulance.

Erika Kohut observe toute la scène à fond, puis elle sort. Walter Klemmer observe Erika Kohut à la façon d'un animal nouveau-né identifiant la source nourricière, et lorsqu'elle quitte les vestiaires colle aussitôt à ses talons.

Les marches de l'escalier creusées par des pas d'enfants en colère ricochent sous les semelles crêpe d'Erika. Elles disparaissent en dessous elle. Erika grimpe. Entre-temps, des cellules de crise se sont constituées dans le gymnase et se perdent en conjectures. Conseillent certaines démarches. On quadrille des champs de coupables et, armé de crécelles, on forme des chaînes pour les ratisser. Cette pelote humaine ne se défera pas de sitôt. Elle ne se désagrégera que bien plus tard, petit à petit, parce que les jeunes musiciens doivent rentrer chez eux. Pour l'heure ils s'agglutinent encore autour du malheur qui par bonheur ne les a pas frappés eux. Mais plus d'un croit qu'il sera le prochain. Erika monte l'escalier en courant. Ceux qui la voient ainsi s'enfuir pensent qu'elle a un malaise, son univers musical ignorant les accidents. Mais ce n'est que son sempiternel besoin de soulager sa vessie au moment le moins approprié. Ça va dégringoler, c'est pourquoi elle grimpe vite. Elle cherche des toilettes au dernier étage, car là-haut nul ne risque d'y surprendre le professeur dans l'accomplissement de fonctions banales.

Elle ouvre une porte au petit bonheur, elle ne connaît pas les lieux. Mais elle s'y connaît en portes de cabinets, étant fréquemment obligée d'en dénicher dans des endroits impossibles. Dans des édifices et bâtiments publics inconnus. L'usure particulière de la porte plaide en faveur de son rôle de porte d'accès à l'un des lieux d'aisance de cette école. Les émanations méphitiques d'urines enfantines vont dans le même sens.

Les toilettes des professeurs ne sont accessibles qu'avec des clefs spéciales et – c'est le fin du fin – disposent d'une panoplie d'instruments hygiéniques raffinés. Erika éprouve une sensation peu musicale : elle va éclater. Elle ne veut qu'une chose, se répandre en un long flot chaud. Souvent ce besoin l'assaille au moment le plus mal choisi d'un concert, quand le pianiste joue pianissimo en actionnant de surcroît la sourdine.

Erika peste *in petto* contre la fâcheuse habitude qu'ont certains pianistes de réserver la sourdine aux pianissimo et qui non contents de penser que c'est nécessaire, le soutiennent publiquement. Alors que les indications personnelles de Beethoven tiennent un langage clair et contraire. Ainsi dialoguent la raison et l'entendement artistique d'Erika qui tous deux se rangent du côté de Beethoven. Erika déplore secrètement de n'avoir pu savourer jusqu'au bout son crime contre cette élève qui ne se doute de rien.

Elle se trouve à présent dans l'entrée des latrines et ne peut qu'admirer l'imagination fertile de l'architecte scolaire ou du décorateur. À droite une porte naine s'entrouvre sur les pissoirs des gamins. L'odeur rappelle une fosse pestilentielle. Une rigole en émail facile d'accès court le long du sol, contre le mur protégé par une peinture à l'huile. Dedans, des syphons joliment disposés, certains bouchés. C'est donc là-dedans que les petits bonshommes côte à côte expédient leurs jets de pisse jaune, là qu'ils dessinent des motifs sur le mur. Il suffit de regarder.

Des objets qui n'ont pas leur place ici bouchent également la rigole, bouts de papier, peaux de bananes, écorces d'orange, même un cahier. Erika ouvre grand la fenêtre et aperçoit en contrebas, un peu de côté, une frise artistique. De la position qu'elle occupe, en plongée, l'ornementation représente quelque chose comme un homme et une femme assis et nus. Le bras de la femme est posé sur les épaules d'une petite fille habillée en train de réaliser un travail à l'aiguille. L'homme lève un

214

regard manifestement bienveillant vers son fils habillé lui aussi qui tient attentivement un compas ouvert et semble résoudre quelque problème scientifique. Erika reconnaît dans cette frise un monument en pierre commémorant la politique culturelle social-démocrate et ne se penche pas trop, par peur de tomber. Elle préfère refermer la fenêtre, bien que le courant d'air frais n'ait fait qu'aviver la puanteur. Erika ne peut s'attarder à des considérations artistiques, il faut qu'elle avance.

Les petites écolières se soulagent derrière une cloison en trompe l'œil semblable à un décor de théâtre. Elle représente de façon peu convaincante une rangée de cabines. Comme à la piscine. D'innombrables trous de taille et de forme variées ont été percés dans les cloisons de séparation en bois. Erika se demande avec quoi. Les cloisons s'arrêtent, sciées net, à peu près à hauteur d'épaules du professeur Erika. Sa tête dépasse en haut. Un élève du cours moyen peut tout juste se cacher derrière ce paravent, mais pas une enseignante de taille adulte. Écoliers et écolières doivent épier par les trous s'ils veulent avoir une vue latérale sur la cuvette et son usager. Si Erika se lève, sa tête dépasse derrière la cloison comme celle d'une girafe qui apparaît derrière un mur pour effeuiller une branche haute. L'une des raisons d'être de ces cloisons est sans doute de permettre à l'adulte de contrôler à tout instant ce que l'enfant fabrique dedans si longtemps, ou de vérifier si par hasard il ne s'est pas enfermé.

Vite Erika se pose sur la cuvette encrassée après avoir soulevé la lunette. Comme d'autres ont eu cette idée avant elle, la froide porcelaine est couverte de microbes. Quelque chose flotte qu'Erika préfère ne pas regarder tant elle est pressée. Dans cet état, elle s'accroupirait même sur une fosse à serpents. Du moment qu'il y a un verrou ! Sans verrou, elle serait incapable de lâcher quoi que ce soit. Le verrou fonctionne et déclenche les vannes. Avec un soupir de soulagement, Erika tourne la petite manette, à l'extérieur un demi-cercle rouge affiche : occupé.

Une porte s'ouvre à nouveau et quelqu'un entre. Qui ne se laisse pas effrayer par le cadre. Ce sont indéniablement des pas d'homme, ils s'approchent, et se révèlent être ceux de Walter Klemmer lancé depuis tout à l'heure à la poursuite d'Erika. Klemmer va lui aussi de dégoût en dégoût, ce qui est inévitable s'il veut dépister l'objet de son amour. Des mois durant elle l'a repoussé, pourtant elle doit bien savoir qu'elle a affaire à un risque-tout. Il souhaite qu'elle se libère enfin de ses inhibitions. Qu'elle abandonne sa personnalité de professeur et se fasse objet qu'elle puisse lui offrir. Il s'occupera de tout. Klemmer est à présent un compromis entre bureaucratie et concupiscence. Une concupiscence qui ne connaît pas de limites, et en connaîtrait-elle qu'elle ne les respecterait pas. Mais assez parlé du devoir que Klemmer s'est lui-même imposé concernant le corps professoral. Walter Klemmer secoue de ses épaules une gangue nommée inhibition, une autre nommée timidité, et une troisième qui a nom discrétion. Erika ne pourra pas s'enfuir plus loin, il n'y a plus dans son dos qu'une muraille massive. Il lui en fera voir de toutes les couleurs, jusqu'à ce qu'elle ne voie plus que par lui. Puis il jettera le mode d'emploi, afin que personne d'autre ne puisse se servir ainsi d'Erika. Dont voici venue l'heure : trêve de flou et de tristesse. Qu'elle cesse de s'enfermer dans son cocon, telle la Belle au bois dormant. Qu'elle se présente en être libre devant Klemmer déjà au fait de ses désirs secrets.

D'où son « Erika, êtes-vous là ? ». Pas de réponse, mais d'une cabine l'écho d'un clapotis de moins en moins bruyant, un bruit de plus en plus étouffé. Un toussotement à demi réprimé. Il indique la direction. Klemmer n'a droit a aucune réponse, ce qu'il pourrait prendre pour du mépris. Quant au toussotement, il en a clairement identifié l'origine. C'est bien la dernière fois que vous répondez ainsi à un homme, lance Klemmer dans la forêt de cabines. Erika est professeur, mais en même temps c'est encore une enfant. Klemmer est certes élève, mais en même temps c'est lui l'adulte. Il a compris que dans la situation présente c'est lui le facteur déterminant et non son professeur. Cette promotion de fraîche date, Klemmer la met ingénieusement à profit en cherchant quelque chose sur quoi grimper. Sa présence d'esprit lui montre un seau métallique crasseux sur lequel sèche une serpillière. Klemmer l'enlève, transporte le seau jusqu'à la cabine en question, le retourne, monte dessus et se penche par-dessus la cloison de séparation derrière laquelle viennent de choir les dernières gouttes. Silence de mort. La femme derrière le paravent baisse ses jupes, afin que Klemmer ne la voie pas à son désavantage. Le torse de Walter Klemmer apparaît au-dessus de la porte et se penche vers elle, provocant. Erika, rouge comme une tomate, ne dit mot. Klemmer, fleur emmanchée d'une longue tige, prêt à toutes les extrémités, déverrouille la porte par en haut. Il sort son professeur de là parce qu'il l'aime, et elle est sûrement, oh combien, consentante. Elle ne tardera d'ailleurs pas à lui en faire l'aveu. Ces deux principaux acteurs veulent maintenant interpréter une scène d'amour tout à fait intimiste, sans figurants, l'un des protagonistes écrasé sous le poids de l'autre protagoniste.

Se pliant aux circonstances, Erika renonce sur-le-champ à sa qualité de personne. Devient article cadeau emballé dans du papier de soie légèrement poussiéreux sur une nappe blanche. Tant que l'invité est là, on tourne gentiment son cadeau en tous sens, mais à peine le donateur s'est-il éloigné qu'embarrassé on s'en débarrasse négligemment dans un coin, et chacun court se mettre à table. Le cadeau est incapable de s'en aller par ses propres moyens, mais du moins a-t-il un moment la consolation de ne pas rester seul. Il y a le tintement des verres et des assiettes, le raclement des couverts sur la porcelaine. Mais voilà que le paquet s'aperçoit que ces bruits proviennent d'un lecteur de cassettes posé sur la table. Applaudissements et tintements de verres, tout vient d'une bande ! Puis quelqu'un arrive et s'occupe du paquet : Erika se repose sur cette certitude nouvelle : elle sera prise en charge. Elle attend un signe, un ordre. C'est pour ce moment-là et non pour son concert qu'elle a si longtemps étudié.

Klemmer a aussi la possibilité de la reposer sans s'en servir, pour la punir. Il ne tient qu'à lui d'en faire usage ou non. Il peut la balancer par caprice. Comme il peut la lustrer et l'exposer dans une vitrine. Il se pourrait encore qu'il ne la rince jamais et la remplisse sans cesse de liquides quelconques ; des traces de lèvres rendraient ses bords poisseux et collants. Au fond, une couche de sucre, vieille de plusieurs jours.

Walter Klemmer sort Erika de la cabine des w.-c. Il la tire. En ouverture il lui colle sur la bouche un long baiser qui s'imposait depuis longtemps. Il grignote ses lèvres et sonde le gouffre avec sa langue. Il retire sa langue après une utilisation prolongée, épuisante, et à cette occasion prononce à plusieurs reprises le nom d'Erika. Il investit beaucoup de travail dans cette pièce à usiner. Il passe la main sous la jupe et se dit qu'enfin il vient de faire un grand pas en avant. Il s'aventure encore plus loin, car il sent que la passion l'y autorise. À la passion tout est permis. Il farfouille dans les entrailles d'Erika comme s'il voulait la vider pour l'accommoder différemment, se heurte à une limite et découvre qu'il n'ira pas beaucoup plus loin avec la main. Le voici qui halète comme s'il avait longtemps couru avant d'atteindre ce but. Offrir ses efforts à cette femme est bien le moins qu'il puisse faire. Impossible d'entrer en elle avec la main entière, mais peut-être y parviendra-t-il au moins avec un doigt ou deux. Sitôt dit, sitôt fait. Comme son index s'enfonce toujours plus loin, il ne se sent plus et mordille Erika un peu partout au hasard. Il la couvre de salive. Il la maintient de l'autre main, initiative superflue, de toute manière la femme ne bouge pas. Il se demande s'il ne devrait pas faire un tour sous le pull avec cette main-là, mais l'encolure en V n'est pas assez profonde. Sans compter ce fichu chemisier blanc, en dessous. De rage il se met à pincer, à serrer deux fois plus fort le bas-ventre d'Erika. Il la punit de l'avoir laissé mijoter si longtemps qu'il a bien failli abandonner – et elle aurait été la première à le regretter. Il entend Erika émettre un son de douleur. Il desserre aussitôt légèrement sa prise, ne voulant tout de même pas risquer de l'abîmer par caprice avant qu'elle n'ait vraiment servi. Une idée lumineuse lui vient : peut-être pourra-t-il s'insinuer sous le pull et le chemisier en opérant en sens inverse : par la ceinture. D'abord sortir le pull et le chemisier de la jupe. Il s'échine tant et tant qu'il en salive deux fois plus. À maintes reprises il aboie le nom d'Erika – que par ailleurs elle connaît – et le lui souffle dans la bouche. Qui bontés fait, bontés attend, mais cette paroi rocheuse ne lui rend rien. Erika reste debout et se repose sur Klemmer. Elle a honte de la situation dans laquelle il l'a mise. Cette honte est agréable. Elle excite Klemmer qui, gémissant, se frotte à Erika. Il plie les genoux sans relâcher sa prise. Il se hisse avec fougue le long d'Erika pour redescendre aussitôt avec le prochain ascenseur, en s'attardant au passage sur les sites intéressants. Il adhère à Erika par des baisers. Erika Kohut se tient là comme un objet usuel contraint de renoncer à lui-même, comment sinon supporterait-il les nombreuses lèvres dilettantes qui veulent constamment le mettre en bouche. Elle veut que l'élève soit absolument libre et puisse partir quand il le souhaitera. Elle met un point d'honneur à rester à l'endroit où il l'a déposée. C'est là, au millimètre près, qu'il la retrouvera, si l'envie lui prend de la remettre en marche. Elle commence à puiser en elle-même, à tirer quelque chose du récipient sans fond de son moi qui ne sera plus jamais vide pour son élève. Pourvu qu'il comprenne les signaux invisibles. Klemmer recourt à toute la dureté de son sexe pour tenter de la renverser sur le sol. Sa chute à lui sera douce, la sienne bien dure. Il exige d'Erika le don suprême. Don suprême car tous deux savent qu'à chaque instant quelqu'un risque d'entrer. Walter Klemmer lui crie à l'oreille les dernières nouvelles de son amour.

Deux mains apparaissent en gros plan devant Erika. De deux directions différentes elles se fraient un chemin vers elle. Elles s'étonnent de ce cadeau tombé du ciel. Le propriétaire des mains est supérieur en forces au professeur, qui dit par conséquent un mot souvent prononcé en vain : « Attends ! ». Il ne veut pas attendre. Il lui explique pourquoi. Il sanglote de désir. Mais pleure aussi, bouleversé par la facilité de l'opération. Erika a sagement collaboré.

Erika tient Walter Klemmer à bout de bras. Elle sort sa queue que pour sa part il tenait prête à cet effet. Encore une dernière touche et le membre est à point. Soulagé qu'Erika ait franchi ce pas difficile à sa place, Klemmer tente de la culbuter. À Erika maintenant de lui opposer tout le poids de sa personne pour tenter de rester debout. Elle tient par son membre Klemmer à bout de bras tandis qu'il continue à fourrager indécis dans son sexe. Qu'il cesse, lui signifie-t-elle, ou elle le quitte. Elle est obligée de répéter plusieurs fois à voix basse, car sa volonté qui vient de reprendre le dessus a bien du mal à parvenir jusqu'à lui, pris dans sa rage fornicatrice. Son esprit semble aveuglé par quelque dessein colère. Il hésite. Se demande s'il a mal compris. Jamais, ni dans l'histoire de la musique ni nulle part ailleurs, un soupirant ne se voit congédié dans le feu de l'action. Cette bonne femme – pas une étincelle de passion ! Erika se met à pétrir la racine rouge entre ses doigts. Mais ce qu'elle s'autorise, elle l'interdit formellement à l'homme. Interdiction dorénavant d'entreprendre quoi que ce soit sur elle. La raison pure de Klemmer lui ordonne de ne pas se laisser démonter, après tout c'est lui le cavalier, et elle est la monture ! Qu'il cesse de brouter son bas-ventre ou elle renonce à masturber sa queue. Prenant soudain conscience qu'il est plus agréable de jouir soi-même que de faire jouir autrui, il obéit. Après plusieurs tentatives ratées sa main retombe définitivement.

Incrédule il contemple son organe qui semble détaché de son corps et qui se rengorge sous les mains d'Erika. Erika exige qu'il la regarde *elle*, au lieu de considérer le développement de son pénis. Qu'il cesse de mesurer, de comparer avec d'autres, cette mesure n'est valable que pour lui. Petit ou grand, elle s'en contente. Ce qui lui est désagréable. Il n'a rien à faire, et elle s'active sur lui. Le contraire serait plus judicieux, comme c'est le cas pendant les cours. Erika le tient à distance. Un gouffre béant d'environ dix-sept centimètres de queue plus le bras d'Erika, plus une différence d'âge de dix ans, s'ouvre entre leurs corps. Le vice n'est autre que l'amour de l'échec. Et bien qu'Erika ait été dressée à réussir, elle n'a rien remporté.

Klemmer tente alors de parvenir jusqu'à elle par le chemin des écoliers, d'une manière plus intériorisée et il lance deux ou trois fois son prénom. Il rame en l'air avec les mains, s'aventure à nouveau dans la contrée interdite, peut-être le laissera-t-elle accéder à la noire colline de son festival. Ce pourrait être bien mieux, et pour tous les deux, prédit-il, du même élan se portant volontaire. Son membre bleui et turgescent tressaute. Bataille dans l'air. Par la force des choses Klemmer s'intéresse à présent plus à son vermisseau qu'à Erika tout entière. Erika lui ordonne de se taire et de ne bouger sous aucun prétexte. Sinon elle s'en va. L'élève reste planté, jambes légèrement écartées, devant le professeur et n'en voit pas la fin. Effaré, il s'abandonne à cette volonté étrangère comme s'il s'agissait de directives pour le *Carnaval* de Schumann ou cette sonate de Prokofiev qu'il est en train d'étudier. Il tient gauchement ses mains sur les coutures de son pantalon, faute de trouver mieux. Sa silhouette est déformée par son pénis qui répond docilement à l'appel, par cette excroissance bourgeonnante qui cherche un marcottage par couchage. Dehors la nuit tombe. Par chance Erika se trouve près de l'interrupteur et allume. Elle examine couleur et constitution de la queue klemmerienne. Enfonce les ongles sous son prépuce en interdisant toute manifestation bruyante de joie ou de souffrance. Pour prolonger encore l'instant, l'élève se fige en une position quelque peu coincée. Il serre les cuisses et durcit comme fer ses muscles fessiers.

Pourvu que ça dure ! Klemmer prend peu à peu plaisir tant à la situation qu'aux sensations de son corps. Pour compenser son inactivité il dit des mots d'amour jusqu'à ce qu'elle le fasse taire. Une dernière fois le professeur interdit à son élève tout commentaire, pertinent ou hors sujet. N'a-t-il donc rien compris ? Klemmer geint, parce qu'elle traite son bel organe d'amour par-dessus la jambe. Elle lui fait mal exprès. En haut s'ouvre un orifice menant en Klemmer et que différents canaux alimentent. Pulsion systolique, interrogation : à quand l'explosion ? L'instant semble venu, car Klemmer pousse le cri d'alarme traditionnel, il ne se retient plus ! Il proteste de ses efforts et de leur vanité. Erika plante les dents dans son gland, le chêne plie mais ne rompt pas, néanmoins le propriétaire crie comme un cochon. On le rappelle à l'ordre. Aussi chuchote-t-il comme au théâtre ça y est, ça vient, c'est là ! Erika, retirant alors l'instrument de sa bouche, signifie à son propriétaire qu'à l'avenir elle lui notifiera par écrit ce qu'il aura le droit de faire avec elle. Mes désirs seront rédigés et vous seront transmis à tout moment. Voilà bien l'être humain dans toutes ses contradictions. Un livre ouvert. Qu'il s'en réjouisse dès à présent !

Klemmer ne comprend pas bien ce qu'elle veut dire, il pleurniche et la supplie de ne surtout pas s'arrêter, encore un instant et il explose comme un volcan ! Et de lui présenter sa petite mitrailleuse par la gâchette en l'invitant à faire partir le coup. Mais Erika dit qu'elle n'a plus envie d'y toucher, à aucun prix. Klemmer se plie en deux, son buste se ploie presque jusqu'aux genoux. Il traverse ainsi chancelant l'entrée des lavabos. Sous l'éclat impitoyable d'un plafonnier blanc. Il supplie Erika qui ne cède pas. Il se touche lui-même pour achever l'œuvre d'Erika. Expliquant à son professeur qu'il est inconcevable sur le plan de la santé d'infliger à un homme dans cet état un traitement aussi cavalier. Erika répond : Bas les pattes, ou vous n'aurez plus jamais l'occasion de me revoir dans une situation de ce genre, M. Klemmer. Celui-ci lui dépeint les fameuses douleurs de la rétention. Il ne pourra même pas rentrer à pied chez lui. Eh bien, prenez un taxi, conseille tranquillement Erika en se passant les mains sous l'eau. Elle boit quelques gorgées. Klemmer essaie subrepticement de faire joujou avec son instrument, libre improvisation en solo. Un cri cinglant l'en empêche. Qu'il se contente de rester debout devant le professeur jusqu'à ce qu'elle lui enjoigne le contraire. Elle voudrait étudier sur lui le changement physique. Elle ne le touchera plus, parole ! M. Klemmer supplie, tremblant, cillant des yeux. Il souffre de la rupture brutale des relations, même uni-latérales. Il fait de vives représentations à Erika. Décrit avec un déluge de détails chacune des phases doulou-reuses entre tête et pieds. Cependant que sa queue se ratatine au ralenti. De par nature Klemmer n'est pas de ceux qui ont bu l'obéissance avec le lait maternel mais de ceux qui veulent toujours savoir le pourquoi et le comment des choses, aussi finit-il par abreuver son professeur d'insultes. Il a perdu tout contrôle car le mâle en lui a été bafoué. Le mâle après les jeux et les ris doit être proprement rangé dans son étui. Erika contre-attaque et dit fermez-la. Sur un ton tel qu'il la ferme vraiment.

Pendant qu'il se recroqueville il garde ses distances. Et veut alors énumérer – après ce p'tit moment que nous nous sommes accordé pour souffler – tout ce qu'il ne faut pas faire avec un homme tel que lui. Le comportement d'Erika aujourd'hui ne peut que déclencher une longue série d'interdictions. Il veut lui en donner les raisons. Elle lui ordonne le silence. Dernière sommation ! Klemmer ne se tait pas et la menace de représailles. Erika K. va vers la porte et sans mot dire prend congé. Il ne lui a pas obéi bien qu'elle lui en ait donné plusieurs fois l'occasion. Jamais il n'apprendra quel arrêt, quel jugement il aurait pu exécuter sur elle avec son consentement. Déjà elle appuie sur la clenche lorsque Klemmer la supplie de rester.

Il se taira, parole d'honneur. Erika ouvre en grand la porte des cabinets. Klemmer est encadré par la porte ouverte, et ce n'est pas un tableau de maître. Quiconque arriverait maintenant apercevrait sa queue dénudée, sans avoir été le moins du monde préparé au spectacle. Erika laisse la porte ouverte pour peaufiner le supplice. À vrai dire, il ne faudrait pas non plus qu'on la voie par ici. Elle prend froidement le risque. L'escalier débouche droit sur la porte des w.-c. Erika effleure une dernière fois très rapidement le corps principal du pénis klemmerien qui y puise un nouvel espoir. Et se retrouve aussitôt dédaigné. Klemmer tremble comme feuille au vent. Il a abandonné toute résistance et s'offre librement aux regards, sans plus se défendre. En matière de spectacle, c'est pour Erika le summum des figures libres. Dans les figures imposées et le programme court, il y a longtemps qu'elle a fait un parcours sans faute.

Le professeur est tranquillement enraciné dans le sol. Elle refuse absolument de toucher à son organe d'amour. L'ouragan de l'amour ne tempête plus que faiblement. Klemmer ne parle plus de sentiments réciproques. Endolori, il se tasse. Erika le trouve déjà ridiculement petit. Il se laisse faire. Dorénavant elle contrôlera scrupuleusement les faits et gestes de sa vie professionnelle et privée. Une simple peccadille pourra lui coûter ses sorties en kayak. Elle le feuillettera comme un livre ennuyeux. Et le reposera sans doute bientôt. Klemmer n'a pas le droit de remballer sa clarinette avant d'y être autorisé. Erika a tué dans l'œuf sa tentative furtive de fermer boutique en remontant sa fermeture Éclair. Sentant venir la fin, Klemmer se rebiffe. Il prédit qu'il ne pourra sûrement pas marcher de trois jours. Décrit ses angoisses à ce sujet, car pour le sportif qu'il est, la marche constitue en quelque sorte l'entraînement de base en terrain sec. Erika dit que des instructions suivront. Par écrit, de vive voix ou par la voix du téléphone. Et maintenant qu'il remballe son asperge. Instinctivement Klemmer se détourne d'Erika à cet effet. Mais finalement doit s'exécuter sous ses yeux. Tandis qu'elle le regarde. Trop content néanmoins d'avoir à nouveau le droit de bouger. Il fait un rapide training en sautillant d'un pied sur l'autre et en boxant en l'air. Bon, rien de cassé. Il traverse les latrines au pas de course d'un bout à l'autre. Et : plus il apparaît souple et détendu, plus Erika semble raide et crispée. Elle s'est hélas à nouveau complètement rétractée dans sa coquille. Klemmer est même obligé de lui remonter sérieusement le moral en lui tapotant gentiment les joues et en lui donnant des petits coups sur la nuque. Déjà il lui propose de rire un peu. Pas tant de sérieux, belle amie ! La vie est sérieuse mais les muses sont gaies. Et à présent dehors, au grand air ! En toute franchise c'est ce qui lui a le plus manqué pendant ces longues minutes passées ici. À l'âge de Klemmer on oublie plus vite qu'à celui d'Erika.

Klemmer bondit dans le couloir et s'y livre à un sprint de trente mètres. Un cyclone passe et repasse devant Erika. Il soulage sa gêne par de grands éclats de rire. Se mouche en fanfare. Jure que la prochaine fois, nous deux, ça marchera beaucoup mieux ! Pas vrai, hein, maîtresse, c'est en forgeant qu'on devient forgeronne ! Klemmer dévale les marches quatre à quatre et négocie son virage d'extrême justesse. C'en est presque inquiétant. Erika entend la lourde porte de l'école claquer en bas.

Klemmer semble avoir quitté le bâtiment.

Erika Kohut descend lentement jusqu'au rez-de-chaussée. En instruisant Walter Klemmer, Erika Kohut qui ne se comprend plus elle-même parce qu'elle se sent devenir la proie d'un sentiment, entre dans une rage folle. À peine a-t-elle touché l'élève qu'il en néglige déjà ses exercices. Ne voilà-t-il pas qu'il se trompe en jouant par cœur, qu'il hésite dans son exécution, sa non-maîtresse sur le dos. Il rate même la tonalité ! Hasarde des modulations absurdes ! S'éloigne toujours plus du *la* majeur où il devrait pourtant se trouver. Erika Kohut sent tomber sur elle une avalanche menaçante de détritus piquants. Retombée réjouissante pour Klemmer : c'est le poids chéri de la femme qui s'abat sur lui. Sa volonté musicale de toute façon supérieure à sa technique se trouve perturbée. Sans presque desserrer les dents Erika le sermonne, il pèche contre Schubert ! Afin d'y remédier et d'enflammer la femme, Klemmer songe aux montagnes et vallées d'Autriche, aux riantes contrées dont ce pays prétend regorger. Schubert, ce casanier, l'a, sinon exploré, du moins pressenti. Puis Klemmer attaque à nouveau la grande sonate en *la* majeur de ce M. Prudhomme qui domina son époque, mais il en pervertit l'esprit, la jouant comme s'il s'agissait d'une danse allemande du même maître. Et s'interrompt bientôt sous les railleries de son professeur : il n'a donc jamais rien vu, ni falaise particulièrement abrupte, ni gorge particulièrement profonde, ni torrent particulièrement sauvage dont les flots bouillonnants ravinent un défilé, ni le lac de Neusiedl dans toute sa majesté ! Voilà les contrastes qu'exprime Schubert ! – des contrastes violents, surtout dans cette sonate unique – il ne songe pas à la Wachau que baigne à l'heure du thé la douce lueur de l'après-midi, ce serait plutôt la spécialité de Smetana, à supposer d'abord qu'il s'agisse de la Vltava. Et deuxièmement du public dominical des matinées de concert à l'ORF, et non pas d'elle Erika Kohut, dompteuse d'obstacles musicaux.

Klemmer s'emporte, si quelqu'un s'y connaît en torrents, c'est lui. Alors que son professeur passe sa vie dans des pièces obscures, flanquée d'une mère d'âge canonique qui n'entreprend plus rien et se contente de regarder au loin à l'aide d'un appareil. Que cette dernière soit sous terre ou sur terre, où est pour elle la différence ? Erika Kohut rappelle les indications de Schubert et se sent agitée. Ses eaux bouillonnent et se déchaînent. Les indications de Schubert vont du cri au chuchotement et non du parler à voix haute au parler à voix basse ! L'anarchie n'est sans doute pas votre fort, Klemmer ! Le fait est que cet adepte du sport nautique est trop prisonnier des conventions.

Walter Klemmer aimerait avoir le droit de l'embrasser dans le cou. C'est une chose qu'il n'a encore jamais faite, mais il en a souvent entendu parler. Erika souhaiterait que l'élève l'embrasse dans le cou, mais ne lui donne pas le feu vert. Elle sent monter en elle un attachement passionné, et dans sa tête ce sentiment se heurte à un caillot de haines anciennes et nouvelles à l'égard de femmes ayant vécu une vie plus longue que la sienne et de ce fait plus jeunes. Cet attachement passionné ne ressemble en rien à celui qui la lie à sa mère. Sa haine ressemble en tous points à sa haine normale, habituelle.

Afin de dissimuler de tels sentiments, la femme prend frénétiquement le contre-pied de toutes les théories musicales qu'elle a jusqu'ici défendues en public. Elle dit : Dans l'interprétation d'une œuvre musicale il y a un point où s'arrête la précision, et où commence l'imprécision de la véritable création. L'interprète, alors, ne sert plus, il exige ! Il exige l'ultime du compositeur ! Peut-être est-il encore temps pour Erika de commencer une vie nouvelle. Au point où elle en est, défendre des thèses nouvelles ne peut lui nuire. Erika dit avec une ironie subtile que la technique de Klemmer est telle qu'il serait en droit de conjuguer technique, état d'âme et sentiment. Puis aussitôt elle lui envoie en pleine figure que rien ne l'autorise, elle, à supposer chez lui une quelconque technique. Elle s'est trompée, en tant que professeur elle aurait dû pourtant savoir. Allez donc ramer, Klemmer, mais tâchez d'éviter l'esprit de Schubert, si d'aventure vous le croisez au coin d'un bois.

Schubert, cet homme si laid. Et Erika de traiter l'élève modèle de jeune et de joli garçon, ajoutant ainsi à droite et à gauche un poids supplémentaire à ses haltères lestées de haine. Elle n'arrive qu'avec peine à hisser sa haine à hauteur de poitrine. Empêtré comme vous l'êtes dans vos allures de bellâtre médiocres et clinquantes, vous ne reconnaîtriez même pas un précipice au moment de tomber dedans, dit Erika à Klemmer. Jamais vous ne jouez le tout pour le tout ! Vous sautez par-dessus les flaques pour ne pas mouiller vos chaussures. Lorsque vous faites du kayak – à ce que j'ai compris – quand vous chavirez et que vous vous retrouvez la tête sous l'eau, vous n'avez qu'une hâte, c'est de vous redresser. Même l'eau profonde – la souplesse par excellence – où votre tête plonge, vous effraie ! Vous préférez patauger dans une mare à canards, ça se lit sur votre visage ! Vous contournez des rochers pour les épargner – mais qui épargnez-vous ? – avant même de les voir.

Erika tord le nez et suffoque, Klemmer se tord les mains, pour empêcher la bien-aimée qui n'est pas encore sienne de faire fausse route. Ne vous fermez pas à jamais le chemin de mon cœur, conseille-t-il avec bienveillance. On dirait qu'il sort étrangement renforcé aussi bien de la lutte où s'affrontent deux sportifs que de la lutte des sexes. Une dame vieillissante prise de convulsions se roule sur le sol, la bave de la rage au menton. Cette femme semble regarder la musique avec une longue-vue qu'elle tiendrait à l'envers, de sorte que la musique apparaît très lointaine et très petite. Impossible de la freiner quand elle se croit obligée de faire son numéro et d'exposer ce que cette musique lui a inspiré. Elle parle alors sans discontinuer. Erika se sent rongée par une injustice : personne n'a aimé Schubert, ce petit Franz alcoolique et grassouillet. Regarde-t-elle l'élève Klemmer qu'elle ressent encore plus vivement l'incompatibilité entre Schubert et les femmes. Sombre chapitre dans l'histoire de l'art vue par la lorgnette porno. Ni comme créateur ni comme virtuose Schubert ne correspondait à l'image du génie que se fait la foule. Klemmer, lui, n'est qu'un avec la foule. La foule se fabrique des images et n'est contente que lorsqu'elle les rencontre en pleine nature. Schubert ne possédait même pas de piano, quel bien-être est le vôtre en comparaison, monsieur Klemmer ! Quelle injustice de voir Klemmer en vie, de le voir renâcler au travail alors que Schubert est mort ! Erika Kohut insulte un homme dont elle souhaite pourtant être aimée. Maladroite, elle s'emporte contre lui, des mots blessants résonnent sous le voile de son palais, sur la membrane de sa langue. La nuit, son visage se tuméfie, tandis que sa mère ronfle innocemment à son côté. Au réveil, devant la glace, Erika arrive à peine à discerner ses yeux, au milieu de tant de drapés. Elle travaille beaucoup sur son image, mais celle-ci ne s'arrange pas. Une fois de plus, homme et femme s'affrontent en un face à face figé.

Dans la serviette d'Erika, entre les partitions, crisse une lettre adressée à l'élève qu'elle lui remettra quand elle l'aura suffisamment raillé. Pour l'instant les vomissures de sa rage remontent par spasmes réguliers la colonne de son corps. Certes Schubert avait beaucoup de talent, il n'avait en effet pas eu de professeur comparable à un Leopold Mozart, mais sa technique était loin d'être parfaite, fait Klemmer crachant entre ses dents une saucisse toute fraîche d'idées mal ficelées qu'il présente à son professeur sur une assiette en carton avec un peu de moutarde : quelqu'un qui a si peu vécu n'a pas eu le temps de se parfaire sur le plan technique ! J'ai déjà plus de vingt ans, et je ne sais pas grand-chose, je m'en aperçois chaque jour, dit Klemmer. Alors pensez Schubert avec ses trente ans ! Ce petit Viennois, ce fils de maître d'école, mystérieux, énigmatique ! Les femmes l'ont assassiné avec la syphilis.

Les femmes creuseront nos tombes, plaisante le jeune homme dans un accès de bonne humeur et d'évoquer l'humeur capricieuse de l'éternel féminin. Souvent femme varie, tantôt dans un sens, tantôt dans un autre, sans qu'on puisse y discerner une loi quelconque. Erika dit à Klemmer qu'il ne soupçonne même pas l'existence du tragique. Qu'il n'est qu'un beau petit jeune homme. Klemmer se fait les dents – des dents bien saines – sur le gros os de gigot que son professeur vient de lui lancer. Elle lui a dit qu'en plus il ne comprenait rien à l'ornementation proprement schubertienne. N'abusons pas des agréments, c'est l'opinion d'Erika Kohut. L'élève suit le courant, en soutenant l'allure.

Dans l'œuvre pour piano de Schubert, il n'est pas toujours judicieux de faire la part trop belle aux indications instrumentales, aux cuivres par exemple. À propos, Klemmer, avant d'apprendre par cœur, méfiez-vous donc d'abord des fausses notes et d'un excès de pédale. Mais n'exagérez pas non plus dans l'autre sens ! Toutes les notes ne tiennent pas aussi longtemps qu'elles sont notées et inversement la notation ne tient pas toujours compte de la longueur.

En prime Erika lui montre encore un exercice spécial pour la main gauche qui en a bien besoin. Elle espère ainsi se calmer. Elle fait expier à sa propre main gauche les souffrances que l'homme lui inflige. Klemmer ne souhaite nullement calmer ses passions par la technique pianistique, il cherche l'affrontement – corps contre corps, souffrances contre souffrances – que même une Kohut ne saurait empêcher. Certain qu'en fin de compte son art en profitera, une fois qu'il aura triomphé dans cette lutte acharnée et pleine d'embûches. Score au moment des adieux, après le dernier gong : lui marque un plus, Erika un moins. Et il s'en réjouit déjà. Erika aura un an de plus, et lui, quant à l'expérience, un an d'avance sur les autres. Klemmer se cramponne à Schubert. Il peste contre son professeur qui après un virage à 180 degrés présente maintenant comme sa propre opinion une thèse qu'il était jusqu'à ce jour seul à défendre. À savoir que l'impondérable, l'inexprimable, l'indicible, l'injouable, l'intangible, l'insaisissable sont plus importants que le tangible : la technique, toujours et encore la technique ! Vous aurais-je pris sur le fait, madame le Professeur ?

Erika s'embrase au mot d'insaisissable, allusion évidente à l'amour qu'il lui porte. En elle, lumière, clarté, chaleur. Le soleil de la passion amoureuse qu'elle ne sentait plus hélas depuis un bon moment brille à nouveau. Il éprouve donc toujours pour elle le même sentiment qu'hier et avant-hier ! D'évidence Klemmer l'aime et la vénère indiciblement, comme il vient de le dire si délicatement. Erika baisse les yeux l'espace d'un instant et souffle d'un air qui en dit long qu'elle voulait seulement préciser que Schubert aimait exprimer au piano des effets d'orchestration. Il faut savoir reconnaître et jouer ces effets ainsi que les instruments qu'ils symbolisent. Mais, elle le répète, sans ornementation. Erika le console avec aménité et féminité : Ça viendra !

Professeur et élève se font face d'homme à femme. Entre eux un brasier, un mur infranchissable. Le mur empêche que, passant outre, l'un saigne l'autre à blanc. Professeur et élève bouillent d'amour et du désir légitime de plus d'amour encore.

Sous leurs pieds cependant bouillonne la bouillie culturelle qui n'en finit jamais de cuire, une bouillie qu'ils incorporent par petites bouchées délectables – leur nourriture quotidienne sans laquelle ils ne pourraient exister – et qui projette des bulles chatoyantes.

Erika Kohut sous la couche terne, calleuse de son âge. Personne ne peut et ne veut la lui enlever. Cette couche ne partira pas même à l'usure. Tant d'occasions furent déjà manquées, et tout particulièrement la jeunesse d'Erika, par exemple sa dix-huitième année, communément appelée le bel âge. Qui ne dure qu'une seule et unique année, et puis c'est fini. Il y a longtemps que d'autres jouissent de ces fameux dix-huit ans à la place d'Erika. Aujourd'hui cette dernière est deux fois plus âgée qu'une fille de dix-huit ans ! Erika a beau faire et refaire le calcul, l'opération n'abolit ni n'augmente la différence. Par contre, ce qui l'accroît inutilement c'est l'aversion qu'elle éprouve envers toute fille de cet âge. La nuit, Erika rôtit sur le tournebroche de la colère au-dessus des braises de l'amour maternel. Régulièrement arrosée par le jus de cuisson exquis de l'art musical. Mais rien ne corrige la différence irréductible Vieille/ Jeune. De même qu'on ne peut corriger la notation des œuvres musicales de maîtres disparus. Les choses sont comme elles sont. Depuis sa plus tendre enfance Erika est sous le joug de ce système de notation. Depuis qu'elle pense, ces cinq lignes règnent sur elle. Elle ne doit penser à rien d'autre qu'à ces cinq lignes noires. Avec le concours de sa mère, ce système de grilles l'a ficelée dans un filet indéchirable de prescriptions, d'ordonnances, de commandements précis, tel un jambon désossé bien rose au crochet d'un charcutier. Cela donne de l'assurance, et de l'assurance naît la crainte de ce qui est mal assuré. Erika a peur que les choses restent telles quelles, et aussi qu'elles puissent changer un jour. Victime d'une sorte de crise d'asthme, elle lutte violemment pour reprendre son souffle, et ensuite ne sait que faire de tout cet air. Elle râle sans pouvoir chasser de sa gorge le moindre son. Klemmer, ébranlé jusque dans les fondements de sa santé inaltérable, demande ce qui arrive à sa bien-aimée. Dois-je aller chercher un verre d'eau, propose avec la sollicitude, l'empressement d'un amoureux, ce représentant de la maison Chevalier & Co. Le professeur est prise d'une quinte de toux. Tousser la libère de choses bien pires qu'une irritation des bronches. Ses sensations ne peuvent s'expliquer de vive voix, seulement par la voie du piano.

Erika tire de sa serviette une lettre hermétiquement fermée pour plus de sûreté et la tend à Klemmer d'un geste qu'à la maison elle s'est mille fois imaginé. La lettre décrit quelle suite il convient de donner à un certain amour. Erika y a consigné tout ce qu'elle ne veut pas dire. Cette lettre contient quelque chose de si indiciblement merveilleux qu'on ne peut que l'écrire, songe Klemmer, rayonnant comme un clair de lune au-dessus des cimes. Ça lui a tant manqué ! À force de travailler sur ses sentiments et leur expressivité, lui Klemmer est enfin aujourd'hui dans l'heureuse position de pouvoir exprimer tout haut les choses les plus inimaginables, et ce à chaque instant ! Oui, il a découvert que le fait de se pousser en avant à la moindre occasion afin d'être le premier à exprimer quelque chose, produisait sur tous une excellente impression, une impression de fraîcheur.

Surtout pas de timidité, jamais payante. Lui pour sa part crierait si nécessaire son amour à tue-tête. Par chance ce n'est pas nécessaire, personne ne doit être au courant. Klemmer se carre dans son fauteuil de cinéma, suce des chocolats glacés tout en se contemplant avec complaisance dans son propre rôle, sur l'écran où se déroule en gros plan le thème scabreux du jeune homme et de la femme d'un certain âge. Dans un second rôle, une vieille mère ridicule qui souhaite ardemment voir un jour l'Europe entière, l'Angleterre et l'Amérique captivées par les sons mélodieux que son enfant est à même de produire depuis bien des années. La mère souhaite expressément que son enfant désire mijoter dans les liens maternels plutôt que dans la marmite des sensuelles passions amoureuses. Pourtant, sous pression, les sentiments sont plus vite à point et les vitamines se conservent mieux, lui rétorque Klemmer jamais en peine d'un bon conseil. Dans six mois au plus il aura goulûment dilapidé Erika et pourra se tourner vers le plaisir suivant.

Klemmer baise et baise derechef la main d'Erika qui lui a tendu la lettre. Il dit : Merci, Erika. Ce week-end même il le lui consacrera tout entier. La femme, horrifiée à l'idée d'un Klemmer s'introduisant dans son sacro-saint week-end, refuse. Elle invente une excuse, non cette fois c'est impossible, et la semaine prochaine et celle d'après aussi sans doute. Nous pouvons nous téléphoner à tout moment, ment-elle effrontément. Deux courants opposés la traversent. Faisant crisser d'un air éloquent la lettre mystérieuse, Klemmer avance qu'Erika ne peut être aussi méchante que sa réaction première le donne à penser. Ne pas laisser l'homme abusivement sur des charbons ardents, telle est la nécessité de l'heure.

Qu'Erika sache bien que chaque année qui pour Klemmer compte encore simple, compte au moins triple à son âge. Qu'elle prenne vite l'occasion aux cheveux, conseille amicalement Klemmer qui froisse la lettre d'une main moite et de l'autre tâte délicatement le professeur comme un poulet qu'il envisagerait d'acheter, mais pas avant d'avoir vérifié que le prix correspond bien à l'âge de la bête. Klemmer ignore à quoi l'on reconnaît qu'une poule ou un poulet sont jeunes ou vieux. Mais dans le cas présent, avec son professeur, il voit clairement – il a des yeux pour voir – qu'elle n'est plus toute jeune, quoique relativement bien conservée. On la dirait presque à croquer, s'il n'y avait cette mollesse dans son regard. S'y ajoute un attrait qui ne pâlit pas : c'est tout de même son professeur ! Faire d'elle une élève, au moins une fois par semaine, présente un attrait fou ! Erika se soustrait à l'élève. Elle lui reprend son corps et se mouche longuement par embarras. Devant son expression Klemmer se lance dans une description de la nature. Il décrit la nature telle qu'il a appris à la connaître et à l'aimer. Bientôt il s'y promènera avec Erika et s'y divertira. Tous deux reposeront sur un tapis de mousse au plus épais de la forêt et mangeront leur casse-croûte. Là nul ne verra ce jeune sportif, ce jeune artiste qui a déjà concouru un peu partout, s'ébattre avec une femme qui, amoindrie par l'âge, ne peut que redouter la concurrence de ses cadettes. Le piment de cette future liaison sera sa clandestinité, pressent Klemmer.

Erika est devenue muette, ni son cœur ni ses yeux ne débordent. Klemmer sent l'instant venu de corriger à fond et *a posteriori* tout ce que son professeur vient d'affirmer sur Schubert. Il casera sa propre personne dans la discussion. Gentiment il arrange l'image qu'Erika avait donnée de Schubert et soigne la sienne propre. Dorénavant il sortira de plus en plus souvent vainqueur des joutes oratoires, prédit-il à sa bien-aimée. Une des raisons et non des moindres de son amour est que cette femme dispose d'un trésor d'expérience côté répertoire musical, mais au bout du compte il est clair qu'il sait tout beaucoup mieux. Ce qui lui procure un plaisir extrême. Erika tentant de le contredire, il lève le doigt pour appuyer ses dires. Il est l'impudent vainqueur, et la femme, fuyant les baisers, s'est retranchée derrière le piano. C'en est fini des mots, fougue et ténacité assureront le triomphe du sentiment.

Erika plastronne, les sentiments connais pas. S'il lui faut un jour en admettre un, elle ne lui permettra pas de l'emporter sur son intelligence. Et d'interposer en renfort le second piano entre elle et Klemmer. Lequel traite de lâche son supérieur hiérarchique bien-aimé. Qui aime un être tel que Klemmer doit oser clamer son amour à la face du monde. Toutefois Klemmer ne tient pas à ce que cela se sache au conservatoire, car il paît d'habitude une herbe plus tendre. Et l'amour n'est un plaisir que s'il fait des envieux. Dans ce cas précis : pas de mariage à la clef. Par bonheur Erika a une mère qui lui en interdit l'idée. Klemmer nage dans l'autosatisfaction, les vagues l'emportent presque jusqu'au plafond. Dans l'eau il est expert et expérimenté. Il met en pièces une dernière opinion d'Erika sur les sonates de Schubert. Erika tousse et dans son embarras fait jouer des charnières que Klemmer, le désossé, n'a encore jamais remarquées chez personne. Erika se désarticule aux endroits les plus impossibles et Klemmer – ô surprise – sent monter un léger dégoût qui s'intègre néanmoins aussitôt dans la couronne de ses sentiments. Il y a place pour tout, à condition de vouloir et de ne pas se montrer trop difficile. Erika fait craquer les articulations de ses doigts, ce qui n'arrange ni son jeu ni sa santé. Elle s'obstine à regarder au loin, bien que Klemmer l'invite à le regarder en face, franchement, ouvertement, et non à la dérobée avec cet air pincé. Après tout, personne ici ne les observe.

Puis-je, s'enquiert Walter Klemmer enhardi par l'affreux spectacle, exiger de toi quelque chose d'inouï que tu n'as encore jamais fait ? Et il l'exige sur-le-champ, cette preuve d'amour. Que son premier pas dans sa nouvelle vie amoureuse soit un acte insensé : qu'elle le suive et fasse sauter ce soir le cours de la dernière élève ! Mais sans oublier de prétexter soigneusement quelque malaise ou mal de tête, afin que l'élève ne soupçonne rien et n'aille ensuite cancaner. Cette tâche facile effarouche Erika, mustang sauvage qui, après avoir enfin défoncé à coups de sabot la porte de son box, décide, réflexion faite, de ne pas quitter l'écurie. Klemmer expose à la femme bien-aimée comment d'autres ont secoué le joug des conventions et des coutumes. Il cite à l'appui le « Ring » de Wagner, comme un exemple parmi bien d'autres. Il sert l'art à Erika comme exemple de tout et de rien. Si on explore l'art à fond, cette trappe hérissée de faux et de faucilles coulées dans le béton, on y trouve suffisamment d'exemples de comportements anarchistes. Par exemple Mozart qui, exemplaire en TOUS points, secoua le joug du prince-archevêque. Si ce Mozart aimé de tous mais que tous deux n'apprécions guère, y est parvenu, vous y arriverez bien aussi, Erika. Combien de fois ne sommes-nous pas tombés d'accord pour dire que l'artisterie active ou passive supporte mal les réglementations. L'artiste n'aime guère être tenu en bride par la vérité et les règles. Je m'étonne aussi – ne m'en veux pas – que tu aies pu supporter ta mère toutes ces années auprès de toi. Ou tu n'es pas une artiste, ou tu ne sens pas le joug alors même qu'il t'étouffe, et Klemmer de tutoyer son professeur, ravi que la mère Kohut fasse figure de butoir entre lui et la femme. Cette mère-là veillera à ce qu'il n'étouffe pas sous le poids de cette femme sur le retour ! Cette mère qui fait office de fourré, d'obstacle à maintes réalisations mais d'un autre côté retient fermement sa fille en un lieu, l'empêchant de suivre Klemmer librement, est un sujet de conversation inépuisable. Où pouvons-nous nous rencontrer régu-lièrement, sans que personne ne l'apprenne, quel lieu sera à la mesure de notre démesure, Erika ? Klemmer s'enflamme à l'évocation d'un pied-à-terre commun et secret quelque part, qu'il pourrait équiper avec son vieil électrophone de secours et des disques qu'il a de toute façon en double. Le goût musical d'Erika n'est-ce pas n'a rien de mystérieux, il existe lui aussi en double, Klemmer a le même ! Il possède en double quelques 33 tours de Chopin et un autre avec des œuvres peu communes de ce Paderewski auquel Chopin faisait de l'ombre – à tort selon lui et selon Erika qui lui a offert ce disque qu'il s'était déjà acheté. Klemmer brûle d'impatience de lire enfin la lettre. Ce qu'on ne peut dire, il faut l'écrire. Ce qu'on ne peut supporter, il faudrait s'en abstenir. L'idée de lire bientôt et de comprendre ta lettre du 24.4. me comble de joie, chère Erika. Et si par mauvaise foi je me méprends sur son sens – idée qui par avance me réjouit tout autant – nous nous réconcilierons après une dispute. Et Klemmer de se mettre aussi sec à parler de lui, de lui, et encore de lui. Elle lui a écrit cette longue lettre, il a donc bien le droit de lui livrer un peu de son âme. Le temps qu'il devra fatalement consacrer à cette lecture, qu'il le mette maintenant à profit pour parler, histoire de ne pas laisser Erika prendre le dessus dans leur relation. Klemmer explique à Erika qu'en lui s'affrontent deux extrêmes extrêmes, le sport (compétition oblige) et l'art (répétitions obligent).

Erika interdit formellement à l'élève dont les pattes frémissantes se tendent vers la lettre d'y toucher même du bout des doigts. Collez-vous donc plutôt à la recherche schurbertienne, fait-elle, englobant dans une même dérision cette colle de Klemmer et ce cher Schubert...

Klemmer la colle se rebiffe. Une seconde entière il joue avec l'idée de lancer à la face du monde qu'il partage un secret avec un professeur. Ça s'est passé aux toilettes ! Mais l'affaire n'étant guère à son honneur, il se résout au silence. Plus tard, pour la postérité, il arrangera l'histoire de manière à apparaître comme *le* vainqueur. Klemmer soupçonne qu'ayant à choisir entre la femme, l'art et le sport, il trancherait en faveur de l'art et du sport. En attendant il dissimule à la femme des idées aussi saugrenues. Il apprend à ses dépens ce qu'il peut en coûter d'introduire le facteur incertitude d'un Je étranger dans la trame serrée de son propre jeu. Toutefois le sport aussi comporte des risques, par exemple la forme peut considérablement varier selon les jours. Dire que cette femme à l'âge qu'elle a ne sait toujours pas ce qu'elle veut ! Et que moi, jeune comme je suis, je le sais toujours.

Dans la poche de poitrine de Klemmer, la lettre crisse. Ses mains frémissent, il n'y tient plus, et le jouisseur versatile qu'il est décide d'aller tranquillement lire la lettre dans un endroit tranquille en pleine nature et de prendre des notes pendant qu'il y est. En vue d'une réponse qui devra être plus longue que la lettre. Le Burggarten ferait peut-être l'affaire ? Il commandera un crème et un apfelstrudel au café Palmenhaus. Les deux éléments divergents, l'art et la Kohut, attiseront à l'infini l'attrait de la lettre. Cependant que l'arbitre Klemmer proclamera chaque fois par un coup de gong le vainqueur du round, la nature au-dehors, ou Erika au-dedans de lui. Tantôt Klemmer est gagné par le feu, et tantôt par la glace.

À peine Klemmer s'est-il éclipsé du cours de piano, à peine l'élève suivante a-t-elle commencé cahin-caha à monter et descendre la gamme, que le professeur feint d'être hélas obligée d'interrompre le cours pour aujourd'hui, j'ai un mal de tête épouvantable. Telle une alouette l'élève s'envole à tire-d'aile.

Erika ploie sous le coup de craintes et d'angoisses écœurantes restées sans écho. La voilà suspendue au goutte à goutte du bon vouloir de Klemmer. Peut-il vraiment franchir de hautes palissades, traverser des torrents ? Son amour aime-t-il le risque ? Erika se demande si elle peut se fier aux protestations constantes de Klemmer : jamais encore il n'a reculé devant aucun risque, au contraire plus le risque est grand, plus il est content. De toutes ces années c'est la première fois qu'Erika renvoie une élève les mains vides. La mère la met régulièrement en garde, c'est une mauvaise pente. Quand la mère n'agite pas l'échelle du succès qui mène au sommet, elle évoque le spectre de la chute libre qu'entraîne une faute morale. Plutôt le sommet de l'art que les bas-fonds du sexe. Sexe dont l'artiste doit faire abstraction, contrairement à l'opinion courante qui voit en lui un débauché, croit la mère ; s'il n'y parvient pas, il n'est qu'un simple mortel, or il n'en a pas le droit ! Car en quoi serait-il divin ! Hélas les biographies des artistes – l'essentiel de l'artiste, n'est-ce pas – ne fourmillent que trop des désirs et plaisirs charnels de leurs protagonistes. Elles éveillent l'impression trompeuse que la couche de concombres de l'harmonie pure ne peut prospérer que sur le compost de la sexualité.

Une fois déjà l'enfant a fait un faux pas artistique, à chaque dispute la mère le lui ressort. Toutefois un faux pas n'est pas coutume, enfin l'avenir le lui dira !

Erika rentre à pied du conservatoire à la maison.

Entre ses jambes, décomposition, masse molle insensible. Pourriture, caillots de matière organique faisandée. Aucune brise printanière n'éveille quoi que ce soit. C'est un morne tas de désirs mesquins, d'aspirations médiocres qui craignent de se voir réalisés. Les deux partenaires d'élection de son existence, la mère et l'élève Klemmer, la prendront en tenaille et l'enserreront de leurs pinces d'écrevisse. Impossible de les avoir tous deux ensemble – ni d'ailleurs séparément car alors l'autre moitié lui manquerait trop. Elle peut donner ordre à la mère de ne pas laisser entrer Klemmer s'il sonne à la porte. Celle-ci s'y pliera avec joie. Est-ce dans l'attente de cet épouvantable sentiment d'inquiétude qu'Erika a vécu tant d'années de quiétude ? Pourvu qu'il ne débarque pas ce soir, demain ça ira, mais pas aujourd'hui, car Erika tient à regarder le vieux film de Lubitsch. Mère et enfant s'en réjouissent depuis vendredi dernier, jour où paraît le programme de la semaine suivante que la famille Kohut attend avec plus d'impatience que le grand amour qui a tout intérêt à ne pas se montrer.

Erika a fait un pas en écrivant une lettre. Impossible d'en rejeter la faute sur sa mère, non sa mère ne doit même pas entendre parler de ce pas en avant, en avant vers la mangeoire de l'Interdit. Tout ce qu'elle a fait d'interdit, Erika l'a toujours confessé illico à l'œil maternel, cet œil de la Loi, qui alors affirmait être déjà au courant.

En marchant Erika éprouve de la haine pour ce fruit poreux et rance qui marque l'extrémité de son bas-ventre. Seul l'art est promesse de douceur infinie. Erika avance droit devant elle. Bientôt la pourriture progressera et s'étendra à d'autres parties du corps. C'est une mort certaine dans d'horribles souffrances. Épouvantée Erika s'imagine trou insensible d'un mètre soizante-quinze couché dans un cercueil et se décomposant dans la terre ; le trou qu'elle méprisait, négligeait, a pris entièrement possession d'elle. Elle n'est rien. Et pour elle il n'y a plus rien.

Walter Klemmer se colle aux talons d'Erika à son insu. Il a dominé la violence de la première impulsion. A décidé en premier lieu de ne pas ouvrir la lettre maintenant, car il veut tirer les choses au clair avec une Erika vivante et chaleureuse avant de lire des lettres privées de vie. Klemmer préfère la femme vivante à ce chiffon de papier inerte pour lequel des arbres ont dû mourir. Cette lettre, je pourrai toujours la lire plus tard à la maison, en toute tranquillité, songe Klemmer qui veut garder la balle. La balle roule, sautille, bondit devant lui, s'arrête aux feux rouges, se mire dans les vitrines. En tout cas ce n'est pas cette femme-là qui lui prescrira quand lire une lettre et quand passer à l'attaque. La femme, peu habituée à jouer les poursuivies, ne se retourne pas. Pourtant il faudra bien qu'elle apprenne qu'elle est le gibier et l'homme le chasseur. Le plus tôt sera le mieux. Que la volonté supérieure d'Erika puisse un jour cesser de tout régenter n'effleure même pas l'esprit de cette dernière, pourtant elle-même est régentée à longueur de journée par la volonté supérieure de sa mère. Mais c'est devenu sa seconde nature, au point qu'elle ne s'en aperçoit plus. La confiance c'est bien, le contrôle c'est mieux.

Ouvrant joyeux portes et fenêtres, un foyer lui fait signe. Des ondes directionnelles chaleureuses enlacent déjà le professeur. Voici qu'Erika apparaît sur l'écran radar maternel, point lumineux furtif qui volette, papillon ou insecte embroché, épinglé par l'être plus fort. Erika ne voudra pas savoir comment Klemmer a réagi à sa lettre, en conséquence elle ne décrochera pas le téléphone. Elle chargera même sa mère de dire à l'homme qu'elle n'est pas là. Croyant donner à sa mère un ordre que celle-ci ne *lui* aurait pas donné préalablement. La mère félicite Erika d'effectuer ce pas : se couper de l'extérieur et s'en remettre exclusivement à elle. Animée d'un feu intérieur qui brave son âge la mère ment comme un arracheur de dents, hélas ma fille n'est pas là pour l'instant. J'ignore quand elle rentrera. Ayez l'amabilité de rappeler une autre fois. Merci. Dans ces moments-là sa fille lui appartient encore plus que d'habitude. À elle seule et à personne d'autre. Pour le reste du monde l'enfant est absente.

Étouffant littéralement sous les éboulis cérébraux d'Erika, Klemmer suit l'objet de ses sentiments jusqu'à la Josefstädterstrasse. Ici se trouvait autrefois le cinéma le plus grand, le plus moderne de Vienne qui à présent abrite une banque. Erika et sa maman s'y étaient rendues quelquefois pour célébrer un jour de fête. Mais la plupart du temps, par économie, ces dames fréquentaient le petit cinéma Albert, moins cher. Le père restait à la maison, pour économiser encore plus, y compris sur le peu qui lui restait d'esprit qu'il n'avait pas envie d'éjaculer dans un cinéma. Erika ne se retourne pas une seule fois. Ses sens ne captent rien, même pas le bien-aimé si proche cependant. Pourtant ses pensées sont focalisées sur un point, sur le bien-aimé qui prend des allures de géant : Walter Klemmer.

Ainsi courent-ils gentiment l'un derrière l'autre. Quelque chose dans le dos du professeur de piano Erika Kohut la pousse en avant, et c'est un homme, qui fera sortir d'elle soit l'ange soit le diable. Il ne tient qu'à la femme d'enseigner à l'homme des manières délicates. De l'empire des sens, dans toute l'acception du terme, Erika commence à soulever un coin du voile, mais Klemmer, cet élève qui possède sur lui-même et ses sens un empire total, elle ne le remarque pas dans son dos. Aujourd'hui en rentrant elle ne s'est acheté ni la dernière revue de mode étrangère, ni aucun des vêtements reproduits dedans, ou imitation desdits vêtements. Elle n'a même pas jeté un regard aux modèles de printemps flambant neuf dans leurs vitrines. Le seul regard qui lui restait au milieu de cette confusion où la plongeait le déchaînement des ardeurs viriles, elle l'accorda distraitement, rapidement, à la une du journal du lendemain – la photo défraîchie d'un nouveau braqueur ayant opéré le jour même dans une banque, une photo de mariage du criminel frais émoulu. Manifestement la dernière photo prise de lui remontait au jour de ses noces. À présent tout le monde le connaît juste parce qu'il s'est marié. Et Erika de s'imaginer Klemmer en marié, elle-même en mariée, sa mère en mère de mariée destinée à vivre avec le couple, mais elle ne voit pas l'élève auquel elle ne cesse de penser et qui l'a prise en chasse.

La mère sait que son enfant apparaîtra au plus tôt dans une demi-heure si les conditions sont favorables, et néanmoins elle l'attend déjà. La mère ignore tout du cours annulé, et néanmoins languit après sa fille qui revient toujours ponctuellement auprès d'elle. La volonté d'Erika sera l'agneau qui se blottit contre la lionne qu'est la volonté maternelle. Cet acte de soumission empêchera la volonté maternelle de déchiqueter la volonté malléable, immature de l'enfant et de secouer dans sa gueule ses ossements sanglants. La porte de l'immeuble s'ouvre brutalement, l'obscurité jaillit. La cage d'escalier, échelle de Jacob menant au journal télévisé et à la suite du programme s'élance vers le ciel ; une douce, une quiète lueur se répand du premier étage, à peine Erika a-t-elle actionné la minuterie de la cage d'escalier. La porte de l'appartement ne s'ouvre pas, aujourd'hui les pas n'ont rien de familier, puisqu'on attend la fille au plus tôt dans une demi-heure. La mère est encore toute à ses derniers préparatifs dont le couronnement sera un rôti aux petits oignons.

Depuis une demi-heure Walter Klemmer ne voit son professeur que de dos. Même sous cet angle – qui n'est pas celui qu'Erika préfère – il la reconnaîtrait entre mille ! Il s'y connaît en femmes, et ce sous tous les angles. Il voit, reposant sur de solides colonnes, le moelleux coussin des fesses, rembourré à souhait. Il s'interroge sur la façon dont il manipulera ce corps, lui, le spécialiste qui ne se laisse pas si facilement démonter par des troubles fonctionnels. Une joie anticipée mêlée d'un léger effroi s'empare de Klemmer. Pour l'instant Erika avance paisiblement mais bientôt elle hurlera de plaisir ! Plaisir que lui, Klemmer, aura produit tout seul. Pour l'instant ce corps se consacre encore naïvement à différentes démarches, seul Klemmer fera marcher le programme « linge à bouillir ». Non qu'il désire vraiment cette femme, au fond elle ne le tente guère, et il ne sait pas si c'est à cause de son âge ou plutôt de son absence de jeunesse. Mais il ne pense obstinément qu'à révéler en elle la chair, rien que la chair. Jusqu'ici il ne la connaissait que dans une seule fonction : en tant que professeur. À partir d'aujourd'hui il fera sortir d'elle l'autre fonction et verra s'il peut en faire quelque chose : en tant que maîtresse. Si non, eh bien tant pis. Ces couches de convictions à la mode ou parfois vieux jeu si soigneusement superposées, ces housses et pelures dont seule une volonté incertaine assure la cohésion, cette mascarade bigarrée de peaux et d'oripeaux qui adhèrent à elle, il est bien décidé à les lui arracher ! Elle n'a aucune idée, mais ça viendra, de la façon dont en réalité une femme doit se parer : il faut du chic, mais d'abord et surtout du pratique, afin de ne pas être gênée aux entournures. Lui, Klemmer, ne veut pas tant posséder Erika que déballer enfin ce paquet d'os et de peau savamment apprêté au moyen d'un assemblage d'étoffes et de couleurs ! Le papier, il le froissera en boule et le jettera. Cette femme si longtemps inaccessible, avec ses jupes et écharpes colorées, Klemmer veut se la rendre praticable avant qu'elle n'entre en décomposition. Pourquoi s'achète-t-elle donc de telles frusques ? Des vêtements jolis, pratiques et en plus pas chers, ça ne manque pas pourtant ! proclame-t-il, marquant son désaccord, tandis qu'elle en est encore à lui expliquer comment jouer chez Bach les accords dissonants. C'est la chair que Klemmer veut faire apparaître, dût-il y prendre de la peine. Il veut simplement ce qui est EN DESSOUS : veut posséder enfin. S'il dépouille cette femme de ses enveloppes, l'être humain Erika qui m'intéresse depuis un bon moment finira bien par apparaître, avec ses imperfections, pense Klemmer. Les couches textiles sont toutes plus racornies, plus délavées l'une que l'autre. Et de cette Erika, Klemmer ne veut que le meilleur morceau, le petit noyau central qui sera peut-être succulent. De *ce corps* il voudrait faire usage. Un usage personnel. De force si nécessaire. L'esprit, il le connaît assez à présent. Oui, en cas de doute, Klemmer n'écoute jamais que son corps qui jamais ne se trompe et lui tient comme aux autres le langage du corps. Certes, chez les toxicomanes et les malades le corps ne dit pas toujours la vérité, en raison de certains abus ou de sa faiblesse, mais celui de Klemmer, merci bien, est sain. Touchons du bois. Lorsque Klemmer fait du sport, son corps lui dit toujours quand il en a vraiment assez ou quand il reste encore quelques gouttes dans le réservoir. Jusqu'à épuisement total. Après, Klemmer se sent merveilleusement bien ! Indescriptiblement bien, ajoute-t-il avec animation pour décrire son état. Sous les regards – mortifiés par ses soins – de son professeur, il veut enfin réaliser sa propre chair. Il n'a attendu que trop longtemps. Des mois ont passé et sa persévérance lui a acquis un droit. Les signes ne trompaient pas : c'est pour l'amour de Klemmer qu'Erika s'est ostensiblement pomponnée ces derniers temps : chaînettes, manchettes, ceintures, taille serrée, trotteurs, carrés de soie, parfums, cols de fourrure amovibles, et même récemment un nouveau bracelet plastique, entrave au jeu pianistique. Cette femme s'est faite belle pour un homme. Mais lui n'a qu'une envie, broyer tout ce clinquant malsain et débile, secouer la boîte et en faire tomber le dernier reste d'originalité, de spontanéité auquel la femme s'accroche. Il veut tout ! Mais sans la désirer en réalité. Ces fanfreluches mettent Klemmer, homme direct, dans une colère insensée. A-t-on jamais vu la nature s'attifer ainsi pour l'accouplement ? Seuls quelques oiseaux, des mâles pour la plupart, ont un plumage séduisant, mais c'est leur apparence normale.

Klemmer s'imagine encore alors qu'il court derrière elle, que seule l'apparence soignée quoique maladroitement apprêtée de sa future bien-aimée provoque sa colère. Qu'on en finisse avec ces atours, ces niaiseries foncièrement enlaidissantes ! Pour l'amour de lui ! Il fera comprendre à Erika qu'à tout prendre, la seule parure acceptable à ses yeux sur un visage agréable qui n'est pas pour lui déplaire, c'est la propreté. Erika se ridiculise inutilement. Une douche deux fois par jour, voilà comment Klemmer entend l'hygiène corporelle, et ça suffit. Et il exige aussi des cheveux propres, il abhorre les coiffures mal soignées. Or depuis peu Erika se harnache comme un véritable cheval de cirque. Voilà que cette femme s'est mise à piocher dans ses réserves vestimentaires qui dormaient au fond d'un placard, afin de plaire encore davantage à l'élève. Ça *doit* le renverser, et en effet ! De toute part on s'étonne, on remarque qu'elle en fait trop, à croire qu'elle est tombée dans un pot de peinture ! Une métamorphose. Non contente d'enfiler des robes tirées de son fonds de collection, elle achète en plus au poids les accessoires assortis, ceintures, sacs, chaussures, gants et bijoux fantaisie. Séduire l'homme du mieux qu'elle peut, voilà ce qu'elle veut, mais elle n'éveille en lui que ses plus mauvais penchants. On ne réveille pas un tigre qui dort,

il ne fera d'elle qu'une bouchée, lui souffle Klemmer
– allusion à sa modeste personne. Erika parade telle une
gravure de mode ivre, bottée, éperonnée, camouflée,
harnachée, embellie et ravie. Que n'a-t-elle plus tôt
forcé ses armoires afin d'accélérer l'évolution de cette
liaison compliquée ? De son entrepôt de soies chamarrées
jaillissent merveilles sur merveilles ! Elle a enfin osé
ce coup de force et se délecte à imaginer les œillades
à peine voilées qu'elle ne reçoit pas, ignorant les railleries à peine plus voilées des gens qui la connaissent
depuis longtemps et s'inquiètent sérieusement de son
changement d'allure. Erika est ridicule, pourtant elle
est bien emballée, bien ficelée. Or tous les vendeurs
le savent : c'est l'emballage qui compte ! Dix couches
superposées : protection et tentation assurées. Et le tout
assorti ! Jolie performance ! La mère s'emporte contre
Erika qui s'est acheté en plus pour mettre avec son
tailleur un nouveau chapeau genre cow-boy agrémenté
d'un ruban et d'une petite bride du même tissu que le
chapeau, grâce à laquelle elle le fixe sous le menton
pour l'empêcher de s'envoler par grand vent. La mère se
lamente à voix haute sur la dépense et trouve suspecte
cette débauche de coquetterie qui se dresse sûrement
contre quelqu'un, en l'occurrence contre elle, la mère,
et s'adresse sûrement à quelqu'un, en l'occurrence à
l'homme en général. Si c'est à un homme en particulier,
il aura de ses nouvelles ! Et pas des meilleures ! La mère
se gausse des savantes compositions vestimentaires. Le
suc blême de sa dérision empoisonne les enveloppes,
peaux, housses et couvercles dont la fille se couvre
consciencieusement. Ses railleries sont telles que la fille
ne pourra pas longtemps se dissimuler que la jalousie
en est la cause.

À la remorque de cet animal somptueusement caparaçonné et sans égal dans la nature, Walter Klemmer, son ennemi naturel, caracole. Dans l'intention de lui faire passer au plus vite un tel manque de naturel. Jeans et tee-shirts suffisent amplement aux exigences de Klemmer, et il en a. La porte d'entrée donne sur un intérieur ténébreux où une plante rare a néanmoins poussé, longtemps ignorée de tous. Toutes les couleurs qui un instant plus tôt à l'extérieur s'épanouissaient encore meurent ici. À mi-hauteur du premier étage Erika et Klemmer tombent brusquement l'un sur l'autre, aucune échappatoire. Ni garage, ni remise, ni parking.

Homme et femme tombent face à face, mais pas par hasard. Et le troisième larron invisible, en la personne de l'instance maternelle, attend en haut le moment de donner sa réplique. Avec sérieux et bienveillance Erika conseille à l'élève de décamper sur-le-champ. Elle est altière. L'élève résiste sérieusement, bien qu'il n'ait guère envie de rencontrer la mère. Il exige, allons donc quelque part où nous pourrons enfin parler en tête à tête. Il veut avoir une conversation ! Gagnée par la panique Erika se débat ; l'homme veut forcer sa retraite. Que dira la mère avec son petit souper pour deux si alléchant ? Le repas est prévu pour la mère et l'enfant.

Klemmer s'agrippe à Erika qui veut savoir s'il a déjà lu sa lettre. Avez-vous déjà lu ma lettre, monsieur Klemmer ? Qu'est-il besoin de lettres entre nous ? demande ce dernier à la femme bien-aimée, soulagée qu'il ne l'ait pas encore lue. Mais qui craint par ailleurs de le voir refuser les jeux que la lettre exige de lui Klemmer. Ces deux êtres engrenés dans les rouages de l'amour se trompent, avant même le début des opérations, sur ce qu'ils veulent l'un de l'autre et sur ce qu'ils obtiendront l'un de l'autre. Des malentendus se pétrifient façon granit. Ils ne se trompent pas sur le compte de la mère qui tranchera net et renverra illico la partie en surnombre (Klemmer). Celle qui fait toute sa richesse, toute sa joie (Erika), elle la gardera. Erika se trémousse de-ci de-là. Marquant ainsi son extrême indécision. Comprise par Klemmer, fier d'en être la cause. Et qui va lui donner un coup de main, afin qu'elle accouche d'une décision. Du galurin de sa proie galamment il s'empare. Quelle ingratitude envers ce chapeau de cow-boy qui, tel un aimable guide, l'étoile du matin des rois mages, voguait toujours au-dessus de la mêlée, un chapeau devant lequel nul ne passe sans payer son tribut de railleries. À peine l'aperçoit-on qu'on se sent de mauvaise humeur, même si le lien de cause à effet parfois vous échappe !

Ici sur cet escalier, nous sommes seuls et nous jouons avec le feu, rappelle Klemmer. Qui avertit Erika de ne pas constamment exciter son désir pour aussitôt se rendre inaccessible. Du regard Erika signifie à l'homme de partir parce qu'il faut qu'il reste. Sous son emballage-cadeau, la femme s'épanouit obscurément. Cette fleur n'est pas adaptée au rude climat du désir, elle est inadaptée à des séjours prolongés dans la cage d'escalier, il lui faut lumière et soleil. C'est encore près de sa mère, devant la télévision, qu'elle est le mieux. Sous son nouveau chapeau qu'on vient de lui ôter, Erika se déploie, obscène, visage rouge, malsain d'une créature qui a trouvé son maître. Klemmer se voit hors d'état de désirer cette femme que depuis longtemps pourtant il souhaite pénétrer. Coûte que coûte, et même au prix de mots d'amour. Erika aime le jeune homme et attend de lui sa délivrance. Elle ne donne pas le moindre signe d'amour, afin de n'être pas inférieure. Erika voudrait se montrer faible, mais néanmoins déterminer elle-même sa forme d'infériorité. Elle a tout noté par écrit. Elle veut se laisser littéralement aspirer par l'homme jusqu'à ne plus être. À l'abri sous son chapeau de cow-boy elle veut concilier impassibilité et enlacements passionnés. La femme veut amollir des années de pétrification, que l'homme en profite pour la dévorer ! peu lui importe. Se perdre entièrement dans cet homme, tel est son désir, mais qu'il ne s'en aperçoive pas ! Ne sens-tu pas que nous sommes seuls au monde, lui demande-t-elle sans voix. En haut la mère est déjà sur le pied de guerre. Tout à l'heure elle ouvrira la porte. La porte ne s'ouvre pas encore, parce que la mère ne s'attend pas encore à voir sa fille.

La mère ne sent pas son enfant tirer sur ses chaînes, parce qu'il manque encore une demi-heure avant qu'elle la sente et la voie se débattre. Erika et Klemmer sont fort occupés à sonder qui des deux aime le plus et se trouve donc le plus vulnérable. Erika feint, en raison de son âge, d'être celle qui aime moins, parce qu'elle a trop souvent aimé. Par conséquent c'est Klemmer qui aime plus. D'autre part Erika a besoin de plus d'amour. Klemmer a acculé Erika dans le coin, il ne lui reste plus qu'un petit trou où se réfugier qui mène droit au guêpier du premier étage ; la porte est déjà en vue. Derrière, la vieille guêpe mène grand tapage avec ses poêles et ses casseroles, on l'entend et on la voit en ombre chinoise à travers la fenêtre de la cuisine éclairée qui donne sur le couloir. Klemmer commande. Erika obéit. Elle semble mettre le cap à toute vapeur sur son propre échec, c'est sa dernière, sa plus riante destination. Erika se démet de sa volonté. Et transmet à Walter Klemmer tel le témoin pendant une course de relais cette volonté que jusqu'ici la mère détenait seule. Appuyée au mur, elle attend qu'on décide à son sujet. Elle fait certes abandon de sa liberté mais pose une condition : Erika Kohut utilisera son amour pour faire en sorte que ce garçon devienne son maître. Plus il obtiendra de pouvoir sur elle, plus il deviendra en retour sa créature obéissante, à elle, Erika. Lorsqu'ils se rendront par exemple dans le Ramsau et se promèneront en montagne, Klemmer sera totalement son esclave. Alors qu'il se croira son maître, à elle, Erika. C'est ainsi qu'Erika se servira de l'amour qu'elle éprouve. C'est l'unique voie où l'amour ne se consume pas prématurément. Il faut qu'il se dise : cette femme s'est entièrement abandonnée entre mes mains, alors que c'est *lui* qui passe dans les siennes. C'est ainsi qu'elle s'imagine les choses. Le seul risque d'échec est que Klemmer lise la lettre et la désapprouve. Par dégoût, par pudeur ou par crainte, selon le sentiment qui prendra le dessus. Nous ne sommes tous que des êtres humains, et par conséquent imparfaits – dit Erika, consolant son vis-à-vis masculin qu'elle s'apprête à embrasser, un visage qui s'adoucit, fond presque. Sous son regard professoral. Parfois nous échouons dans l'acte, et je serais tentée de croire que cet échec inéluctable est notre but ultime, conclut Erika qui au lieu d'un baiser donne un coup de sonnette, faisant apparaître presque instantanément derrière la porte le visage de la mère mi-expectatif, mi-fâché, oser déranger les gens à une heure pareille ! et qui s'épanouit puis se fane sur-le-champ à la vue de ce que sa fille remorque à son bras. La remorque annonce promptement son port de destination : ici, appartement Kohut, mère et fille. Nous venons de débarquer. La mère est pétrifiée. Arrachée sans ménagements à sa couverture Trois-moijamais, la voilà debout, en chemise de nuit, face à une horde de braillards. Du regard – numéro bien rodé – la mère demande à sa fille ce que le jeune étranger vient faire ici. Exigeant de ce même regard qu'on éloigne le jeune homme, vu qu'il n'est pas un de ces employés chargés de relever les compteurs d'eau ou d'électricité et payables, eux, par virement bancaire. La fille répond qu'elle a un problème à régler avec l'élève, et que le mieux est qu'ils aillent dans sa chambre. La mère fait remarquer que la fille n'a pas de chambre, car ce qu'elle nomme sien dans sa folie des grandeurs appartient aussi à la mère. Tant que cet appartement est encore à moi, nous prenons les décisions ensemble, et la mère d'exposer les résolutions prises. Erika Kohut déconseille à sa mère d'essayer de les suivre dans sa chambre, elle et son élève, ou ça fera du vilain. Les dames se montrent désagréables l'une envers l'autre et s'attrapent. Klemmer jubile et la mère s'échauffe la bile. Puis baissant le ton fait remarquer d'une voix sourde qu'elle a juste préparé un léger repas pour leurs appétits d'oiseaux, et non pour deux oiseaux et un ogre. Klemmer remercie pour le principe. Merci, j'ai déjà dîné. La mère perdant contenance reste plantée bras ballants et bouche bée sur le terrain du fait accompli et regarde. Le premier venu pourrait l'emporter. Le premier coup de vent renverserait cette alerte personne qui d'habitude menace la bourrasque du poing et brave l'averse grâce à un équipement judicieux. La mère reste plantée là, adieu veaux, vaches, cochons, couvée.

La fille et l'étranger que la mère connaît à peine mais dont elle se souviendra, passent en procession devant elle et font leur entrée dans la chambre d'Erika. Erika prononce vaguement quelques mots d'adieu, ce qui ne change rien au fait qu'il s'agit bien d'un adieu à la mère. Et non à l'élève qui sans autorisation s'est introduit dans leur demeure. De toute évidence c'est un complot visant à attenter au nom sacré de la mère. D'où une prière que la mère adresse à Jésus mais que personne n'entend, même pas le destinataire. Impitoyable la porte se ferme. La mère ne sait trop ce qu'il adviendra entre ces deux êtres dans la chambre d'Erika, mais il lui sera facile de se faire une opinion, car – sage prévoyance maternelle – la porte ne ferme pas à clef. Sur la pointe des pieds, à pas de loup, la mère s'approche de la chambre de sa fille, afin de découvrir de quel instrument ils comptent jouer. Pas du piano, il parade au salon. La mère croyait que l'enfant était l'innocence en personne, et voilà soudain que quelqu'un paie un loyer pour pouvoir déloyalement obliger sa fille à tenir des engagements. En tout cas, un loyer de cette espèce, la mère le refusera avec indignation ! Elle se passe de ce genre de revenus. Ce garçon voudra sûrement payer son loyer en nature sous la forme d'une vague amourette sans lendemain.

Au moment de tendre la main vers la clenche, la mère entend distinctement de l'autre côté de la porte qu'on déplace un lourd objet, sans doute la crédence de grand-maman bourrée de pièces détachées et d'accessoires que la fille a récemment achetés, assortis aux vêtements superflus achetés tout aussi récemment. On dégage et déloge – de force ! – la crédence de son support ancestral. Devant la porte de la fille que l'on barricade exprès sous ses yeux se tient une mère déçue. Elle trouve encore en elle, quelque part, un ultime reste d'énergie qu'elle met – vainement – en œuvre contre ladite porte. Utilisant la pointe droite de son pied chaussé d'une charentaise en poil de chameau hélas trop souple pour frapper. La mère sent une douleur dans les orteils mais n'en souffrira vraiment que plus tard, pour l'instant elle est trop énervée. De la cuisine vient une odeur de roussi. Aucune main compatissante ne tourne la sauce. La mère n'a même pas été jugée digne de quelques mots de politesse. On ne lui a fourni aucune explication, pourtant la mère aussi est chez elle ici, et elle prépare à sa fille un joli petit chez-soi. Elle est même davantage chez elle que sa fille, vu qu'elle ne sort presque jamais. Après tout l'appartement n'appartient pas qu'à l'enfant, la mère est encore en vie et entend le rester longtemps. Dès ce soir, l'importun visiteur parti, la mère pour faire semblant et plaisanter s'ouvrira de ses projets à sa fille : elle déménage. Va à l'hospice. Mais dès que sa fille la cuisinera un peu, elle conviendra que ce n'était pas sérieux, car : où irait-elle ? Des évidences peu agréables s'imposent à l'esprit désagréable de la mère sous la forme d'un glissement dans l'équilibre des forces, une relève de la garde. Dans la cuisine elle fait valser des aliments à moitié cuits. Plus par colère que par désespoir. Un jour ou l'autre il faut bien que vieillesse passe le flambeau. La mère voit lever en sa fille le germe vénéneux d'un conflit de génération, mais qui s'apaisera sûrement dès que l'enfant songera au montant de sa dette envers sa mère. Étant donné l'âge actuel de son Erika, la mère ne s'attendait plus à être remerciée sur le tard. Elle s'imaginait qu'elle resterait sur le ring jusqu'à sa mort. Jusqu'au coup de gong final. Il se peut qu'elle passe l'arme à gauche avant son enfant, mais elle ne rendra pas les armes de son vivant. La fille a passé l'âge où un homme risque encore d'engendrer de mauvaises surprises. Et pourtant il est là, cet homme que la fille, croyait-on, s'était ôté de l'esprit. On l'en avait dissuadée avec succès, et voilà qu'il refait surface, tout beau tout neuf, et en plus dans votre propre nid !

La mère s'affale hors d'haleine sur une chaise de cuisine, entourée de débris de nourriture. Dire que nulle autre qu'elle devra les ramasser ! Enfin, ça la distrait un peu. Ce soir, devant la télévision, elle ne dira pas un mot à Erika. Si ce n'est pour lui expliquer que tous les faits et gestes maternels sont motivés par l'amour. La mère avouera son amour à Erika, excusant par cet amour d'éventuelles erreurs. Dans ce contexte elle citera Dieu et d'autres supérieurs qui tenaient eux aussi l'amour en haute estime, mais pas cet amour égoïste qui germe en ce jeune homme. Comme punition la mère s'abstiendra de tout commentaire négatif ou positif sur le film. Sur décision maternelle l'échange d'idées traditionnel n'aura pas lieu aujourd'hui. Aujourd'hui la fille se pliera aux vœux de la mère. La fille ne peut pas se faire la conversation à elle-même. Pas de discussion, tu sais très bien pourquoi !

Passant alors au salon sans avoir dîné, la mère fait donner au maximum l'éternelle tentatrice-couleur, afin que sa fille qui boude dans son coin regrette d'avoir, de deux plaisirs, choisi le plus insipide. La mère cherche désespérément un réconfort et finit par le trouver à l'idée que sa fille a amené l'homme ici au lieu d'aller ailleurs. La mère craint que derrière la porte barricadée la chair ne se mette à parler. La mère craint que le jeune homme ait également des visées sur l'argent. La mère ne peut imaginer que l'on veuille autre chose que de l'argent, même si l'on feint habilement d'avoir des vues sur la fille. Il peut tout avoir sauf l'argent, décide le Ministre des finances de la famille, qui dès le lendemain ira changer le code du livret d'épargne. Fini le code « Erika ». La fille se ridiculisera joliment à la banque lorsqu'elle voudra remettre sa fortune au jeune homme.

La mère a une crainte : que la fille derrière la porte n'écoute que son corps qui peut-être s'épanouit déjà sous quelque caresse. Elle règle le téléviseur si fort qu'il devient impossible d'en répondre devant le voisinage. L'appartement vibre sous les trompettes du Jugement dernier, indicatif du journal télévisé. Dans un instant les riverains sortiront leurs balais pour frapper ou se retrouveront en personne devant la porte pour se plaindre. Erika ne l'aura pas volé, elle sera désignée comme l'auteur des nuisances sonores et à l'avenir n'osera plus jamais regarder en face les autres locataires.

Dans la chambre de la fille où prolifèrent des cellules malignes, pas un bruit. Pas un cri d'oiseau, pas un coassement de crapaud, pas un grondement de tonnerre. Mais quand bien même la fille crierait, avec la meilleure volonté du monde la mère ne l'entendrait. Elle règle alors en sourdine l'appareil où les mauvaises nouvelles font rage, afin de pouvoir entendre ce qui se passe dans la chambre de la fille. Elle n'entend toujours rien, cette crédence n'endigue pas que les faits et les gestes, c'est un mur anti-bruit. La mère coupe le son, mais rien ne bouge derrière la porte. La mère remet le son plus fort afin d'être à couvert et à pas de loup, sur la pointe des pieds, s'approche de ladite porte pour écouter. Qu'entendra-t-elle, des cris de plaisir, des cris de douleur, les deux peut-être ? La mère colle l'oreille à la porte, dommage qu'elle n'ait pas de stéthoscope. Par bonheur ils parlent seulement. Mais de quoi ? En faisant quoi ? Parlent-ils de la mère ? Voilà qu'elle aussi perd tout intérêt pour le programme de télé, bien qu'elle ait toujours prétendu face à sa fille que rien ne vaut la télévision après une longue journée de travail. La fille fait le travail, mais la mère a toujours le droit de regarder la télé avec elle. Les instants de communion avec sa fille sont les meilleurs du plaisir télévisuel. À présent la saveur en est éventée, la télé a perdu tout son sel. Elle est fade, insipide.

La mère se dirige vers l'armoire aux poisons du salon-salle de séjour. Elle boit une, deux liqueurs… Lourdeur et fatigue s'ensuivent. Elle s'allonge sur le canapé et continue à boire sur sa lancée. Derrière la porte de la fille prolifère comme un cancer qui continue à grandir alors que son propriétaire est mort et enterré. La mère continue à boire de la liqueur.

Walter Klemmer cède volontiers au désir de se jeter sur Erika Kohut, maintenant que les travaux d'approche sont clos et les portes clôturées. Personne ne peut entrer ni d'ailleurs sortir sans recourir expressément à son aide manuelle. La crédence est devant la porte grâce à sa force, la femme se trouve avec lui, et la crédence les protège tous deux des influences extérieures. Klemmer décrit à Erika un partenariat utopique pimenté de sentiments amoureux. Que l'amour peut être beau quand le Moi a trouvé son vrai Toi ! Erika, à ce qu'elle prétend, ne veut être aimée qu'au terme d'errements et de tourments. Elle s'enferme complètement dans le cocon de sa matérialité dont elle exclut tout sentiment. La crédence de sa pudeur, l'armoire de son malaise, lui font un rempart auquel elle s'accroche convulsivement, à Klemmer d'enlever tous ces meubles de force pour parvenir jusqu'à elle. Elle ne veut être qu'un instrument dont elle lui apprendra à jouer. Il doit être libre, et elle, entièrement enchaînée. Mais ses chaînes c'est elle qui les choisit. Elle décide de se faire objet, de se faire outil ; Klemmer devra se résoudre à s'en servir, de cet objet. Erika contraint Klemmer à lire une lettre tout en l'implorant au fond d'elle-même de passer outre au contenu après en avoir pris connaissance. Ne serait-ce qu'en raison de ce qu'il éprouve et qui est vraiment de l'amour, et pas seulement un vague mirage brillant sur les alpages. Erika se soustraira complètement à Klemmer au cas où celui-ci se refuserait à son exigence de violence. Elle se réjouira néanmoins à tout instant d'un penchant qui exclut toute violence envers la créature de son choix. Klemmer cependant ne pourra s'offrir Erika qu'à la condition d'user de violence. Il devra aimer Erika jusqu'à l'abandon de soi et elle, à son tour, l'aimera jusqu'à l'abnégation de son moi. N'échangent-ils pas sans cesse des preuves certifiées conformes de leur affection et de leur dévouement réciproques ? Erika attend que Klemmer jure de renoncer à la violence par amour. Elle se refusera par amour et demandera qu'il advienne d'elle ce qu'elle exige en détail dans sa lettre, tout en espérant ardemment que lui soit épargné ce qu'elle exige dans ladite lettre.

Klemmer regarde Erika avec amour et dévotion, comme si quelqu'un l'observait regardant Erika avec dévotion et dévouement. Le spectateur invisible regarde par-dessus l'épaule de Klemmer. En ce qui concerne Erika, c'est la délivrance tant espérée qui regarde par-dessus son épaule. Elle s'en remet aux mains de Klemmer, espérant trouver la délivrance par la confiance absolue. D'elle-même elle attend l'obéissance, et de Klemmer des ordres conformes à son obéissance. Elle rit : il faut être deux pour cela ! Klemmer rit avec elle. Qu'avons-nous besoin d'échanger des lettres, quant un simple échange de baisers suffirait ! prétend-il alors. Klemmer assure à sa future bien-aimée qu'elle peut tout, vraiment tout lui dire, inutile d'écrire exprès. La gêne, qu'est-ce que c'est pour cette femme qui a appris le piano ! Une apparence soignée peut compenser pour l'homme un attrait sexuel que le savoir tue à petit feu. Escalader le ciel, enfin, comme il se doit en amour, c'est ce que veut Klemmer, et non point respecter des panneaux de circulation fixés par écrit. Voici qu'il tient la lettre, pourquoi ne l'ouvre-t-il pas ? Embarrassée, Erika tente de se défaire de sa liberté et de sa volonté qui peuvent enfin donner leur démission. L'homme ne comprend rien à ce sacrifice. De cette absence de volonté Erika sent naître un sourd ravissement qui l'excite violemment. Klemmer essaie de plaisanter : Encore un peu, et l'envie m'en sera passée ! Et menace que si de tels obstacles s'accumulent, ce corps mou, passif, charnel, cette mobilité si étroitement limitée au piano, n'éveilleront pas longtemps un grand désir en lui. Pour une fois que nous sommes seuls, allons-y ! La situation a atteint un point de non-retour, elle est sans merci. Tant de voies détournées ont enfin permis à Klemmer d'arriver jusqu'ici. Il finit sa portion, se ressert goulûment, et reprend également une bonne louche de l'accompagnement. Klemmer repousse brutalement la lettre et dit à Erika qu'il faut donc la contraindre au bonheur. Il décrit la chance qu'elle a d'être tombée sur lui, avec ses atouts, ses avantages, mais aussi ses défauts en regard du papier inerte : car lui est vivant !

Elle ne tardera pas à s'en apercevoir, vivante comme elle l'est également ! Walter Klemmer laisse filtrer la menace que l'homme bien souvent de la femme se lasse. C'est qu'une femme doit savoir varier sa présentation. Erika a une longueur d'avance, elle est déjà au courant. D'où la lettre qu'elle impose à Klemmer et dans laquelle elle relate comment rallonger, le cas échéant, l'ourlet de leurs relations. Erika parle : Oui, mais la lettre d'abord. Klemmer ne peut que l'accepter, la laisser tomber serait insulter la femme. Il s'affaire sur Erika avec des baisers, ravi de la voir enfin sensée, prête à la coopération amoureuse. En retour elle connaîtra les indicibles bienfaits de l'amour, tous prodigués par lui, Klemmer. Erika ordonne, lis la lettre. À contrecœur Klemmer enlève Erika de sa main déjà ouverte et déchire l'enveloppe. Parcourt la lettre avec étonnement, en lit certains passages à haute voix. Si d'aventure la lettre disait vrai, les choses finiraient mal pour lui, mais encore plus mal pour cette femme, sa tête à couper. Il a beau faire, il ne peut plus la considérer vraiment comme un être humain, on ne peut toucher à ça qu'avec des pincettes. Erika sort une vieille boîte à chaussures et déballe le fruit de ses économies. Elle hésite, que va-t-il choisir, elle voudrait en tout cas être totalement réduite à l'immobilité. Elle voudrait qu'on la décharge de ses responsabilités par le recours à un appareillage extérieur. Elle veut se confier à quelqu'un, mais à *ses propres conditions*. Elle le défie ! Klemmer explique qu'il faut souvent du courage pour refuser un défi et se décider en faveur de la norme. Klemmer est la norme. Klemmer lit et se demande ce que cette femme s'imagine. Doute qu'elle soit sérieuse. Lui par contre est mortellement sérieux, d'un sérieux que lui ont appris les torrents où souvent confronté à de sérieux dangers il faut maîtriser toutes sortes de situations.

Erika prie M. Klemmer de bien vouloir s'approcher d'elle, alors qu'elle n'est vêtue que d'une paire de bas et d'une combinaison noire en nylon. Ça lui plairait assez. Son vœu le plus ardent, peut lire son M. Klemmer adoré, est que tu me punisses. Elle voudrait comme punition que Klemmer la suive pas à pas. Erika s'inflige Klemmer comme punition. Et de telle manière qu'il ait de son côté plaisir à l'attacher, la lier, la ligoter, la ceinturer, et ce aussi fermement, solidement, cruellement, férocement que possible, avec soin et méthode et dans les règles de l'art, à l'aide de cordes que j'ai rassemblées, de sangles et même de chaînes ! que je possède également. Ce faisant qu'il lui enfonce ses genoux dans le corps, je t'en prie.

Klemmer en rit à gorge déployée. Il croit à une blague : elle lui dit de lui donner des coups de poing dans l'estomac et de s'asseoir si solidement sur elle qu'elle en reste aplatie, sans pouvoir bouger dans ses chaînes douces et cruelles. Klemmer rit aux éclats, elle ne parle pas sérieusement, c'est bien imaginé ! Cette femme se montre sous un nouveau jour, ainsi s'attache-t-elle l'homme plus fortement encore. Elle cherche des distractions et ne recule devant aucune variante. Elle écrit par exemple noir sur blanc qu'elle se tordra comme un ver dans les chaînes cruelles où tu me laisseras des heures entières, en me frappant du poing ou du pied et même en me fouettant dans toutes les positions possibles et imaginables ! Erika notifie, noir sur blanc, qu'elle veut s'effacer, s'éteindre complètement sous lui ! Son obéissance bien rodée réclame des tâches plus difficiles ! Et une mère n'est pas tout, même si chacun n'en a qu'une. Elle est et reste avant tout mère, un homme par contre exige bien davantage. Klemmer demande ce qu'elle s'imagine au juste. Veut savoir pour qui elle se prend. Il a l'impression qu'elle n'a même pas honte.

Klemmer voudrait ressortir de cet appartement qui s'avère un piège. Avant de venir il ne savait pas dans quoi il s'embarquait. Il s'attendait à mieux. Le kayakiste sonde ici des eaux ô combien incertaines. Il ne s'avoue pas encore vraiment à lui-même dans quel guêpier il s'est fourré et jamais ne l'avouera à autrui. Qu'est-ce que cette femme me veut ? s'inquiète-t-il. A-t-il bien compris qu'en devenant son maître il ne deviendra jamais maître d'elle ? Dans la mesure où c'est Erika qui décide de ce qu'il fait avec elle, un dernier recoin en elle restera toujours insondable. L'amoureux croit si vite avoir atteint les régions les plus profondes et n'avoir plus de secrets à dévoiler. Erika s'imagine qu'elle a encore le choix à son âge, alors que lui au sien est un morceau de choix et a droit au surchoix. Erika exige par écrit qu'il l'accepte comme esclave et lui donne certaines tâches. Il se dit si ce n'est que ça, mais jamais il ne punira, le jeune homme au noble cœur, ça lui coûterait trop. Dans ses chères habitudes il est un point au-delà duquel il n'ira jamais. Il faut connaître ses limites, et la limite commence là où l'on ressentirait de la douleur. Non qu'il manque de cran. Mais il ne veut pas. Elle lui indique noir sur blanc qu'elle s'adressera à lui par écrit, par téléphone, mais jamais en personne. Elle n'ose même pas le dire à voix haute ! Pas quand elle le regarde dans ses yeux bleus.

En s'esclaffant Klemmer se claque les cuisses à se faire mal, c'est à LUI qu'elle voudrait donner des instructions ! Et en plus il faudrait qu'il obtempère sur-le-champ ! Elle ajoute s'il te plaît, décris chaque fois en détail ce que tu t'apprêtes à me faire. Et menace-moi de ce qui m'attend si je te refuse obéissance. Tout doit être décrit en détail. Et chacun des degrés dans l'escalade minutieusement dépeint. De nouvelles moqueries de Klemmer pleuvent sur une Erika silencieuse : mais pour qui se prend-elle ? Ses moqueries sous-entendent qu'elle n'est rien ou pas grand-chose. Il parle d'une autre limite qu'il est seul à connaître, pour en avoir lui-même fixé les bornes : cette limite commence là où je dois agir contre ma volonté, fait M. Klemmer, ironisant sur le sérieux de la situation. Il continue à lire, mais pour rire. Il lit à haute voix, mais seulement pour se divertir ; personne ne supporterait ce qu'elle désire sans mourir à plus ou moins long terme. C'est un catalogue, un inventaire de la souffrance. Tu veux donc que je te traite comme un simple objet. Cela ne devra avoir d'incidence sur les cours de piano que dans la mesure où les autres ne pourront pas s'en apercevoir. Klemmer demande si elle n'a pas perdu la boule. Si elle croit que personne ne s'en apercevra, elle se trompe. Se trompe énormément.

Erika ne dit mot, elle écrit que son troupeau de pianoteurs abrutis demandera peut-être des explications, mais n'en recevra pas. Elle fait fi un peu trop vite de ses élèves, lui objecte Klemmer. Il ne va tout de même pas se mettre entièrement à nu devant des gens qui, dans l'ensemble, sont plus bêtes que lui. Ce n'est pas ce qu'il espérait de notre relation, Erika. Dans la lettre qu'avec la meilleure volonté il ne peut prendre au sérieux, Klemmer lit qu'il ne doit donner suite à aucune prière. Si je venais à te prier, mon amour, de desserrer mes liens et que tu y consentes, il me serait éventuellement possible de me libérer. C'est pourquoi, je t'en prie, ne cède en aucun cas à mes supplications, c'est capital ! Au contraire, quand je te supplierai, feins de m'écouter, et en réalité resserre les liens plus fort encore, gagne deux ou trois crans sur la courroie, plus tu serreras, plus je serai contente, ensuite tu m'enfonceras le plus loin possible dans la bouche de vieux bas nylon que je tiens prêts, et me bâillonneras avec un tel raffinement que je ne pourrai émettre le moindre son.

Non, dit Klemmer, ça suffit comme ça. Il demande à Erika si elle veut une gifle. Erika ne se donne pas l'autorisation de répondre. Klemmer menace alors de ne continuer à lire que par pur intérêt pour le cas clinique qu'elle représente. Il dit : une femme comme toi n'a pas besoin de ça. Elle n'est quand même pas si laide. N'a aucune disgrâce physique apparente, excepté son âge. Ses dents sont d'origine.

Passage suivant : à l'aide du tuyau en caoutchouc – je te montrerai comment – maintiens ce bâillon aussi solidement que possible dans ma bouche, de sorte que je ne puisse l'expulser avec la langue. Le tuyau est déjà prêt ! Afin d'augmenter mon plaisir, enveloppe s'il te plaît ma tête dans une de mes combinaisons et noue-la autour de mon visage dans les règles de l'art et si solidement qu'il me soit impossible de l'enlever. Laisse-moi languir des heures dans cette cruelle position, incapable de la moindre entreprise, seule avec moi-même, seule en moi-même. Et ma récompense à moi dans tout cela ? plaisante Klemmer. S'il pose la question, c'est que la souffrance des autres ne lui procure aucun plaisir. Une souffrance liée au sport, acceptée de plein gré, c'est autre chose : car il est seul à souffrir.

Par exemple une douche écossaise au sauna après les eaux glacées des torrents. Voilà ce que je m'inflige à moi-même, et c'est à moi que tu demandes ce que j'entends par conditions extrêmes !

Moque-toi de moi, traite-moi d'esclave stupide ou pire, implore encore Erika par écrit. Décris s'il te plaît à haute voix et au fur et à mesure ce que tu vas entreprendre, et décris les degrés possibles dans l'escalade, sans pour autant te livrer réellement à une escalade dans la cruauté. Parles-en, mais suggère simplement. Menace-moi, mais ne te laisse pas aller à des débordements. Klemmer songe aux nombreux rivages où il a abordé, mais pareille femme, c'est du jamais vu ! Qui s'embarquerait avec elle vers de nouveaux rivages ? Qui s'embarquerait avec cette ondine putréfiée, comme il l'appelle tristement, même si ce n'est qu'en pensée. Déjà il l'abreuve de sarcasmes, en son for intérieur. Il regarde cette femme qui voudrait se perdre dans la volupté, et se demande : ah, le beau sexe, qui n'y perdrait son latin ? Elle ne pense qu'à elle. Pour terminer elle me baisera les pieds en signe de gratitude, découvre l'homme à présent. La lettre tient sur ce point un langage clair et net. Suggère entre eux des menées mystérieuses qui se dérouleront à l'insu du public. Le cours offre au mystère, au secret, un bouillon de culture idéal, mais aussi quel terrain pour briller en public ! Klemmer s'aperçoit que la lettre continue sur ce ton à n'en plus finir. Dans ce qu'il lit il ne voit plus que simple bizarrerie. Quitter cette pièce au plus vite, tel est son but. Seule le retient encore la curiosité de savoir jusqu'où irait un être capable de décrocher la lune ! Klemmer, ce lunicole, caracole dans l'orbite d'Erika depuis un bon moment. Dire que l'univers de la musique s'étend à l'infini, que cette femme n'a que l'embarras du choix et qu'elle se contente de trois fois rien ! Le pied de Klemmer lui démange, destination Erika.

Le regard d'Erika s'attache à cet homme. Elle a été enfant et ne le sera jamais plus.

Klemmer plaisante, ce n'est pas juste, les coups, ça se mérite ! Cette femme s'imagine en mériter par sa seule présence, c'est un peu maigre. Erika songe aux vieux escaliers mécaniques des grands magasins de son enfance. Klemmer fait de l'esprit, je ne nierai pas avoir parfois la main leste, mais nul trop n'est bon. Pas d'excès s.v.p. quand on passe aux choses intimes. Erika le met à l'épreuve en matière d'amour, ça crève les yeux. Juste pour vérifier jusqu'où il irait avec elle, question amour. Elle le teste quant à la fidélité éternelle dont elle voudrait s'assurer avant même que nous n'ayons commencé. Les femmes pensent souvent ainsi. Elle semble sonder le terrain : dans quelle mesure peut-elle bâtir du solide sur son dévouement, est-il bien en mesure de cogner énergiquement contre le mur de sa soumission ? Son aptitude à se soumettre sera absolue ou ne sera pas. Les aptitudes deviendront savoir.

Klemmer est d'avis et n'en démord pas qu'à une femme qui en est là il faut tout promettre et ne rien tenir. Le fer brûlant de la passion refroidit vite, si on le bat trop timidement. Le marteau doit se hâter. L'homme justifie son désintérêt croissant pour ce spécimen d'architecture féminine. Le surmenage, ça vous épuise un homme. Le besoin d'être tout à fait seul le ronge.

Klemmer déduit de la lettre que cette femme souhaite être dévorée par lui ; offre gracieusement refusée par manque d'appétit. Klemmer justifie son refus par un : je ne fais pas à autrui ce que tu ne voudrais pas qu'on te fît. Et il n'aimerait guère voir son corps ligoté, bâillonné. Je t'aime tant, dit Klemmer, que je ne pourrai jamais te faire mal, quand bien même tu le souhaiterais. Car chacun ne veut faire que ce qu'il souhaite pour lui-même. Cette lettre restera donc lettre morte, ainsi en a-t-il décidé depuis longtemps.

À l'extérieur, le sourd grondement du téléviseur où une personne de sexe masculin en menace une autre de sexe féminin. L'esprit d'Erika, très ouvert et sensible à ce genre d'émission, est écartelé par l'épisode du jour du feuilleton familial. Entre ses quatre murs cet esprit s'épanouit à merveille, car rien ne le menace qui ait un arrière-goût de concurrence. Seules des aptitudes pianistiques insurpassables permettent de se rapprocher de la mère. La mère dit qu'Erika est la meilleure. C'est le lasso avec lequel elle attrape sa fille.

Klemmer lit une phrase manuscrite l'autorisant à fixer à sa guise des punitions pour Erika. Il demande pourquoi n'as-tu pas décrit la punition ici même, mais la question rebondit contre le cuirassé Erika. Il est mentionné qu'il ne s'agit que de suggestions. Elle s'offre à acheter une chaîne supplémentaire avec deux cadenas que je serai dans l'impossibilité absolue d'ouvrir. Ne te soucie surtout pas de ma mère, je t'en prie. La mère par contre se soucie déjà d'elle et tambourine de l'autre côté de la porte. À peine s'en aperçoit-on à cause de la crédence qui tend patiemment le dos. La mère aboie, le téléviseur susurre. Enfermés dans l'appareil de minuscules personnages dont on dispose à volonté par un simple jeu de boutons. Face à la minuscule vie télévisée – la grande, la vraie vie, et la vraie vie l'emporte parce qu'elle dispose librement de l'image.

La vie se conforme entièrement à la télévision et la télévision est calquée sur la vie.

Des personnages aux cheveux gonflés à mort par des brushings se regardent effrayés face à face, mais seuls les personnages en dehors de l'écran voient quelque chose, les autres regardent par l'écran, ils ne captent rien et n'enregistrent rien.

Il nous faut aussi un cadenas, fait Erika élargissant ses propositions, ou du moins un système de verrouillage pour cette porte ! Je m'en charge, sois tranquille, mon amour. J'aimerais que tu fasses de moi un paquet sans défense, totalement à ta merci.

Face à ce pouvoir discrétionnaire, Klemmer passe nerveusement sa langue sur ses lèvres. Comme à la télévision, des mondes miniaturisés s'ouvrent à lui. C'est à peine si le pied trouve la place de se poser. Ce petit personnage piétine sa cervelle. La femme devant lui se ratatine à échelle miniature. On peut la jeter en l'air comme une balle sans la rattraper. On peut aussi la dégonfler. Elle se fait petite exprès, quoiqu'elle n'en ait pas besoin. Car il reconnaît bel et bien ses capacités. Elle ne veut plus être supérieure, sinon elle ne trouvera plus personne qui puisse se sentir supérieur à elle. Par la suite Erika compte acheter d'autres accessoires jusqu'à ce que nous nous soyons constitué un petit ensemble d'instruments de torture. Et nous jouerons tous deux sur cet orgue privé. Toutefois aucun son ne doit percer à l'extérieur. Les élèves ne doivent s'apercevoir de rien, s'inquiète Erika. Devant la porte, sanglots étouffés d'une mère en colère. Sur l'écran, sanglots presque muets d'une femme ignorée, car le réglage du son a été modifié. La mère est capable – elle y est d'ailleurs disposée – de faire sangloter cette mère de famille télévisée jusqu'à ce que les murs en tremblent. Si elle, la mère en personne, ne peut jouer les trouble-fête, cette parodie de femme, texane et permanentée, en sera sûrement capable et ce grâce à la télécommande.

Erika Kohut pousse ses prétentions jusqu'à vouloir commettre quelque négligence et en être punie sur-le-champ : elle ne fera pas une chose qu'elle devrait faire. La mère ne l'apprendra pas et pourtant Erika aura manqué à un devoir. Ne te soucie de ma mère en aucune façon, je t'en prie. Walter Klemmer se passerait fort bien de ce souci-là, mais la mère, elle, ne peut se passer de claironner tous ses soucis par la voix tonitruante de la télé. Ta mère est très gênante, se plaint l'homme, geignard. Aussitôt il se voit proposer d'acheter pour Erika une sorte de tablier noir en plastique rigide ou nylon et d'y découper des trous par lesquels Il Est Permis De Jeter Un Coup D'œil Sur Les Organes Sexuels. Klemmer demande où prendre une pareille chose, à moins de la voler ou de la bricoler. Elle n'a donc rien d'autre à offrir à un homme que des fragments optiques, c'est là l'ultime leçon de sa sagesse, raille l'homme. S'inspire-t-elle là aussi de la télévision où l'on ne voit jamais l'ensemble mais uniquement des petits fragments dont chacun forme un monde à part entière ? Le réalisateur fournit l'extrait en question, votre Propre Tête se charge du reste. Erika hait les gens qui télévisent idiots. Quand on sait s'ouvrir, tout vous profite. L'appareil fournit du prêt-à-rêver, la tête confectionne les enveloppes adéquates. Elle change à volonté les circonstances et continue de tisser, ou modifie la trame de l'action. Elle divise les amants et réunit ce que l'auteur de la série voulait séparer. La tête plie les choses à sa guise.

Erika souhaite que Walter Klemmer la soumette

à quelque torture. Klemmer ne veut la soumettre à aucune espèce de torture, il dit : ce n'est pas ce qui était convenu, Erika. Erika lui demande de bien vouloir nouer si solidement ficelles et cordes que tu aies toi-même du mal à défaire les nœuds. Ne m'épargne en rien, au contraire, emploie toute ta force ! Toujours et partout. Que sais-tu au juste de ma force ? l'interpelle – question rhétorique – Walter Klemmer qu'elle n'a encore jamais vu pagayer. Elle sous-estime les limites de sa force. Ne soupçonne même pas ce qu'il pourrait faire d'Erika. C'est d'ailleurs pourquoi elle lui a écrit : Sais-tu qu'on peut augmenter l'efficacité des cordes en les faisant tremper longtemps à l'avance ? Fais-le quel que soit le moment où j'en ai envie, et profites-en tranquillement. Surprends-moi un jour que je t'indique-rai par écrit en utilisant des cordes détrempées à fond et qui se rétracteront une fois soumises au processus de séchage. Punis tout manquement ! Klemmer essaie de décrire comment le silence d'Erika constitue un manquement aux règles les plus élémentaires de la bienséance. Erika continue à se taire, mais ne se laisse pas abattre. Elle se croit sur la bonne voie et veut qu'il garde précieusement toutes les clefs des cadenas avec lesquels bientôt il la cadenassera ! Ne les perds pas ! Ne te soucie pas de ma mère, mais extorque-lui tous les doubles des clefs, et il y en a ! Enferme-moi avec ma mère de l'extérieur ! J'attends déjà l'instant où tu seras obligé de partir impérativement en me laissant là, selon mon plus ardent désir, enchaînée, ligotée, ceintu-rée, recroquevillée et cadenassée, en compagnie de ma mère, mais enfin hors de sa portée derrière la porte de ma chambre, et ce jusqu'au lendemain. Ne te soucie pas de ma mère, j'en fais seule mon affaire. Emporte toutes les clefs des chambres et de l'appartement, n'en laisse aucune ici ! Klemmer renouvelle sa question, qu'est-ce que ça m'apporte ? Klemmer éclate. La mère gratte. La télévision grinche. La porte est fermée. Erika est muette. La mère éclate. Klemmer gratte. La porte grinche. La télévision est fermée. Erika est.

Pour m'empêcher de gémir de douleur, bâillonne-moi je t'en prie en m'enfonçant bas, collants, etc., etc. dans la bouche. Fais-toi un plaisir d'attacher ce bâillon sur ma bouche dans les règles de l'art à l'aide d'un tuyau de caoutchouc (en vente dans tous les magasins spécialisés) et d'autres bas encore, de sorte qu'il me soit impossible de l'enlever. Porte je te prie pour l'occasion un petit maillot noir en forme de triangle dévoilant plus qu'il ne voile. Nul n'en saura jamais rien !

Tiens-moi ce faisant un langage humain, dis-moi : Tu vas voir le joli paquet que je ferai de toi et comme tu te sentiras bien après mon traitement. Flatte-moi, dis-moi que le bâillon me sied si bien que tu me laisseras ainsi cinq ou six heures, pas une de moins. Prends je t'en prie une corde solide et passe-la en serrant autour de mes chevilles revêtues de bas nylon et de mes poignets puis, sans ma permission, avec cette même corde, entoure mes cuisses jusqu'en haut et plus haut encore et attache-les ensemble. Nous ferons des essais. Je t'expliquerai chaque fois ce que je veux en m'inspirant de tes réalisations antérieures. Serait-il également possible que tu me poses devant toi, bâillonnée et ligotée, telle une colonne ? Si oui, je t'en remercie de tout cœur. Ensuite avec la courroie attache mes bras à mon corps aussi étroitement que possible. Au bout du compte je ne dois plus pouvoir tenir debout.

Walter Klemmer demande : comment ? Et se donne

à lui-même la réplique : Et comment ! Il se blottit contre la femme mais elle n'est pas sa mère et le lui fait comprendre en refusant de refermer ses bras sur l'homme à la place d'un fils. Elle garde les mains le long de son corps, nette, calme. Le jeune homme demande un mouvement de tendresse et de son côté se meut tendrement tout près d'elle. Il quémande un geste de gentillesse que seul un être totalement inhumain refuserait après un pareil choc. Erika Kohut n'admet personne qu'elle-même dans son cocon. Je t'en prie, je t'en prie, je t'en prie, de l'élève sort une litanie monotone, mais le professeur se fait prier. Ce qui sort d'elle équivaut à un refus, certes elle le laisse brouter ses pâturages mais n'a pas de rouges baisers à lui donner. Lire, tu parles d'une compensation, maugrée l'homme grossièrement. La femme continue à lui offrir la lettre. Klemmer l'accuse : Si c'est tout ce que tu as à offrir ! C'est inexcusable. Ce n'est pas permis de toujours prendre sans rien donner ! Klemmer se porte volontaire pour lui montrer un univers qu'elle ne connaît pas encore ! Erika ne donne pas, Erika ne prend pas.

Mais elle menace par lettre de désobéir. Au cas où tu serais témoin d'une infraction, conseille-t-elle à Walter Klemmer, donne-moi du dos de la main un bon coup en pleine figure, lorsque nous sommes seuls. Demande-moi pourquoi je ne me plains pas auprès de ma mère ou pourquoi je ne riposte pas. N'hésite surtout pas à me parler ainsi, afin que je me sente vraiment désarmée. Traite-moi en tous points comme je te l'ai écrit. Le summum auquel je n'ose encore penser est que, encouragé par mon zèle, tu te mettes à califourchon sur moi. Assieds-toi de tout ton poids sur mon visage et serre ma tête en étau entre tes cuisses si fort que je ne puisse plus bouger du tout. Décris le temps dont nous pouvons disposer et assure-moi que nous avons tout le temps nécessaire ! Menace de me laisser des heures durant dans cette position, si je n'exécute pas correctement ce qui est demandé. Des heures durant tu peux me laisser languir ainsi sous toi ! Jusqu'à ce que mon visage bleuisse. Par écrit j'exige de toi certaines jouissances. Tu devineras sans peine quelles jouissances plus grandes encore je désirerai connaître ensuite. Je n'ose les exprimer ici. Il ne faudrait pas que cette lettre tombe en de mauvaises mains. Flanque-moi une bonne série de claques ! N'écoute pas si je dis non. Ne viens pas si j'appelle. Ne cède pas si je supplie. En ce qui concerne ma mère : ignore-la !

Dehors le téléviseur ne roucoule plus qu'à voix basse. La mère se met illico à boire force liqueur. C'est le dérivatif qu'elle cherchait. Partout des familles mangent. Les petits personnages de la télé peuvent être effacés à tout instant par une simple pression sur un bouton. Leur destin se déroulerait alors ignoré de tous, mais la mère n'en a pas le cœur. Elle risque un œil et regarde. À la demande elle pourra demain présenter à sa fille le compte rendu de la séquence, afin que l'enfant ne reste pas bêtement les yeux exorbités lors du prochain épisode impitoyable. Klemmer croit se trouver hors de portée du désir et promener un regard objectif sur le panorama de ce corps féminin. Mais il est déjà saisi, imperceptiblement. La glu de la concupiscence encolle ses divers raisonnements, et les solutions bureaucratiques prescrites par Erika lui donnent les directives pour agir dans le sens de son plaisir.

Klemmer subit insidieusement les conséquences des désirs de la femme, qu'il le veuille ou non. Pour le moment il n'est encore qu'une personne extérieure qui les déchiffre sur une feuille de papier. Mais bientôt il sera transformé par la jouissance !

Erika ne désire qu'une chose : que son corps soit objet de désir. Elle veut en être sûre. Plus il lit, plus elle voudrait en avoir fini. L'obscurité se fait. Personne n'allume. La lumière de la rue suffit encore.

Est-il bien vrai, ainsi qu'il est écrit là, qu'elle lui enfoncera la langue dans le derrière pendant qu'il sera à califourchon sur elle ? Klemmer doute énormément de ce qu'il lit et accuse les mauvaises conditions d'éclairage. Une femme qui joue Chopin comme elle ne peut avoir voulu dire ça. Pourtant c'est cela et rien d'autre qu'elle désire, précisément parce que sa vie durant elle n'a jamais joué que du Brahms et du Chopin. À présent c'est un viol qu'elle réclame, et qu'elle s'imagine surtout sous forme de menace permanente. Lorsque je ne pourrai plus bouger le petit doigt, parle-moi je t'en prie d'un viol dont rien ne pourrait me protéger. Mais je t'en prie, dis-en toujours plus que tu ne fais réellement ! Annonce-moi que je défaillerai de volupté si tu me traites brutalement mais avec méthode. Brutalité et méthode, ces deux enfants terribles qui hurlent chaque fois qu'on veut les séparer. Comme Hänsel et Gretel, alors que le premier est déjà dans le four de la sorcière. La lettre exige de Klemmer qu'Erika défaille de joie et de volupté, il n'a qu'à suivre les instructions à la lettre. Qu'avec volupté il lui flanque une bonne série de claques. Un grand merci d'avance ! – S'il te plaît, ne me fais pas mal, est écrit, illisible entre les lignes.

S'étouffer sur la queue dure comme pierre de Klemmer tout en étant coincée à ne plus pouvoir bouger, voilà ce que souhaite la femme. Ce qui est écrit là est le fruit de longues années de réflexions secrètes. À présent Erika espère que – grâce à l'amour – rien ne se réalisera. Elle insistera cependant mais sera dédommagée du refus de Klemmer par une déclaration d'amour inconditionnelle. L'amour excuse et pardonne, selon Erika. Raison pour laquelle aussi il devra décharger dans sa bouche jusqu'à ce qu'elle en ait mal à la langue et éventuellement mal au cœur. Elle s'imagine par écrit et par écrit seulement qu'il ne devra pas hésiter à lui pisser dessus. Même si au début je regimbe, dans la mesure où mes liens me le permettront. Fais-le souvent et copieusement jusqu'à ce que j'abandonne toute résistance.

Le piano vibre sous un coup asséné par la mère, car la position des mains de l'enfant n'est pas correcte. Des souvenirs incorruptibles jaillissent de l'inépuisable boîte crânienne d'Erika. Cette même mère s'envoie en ce moment une petite liqueur suivie d'une autre dont la couleur contraste. La mère rassemble ses abattis, les compte avant d'aller se coucher, ne trouve pas le compte et refait ses calculs. Il est temps et tard.

Klemmer a fini sa lecture. Il ne fait pas à Erika l'honneur de s'adresser directement à elle, cette femme en est indigne. Klemmer trouve en son corps aux réactions involontaires un complice qui vient à point nommé. Cette femme a pris contact avec lui par le biais de l'écrit, alors qu'une simple caresse eût, aux points, compté bien davantage. Elle a consciemment évité la voie des tendres caresses féminines. Pourtant, elle semble fondamentalement d'accord avec son désir à lui. Il cherche son contact, elle non. Ça le refroidit. Aussi répond-il à sa lettre par le silence. Il se tait jusqu'à ce qu'Erika lui souffle une réponse. Elle demande qu'il médite sur la lettre, mais n'en médise pas en public. Pour le reste, suis ton sentiment. Klemmer secoue la tête. Erika objecte qu'il écoute bien son corps lorsqu'il a faim ou soif. Erika dit qu'il a son numéro de téléphone et peut l'appeler. Réfléchis tranquillement à tout cela. Klemmer se tait, sans note complémentaire ou discordante. Ses mains, ses pieds et son dos tout entier transpirent. De nombreuses minutes ont passé. La femme qui s'attendait à une réaction émotionnelle est déçue, car il se contente de demander pour la énième fois si c'est vraiment sérieux. Ou si c'est une mauvaise plaisanterie. Klemmer offre l'image du calme plat sur le point d'exploser ! Seuls présentent cette apparence des êtres en proie à un violent désir de possession, et encore juste avant de l'assouvir. Erika cherche à savoir ce qu'il en est de ses protestations d'amour et de fidélité. Tu m'en veux à présent ? J'espère que non. Et de lancer – timide contre-offensive préventive – il n'est d'ailleurs pas indispensable d'attaquer aujourd'hui. Pourquoi ne pas renvoyer les affaires à demain ! En tout cas cordes et câbles prévus à cet effet se trouvent dès aujourd'hui dans le carton à chaussures. Tout un assortiment. Elle pare à une objection en affirmant qu'elle peut compléter encore la collection. Les magasins spécialisés font même des chaînes sur mesure. Erika dit quelques phrases assorties à la couleur de sa volonté. Elle parle comme en cours, la prof. Klemmer ne dit rien, parce qu'en cours seul le prof a la parole. Erika exige : parle à présent !

Klemmer sourit et répond en plaisantant qu'on peut toujours en parler ! Il cherche prudemment à savoir si elle n'a pas perdu tout sens de la mesure. Et tâte le terrain, aurait-elle perdu la tête, érotiquement parlant ?

Là-dessus Erika craint pour la première fois que Klemmer ne se mette à la battre avant que les choses aient commencé. Elle s'excuse précipitamment de la banalité stylistique de sa lettre, voulant ainsi détendre l'atmosphère. Sans dégoût, avec enjouement, Erika dit que le sédiment de l'amour est somme toute bien banal.

Te serait-il possible de venir chaque fois dans mon appartement ? Pour la bonne raison que du vendredi soir au dimanche soir ? tu pourras m'y laisser languir dans tes douces et cruelles chaînes, si tu oses. J'aimerais en effet languir le plus longtemps possible dans tes chaînes dont je rêve depuis si longtemps.

Klemmer ne fait pas de grands discours : ça pourrait s'arranger. Peu après il affirme le plus sérieusement du monde qu'il n'y songe pas ! Erika souhaite qu'il l'embrasse maintenant très fort, sans la battre. Moyennant un acte d'amour, prédit-elle, bien des choses s'arrangent qui apparaissaient sans issue. Dis-moi des mots d'amour, fais fi de cette lettre, supplie-t-elle, inaudible. Erika espère avoir trouvé son sauveur, elle espère en outre silence et discrétion. Erika a une peur effroyable des coups. Du coup elle propose : continuons donc à nous écrire. Ces lettres ne nous coûteraient même pas le prix du timbre. Elles pourraient être encore plus vulgaires que la première, se vante-t-elle. Ce n'était qu'un début, et voilà qui est fait. Est-il permis d'écrire une autre lettre ? Cela ira peut-être déjà mieux. La femme désire qu'il l'embrasse fougueusement, sans la battre. Qu'importe que ses baisers soient douloureux s'il ne la bat pas. Klemmer répond, ça ne fait rien. Il dit merci bien, et je t'en prie, je t'en prie. D'une voix presque atone.

Ce ton, Erika le connaît de sa mère. Pourvu que Klemmer ne me batte pas, pense-t-elle craintivement. Elle dit sur un ton insistant, il peut tout faire, insiste, tout faire avec moi, à condition que cela fasse mal, car il n'est rien à quoi je n'aspire. Que Klemmer lui pardonne d'avoir – croit-elle – si mal écrit. Pourvu qu'il ne frappe pas sans crier gare, s'inquiète la femme. Elle révèle à l'homme qu'il y a bien des années déjà qu'elle aspire à être battue. Elle suppose qu'elle a enfin trouvé le maître dont elle se languissait.

Par peur Erika parle de tout autre chose. Klemmer répond : merci bien. Erika permet à Klemmer de choisir ses tenues à partir d'aujourd'hui. Libre à lui de punir sévèrement toute infraction au règlement vestimentaire. Erika ouvre brusquement la grande armoire et présente un assortiment. Elle décroche certains vêtements et en laisse d'autres sur leur cintre, se contentant de les montrer. Espérons qu'il appréciera une garde-robe élégante, si Erika daigne lui apparaître dans des couleurs éclatantes. Si quelque chose te plaît particulièrement, je peux aussi l'acheter ! L'argent ne joue aucun rôle. Pour ma mère je joue le rôle de l'argent sur lequel elle radine. Donc ne te soucie absolument pas d'elle. Quelle est ta couleur préférée, Walter ? Ce que je t'ai écrit n'était pas une plaisanterie, fait-elle, courbant soudain la tête devant sa main levée. Tu ne vas tout de même pas m'en vouloir, n'est-ce pas ? Si j'osais te demander de me consacrer quelques lignes personnelles, le ferais-tu ? Qu'en penses-tu ? Qu'en dis-tu ?

Klemmer dit au revoir. Erika courbe la tête dans l'espoir que la main s'abatte sur elle avec amour, sans la détruire. Dès demain je fais mettre une serrure. L'unique clef, Erika l'offrira à Klemmer. Songe seulement combien ce sera charmant ! Klemmer se tait à cette proposition, Erika se consume dans l'attente d'un peu d'affection. Espérons qu'il réagira gentiment si elle lui ouvre sa porte à tout instant. N'importe quand.

Klemmer ne manifeste aucune réaction dépassant le stade de la respiration.

Erika jure qu'elle fera tout ce qu'elle a écrit. Elle dit sur un ton insistant : mais écrit n'est pas prescrit ! Et partie remise n'est pas perdue ! Klemmer allume. Il ne parle pas. Il ne cogne pas. Erika cherche à savoir si elle pourra bientôt lui écrire à nouveau, pour dire ce que je souhaite. M'autoriseras-tu par la suite à te répondre par voie postale ? Klemmer ne fait aucune remarque à laquelle répondre.

Walter Klemmer répond : on verra bien ! Il élève la voix au-dessus d'Erika, obscure valeur du second marché, dont les cours s'effondrent d'effroi. Il lui lance une insulte, à titre d'essai, mais du moins ne frappe pas. Traite Erika de noms auxquels il ajoute le qualificatif de vieille. Erika sait qu'il faut s'attendre à ce type de réaction et se protège la figure avec les bras. Puis les retire, s'il doit frapper, qu'il y aille. Klemmer va jusqu'à affirmer qu'il ne la toucherait même pas avec des pincettes. Il jure que tout à l'heure l'amour était au rendez-vous mais qu'il s'est envolé. Et qu'en ce qui le concerne il ne courra pas après. Elle le remplit d'horreur. Oser lui faire une telle proposition ! Erika cale sa tête entre les genoux, comme pour prévenir la mort dans une catastrophe aérienne. Elle prévient les coups de Klemmer auxquels elle survivra vraisemblablement. Il ne la frappe pas, ne voulant pas se salir les mains à son contact, à ce qu'il prétend. Il lui jette la lettre – à la figure, pense-t-il. Mais n'atteint que sa nuque courbée. Il laisse neiger une lettre sur Erika. Entre amoureux, nul besoin de lettres comme intermédiaires, raille Klemmer. Seul qui trahit l'amour recourt aux faux-fuyants de l'écrit !

Erika est clouée sur son divan. Les pieds côte à côte dans des chaussures neuves. Une main sur chaque genou. Sans illusions elle attend de Klemmer quelque chose qui ressemble à un transport amoureux. Elle sent l'irrévocable : cet amour menace de s'évanouir. Son amour ne peut s'être évanoui, conjure-t-elle ardemment le ciel. Tant que Klemmer est là, il y a de l'espoir ! Elle espère au moins des baisers passionnés, de grâce. Klemmer répond : non merci ! Elle souhaite de toute son âme qu'au lieu de la torturer, il lui applique son amour selon les normes en vigueur en Autriche. S'il laissait soudain éclater sa passion, elle le repousserait avec ces paroles – à mes conditions – ou pas. Que ses mains, que sa bouche se montrent pressantes, voilà ce qu'elle attend de l'élève inexpérimenté. Elle lui montre la voie. Elle lui montre la voie.

Ils sont assis face à face. Proche est le salut par l'amour, mais trop lourde la pierre devant le tombeau. Klemmer n'est pas un ange, et les femmes ne sont pas des anges non plus. Pour rouler la pierre sur le côté. Erika est dure envers Walter Klemmer en ce qui concerne les désirs qu'elle lui a tous notifiés par écrit. La lettre mise à part, elle n'a pas d'autres vœux. Merci, c'est vraiment parfait ! À quoi bon faire de grands discours, demande Klemmer. Mais il ne cogne pas, c'est déjà ça.

Enlaçant la crédence insensible avec toute la force dont il est capable, corps à corps, il la pousse millimètre par millimètre, sans le secours d'Erika. Jusqu'à obtention d'un sas lui permettant d'ouvrir la porte. Nous n'avons plus rien à nous dire, ne dit pas Klemmer. Il sort sans un adieu et claque la porte de l'appartement derrière lui. Et il a disparu.

La mère ronfle bruyamment dans sa moitié du lit sous l'influence inhabituelle de l'alcool réservé à des invités qui ne viennent jamais. Chez elle le désir aboutit, voici bien des années et dans ce même lit, à la Ste Maternité, et il s'arrêta net sitôt le but atteint. Un seul épanchement tua le désir et créa de la place pour la fille ; le père fit d'une pierre deux coups. Mais cette pierre lui fut fatale. Par indolence et faiblesse d'esprit il ne put mesurer les conséquences de cette éjaculation. À présent Erika se glisse dans sa propre moitié du lit, et le père gît sous terre. Erika n'a pas fait d'ablutions, ni d'autre toilette. Elle dégage une forte odeur de transpiration *sui generis*, tel un animal prisonnier d'une cage où sueur et odeur de fauve s'accumulent et stagnent, car la cage est trop petite. Si l'un des animaux veut se retourner, l'autre doit se coller contre le mur. Erika se couche inondée de sueur à côté de sa mère et reste étendue sans dormir. Alors qu'Erika marine depuis au moins deux heures dans son propre jus, sans dormir, sans penser à rien, la mère s'éveille soudain. Il faut qu'une pensée de l'enfant l'ait réveillée, car l'enfant n'a pas bougé. Instantanément la mère se souvient de ce que la liqueur l'a aidée à fuir le soir. La mère, fulgurance argentée, étincelante malgré l'absence de soleil, se tourne d'un bond vers l'enfant et profère de lourdes accusations doublées de sérieuses menaces et d'une utopie : le châtiment corporel. S'ensuit, sans aucun ordre de priorité ou d'urgence, un éboulis de questions qui restent sans réponse. Erika se taisant, la mère se détourne, offensée. Sentiment qu'elle interprète ainsi : sa fille la dégoûte. Mais aussitôt se retourne vers elle et se lance dans une réédition acoustique des menaces, un ton plus haut. Erika serre toujours les dents, la mère peste et tempête. À force d'accusations anarchiques, la mère se prend dans un engrenage de cris qui échappe à son contrôle. Elle cède à l'alcool qui fait toujours rage dans ses veines. La liqueur d'œuf s'avère vicieuse. Le curaçao ne lui cède en rien.

Erika se résout du bout du cœur à faire assaut d'amour, car déjà la mère se représente les retombées incalculables – qu'elle est la première à redouter – sur leur vie commune : par exemple un lit individuel pour Erika !

Erika se laisse emporter par sa propre tentative d'amour. Elle se jette sur sa mère et la couvre entièrement de baisers. L'embrasse comme elle n'a plus envisagé de le faire depuis des années. Elle saisit sa mère solidement aux épaules, la mère se débat telle une furie mais ses coups tombent dans le vide. Erika imprime des baisers à la base du cou, parfois dans le vide aussi, car la mère rejette chaque fois la tête du côté opposé à celui où pleuvent les baisers. Dans la pénombre le visage maternel n'est qu'une tache claire entourée de cheveux décolorés qui permettent de s'orienter. Erika imprime des baisers au hasard sur cette tache claire. C'est de cette chair qu'elle est née ! De ce placenta blet. Erika plaque sans trêve sa bouche humide sur le visage de sa mère qu'elle maintient d'une poigne de fer pour l'empêcher de se défendre. Erika se couche à demi puis aux trois quarts sur sa mère, parce que celle-ci commence sérieusement à batailler, usant de ses bras comme de fléaux. Coincée entre la bouche pointue d'Erika à droite et la bouche pointue d'Erika à gauche, la bouche maternelle tente d'esquiver, avec des mouvements de tête frénétiques. La mère agite la tête dans tous les sens pour échapper aux baisers, on dirait un combat d'amoureux, et l'objectif n'est pas l'orgasme, mais la mère en soi, la personne même de la mère. Mère qui à présent se jette résolument dans la bataille. En vain, car Erika est plus forte. Elle s'enroule autour de la mère comme une liane autour d'une vieille branche, sauf que cette mère n'a rien d'une bonne vieille branche. Erika suce et grignote ce grand corps, comme si elle voulait y retourner, s'y cacher. Erika dit à sa mère qu'elle l'aime, et la mère haletante dit moi non plus, ou plutôt dit qu'elle aussi aime son enfant, mais que l'enfant arrête immédiatement ! Ça suffit ! La mère ne peut se défendre contre cette tempête de sentiments qu'Erika déchaîne sur elle, mais elle est flattée. Elle se sent soudain courtisée. Une des conditions fondamentales de l'amour est de se sentir valorisé parce qu'un autre vous place au premier rang de ses aspirations. Erika ne démord pas. La mère commence à se défendre en cognant. Plus Erika l'embrasse, plus la mère la roue de coups, primo pour se protéger, secundo pour se défendre d'une enfant qui semble avoir perdu le contrôle de soi, bien qu'elle n'ait pas bu. La mère lui chante toute une gamme de ça suffit ! La mère commande énergiquement : arrête ! Erika n'en continue pas moins la valse des baisers, baiser par-ci, baiser par-là. La réaction souhaitée se faisant attendre, Erika porte à sa mère quelques coups – légers – pour la provoquer. Ces coups revendiquent plus qu'ils ne punissent, mais la mère qui n'y voit qu'un acte de méchanceté menace et gronde. Mère et fille ont échangé leurs rôles, car les coups sont toujours du ressort d'une mère ; celle-ci a d'en haut une meilleure vue sur l'enfant en bas. La mère croit devoir se défendre résolument contre les attaques parasexuelles de son rejeton, et des claques se perdent dans l'obscurité.

La fille écarte brutalement les mains de sa mère et l'embrasse dans le cou, dans une intention cryptosexuelle, amante étrange et inexpérimentée. La mère qui, elle non plus, n'a pas joui en amour d'une éducation très raffinée, utilisant la mauvaise technique, écrase tout ce qui l'entoure. C'est la vieille chair qui en pâtit le plus. Elle n'est pas considérée en tant que mère mais purement et simplement en tant que chair. Erika se repaît à belles dents de la chair de sa mère. Elle l'embrasse encore et encore. Elle l'embrasse sauvagement, jusqu'à la rendre folle. La mère déclare que c'est une cochonnerie ce à quoi se livre sa fille déchaînée. Rien n'y fait – il y a des années que la mère n'a pas reçu de tels baisers, et ce n'est pas fini ! Cela reprend de plus belle, jusqu'à ce que la fille, épuisée, s'affale à demi sur la mère, après un dernier roulement interminable de baisers. La fille pleure au-dessus du visage maternel, et la mère se dégage à la pelle mécanique, tout en demandant si l'enfant n'a pas perdu l'esprit. Aucune réponse ne venant – on n'en attendait aucune – la mère donne ordre de dormir immédiatement, à chaque jour suffit sa peine ! Et d'indiquer les tâches professionnelles qui vous guettent le jour suivant. La fille approuve, il est grand temps de dormir. Telle une taupe aveugle la fille cherche à tâtons une dernière fois le corps principal de sa mère, mais celle-ci écarte ses mains à la pelleteuse. Un très bref instant la fille a pu contempler les poils pubiens déjà clairsemés qui terminent le bas-ventre maternel devenu bien gras. Spectacle inhabituel. Jusqu'ici la mère les a toujours soigneusement gardés secrets. Mais pendant la bataille la fille a fouillé exprès sous la chemise de nuit, afin d'apercevoir enfin ces poils dont elle a toujours su qu'ils existaient forcément ! Hélas l'éclairage était déficient. Erika a judicieusement découvert sa mère, afin de pouvoir tout, absolument tout regarder. La mère s'est vainement défendue. Erika est plus forte que sa mère quelque peu éreintée, si l'on se place d'un point de vue purement physique. La fille lui balance en pleine figure ce qu'elle vient de voir. La mère se tait, passez muscade.

Les deux femmes s'endorment serrées l'une contre l'autre. La nuit sera brève, bientôt le jour s'annoncera par une clarté désagréable et des cris d'oiseaux irritants.

Il n'est pas peu étonné par cette femme, Walter Klemmer, car elle ose ce que d'autres se contentent de promettre. Impressionné malgré lui, après un temps de réflexion, par les limites auxquelles elle s'accote, afin de les faire reculer. La marge de plaisir, le libre jeu qu'elle s'accorde, en seront sûrement augmentés. Klemmer est impressionné. Chez d'autres femmes, l'espace de jeu contient au mieux un portique ainsi qu'une ou deux balançoires sur un terrain poussiéreux, au sol en béton fissuré. Mais ici l'heureux utilisateur voit se déployer un terrain de foot entier auquel s'ajoutent courts de tennis et piste cendrée ! Erika connaît son enclos depuis des années – sa mère a enfoncé les pieux – mais elle n'en a pas pris son parti ; elle arrache les poteaux et ne craint pas d'en planter d'autres, au prix d'un dur labeur, reconnaît l'élève Klemmer. Il est fier d'avoir été choisi, lui, pour tenter l'expérience, convient-il après mûre réflexion. Il est jeune et dit oui à la nouveauté. Il est en bonne santé et dit oui à la maladie. Réceptif à tout et n'importe quoi, d'où que ça vienne. Il est ouvert et même disposé à ouvrir en grand un portail supplémentaire. Il irait même, éventuellement, jusqu'à se pencher par la fenêtre, à en perdre presque l'équilibre. Ne reposerait plus que sur la pointe extrême des pieds ! Il prend un risque conscient et s'en réjouit, car c'est lui qui garde l'initiative. Il n'était jusqu'ici qu'une feuille vierge attendant l'encre d'un imprimeur inconnu, et nul n'aura jamais rien lu de semblable. Il en sera marqué à vie ! Après il ne sera plus jamais le même, car il sera plus, et aura plus.

Il pourra également, le cas échéant, se résoudre à être cruel, du moins envers cette femme, imagine-t-il. Il acceptera sans réserve ses conditions et lui dictera les siennes : davantage de cruauté. Il sait exactement comment les choses tourneront, après être resté quelques jours loin d'elle pour vérifier si le sentiment résistera à l'inhumaine épreuve à outrance de la raison. L'acier de son esprit a ployé mais il n'a pas rompu sous le poids des promesses que la femme lui a faites. Elle se remettra entre ses mains. Il s'enorgueillit des preuves qu'il fournira, peut-être frôlera-t-il le meurtre !

L'élève néanmoins se réjouit d'avoir établi entre eux une distance de plusieurs jours. Mieux vaut faire attendre que de tendre le petit doigt. Depuis quelques jours il attend de voir ce que cette femme dont c'est le tour d'être aimée lui rapportera dans sa gueule, un lièvre mort ou un perdreau. Ou simplement une vieille chaussure. N'en faisant qu'à sa tête il décide de son propre chef de manquer ses cours. Dans l'espoir que la femme se lancera impudemment à sa recherche. Alors il dira non, à titre d'essai, et verra bien ce qu'elle fera ensuite. Pour l'instant le jeune homme préfère rester seul avec lui-même, le loup ne connaît pas de meilleur compagnon que lui-même, avant de rencontrer la chèvre.

Quant à Erika, voici des années que le mot renoncement lui est familier, maintenant elle désire changer du tout au tout. Le pressoir de la convoitise tant de fois utilisé écrase ses désirs, du rouge s'en écoule déjà. Elle regarde constamment la porte, va-t-il enfin apparaître, mais tous les autres élèves arrivent, sauf lui. Il s'absente sans s'excuser.

Dans sa manie de s'instruire, Klemmer touche à tout sans rien achever, arts martiaux, langues, voyages culturels, expositions, etc. et depuis quelque temps cet être en mal de connaissances suit, dans la classe voisine, les cours de clarinette, histoire d'acquérir des notions de base qu'il espère plus tard étendre au saxophone : perspective jazz et improvisation. Il n'y a que le piano et la maîtresse dudit piano qu'il évite depuis peu. Dans la plupart des disciplines auxquelles il s'adonne en touriste, Klemmer s'arrête généralement après les notions de base. Il manque de persévérance. Mais à présent il aimerait devenir un amant tous risques, la femme l'en met au défi. Et à temps perdu il se plaint de la formation musicale classique, corset bien étroit pour lui, cet amateur de vues panoramiques qu'aucune barrière ne déparerait. Il pressent de vastes paysages, soupçonne l'existence de champs qu'il n'a encore jamais vus, ni bien sûr personne avant lui. Il soulève un coin du drap qu'il laisse retomber, effrayé, pour le soulever à nouveau l'instant d'après, a-t-il vraiment bien vu ? Il n'ose le croire. La Kohut tente constamment de lui interdire ces champs et ces prairies, mais en privé elle s'en sert comme appât. L'élève se sent aspiré par l'immensité de ces espaces sans borne. En cours cette femme est impitoyable, elle perçoit de loin le plus petit, le plus insignifiant détail, dans la vie elle veut être contrainte à supplier. Au piano en effet elle l'entortille complètement dans ce bandage élastique d'exercices pour délier les doigts, empruntés à l'école de la vélocité de Czerny. Elle en prendra pour son grade en apprenant que seule la clarinette concurrente l'a libéré de la contrainte contrapuntique. Ah les beaux jours, quand il improvisera sur son saxo soprano ! Klemmer étudie la clarinette. Il étudie maintenant beaucoup moins son piano. Il se hasarde hardiment dans de nouvelles contrées musicales et envisage de débuter dans un jazz-band d'étudiants qu'il connaît personnellement pour ensuite, les ayant dépassés, fonder son propre groupe qui jouera à son exemple et selon ses instructions, et dont il connaît déjà le nom qu'il préfère taire en attendant. Cela satisfera pleinement son besoin impérieux de liberté sur un plan musical. Il s'est déjà inscrit au cours de jazz. Veut apprendre l'arrangement. Veut d'abord s'adapter, rentrer dans le rang, pour ensuite au bon moment tel un jet d'eau jaillir de la formation dans un solo époustouflant. Sa volonté ne se laisse pas facilement intégrer, chez lui vouloir et pouvoir ne rentrent pas facilement dans la grille de la partition. Ses coudes rament joyeusement le long de son corps, son souffle coule allègre dans le bocal d'embouchure, il ne pense à rien. Il se réjouit. Il s'entraîne à emboucher la clarinette et à tourner les pages. De beaux progrès en perspective dans un lointain avenir, dit le professeur de clarinette, ravi de cet élève doté de solides connaissances de base par sa collègue Kohut et qu'il espère pouvoir lui subtiliser. Pour se parer des plumes du paon lors du concert de fin d'année.

De la porte du cours de clarinette s'approche et

attend une femme à première vue méconnaissable dans sa tenue raffinée d'excursionniste. Il faut qu'elle soit ici, donc elle veut être ici. Fidèle à elle-même Erika Kohut s'est équipée conformément à la circonstance.

Ne lui a-t-il pas promis la nature, la nature fraîchement sortie du creuset, l'élève Klemmer, et qui mieux que lui sait où la chercher ? À l'élève effrayé qui franchit la porte avec son petit étui noir, elle propose en bégayant d'embarras une promenade le long du fleuve. Maintenant, tout de suite ! Sa tenue a dû l'éclairer sur ses projets. La raison de ma venue, dit-elle : traverser le fleuve, et ensuite, direction la forêt ! Avec cette dame si judicieusement équipée s'ouvrent aussitôt des éboulis de performances, des moraines fracassantes et peu appétissantes. Il faudra donner des preuves de son énergie et de son application dans quelque station de montagne peu engageante ; peaux de bananes et trognons de pomme jonchent le sol, quelqu'un a vomi dans un coin, et tous ces témoignages dévalorisés – papiers gras dans les moindres recoins, billets déchirés – nul ne les met jamais aux ordures.

Erika, ainsi que Klemmer le remarquera, s'est habillée de neuf de pied en cap ; la toilette est adaptée aux circonstances et vice versa. La toilette semble, comme toujours chez elle, être l'essentiel, d'ailleurs la femme a toujours besoin de parure pour se faire valoir, et a-t-on jamais vu forêt suffire à parer une femme ? C'est elle au contraire qui doit par sa présence rehausser la forêt, en cela elle ressemble à l'animal qu'on observe à travers des jumelles. Erika s'est acheté de solides chaussures de marche et les a soigneusement graissées afin qu'elles ne rouillent pas à l'humidité. Avec ces chaussures elle pourrait, si nécessaire, faire de longues vadrouilles. Elle a mis un chemisier sport à carreaux, une veste tyrolienne, et des knickers avec des guêtres rouges. Elle a même un petit sac à dos bourré de grimpedimenta. Elle n'a pas de corde, n'étant pas pour les situations extrêmes. Et si elle était pour, ce serait sans corde ni filet ; sans la moindre planche de salut cette femme s'exposerait au déchaînement des tourmentes charnelles où l'on en est réduit à soi et à son partenaire.

Erika projette de se donner à l'homme par toutes petites bouchées. Il ne doit pas se gaver d'elle, il faut que constamment la faim d'elle le tenaille. C'est ainsi qu'elle s'imagine les choses lorsqu'elle est seule avec sa mère. Elle s'économise, et ne se dépense que peu volontiers après s'être livrée à toutes sortes de réflexions. Elle fait valoir ses kilos comme d'autres leurs talents. Chichement, sou par sou, elle mettra sur la table son corps pourrissant, afin que Klemmer ait l'impression de recevoir au moins le double de ce qu'elle dépense réellement. Après son insolente attaque épistolaire, elle s'est complètement rétractée, ce qui ne lui a pas été facile. Elle est coincée dans le cochon-tirelire de son corps, dans cette tumeur violacée, prête à éclater, qu'elle trimbale partout avec elle. Pour cette tenue de randon-née qu'elle porte, par exemple, elle a dû en allonger quelques-uns au magasin de sport. Elle achète de la qualité, mais la beauté lui est bien plus chère. Ses désirs sont de taille. Klemmer examine la femme avec une force tranquille. Son regard se promène nonchalam-ment sur les boutons en imitation de corne de cerf et sur la petite chaîne de montre en argent style chasseur (chic et toc) qui court, hérissée de dents de cerf, sur le ventre d'Erika. Erika couine qu'on lui avait promis une excursion pour aujourd'hui et qu'elle vient réclamer son dû. Il demande : pourquoi précisément ici, aujourd'hui, maintenant ? Elle dit : tu ne te souviens pas d'avoir dit *aujourd'hui* ? Sans un mot elle lui tend les reçus de ses promesses imprudentes. Elle avait eu des assurances formelles, et ce pour aujourd'hui. À l'époque il avait proposé : aujourd'hui. Que l'élève n'aille pas penser que le professeur oublie quoi que ce soit ! Klemmer rétorque que ce n'est ni le lieu ni le moment ! Sur ce Erika lui laisse entrevoir des lieux plus écartés, des moments mieux choisis. Bientôt les amoureux n'auront plus à faire de détours par les bois et les lacs.

Mais aujourd'hui la vue sur les cimes et les crêtes pourrait bien aiguiser le désir de l'homme.

Walter Klemmer réfléchit. Il décide qu'il n'a pas besoin d'aller très loin pour expérimenter du neuf. Par intérêt scientifique comme toujours il propose : Erika n'en reviendra pas ! de faire ça sur place. Pour-quoi aller au loin ? En plus, ça lui permettra d'être tranquillement au club de judo à trois heures ! Tout est permis en amour, sauf de plaisanter. Si pour elle c'est sérieux, alors il est son homme. À votre service. Question sévices, lui aussi peut être brutal, même si jusqu'ici il s'est toujours montré aimable et confiant. Comme il vous plaira. Au lieu de répondre en bonne et duc forme Erika Kohut entraîne l'élève dans le local des femmes de ménage qu'elle sait toujours ouvert. Qu'il montre ce qu'il a dans le ventre ! La femme est l'élément moteur. À lui de montrer ce qu'il n'a jamais appris. Les produits d'entretien dégagent une forte odeur piquante, brosse et balais s'entassent. En introduction Erika demande pardon au jeune homme, jamais elle n'aurait dû lui imposer la lettre. Idée qu'elle développe. Elle tombe à genoux devant Klemmer et s'enfonce dans son ventre récalcitrant avec force baisers maladroits. Ses genoux férus de marche mais non ferrés en subtilités amoureuses baignent dans la poussière. Le local des produits d'entretien est justement le plus sale de tous. Des semelles antidérapantes flambant neuf brillent. Élève et professeur sont chacun rivés à leur petite planète d'amour, à des blocs de glace qui s'écartent l'un de l'autre, continents inhospitaliers à la dérive. Klemmer se sent déjà désagréablement touché par l'humilité, effrayé par les exigences que cette humilité se croit en droit de formuler avec d'autant plus de vigueur qu'elle est à peine rodée.

Cette humilité hurle plus fort que ne le pourrait l'avidité la moins dissimulée. Klemmer répond : relève-toi et tout de suite ! Il voit que devant lui elle a jeté sa fierté par-dessus bord, et met aussitôt la sienne à ne jamais passer par-dessus ce bord. Quitte à s'attacher à la barre. Déjà, et les choses commencent à peine, rien ne saurait plus les réunir, néanmoins ils souhaitent obstinément s'unir. Les sentiments du professeur s'élèvent en un courant ascendant. En fait Klemmer, lui, ne veut pas, mais il est obligé, c'est ce qu'on attend de lui. Il serre les genoux, en écolier gêné.

La femme s'affole sur ses cuisses, implorant à la fois pardon et estocade. Nous pourrions être si bien ! Des paquets de sa chair claquent sur le sol. Erika Kohut fait une déclaration d'amour qui consiste à n'offrir qu'ennuyeuses exigences, contrats alambiqués, et conventions entourées de mille garanties. De l'amour, Klemmer n'en donne pas. Il ne démarre pas au quart de tour. Il n'y a pas le feu ! Erika décrit jusqu'où, dans telle ou telle circonstance, elle serait prête à aller, alors que Klemmer projette tout au plus une promenade à travers les jardins de l'hôtel de ville sans forcer l'allure. Il la prie : pas aujourd'hui, la semaine prochaine ! J'aurai plus de temps. Ses prières ne servant à rien, il commence secrètement à se caresser, mais tout semble mort. Cette femme le pousse dans un espace qui l'aspire, où son instrument pourtant très demandé ne répond pas à la demande. Pris d'hystérie il tire, tape, secoue. Elle ne s'en est pas encore aperçue. Avalanche d'amour, elle s'abat sur lui. Sanglote déjà, reprend certaines propositions antérieures, en avance d'autres, meilleures, en échange. Comme elle se sent délivrée ! Enfin ! Klemmer œuvre froidement sur son bas-ventre, il tourne la pièce à usiner, la martèle. Des étincelles s'envolent. Les mondes intérieurs jamais aérés de ce professeur de piano l'effrayent. Ils veulent le dévorer tout entier ! Manifestement Erika s'attend à ce qu'il lui offre d'emblée tout ce qu'il a, alors qu'il n'a même pas sorti le bout de sa clarinette pour le lui présenter. Elle fait des gestes d'amour, d'après ce qu'elle imagine. Et ce qu'elle a vu faire à d'autres. Elle donne des signes de maladresse qu'elle prend pour des signes de passion et reçoit en échange des signaux de détresse. Il DOIT à présent, et de ce fait ne PEUT. Il dit comme excuse : pas de ça avec moi, compris ? Erika commence à tirer sur la fermeture Éclair. Sort brutalement la chemise du pantalon et se déchaîne selon les us et coutumes des amoureux. En Klemmer rien ne se passe qui pourrait servir de preuve. Déçue, dans un crissement de semelles, Erika se met bientôt à arpenter le réduit. Elle offre en remplacement un monde de sentiments. Clefs en main. Explique certaines choses par de la surexcitation, de la nervosité, et parle de sa joie malgré tout devant cette preuve extrême d'amour. Klemmer ne peut pas, parce qu'il doit. Le devoir émane de cette femme en ondes magnétiques. Elle est le devoir incarné. Erika s'accroupit, maladresse devenue adulte, calamité repliant gauchement ses os, et vrille des baisers entre les cuisses de l'élève. Le jeune homme gémit, comme si cette persévérance déclenchait quelque chose en lui, mais ses gémissements disent le pire : tu ne m'enchaîneras pas ainsi. Tu ne m'enchaînes pas. Pourtant en principe il est toujours prêt à faire de nouvelles expériences amoureuses. Dans sa détresse il finit par renverser Erika et la frappe légèrement sur la nuque avec l'arête de la main. La tête s'incline obéissante, oublieuse de ce qui l'entoure et qu'elle ne peut plus voir. Excepté le sol du cagibi. La femme s'oublie facilement en amour, elle est présente par si peu d'elle-même qu'elle n'a guère à en tenir compte. Klemmer tend l'oreille vers l'extérieur et tressaille. D'un geste vif et comme s'il enfilait un vieux gant, il rabat la bouche de la femme sur son sexe qui retombait après un bref éclair d'attention. Le gant est trop grand. Il ne se passe rien pour lui, il ne se passe rien pour Klemmer, tandis que l'être intime du professeur se meurt humblement au loin.

Klemmer cogne frénétiquement dans sa bouche, mais la preuve se fait attendre. Sa queue débandée flotte, bouchon insensible, sur les eaux d'Erika. Qu'il continue à tirer par les cheveux, qui sait si ce faisant il ne lui poussera pas quelque chose. D'une oreille Klemmer guette si la femme de ménage n'approche pas. Le reste de ses sens est à l'écoute de son sexe, ne s'animera-t-il pas ? Domptée et en même temps rabaissée par l'amour, le professeur lèche tant et plus, une vache avec son nouveau-né. Elle promet que ça finira bien par venir, qu'ils ont le temps tous les deux, maintenant que leur passion ne fait plus de doute ! Surtout pas d'énervement ! Ces promesses mal articulées rendent fou furieux le jeune homme qui dans la voix perçoit l'ordre en demi-ton. Cette supérieure hiérarchique ne lui ordonne-t-elle pas constamment de placer les doigts de telle ou telle façon et d'actionner la pédale à tel passage de la partition ? Ses connaissances musicales la placent au-dessus de lui, mais s'effaçant sous lui elle le dégoûte plus qu'il ne saurait dire. Elle se fait petite devant sa queue qui de son côté reste petite. Klemmer cogne et martèle dans la bouche d'Erika qui se sent prise de nausée. Peine perdue. La bouche à moitié pleine, la femme parvient encore à le consoler avec amour et renvoie à un futur proche. À des joies futures ! Nul ne voit ses yeux ; elle n'est pas aux commandes, elle n'est que cheveux, nuque, toute insondabilité. Un automate d'amour qui ne réagit même plus aux coups de pied. Et l'élève ne veut qu'une chose, y aiguiser son instrument. Instrument qui au fond n'a rien à voir avec le reste de son corps. Alors que l'amour accapare toujours la femme entière. La femme a instinctivement besoin de dépenser son amour en entier en laissant la monnaie. Erika et Walter Klemmer disent de concert, aujourd'hui ça ne marche pas, mais ça marchera bien un jour. Ne pas réussir : pour Erika, le plus solide des gages d'amour. Klemmer enrage de son impuissance et se venge en tenant la femme solidement aux cheveux, à lui faire mal, afin qu'elle n'aille pas lui échapper avec ses habituelles valses-hésitations. Elle est là, profitons-en et tirons comme convenu un bon coup sur les cheveux. D'un commun accord chacun y va de quelques cris d'amour.

Mais devant cette tâche l'étoile de l'élève pâlit. Il n'en sort pas grandi. Il a beau tirer et tirer sur le fil, le labyrinthe ne s'ouvre pas. Aucun sentier du plaisir ne taille droit à travers bosquets et broussailles. La femme divague à propos de forêts peuplées des réalisations les plus folles mais connaît au mieux ronces et bolets. Pourtant elle affirme les avoir méritées par sa longue patience. L'élève s'est appliqué, un prix l'attend. Le prix, c'est l'amour d'Erika que l'élève reçoit à présent. Tournant gauchement le doux vermisseau entre la langue et le palais, elle espère de son plaisir futur une sorte de sentier de randonnée didactique, bordé d'une végétation soigneusement étiquetée. On lit une pancarte et on se réjouit de retrouver un buisson familier de longue date. Puis on voit un serpent dans l'herbe et c'est l'épouvante car il ne porte pas de pancarte. La femme institue ce lieu inhospitalier leur nid d'amour à tous deux. Ici et maintenant ! L'élève cogne silencieux dans la douce cavité buccale, corne muette où il sent vaguement des dents qu'il lui conseille de bien cacher. Dans pareille situation l'homme craint encore plus les dents que les maladies. Il transpire, il ahane, il feint des performances. Profère qu'il pense sans cesse à sa lettre. Comme c'est ennuyeux. C'est à cause d'elle et de sa lettre qu'il ne peut faire l'amour, qu'il ne peut plus que penser à l'amour. Elle a dressé des obstacles, cette femme.

Les dimensions connues et familières de son sexe dont il fait, excité, la description à cette femme qui n'a encore jamais dignement honoré le sexe en question, le réjouissent d'ordinaire autant qu'un gamin curieux son jeu de construction. Ces dimensions se font attendre. Le professeur qui n'a encore jamais éprouvé de plaisir, réagit à la description détaillée avec l'empressement joyeux du désir. Elle approuve et se réjouit d'ores et déjà de pouvoir vivre ceci et plus encore ! avec lui. Elle tente ce disant de recracher discrètement sa queue, mais se voit aussitôt contrainte de la reprendre sur ordre de l'élève Klemmer, au mépris des rapports hiérarchiques. Il n'abandonne pas la partie si vite ! Qu'elle avale sans sucre cette pilule amère ! Les premières affres d'un échec dont elle porte peut-être la responsabilité submergent Erika Kohut. Son jeune élève essaie toujours – en vain – de jouir sans penser à rien. Dans la femme qui de tout son être se jette dans les abîmes qui s'ouvrent à elle grandit le noir navire de la peur, déjà il hisse les voiles. À son insu, à peine est-elle éveillée du délire que des détails du minuscule réduit s'imposent à ses sens. Par le vasistas, en contrebas, la couronne d'un arbre. Un marronnier. Son appendice d'amour, ce bonbon insipide, Klemmer le maintient dans la cavité buccale et se colle tout entier contre le visage d'Erika en poussant des gémissements absurdes. Louchant du coin de l'œil, Erika aperçoit en bas le balancement presque imperceptible des branches que des gouttes de pluie commencent à accabler. Indûment alourdies les feuilles ploient. Suit un crépitement inaudible, une averse dégringole. Une matinée de printemps ne tient pas ses promesses. Les jeunes feuilles cèdent en silence sous l'assaut des gouttes. Des projectiles tombés du ciel frappent les branches. L'homme, lui, bourre toujours la bouche de la femme en la tenant par les cheveux et les oreilles, tandis que dehors les forces naturelles règnent sans partage. Elle veut toujours, lui ne peut toujours pas. Il reste petit, souple, au lieu de se faire compact et solide. L'élève à présent crie de colère, grince des dents, incapable aujourd'hui de donner le meilleur de lui-même. Ce n'est sûrement pas aujourd'hui qu'il pourra décharger dans le trou de sa bouche, situé dans la partie noble de sa personne, la partie supérieure. Erika ne pense à rien, s'étouffe, bien qu'elle n'ait presque rien dans la bouche. Mais ça lui suffit. La nausée monte et elle cherche son souffle. Pour compenser l'absence d'érection, l'élève frotte violemment son bas-ventre hérissé d'une toison piquante contre le visage d'Erika en injuriant son instrument. La nausée monte en Erika. Elle se dégage de force et vomit dans un vieux seau en fer-blanc qui ne demande qu'à servir. On dirait que quelqu'un vient, cependant le calice passe au pas de charge, sans entrer. Entre deux haut-le-cœur en fanfare le professeur rassure l'homme, c'est moins grave que ça n'en a l'air. Elle crache de la bile qui remonte des profondeurs. Les mains crispées sur l'estomac, à demi inconsciente, elle renvoie à des joies futures et bien plus grandes. Aujourd'hui ce n'était pas précisément joyeux, mais bientôt la joie bondira, irrésistible, du starting-gate. Ayant repris son souffle, elle offre inlassable d'autres sentiments, plus violents, plus sincères encore, les polit avec un chiffon doux, et les présente avec ostentation. Regarde, Walter, tout ce que j'ai mis de côté pour toi, le moment est venu ! Elle a même cessé de vomir. Elle veut se rincer la bouche avec un peu d'eau, et cela lui vaut un semblant de gifle. L'homme se déchaîne, ne t'avise pas de recommencer en pleine marche d'approche vers l'ivresse des cimes. Tu m'as complètement déconcerté. Tu n'as même pas pu attendre mes sommets enneigés. Et d'ailleurs, après moi, tu n'as pas à te laver la bouche. Erika bredouille à titre d'essai un mot d'amour éculé, mais ne récolte que des rires. La pluie tambourine avec régularité. Les vitres sont lessivées. La femme enlace l'homme, avec un débordement de paroles. L'homme lui répond qu'elle pue ! Sait-elle seulement qu'elle pue ? Il répète la phrase plusieurs fois, elle sonne si bien, savez-vous seulement que vous puez, madame Erika ? Elle ne comprend pas, et le lèche de nouveau à petits coups. Mais ce n'est pas ça. Dehors les nuages obscurcissent le ciel. Klemmer répète bêtement – le message est passé dès la première fois – qu'Erika empeste au point d'imprégner le réduit entier de son odeur répugnante. Elle lui a écrit une lettre, et voici sa réponse : il ne veut rien d'elle, et de plus elle empeste effroyablement. Klemmer tire doucement sur les cheveux d'Erika. Qu'elle quitte la ville, qu'elle épargne à ses jeunes narines innocentes cette odeur très particulière et répugnante, ces miasmes, ces exhalaisons animales. Pouah, vous n'imaginez pas ce que vous empestez, madame le professeur du supérieur !

Erika se laisse glisser dans le nid douillet, dans le tiède ruisseau de la honte, comme dans un bain où l'on s'immerge avec d'autant plus de prudence que l'eau est assez crasseuse. Une effervescence monte le long de son corps. Couronnes de la honte en mousse sale, rats crevés de l'échec, morceaux de papier, bois de la laideur, vieux matelas maculé de sperme. Ça monte, ça monte. De plus en plus haut. Avec un gloussement la femme se hisse le long de l'homme, s'élève jusqu'à sa tête, impitoyable diadème de béton. La tête prononce des phrases monotones à propos de puanteurs plus puissantes encore, dont l'élève a décelé l'origine chez son professeur.

Erika sent la distance entre le monde habité et le néant. Apparemment Erika empesterait donc, à ce que prétend l'élève. Il est prêt à le jurer. Erika est prête à aller jusqu'à la mort. L'élève est prêt à quitter le lieu de son échec. Erika cherche une souffrance qui débouche sur la mort. Klemmer referme la porte de son pantalon et veut gagner la sortie. Erika voudrait le regarder d'un œil mourant en train de lui serrer la gorge. Ses yeux fixeront son image jusqu'à leur décomposition. Il cesse de dire qu'elle empeste, pour lui elle n'existe déjà plus. Il veut partir. Erika veut sentir sa main assassine s'abattre sur elle, et la honte, gigantesque édredon, se pose sur son corps.

Déjà ils longent le corridor. Ils marchent l'un à côté de l'autre. Il y a une distance entre eux. Klemmer jure à voix basse qu'il est bien agréable de sentir son odeur de pourriture antique se dissiper un peu dans ces plus vastes espaces. À l'intérieur du cagibi, c'était réellement insupportable ! elle peut le croire. Il lui conseille chaudement de quitter la ville.

Bientôt professeur et élève rencontrent dans le couloir le directeur que Klemmer salue humblement en élève qu'il est. Erika échange avec son supérieur un salut collégial, car le supérieur ne tient pas aux distances. Le directeur n'en reste pas là, il salue cordialement en Klemmer le soliste du prochain concert de fin d'année. Puis il le complimente. Erika lui répond qu'en ce qui concerne le soliste elle n'est pas encore fixée. Cet élève-ci est en baisse sensible, c'est une certitude. Il lui faut encore réfléchir, l'élève K. ou un autre. Elle ne sait pas encore. Mais le fera savoir en temps utile. Klemmer planté là se tient coi. Il écoute les propos de son professeur. Le directeur claque la langue au récit des fautes effroyables qu'Erika décrit parce que l'élève les commet sans cesse. Erika énonce à voix haute des faits désagréables concernant l'élève, afin que celui-ci ne lui reproche pas de faire des cachotteries. Il néglige son travail, elle en a la preuve. Elle a bien été obligée de constater qu'efforts et assiduité étaient en chute libre. On ne va quand même pas l'en récompenser ! À quoi le directeur réplique qu'elle connaît certainement mieux l'élève que lui et donc au revoir ! Je vous souhaite un prompt rétablissement ! fait-il à l'élève Klemmer.

Le directeur a disparu dans son bureau directorial.

Klemmer répète pour Erika qu'elle empeste horriblement et qu'elle devrait quitter la ville au plus tôt. Il pourrait en dire bien d'autres sur elle, mais ne veut pas se salir la bouche. Qu'*elle* empeste suffit, inutile de s'y mettre aussi ! Et maintenant il va se rincer la bouche, il sent sa puanteur jusqu'au fond de la gorge. Il a sa sale odeur de prof jusqu'au fond de l'estomac ! Elle n'imagine pas à quel point les exhalaisons de son corps lui lèvent le cœur, tant mieux pour elle qu'elle ne puisse même pas imaginer à quel point elle répand une odeur de charogne.

Tous deux s'éloignent dans des directions opposées, sans s'être accordés sur une dominante commune ni sur une tonalité de base autre que la puanteur nauséabonde d'Erika Kohut.

Avec prudence et application Erika Kohut se met à l'œuvre. Elle a voulu sortir de sa peau et n'a pas pu. Bien des choses lui font mal. Peu de choses en elle ont été choisies. Elle n'a plus la tête à soi. Dans une vision-télé lui est apparu comment barricader des portes autrement qu'avec des armoires. Un film policier a montré comment. En calant le dossier d'une chaise sous la clenche. Mais inutile de se donner cette peine, comme souvent depuis quelque temps la mère dort d'un sommeil doux et paisible, exsudant sans égards l'alcool douceâtre par tous ses pores et se vengeant en polypephonie.

Erika saisit sa petite boîte à trésors domestiques et fouille dans ses riches réserves. Ici s'amoncellent des richesses que Walter Klemmer n'a pas encore eu le temps de découvrir, ayant prématurément détruit leur relation par des injures ordurières. Alors que les choses commençaient seulement pour la femme ! Elle était enfin prête, et juste à ce moment il s'est rétracté dans sa coquille. Erika choisit des pinces à linge et, après une hésitation, y ajoute des épingles, un tas d'épingles qu'elle sort d'une boîte en plastique.

Les larmes aux yeux Erika applique sur son corps les sangsues goulues, pinces à linge en plastique aux gais coloris. À des endroits facilement accessibles et que plus tard des bleus marqueront. Erika comprime sa chair en pleurant. Elle rompt l'équilibre de sa surface corporelle. Elle rompt le rythme de sa peau. Elle se larde avec des ustensiles de couture et de cuisine. Elle se regarde, décontenancée, et cherche des endroits encore libres. Une place vacante apparaît-elle sur le registre de son corps qu'aussitôt elle se trouve prise en tenaille par les pinces à linge goulues. Et l'intervalle fortement tendu est piqué à grand renfort d'épingles. La femme, décontenancée par son propre comportement et les conséquences possibles, pleure à pleine gorge. Elle est toute seule. Elle se pique avec des épingles aux têtes en plastique de couleurs variées, une tête par épingle et une couleur par tête. La plupart retombent aussitôt. Piquer sous les ongles, Erika n'ose pas à cause de la douleur. De minuscules coussins de sang reposent bientôt sur la prairie de sa peau. La femme pleure à chaudes larmes, seule avec elle-même. Au bout d'un moment Erika s'arrête et se poste devant la glace. L'image se fiche dans son cerveau, accompagnée des mots battus et payeurs. C'est une image haute en couleur. Somme toute une image gaie, si les circonstances n'étaient si tristes. Erika est complètement seule. La mère une fois de plus dort profondément, trop de liqueur en est la cause. Dès qu'à l'aide du miroir Erika déniche sur son corps un endroit non ravagé, elle y colle une pince ou une aiguille, tout en pleurant. Elle plante ces instruments sur son corps et dans son corps. Les larmes ruissellent sur sa peau, elle est toute seule.

Longtemps après, Erika retire de sa propre main pinces à linge et épingles, et les range avec soin dans leurs étuis. La douleur s'apaise, les larmes s'apaisent.

Erika Kohut s'en va mettre fin à sa solitude auprès de sa mère.

Une fois de plus le soir tombe, les sorties de la ville s'emplissent d'une circulation insensée direction la maison et Walter Klemmer lui aussi sécrète un fil poisseux d'activités frénétiques, afin de ne pas avoir à rester oisif, inemployé. Rien de particulièrement excitant, mais il se maintient constamment en mouvement. Il ne fait pas d'efforts particuliers, mais avec son besoin de bouger, le temps a du mal à le rattraper. Empruntant la ligne J puis le métro, Klemmer entreprend à travers les méandres des voies de communication un périple compliqué qui débouchera – il le soupçonne déjà – sur le parc municipal, mais d'abord il doit trouver un but, et une voie menant à ce but. Il se promène avec énergie, afin que l'heure avance. Il tue le temps. Il veut la fin et trouvera les moyens. S'en prendra sans vergogne à d'innocentes bêtes incapables de se défendre qui séjournent, paraît-il, dans le parc. Au parc municipal, des flamants roses et d'autres volatiles exotiques qui n'ont encore jamais vu leur patrie, ont été lâchés, et aujourd'hui ces animaux vous donnent carrément envie de leur sauter dessus pour les mettre en pièces. Walter Klemmer est un ami des bêtes, mais quand la coupe est pleine, elle déborde, même chez quelqu'un comme lui, et c'est parfois un innocent qui trinque. La femme l'a tellement insulté qu'il l'a blessée à son tour. Ils sont quittes de ce côté-là, néanmoins un sacrifice expiatoire s'impose. Un animal devra mourir. Klemmer doit cette idée aux journaux qui relatent les mœurs bizarres de ces naïves créatures exotiques et, avec autant de détails, les bagarres et assassinats dans lesquels elles sont impliquées.

Remontant les escaliers roulants, le jeune homme bondit à l'air libre. Déjà le parc s'étend, silencieux, immobile ; l'hôtel sur le devant, par contre, éclairé, animé. Aucun couple d'amoureux ne sera inquiété par M. Klemmer, il n'est pas venu pour se rincer l'œil en cachette, mais pour éviter d'être vu lui-même en train de commettre des brutalités. Certaines de ses pulsions restées inassouvies viennent de virer à l'agressivité, processus déclenché par une femme. Klemmer patrouille au hasard et ne trouve pas le moindre oiseau. Malgré l'interdiction il marche sur la pelouse et ne ménage pas même les buissons exotiques à travers lesquels il se fraye rudement un passage. Il piétine de propos délibéré des parterres de fleurs soigneusement entretenus. Des talons écrasent les messagers du printemps. Ce qu'il offrait à cette femme abjecte n'a pas été accepté, il lui faut vivre maintenant avec cette surcharge d'amour. Sur lui elle ne pèse que modérément, mais pour la vie animale les conséquences sont dévastatrices. L'instinct sexuel de Klemmer n'a pas pu davantage trouver la brèche par où s'exprimer. Faisant la fine bouche la femme a simplement pioché dans la tête de l'élève et n'en a extrait qu'un ou deux résultats musicaux. Elle lui a pris ce qu'il avait de mieux pour le rejeter après examen ! Walter Klemmer laboure un parterre de pensées du bout de la chaussure, parce qu'il a été sévèrement déçu pendant qu'il faisait sa cour. Ce n'est donc pas de sa faute s'il a flanché. Qu'Erika continue dans cette voie et il lui arrivera bien pire que tout ce qu'elle a jamais imaginé. Les épines gigantesques d'un buisson griffent Klemmer, des branches élastiques lui cinglent le visage lorsqu'il se force un passage, ayant flairé l'eau au-delà du bosquet. Gibier blessé, qu'en dépit des usages le chasseur a laissé filer. Ce chasseur dilettante n'a pas touché le cœur. D'où le danger potentiel que Klemmer représente pour n'importe qui, vraiment n'importe qui ! En gnome de l'amour malfaisant, il sillonne ce lieu de détente nocturne conçu à vrai dire uniquement pour le jour, en quête d'un animal innocent sur lequel se défouler. Il cherche une pierre mais ne trouve rien qui y ressemble. Il ramasse un court bâton tombé d'un arbre, mais c'est du bois mort, spongieux. Puisque de lui une femme a exigé qu'il se montrât cruel alors qu'il lui offrait l'amour, il lui faut se courber et se courber encore à la recherche d'une meilleure arme que du bois mort. Puisqu'il n'a pu devenir maître de la femme, il lui faut courber l'échine et inlassablement ramasser du bois. S'il n'a que cette badine, le flamant rose se moquera bien de lui ! Ça n'a rien d'un bâton, c'est une branchette fragile. Klemmer qui n'a aucune expérience mais voudrait vivre du nouveau, ne peut s'imaginer où les oiseaux se cachent la nuit pour fuir leurs tortionnaires. Peut-être ont-ils une chaumière pour eux tout seuls ! En aucun cas Klemmer ne veut le céder aux loubards qui ont déjà assassiné plus d'un volatile. Il flaire plus nettement l'eau, son élément. Quelque part là-bas, à en croire les journaux, se trouve sa proie rose bonbon. Sous l'effet du vent, bruissements divers et interminables. Des sentes sinueuses serpentent à travers le parc. Au point où il en est, Klemmer se contenterait d'un cygne, animal plus facile à remplacer. À cette pensée Klemmer mesure l'urgence d'une soupape pour sa colère débordante. Si les oiseaux paressent sur l'eau, il les appâtera. S'ils dorment sur la rive, il n'aura pas à se mouiller.

Au lieu de cris d'oiseaux, seul le grondement lointain et continu des voitures se fait entendre. Si tard et encore sur les routes ? La ville poursuit de son vacarme l'être en quête de repos, jusqu'ici, jusque dans ces zones vertes municipales, poumons de Vienne. Klemmer, dans la zone grise de sa colère sans borne, cherche quelqu'un qui pour une fois ne le contredise pas. Donc quelqu'un qui ne le comprenne pas. L'oiseau peut-être s'enfuira, mais il ne le contredira pas. Klemmer trace dans l'herbe sa propre route nocturne. Aux noctambules solitaires qui rôdent également, il se sent lié par une profonde affinité. Aux autres papillons de nuit qui batifolent en serrant la main d'une dame, il se sent supérieur, car sa colère est bien plus forte que le feu de l'amour. Le jeune homme fuit jusqu'en ces lieux la proximité des femmes. D'une petite source sonore se propagent des vagues de cris peu mélodieux, comme seul un bec d'oiseau ou un musicien débutant peut en produire. Voici l'oiseau ! Bientôt la presse parlera de vandalisme et on pourra se présenter devant la bien-aimée manquée avec le journal encore tout frais, parce qu'on aura anéanti de la vie. Alors on pourra aussi détruire brutalement la vie de la bien-aimée. Couper les fils de la vie. Cette Mme Kohut s'est moquée en permanence de ses senti-ments, son amour – qu'elle n'a pas mérité – s'est abattu sur elle des mois durant. De la corne d'abondance de son cœur sa passion ruisselait sur elle, et elle lui a fait ravaler sa douce pluie d'amour. À présent, et la faute n'en incombe qu'à elle seule, elle va recevoir la facture sous forme d'une œuvre de destruction féroce.

Pendant tout ce temps que Klemmer gaspille à déni-cher l'oiseau rare, cette femme qui s'est couchée par-ticulièrement tôt aujourd'hui, dort tristement chez elle dans son coin. Inconsciente, elle se fraye un chemin à travers le sommeil, et Klemmer à travers les pâturages nocturnes de la ville. Klemmer cherche et ne trouve pas. Il suit à présent un autre appel, sans pouvoir toutefois en identifier l'auteur. Il n'ose pas vraiment avancer, pour ne pas à son tour plier honteusement les genoux sous un coup de gourdin. Les trams qui voici peu carillonnaient encore à la lisière du parc, lui permettant de s'orienter, sous un autre nom roulent maintenant sous terre où on ne les entend pas. Faute de repères, il ignore où son voyage le mène. Peut-être toujours plus loin dans cette jungle où il s'agit de bouffer ou de se faire bouffer. Au lieu d'y trouver sa pâture, Klemmer deviendrait lui-même une proie ! Klemmer cherche un flamant rose, tandis qu'un autre cherche peut-être déjà un gogo à portefeuille. D'un pas lourd l'homme avance à travers les buissons et sur la pelouse qui s'ouvre devant lui.

Guettant quelque incident dont le régalera un promeneur semblable à lui, et dont il s'amuse à l'avance. Il sait : à part la nourriture et la famille, l'excursionniste n'a d'autre souci que l'aspect de la faune et la flore environnantes, elles le préoccupent. En effet avec la pollution atmosphérique les réserves naturelles irremplaçables ne s'amenuisent-elles pas constamment ? Le promeneur expliquera pourquoi la nature meurt, et Klemmer fera en sorte qu'une partie de la nature montre le bon exemple en la matière, lance-t-il menaçant à travers la nuit. D'une main Klemmer serre son portefeuille, de l'autre il s'accroche à son gourdin. Il trouve normal que le flâneur se fasse du souci !

Aussi loin qu'il patrouille, nul oiseau n'est au rendez-vous. Mais contre toute attente, à la lisière des espoirs abandonnés, quelque chose, finalement : un couple emmêlé, à un stade avancé du plaisir. Lequel au juste, difficile à dire. Walter Klemmer manque de marcher sur l'homme et la femme qui ensemble forment un tout à structures variables. Son pied butte maladroitement contre un vêtement de petit format jeté par terre, l'autre trébuche presque sur une chair déchaînée qui s'approprie une autre chair dans un délire de consommation. Au-dessus, les bruissements d'un arbre imposant qui, lui-même placé sous la protection de la nature et ne risquant donc rien, a soigneusement couvert les halètements presque jusqu'à la fin. Obsédé par l'oiseau, Klemmer n'a pas pris garde où il mettait les pieds. Sa haine se décharge sur cette chair qui contre toute attente s'épanouissait au bord du chemin, écrasant sans vergogne d'autres fleurs car il a fallu qu'elle se vautre en plein dans un parterre municipal. Dont les fleurs sont maintenant bonnes à jeter. Rien qu'un léger bâton, c'est tout ce qu'a Klemmer pour prendre une part active à la lutte des corps. L'heure de la vérité sonne : battre ou être battu. On a quand même fini par imposer sa participation au grand tournoi d'amour, et ce en tant que troisième larron ! Klemmer lance une grossièreté. Qui lui vient du fond du cœur. Il s'enhardit, car le couple ne le contredit pas. Un outil fend l'air. Quelqu'un remonte en hâte des affaires et en rabat d'autres. Devant Klemmer les choses rentrent dans l'ordre. Sans un mot, les genoux en compote, les participants se rajustent et rajustent leurs oripeaux. Arrangent furtivement certaines choses qui semblent avoir été dérangées. Une fine pluie tombe. L'état originel se reconstitue. Sans aménité Klemmer expose les conséquences de tels comportements. Il frappe en cadence son bâton contre sa cuisse droite. Il se sent devenir de plus en plus fort, parce que personne n'ose répliquer. La peur animale du couple pèse sur Klemmer, elle est meilleure que si elle émanait d'un véritable animal. Une odeur de châtiment mérité flotte dans l'air. Ils n'attendent que ça. C'est bien pourquoi le parc les attire la nuit. Un espace découvert s'étend alentour. Déjà le couple se complaît dans l'encerclement, il refuse de répondre à la rafale d'injures. Klemmer jette : salopes, porcs ! Face à la vie et au plaisir, les idées qui l'envahissent par légions lorsqu'il écoute de la musique lui paraissent bien éculées. En musique il sait de quoi il parle, ici il voit ce dont il se refuse toujours à parler : la banalité de la chair. Nul jardin d'amour romantique, mais tout de même un jardin municipal. Les amoureux demeurent dans l'ombre floue des arbres. D'évidence ils accepteront humblement dénonciation ou bastonnade éclair. La pluie redouble. Les coups ne pleuvent pas. De tous ses sens le couple ne cherche

qu'abri et protection : le coup va-t-il partir maintenant ?
L'attaquant hésite. Le couple recule se mettre à couvert, espérant qu'il n'y verra que du feu. Ils voudraient
se lever ! courir ! courir ! Tous deux sont encore très
jeunes. Klemmer vient de voir des mineurs se vautrer
comme des porcs. Il veut se débarrasser enfin de son
bâton en le balançant dans un corps souple étranger au
sien, cependant l'arme frappe toujours sa propre cuisse.
Cette nuit, pas question de rentrer bredouille. En ce
lieu où lui prend racine et la peur naissance, Klemmer
conquiert quelque chose qu'il pourra rapporter à Erika
présentement endormie. Avec en prime, provenant des
grands espaces, une bouffée d'air frais dont elle a grand
besoin. Klemmer pivote librement sur lui-même, tels
les gonds d'une porte fraîchement huilés. Vers l'avant,
et la souffrance menace les amants, vers l'arrière, et il
dégage peut-être le passage. Les deux enfants ont reculé
jusqu'à sentir dans leur dos une résistance qui, dans un
premier temps, les empêche de fuir. À moins de faire
une percée sur le flanc, ils ne pourront s'enfuir, car il
ne suffit pas de vouloir pour pouvoir. Soudain Klemmer
prend goût à la situation, il fait ses exercices physiques
habituels. Debout, mais évidemment sans eau, il vérifie
un ou deux réflexes de kayakiste. Ce tableau vivant a
du corps, mais il est facile à surveiller. Adversaires :
deux. Maniables, lâches de surcroît et refusant le combat. Saisira-t-il l'occasion ou la laissera-t-il filer ? Il est
maître de la situation. Peut afficher de la compréhension,
ou se présenter en vengeur de l'ordre public troublé et
de la jeunesse corrompue. Ou encore alerter les forces
de l'ordre. Simplement il faut se décider vite, car le
dépeuplement des lieux incite de plus en plus à la
fuite. Son Arrêtez-le, au voleur ! n'aurait aucun effet,

aussi reste-t-il planté dans le paysage, sans rien faire, et quand bien même les bornes de sa colère reculeraient, ses victimes auront filé depuis longtemps. Le jeune couple décèle une réserve, une hésitation dans le ton et les propos de cet homme. Une indécision peut-être, que Klemmer a montrée trop vite et dont lui-même n'a pas conscience, mais qui est un signal pour ces enfants ! Il semble s'être imperceptiblement démarqué du point de vue de la violence où il se plaçait. Les enfants en profitent. Saisissent cette occasion aux cheveux. N'étant pas sur l'eau, Klemmer se demande : que faire ? Les deux enfants font un bref crochet autour du tronc d'arbre et s'enfuient à toutes jambes. La présence massive de Klemmer les propulse littéralement en arrière. Choc sourd de leurs semelles rebondissant sur le sous-sol de la prairie. Miroitement çà et là de la sous-couche de la prairie, de la terre. Dans leur fuite ils ont oublié une sorte de veste, ou serait-ce un trois-quarts ? Un manteau d'enfant. Klemmer ne tente pas de les poursuivre. Il préfère piétiner la veste abandonnée. Il ne cherche pas de porte-monnaie. Il ne cherche pas de papiers. Il ne cherche aucun objet de valeur. Il foule lourdement la veste et se complaît dans ce piétinement, éléphant ligoté qui, en raison de ses entraves, n'a que quelques centimètres de jeu, mais qui sait les mettre à profit. Il enfonce à coups de pied la veste dans le sol. Incapable de donner les raisons de son geste. Néanmoins sa colère grandit, la pelouse entière est devenue son ennemi juré. Avec entêtement et en proie à une agitation intérieure, Walter Klemmer écrase le doux oreiller à ses pieds sur un rythme qui lui est propre. Il lui en veut de sa douceur. Klemmer piétine la veste en tricot et la fatigue est longue à venir.

Une fois ressorti du parc, Walter Klemmer se promène un moment dans les rues, sans guère se soucier de son but. Une certaine désorientation s'empare de lui, doublée d'une force ailée, tandis que d'autres dorment déjà. Dans ses tripes flotte un ballon de violence. Le ballon ne heurte aucune des parois de son corps. Klemmer croit marcher sans but, mais déjà s'oriente à demi dans une direction précise, vers une femme bien précise qu'il connaît. Bien des choses lui apparaissent hostiles, mais il n'en affronte aucune, son but, une femme très spéciale et talentueuse, lui est trop cher. Il balance entre deux ou trois femmes, puis se décide quand même pour celle-ci. Il ne va pas la sacrifier à un combat ! À partir de cet instant il évitera donc résolument toute violence, mais ne se défilera pas si elle le provoque face à face. Par un escalier roulant, il descend en courant dans un passage souterrain presque désert. Achète à un vendeur ambulant une glace à moitié fondue. La glace lui est tendue sans amour ni attention par un homme déguisé à l'aide d'une casquette qui ne soupçonne pas combien son manque d'égards lui fait frôler une correction. Finalement il ne la recevra pas. Sa casquette symbolise un matelot ou un cuisinier ou peut-être les deux, son visage sans âge la fatigue. Deux goulées rapides, et Klemmer, la bouche en entonnoir, arrache la glace en haut à son cornet. Peu de gens arrivent, peu de gens s'en vont. Peu restent assis derrière les vitrines du snack de ce passage souterrain. La glace était tiède et molle. De l'opiniâtreté se niche dans la nonchalance de Klemmer. Son noyau se solidifie lentement, un frêle effort se prépare à l'attaque. Seul lui importe à présent le terminus de son voyage où il ne tient qu'à lui d'arriver bientôt. Non sans combativité, mais sans combattre, Klemmer arpente les rues en direction d'une femme précise. La personne en question l'attend sûrement. Et le voici qui retourne à elle, immodeste dans ses vœux, intransigeant dans ses exigences. Les contes qu'il lui fera l'étonneront, il s'expliquera en règle. Il en a des comptes à régler. Le boomerang Klemmer n'est d'ailleurs parti de chez cette femme que pour y retourner, chargé d'objectifs nouveaux. Klemmer veut aller jusqu'au centre de son cyclone intérieur où règne prétendument le calme absolu. Un instant il envisage d'aller au café. J'ai envie de m'attarder un instant parmi des êtres vrais, songe Walter Klemmer, désir assez légitime chez quelqu'un qui se voudrait lui aussi avant tout un être humain, et s'en trouve constamment empêché. Il ne va pas au café. Des torchons sales laissent des traces gluantes sur les comptoirs en aluminium dont les vitrines abritent tartes et gâteaux recouverts d'un glaçage coloré ou gonflés de chantilly. Graisse figée et traînées crasseuses sur les comptoirs en formica des snacks. Toujours pas de brise matinale qu'en gibier blessé il pourrait flairer. Accélération de l'allure. À la station de taxi, une seule voiture, que d'ailleurs quelqu'un hèle aussitôt.

Klemmer est arrivé devant la porte de l'immeuble d'Erika. Vive est la joie de l'arrivée, qui l'eût cru. La colère investit la garçonnière klemmérienne. Aucune tentative de l'homme pour se faire remarquer en lançant des cailloux, ainsi que le font les jeunes avec leur belle. Il est devenu adulte, l'élève Klemmer, en l'espace d'une nuit. Lui-même n'aurait jamais soupçonné à quelle vitesse un fruit peut mûrir. Il ne tente rien pour qu'on le laisse entrer. Il lève les yeux vers telle ou telle fenêtre obscure et s'oriente sans bruit. Il lève le regard vers une fenêtre obscure déterminée dont il ignore à qui elle appartient. Il pressent qu'elle appartient en partie à Erika et en partie à sa mère. Il pense qu'il s'agit de la chambre conjugale. Du couple Erika-Mère. Klemmer coupe le lien tendu avec amour jusqu'à Erika et l'attache à une configuration nouvelle où Erika ne tiendrait plus qu'un rôle secondaire, le rôle d'un moyen pour parvenir à ses fins. À l'avenir travail et loisir se feront chez lui équilibre. Ses études sont bientôt terminées et il aura à nouveau plus de loisir pour son passe-temps aquatique. Il ne veut plus des faveurs importunes de cette femme. Selon le cas il lui accordera ou non les siennes. Il ne veut pas d'affaires en suspens. Une rigole de sueur creuse sa tempe droite qui ruisselle depuis un moment, tant il a couru. Respiration sifflante. Il a couru des kilomètres par un temps relativement chaud. Exécution d'un exercice respiratoire adapté, familier au sportif qu'il est. Klemmer s'aperçoit qu'il évite certaines pensées, pour ne pas avoir à penser l'impensable. Dans sa tête, tout : rapide, éphémère. Impressions changeantes. Objectif clair, moyens tout tracés.

Klemmer se rencogne dans le renfoncement du portail et baisse la fermeture Éclair de son jean. Il se blottit dans la cavité maternelle du porche, pense à Dame Erika et se masturbe. À l'abri des spectateurs. Il est distrait et néanmoins sciemment concentré sur le noyau dur qui s'est formé en bas de chez lui. Lui a conscience de son corps, agréablement. Lui a le rythme de la jeunesse. Il fait un travail en soi et pour soi. Nul n'en profite en dehors de lui. La tête rejetée en arrière, Klemmer se masturbe en direction d'une fenêtre obscure dont il ne sait même pas si c'est la bonne. Il est impassible, impitoyable. Rien ne l'affecte pendant son dur labeur. La fenêtre s'étend, obscure, au-dessus de sa tête, tel un paysage. Son missile sol-sol se situe un étage plus bas. Klemmer se masturbe violemment, il n'a pas l'intention d'arrêter de sitôt. Il travaille le champ de son corps sans joie et sans plaisir. Il ne veut rien rétablir ni rien détruire. Il ne veut pas monter chez cette femme ; mais si quelqu'un ouvrait la porte, il monterait sans hésiter. Rien ne l'arrêterait ! Klemmer se masse avec tant de discrétion, que n'importe qui le voyant là lui ouvrirait sans se méfier. Il pourrait rester là éternellement à s'activer, tout comme il pourrait essayer de se faire admettre immédiatement. Libre à lui d'agir comme il l'entend. Sans avoir décidé d'attendre ici qu'un rentre-tard lui ouvre la porte, Klemmer attend ici un rentre-tard qui lui ouvrira la porte. Dût-il se tenir là jusqu'au petit matin. Dût-il attendre la première personne sortant de l'immeuble au matin. Klemmer tire sur sa queue gonflée et attend que la porte s'ouvre.

Walter Klemmer se tient dans sa niche et se repré-sente jusqu'où il irait. Il a maintenant nettement deux envies, boire et manger, les deux à la fois. Mais s'en tient à son envie de la femme, tandis qu'il se masse. Il apprend dans sa chair, et elle apprendra dans la sienne, ce qu'il en coûte de jouer avec lui pour jouer. De lui coller des emballages vides. Il faut que sa douce enve-loppe charnelle l'accueille ! Il l'arrachera à la tiédeur de son lit, l'arrachera à sa mère ! Personne ne vient. Personne ne lui ouvre grand la porte. Dans ce monde changeant où la nuit est tombée, Klemmer ne connaît que la constante de ses sentiments, et finalement il va téléphoner. Mis à part sa façon plutôt décente de se dénuder, il s'est comporté devant la porte avec calme et discipline. Dans l'éventualité d'un possible rentre-tard. À l'extérieur il offrait l'image d'un calme exempt de colère. À l'intérieur ses sens ravagent son corps. Il ne faut pas que les gens qui rentrent se méfient de lui. Il est touché par des sentiments. S'émeut sur lui-même. Dans un instant la femme descendra des grands chevaux de l'art et entrera pour lui dans le fleuve de la vie. Participera au marché et au péché. L'art n'est pas un cheval de Troie, apostrophe muette à la femme là-haut qui ne cherche des contenus que dans l'art. Une cabine téléphonique se trouve à proximité. Qui se voit aussitôt occupée. Klemmer méprise le vandale qui a arraché les bottins de leur emplacement, une vie risque de ne pas être sauvée, car celui qui cherchait un numéro ne l'aura pas trouvé.

Erika Kohut dort du sommeil du juste, sommeil agité, près de sa mère qui l'a souvent traitée injustement et pourtant rêve paisiblement. Ce sommeil, Erika ne le mérite pas, ne fait-elle pas tourner une âme en peine, en bas ? Avec l'ambition légendaire de son sexe, elle continue d'espérer dans ses rêves en une issue heureuse, en la jouissance finale. Elle rêve que cet homme la conquiert avec fougue. Je t'en prie. Aujourd'hui elle a renoncé d'elle-même à la télévision. Alors qu'aujourd'hui précisément elle aurait pu regarder son thème favori : des rues étrangères sur lesquelles elle se projette en un éclair, vautrée dans la sécurité. Elle voudrait jouir de cette considération et affection excessives qui sont le lot des personnages des téléfilms. La plupart du temps, des paysages américains sans fin, parce que ce pays ne connaît quasiment pas de limites. Peut-être ferai-je même un petit voyage avec cet homme, songe Erika, le cœur serré, mais que faire de maman pendant ce temps ?

Savoir s'éclipser au bon moment n'est pas donné à tout le monde. Involontairement son corps réagit par une sécrétion humide, plus moyen de le contrôler par la volonté. Touchée par la grâce, la mère dort d'un sommeil innocent. Voilà que le téléphone sonne, qui peut bien appeler à cette heure ? Erika se dresse d'un bond, elle sait aussitôt qui peut bien l'appeler à cette heure. Une voix intérieure qui lui est proche le lui dit. Cette voix porte à tort le nom de l'amour. La femme se réjouit de sa victoire amoureuse, elle espère remporter une coupe. À laquelle elle assignera une place d'honneur à côté des vases à fleurs dans son nouvel appartement bien à elle. Elle se sent complètement libérée. À tâtons elle se dirige vers le téléphone, traversant la chambre et l'entrée obscures. Le téléphone hurle. Elle ne saurait rabattre de ses conditions que pour cause d'amour, et se réjouit par avance de pouvoir dès à présent s'en distancer. En amour la réciprocité est finalement exceptionnelle, la plupart du temps on est seul à aimer, et l'autre ne songe qu'à fuir aussi loin que ses pieds le portent. Il faut être deux, or l'un d'eux, en parfaite synchronie, vient d'appeler l'autre ; quelle chance ! Cela arrive à point nommé. Cela tombe à pic.

Le professeur n'a laissé derrière elle dans le lit qu'un creux douillet qui se refroidit lentement. Elle a laissé dans le lit sa mère qui ne se réveille toujours pas. Enfant ingrate, déjà oublieuse de sa vieille compagne qui des années durant a pourtant fait ses preuves. Par téléphone l'homme exige qu'on lui ouvre immédiatement la porte d'entrée. Erika s'accroche au combiné. Tout de même, on ne s'attendait pas à une telle proximité. On s'attendait à des mots très doux vous annonçant la réalisation de vos désirs nocturnes, une présence prochaine et totale, peut-être demain à trois heures au café untel… Erika attendait de l'homme un plan précis, pour y construire son nid. Il va d'abord falloir qu'ils en parlent en détail demain et les jours suivants ! En discutant on verra bien si cette liaison est promise à l'éternité, auquel cas on s'y engagera. L'homme, jouisseur, rechigne à attendre, là où une femme érige déjà une série de blocs d'habitation, car chez elle c'est le tout dans sa totalité effrayante, menaçante qui est concerné. La femme et son monde affectif : un état de fait désagréable. Cette femme se met aussitôt à fabriquer des abris compliqués à l'instar des guêpes, afin de s'y installer, et une fois qu'elle a commencé, plus moyen de se débarrasser d'elle – voilà ce que craint Walter Klemmer de façon générale. Il se retrouve devant la porte et attend qu'elle s'ouvre vers l'extérieur, pour Erika ce ne serait pas plus mal. Maintenant ou jamais, réfléchit Erika, pédante jusqu'au bout, en allant chercher le trousseau de clefs. La mère continue à dormir. Pendant son sommeil, rien ne traverse sa cervelle, elle a déjà dedans sa maison et une fille. À quoi bon des projets. La fille attend d'une seconde à l'autre sa récompense pour tant d'années d'efforts disciplinés. Ça a donc fini par payer. Rares sont les femmes qui savent attendre l'homme qui convient, la plupart prennent le premier, le moins bien venu, Erika choisit le dernier venu, c'était effectivement le meilleur de tous. Personne ne le surpassera jamais ! C'est en termes de chiffres et d'équivalence que pense la femme d'une façon quasi obsessionnelle. Elle s'imagine y avoir droit, en récompense de ses bons et loyaux services dans le domaine artistique. Si de plus une volonté virile parvient à l'éloigner de cette mère à toute épreuve, l'œuvre alors peut réussir, eh bien soit, qu'à cela ne tienne. L'étudiant a presque fini ses études, et elle gagne de l'argent. La différence d'âge est insignifiante, décide-t-elle du même coup à sa place.

Erika ouvre le portail et, confiante, s'en remet entièrement aux mains de l'homme. Elle dit en plaisantant qu'il la tient en son pouvoir. Assure qu'elle aimerait pouvoir effacer ma lettre stupide, mais ce qui est fait est fait. Le malheur est arrivé, mais elle se rachètera, mon amour. Qu'avons-nous besoin de lettres, puisque nous nous connaissons de toute façon jusque dans nos plus infimes, nos plus secrets retranchements. Chacun de nous se niche dans les pensées les plus raffinées de l'autre ! Et nos pensées nous nourrissent constamment de leur miel. Erika Kohut qui ne veut à aucun prix rappeler à l'homme sa défaillance physique, dit : Je t'en prie, entre donc ! Walter Klemmer qui aimerait surtout effacer sa défaillance physique entre dans la maison. Bien des choses sont mises à sa disposition, et l'éventail du choix flatte l'homme. Aujourd'hui il se servira, simplement ! Il dit à Erika : Que les choses soient claires ! Rien de pire qu'une femme qui veut refaire le monde. C'est un sujet pour journaux satiriques. Klemmer, lui, est un sujet digne d'un roman fleuve. Il se savoure lui-même, sans jamais se consumer. Au contraire, il savoure sa froideur, glaçon à l'intérieur de sa bouche. S'approprier un bien en toute liberté signifie pouvoir partir à tout instant. Le bien reste, et attend. Klemmer dépassera bientôt le stade de cette femme, il pourrait en jurer. La réciprocité des sentiments, cette offre sérieuse au départ, la femme l'a refusée. À présent c'est trop tard. Maintenant ce sera à mes conditions, propose K. Parole d'honneur, on ne rira pas de lui une deuxième fois, assure K. Menaçant, il demande pour qui elle le prend. Question qui ne gagne rien à être répétée.

Walter Klemmer pousse la femme dans l'appartement. Comme elle ne se laisse pas faire, il s'ensuit un échange de propos étouffés. Grâce auquel elle prend parfois même les devants. Au cours de cet échange, Erika se plaint que l'homme l'ait poussée dans son propre appartement où il n'est qu'un invité. Puis elle renonce à sa mauvaise habitude d'ergoter sans arrêt. J'ai encore beaucoup à apprendre, dit-elle avec modestie. Elle apporte même entre ses griffes une excuse, proie qu'elle dépose, encore dégoulinante de sang, aux pieds de l'homme. Elle ne va quand même pas tout gâter dès le début, songe-t-elle. Elle regrette d'avoir commis tant d'erreurs, la plupart au début. Le plus difficile, c'est le commencement, fait Erika, concluant à l'importance des premiers pas. À présent la mère s'éveille lentement, avec hésitation, à cause d'un aigre carillon verbal, comme il lui faut en convenir. La mère a la prétention de régner. Qui donc parle ici en pleine nuit, à haute voix comme en plein jour, et par-dessus le marché dans mon propre appartement et avec ma propre fille ? L'homme réagit par un geste menaçant. Les deux femmes travaillent déjà à une riposte sous forme de rouleau compresseur massif qui s'apprête à foncer sur l'homme seul. En moins de deux Erika se prend une gifle en pleine figure, elle ne l'a pas vue venir. Si, elle a bien vu, le coup a été asséné par l'homme Klemmer, et avec succès ! Étonnée, elle porte la main à sa joue, et ne réplique rien. La mère en est baba. Si quelqu'un frappe, ici, c'est elle. Un peu plus tard, comme Klemmer ne dit mot, Erika réplique qu'il fiche le camp, et que ça saute ! La mère s'y associe et tourne déjà le dos. Témoignant ainsi de son dégoût devant le spectacle. Klemmer interroge la fille d'une voix sourde, triomphante, ce n'est pas ainsi que tu voyais les choses au départ, hein ? La mère s'étonne de ce que l'homme attende une dispute pour disparaître. Ce qui se dit ici ne l'intéresse en rien, assure-t-elle en l'air. Aucune voix ne lance encore de plainte perçante. Mais voici qu'un deuxième coup atteint l'autre joue de Mme Erika. Ce n'est pas une rencontre amoureuse, chair contre chair. À cause des voisins, Erika se contente de geindre doucement. La mère, en éveil, est obligée de se rendre à l'évidence, cet homme dégrade sa fille au rang de punching-ball ou autre article de sport, et ce sur son propre terrain. Indignée, elle signale qu'on est en train de détruire le bien d'autrui, en l'occurrence le sien ! Et d'en conclure : Disparaissez ! Et au plus vite !

Comme s'il s'appropriait un outil, Klemmer enserre la fille de cette mère. Erika est encore à demi paralysée par le sommeil et ne comprend pas que l'amour, *son amour*, puisse être si mal récompensé. Nous attendons toujours une récompense pour nos efforts. Nous croyons que les efforts des autres n'ont pas besoin d'être récompensés, nous espérons pouvoir en bénéficier sans bourse délier. La mère passe à des démarches auxquelles elle souhaite de plus associer la police. Ce qui lui vaut une bonne bourrade qui la réexpédie dans sa chambre où elle tombe rudement à la renverse. Tandis que Klemmer lui dit son fait : elle n'est pas son interlocuteur ! La mère n'en croit pas ses oreilles. Jusqu'ici, elle était seule à choisir. Klemmer assure nous avons le temps, toute la nuit s'il le faut. Erika n'a plus rien d'une plante affamée de lumière. Klemmer lui demande si c'est bien ainsi qu'elle s'imaginait les choses. Sa voix enfle comme une sirène, noo-oon ! À quatre pattes la mère se remet sur son séant, et fait entrevoir à l'étudiant des perspectives effroyables dans lesquelles elle jouera un rôle déterminant. Si les choses en viennent aux dernières extrémités, elle recourra à une aide extérieure, jure la sainte vieille. Et il regrettera d'avoir fait cela à une femme si délicate qui en principe pourrait elle-même être mère. Qu'il pense à *sa* propre mère ! Qu'elle plaint bien de l'avoir mis au monde ! La mère qui tout en parlant a réussi à gagner la porte se voit une fois encore brutalement repoussée. Pour ce faire, Walter K. est contraint de lâcher brièvement son Erika. La chambre de la mère est alors fermée à clef par ses soins, et la mère cantonnée dans ses étroites limites. La clef de cette chambre à coucher sert à exclure la fille lorsqu'une punition s'avère souhaitable ou nécessaire. Exclue, se dit la mère encore sous le choc, et elle gratte à la porte. La mère couine et menace d'abondance. Klemmer grandit au contact de résistances. La femme : un danger pour le sportif avant une compétition difficile. Ses désirs et ceux d'Erika entrent en collision. Ce n'est pas ainsi que je m'imaginais les choses, larmoie Erika. Elle sort la phrase traditionnelle du spectateur de théâtre : Je m'attendais à mieux ! D'un côté Erika est submergée par sa chair, de l'autre par une violence née d'un dépit amoureux et qui lui est étrangère.

À présent Erika attend pour le moins des excuses, si ce n'est plus, mais non. Elle se félicite que la mère ne puisse pas s'en mêler. Régler enfin en privé des affaires privées ! Qui songerait à cette heure à une mère ou à l'amour maternel, excepté celui qui veut faire un enfant ? L'homme en Klemmer parle. Dénudant un endroit de son corps judicieusement choisi quoique minime, Erika tente d'attiser activement la volonté de l'homme. Elle supplie, jusqu'à ce que les brindilles s'embrasent et qu'on puisse y ajouter une plus grande bûche de désir. Elle prend de nouveaux coups dans la figure, bien qu'elle dise, s'il te plaît, pas sur la tête ! Elle entend quelque chose concernant son âge – trente-cinq ans minimum, qu'elle le veuille ou non ! La répugnance sexuelle de Klemmer peu à peu la chagrine. Ses pupilles se voilent progressivement. Klemmer se voit enfin gratifié des bienfaits de la haine. Il est enchanté ; la réalité s'éclaircit, tel un jour d'été couvert en fin d'après-midi. Seul un manque de franchise envers lui-même lui a permis de déguiser si longtemps en amour cette haine merveil-leuse. Ce masque d'amour lui a longtemps plu, mais il tombe à présent. La femme à terre prend diverses choses pour des élans de la passion, d'ailleurs seule la passion, et encore, pourrait justifier pareil compor-tement chez un homme. À ce qu'Erika Kohut a entendu dire. Mais maintenant ça suffit, mon amour, nous avons mieux à faire ! Elle voudrait voir la douleur rayée du répertoire des gestes d'amour. Maintenant qu'elle en fait l'expérience sur son propre corps, elle implore le droit de revenir à une version standard de l'amour. Que le Tu et le Je se rencontrent dans la compréhension. De vive force Walter Klemmer s'empare de la femme qui prétend à présent avoir changé d'avis. S'il te plaît, pas de coups. Mon idéal, finalement, c'est quand même bien la réciprocité des sentiments, dit Erika, revenant trop tard sur son opinion précédente. Et elle émet cette opinion nouvelle, qu'en tant que femme elle a besoin de beaucoup de chaleur et d'affection, et elle tient une main devant sa bouche dont l'une des commissures saigne. C'est un idéal impossible, rétorque l'homme. Il attend seulement que la femme batte un peu en retraite, pour la relancer ensuite. C'est l'instinct du chasseur qui le pousse. C'est celui du kayakiste et du technicien, qui signale gouffres et rochers. La femme veut-elle l'attraper qu'il est déjà parti ! Erika supplie Klemmer de montrer ses bons côtés. Mais celui-ci apprend la liberté.

Walter Klemmer expédie son poing droit, ni trop fort ni trop faible, dans l'estomac d'Erika. Ce qui suffit à renverser une fois de plus celle qui pourtant l'instant d'avant se dressait là, debout. Erika se casse par le milieu du navire, autour de ses deux mains pressées contre son corps. C'est l'estomac.

L'homme a réussi son coup sans grand effort. Nul divorce en lui, au contraire il n'a jamais autant fait corps avec ses opinions. Il raille, où sont donc passées les cordes et les ficelles ? Et où sont les chaînes ? Je ne fais qu'exécuter vos ordres, chère Madame. À présent bâillons et sangles ne te servent à rien, ironise Klemmer, qui produit sans accessoires les mêmes effets. Embrumée de liqueurs, la mère tambourine contre la porte, elle ne sait pas ce qui lui arrive ni ce qu'il faut faire. S'énerve aussi de ne pas voir ce qui arrive à sa fille. Une mère voit même sans voir. Elle se moquait de la liberté de sa fille, et voilà qu'un autre s'en contre-moque ! À partir d'aujourd'hui j'y veillerai deux fois plus, se promet la mère, espérant seulement que le jeune homme laissera quelque chose qui vaille la peine d'être surveillé. Grâce à elle l'enfant prenait enfin tournure, et voilà qu'il la gauchit à nouveau. La mère tempête quelque peu.

En attendant Klemmer se gausse de la chair déformée par ses soins, à ton âge il était plus que temps ! Erika pleurniche en considération de ce qu'ils ont vécu et enduré ensemble pendant les cours. Elle le conjure, n'as-tu donc pas plaisir à te souvenir des différences entre les sonates ? Il se moque des hommes qui se laissent faire par les femmes. Lui n'est pas de ceux-là et elle a trop tiré sur la corde. C'est une exaltée, où sont-ils donc ses fouets et ses cordes ? Klemmer la met devant le choix ; toi ou moi. Le sien est fait : moi. Mais de ma haine tu renaîtras transformée, la console l'homme, exprimant son opinion à voix haute. Tandis qu'il lui malmène légèrement sa tête insuffisamment protégée par ses bras, il lui lance en pâture une phrase plutôt assez dure à avaler : Si tu n'étais pas déjà une victime, tu ne pourrais en devenir une ! Tout en la houspillant, il lui demande que faire maintenant de sa merveilleuse lettre. La réponse va de soi.

Derrière la porte de sa chambre, la mère craint le pire pour son petit zoo privé mono-fauve. Erika expose en pleurant les bienfaits qu'elle a prodigués à l'élève, c'est-à-dire son zèle inlassable pour former, perfectionner son goût musical. Elle énumère à travers ses larmes les bienfaits de l'amour dont elle gratifia l'homme et l'élève sous forme de devoirs supplémentaires. Elle tente de régner, et seule la force brute l'en empêche. L'homme est plus fort. Erika crache qu'il ne peut régner que par sa force physique, et reçoit pour la peine deux ou trois volées supplémentaires.

De la haine de Klemmer la femme, soudain, croît sans entraves, tel un arbre. Il faut le tailler, cet arbre, il doit apprendre à en rabattre. Craquement sourd – la main en pleine figure ; la mère derrière la porte ne sait pas ce qui se passe, mais elle se joint aux pleurs par énervement, envisage de faire le pas – une fois de plus en cette soirée – vers l'armoire à liqueurs déjà à moitié vide, vers le petit bar maison. Envisager des secours est hors de question. Le téléphone est hors de portée, dans le vestibule. Klemmer injurie copieusement Erika, elle est vieille, une femme dans un tel état n'a rien à espérer de lui en ce qui concerne l'amour. Il lui a sur ce point toujours joué la comédie, c'était une expérience scientifique, fait Klemmer, reniant d'honorables instincts. Et où sont-elles, tes fameuses cordes ? Sa voix tranche l'air comme un rasoir. Qu'elle s'en tienne à des gens de son âge ou plus âgés, fait-il, lui administrant à la fois volée de coups et de bois vert. Dans un couple l'homme est souvent plus âgé que la dame qui va avec. Klemmer tape sur la femme au jugé. Cette colère n'est pas le fruit d'une injustice ou d'un tort subi, au contraire. Elle s'est formée lentement mais sûrement pour cause d'inclination amoureuse. Après un examen détaillé, Erika a fait l'aumône de son amour à cet homme, et vlan, qu'est-ce qui arrive… ?

En vue de progresser dans la vie et les sentiments, il convient d'anéantir la femme qui a osé se moquer de lui, à une époque où elle avait encore le triomphe facile. Elle l'a cru capable d'enchaîner, de bâillonner, de violer, maintenant elle reçoit ce qu'elle mérite. Crie, mais crie donc, l'incite-t-il. La femme en pleure à chaudes larmes. La mère de la femme en fait autant derrière la porte. Sans trop savoir pourquoi.

Erika, qui saigne un peu, se recroqueville dans une position fœtale, et l'œuvre de destruction va de l'avant. À travers Erika l'homme voit se profiler bien d'autres femmes qu'il a toujours souhaité éliminer. Il lui envoie à la figure qu'il est encore jeune. J'ai encore toute la vie devant moi. La belle vie ne fait même que commencer ! Quand j'aurai fini mes études, je prendrai de longues vacances à l'étranger, et retirant aussitôt l'appât qu'il vient de lui tendre : Seul ! On ne saurait dire de toi que tu es jeune, n'est-ce pas, Erika ? Est-il jeune, elle est vieille. Est-il homme, elle est femme. Dans un mouvement d'humeur Walter Klemmer bourre de coups de pied les côtes d'Erika étendue sur le sol. Des coups si bien dosés que rien ne casse. Au moins a-t-il toujours été maître de son corps. Franchissant le seuil Erika, Klemmer gagne la liberté. Elle l'y a personnellement encouragé en souhaitant le maîtriser, lui et ses désirs. Elle l'a bien cherché. Cette femme lui inspire d'obscurs sentiments et pressentiments. À cette heure elle désapprouve hautement sa haine, mais juste parce qu'il lui faut en souffrir physiquement. Elle lance un cri perçant, des supplications confuses. La mère entend ce cri et s'y associe dans une rage sourde. Et si l'homme ne lui laissait plus rien à maîtriser chez sa fille ? En outre la peur animale qu'il arrive quelque chose à l'enfant l'anime. Une impulsion la fait cogner contre la porte et menacer, mais cette porte cède encore moins que la volonté de l'enfant au bon vieux temps. La mère exprime des craintes que l'on comprend mal, because la porte, lance quelque incongruité à propos d'une effraction, expose à sa fille les conséquences prévisibles de l'amour masculin, mais la fille n'entend rien. À présent la fille pleure sans retenue et reçoit des coups de pied dans le ventre. Par ce comportement Klemmer se vautre d'aise dans la désapprobation féminine générale. Klemmer se réjouit d'ignorer totalement cette désapprobation. L'homme veut effacer ce qu'Erika a jamais été et n'y parvient pas. Erika lui rappelle sans cesse ce qu'autrefois elle fut pour lui. Je t'en supplie, supplie-t-elle. La mère mortifiée exprime la crainte que son enfant se rabaisse et file doux par peur de l'homme. Sans parler des dommages corporels. La mère craint pour le fruit sec de ses entrailles. Elle implore Dieu et son fils. La perte serait définitive, aussi la mère redoute-t-elle de perdre sa fille. Des années de dressage difficile s'envoleraient en fumée. À leur place, de nouveaux tours d'adresse, avec l'homme. La mère fera du thé dès qu'elle pourra sortir et si jamais quelqu'un en veut. D'un ton de fausset elle parle de vengeance ! de déposer plainte ! Erika tend un pont de larmes par-dessus un abîme d'amour. Ses demandes écrites étaient trop licencieuses, prétend l'homme. Trop humiliant son propre échec, prétend-il. Des années durant elle s'est gardée de se produire en public, pensant ainsi devenir la meilleure. Mais une fois exposée à la vie publique, quelle part dérisoire est la sienne ! Et bientôt il sera trop tard. Erika gît sur le sol, sous elle le tapis de l'entrée qui a glissé. Elle dit épargne-moi. Cette lettre seule ne justifie pas pareille punition. Klemmer est déchaîné, Erika n'est pas enchaînée. L'homme frappe sans forcer et demande, caustique, alors, où elle est ta lettre maintenant ? Tu l'as bien cherché. Il se vante de pouvoir se passer des chaînes, comme elle peut le constater. Demande si la lettre lui serait maintenant d'un quelconque secours. Tu l'as vraiment cherché ! Klemmer explique à la femme, bourrades à l'appui, qu'elle le voulait ainsi et pas autrement. Erika rétorque en pleurant qu'elle ne le voulait pas ainsi mais autrement. Alors sois plus précise la prochaine fois, fait l'homme, lui administrant à la fois volée de coups et de bois vert. Coups de pied à l'appui il démontre à la femme cette équation toute simple : moi c'est moi. Et je n'en ai pas honte. J'assume. Il menace la femme : il faut me prendre comme je suis. Je suis comme je suis. L'os nasal et une côte d'Erika se sont fêlés sous les coups. Elle se cache le visage dans les mains, en quoi Klemmer l'approuve. Ce visage n'a rien de bien particulier, n'est-ce pas ? Il y en a de plus beaux, dit le spécialiste qui attend que la femme lui dise qu'il y en a aussi de plus vilains. Sa chemise de nuit a glissé, et Klemmer envisage un viol. Mais il dit, afin de marquer son dédain pour l'attrait sexuel de la femme : il faut d'abord que je boive un verre d'eau. Signifiant à Erika qu'elle l'attire encore moins qu'un tronc d'arbre creux tout bruissant d'un essaim d'abeilles n'attire l'ours. Erika ne lui a jamais tapé dans l'œil par sa beauté, mais par ses performances musicales. Et elle peut aussi bien attendre quelques minutes de plus. J'ai résolu le problème à ma façon, se borne à dire l'étudiant en technologie. La mère pense aux suites, Erika à la fuite. Elle est experte en pensées mais non en actes. Son isolement hermétique ne lui a pas permis de décrocher le moindre prix.

À la cuisine, l'eau coule longuement, l'homme l'aime froide. Il est conscient des conséquences éventuelles de son acte. Il les accepte, en homme. L'eau a un arrière-goût de malaise. Elle aussi devra en supporter les conséquences, songe-t-il plutôt content à présent. Il peut certainement faire une croix sur les cours de piano, mais en revanche le sport ne fait que commencer. Rien dans toute cette histoire ne plaît particulièrement à aucun des protagonistes. Néanmoins il faut le faire. Personne ne tente de conciliation. Klemmer tend l'oreille, qui sait si la femme ne se reconnaîtra pas en partie coupable ? Tu es toi aussi un petit peu coupable, avoue-le, avoue Klemmer devant la femme. On ne peut pas pousser quelqu'un à bout et faire comme si de rien n'était. Ce n'est pas parce qu'on se sent pousser des ailes qu'on peut sauter les barrières. Klemmer donne un coup de pied rageur dans la porte d'un placard magique au contenu mystérieux, qui s'ouvre brusquement et présente ô surprise une poubelle tapissée d'un sac en plastique. Les ondes de choc font valser de nombreux détritus qui se répartissent sur le sol de la cuisine. Des os essentiellement. De la viande sautée à la poêle et carbonisée. Klemmer ne peut s'empêcher d'en rire. La femme dehors est blessée par ce rire. Elle fait une proposition, parlons de tout cela, je t'en prie. Déjà elle se reconnaît publiquement en partie coupable. Tant qu'il est là : espoir. Surtout ne t'en va pas, je t'en prie. Elle veut se lever, n'y parvient pas, retombe. Derrière sa barricade – qu'elle n'a pas érigée – la mère crie à sa fille : Ça va ? La fille répond, oui, ça va. Tout s'arrange. La fille supplie l'homme de laisser sortir sa maman. Elle rampe vers la porte en appelant « Maman ! », et la mère derrière la porte crie « Erika ! ». Et de la même haleine un juron de son cru. L'eau froide a fortifié Klemmer. Elle l'a un peu refroidi. Erika a presque atteint la porte maternelle, mais l'élève la rejette en arrière. Elle supplie à nouveau, pas la tête, pas les mains ! Klemmer lui fait savoir qu'il ne peut pas descendre dans la rue dans cet état, il effrayerait joliment la plupart des gens. C'est par sa faute à elle s'il est dans cet état, sois gentille avec moi, Erika ! Je t'en prie ! Poussant le régime il parcourt à toute brindezingue le corps d'Erika. Lui lèche abondamment le visage et quémande de l'amour. Qui d'autre qu'une femme amoureuse en fait un don plus généreux et à des conditions plus avantageuses ? En demandant de l'amour, il se déboutonne et ouvre sa braguette. Réclamant amour et compréhension, il pénètre résolument la femme. Avec énergie il revendique à présent l'affection à laquelle chacun a droit, même le pire des hommes.

Klemmer, le mauvais, fourgonne. Il s'attend à ce que la femme gémisse de plaisir. Erika ne ressent rien. Rien ne vient. Rien ne bouge. Il est soit trop tôt soit trop tard. La femme manifeste publiquement que selon toute apparence elle est victime d'une duperie, puisqu'elle ne sent rien. Cet amour est au fond anéantissement. Elle espère que Klemmer souhaite être aimé d'elle. Klemmer frappe légèrement le visage d'Erika, pour faire naître par enchantement un gémissement. Pourquoi elle gémit, au fond il s'en moque. Erika aspire au désir, mais ne désire rien, n'éprouve rien. Aussi demande-t-elle à l'homme de cesser rapidement ! Comme celui-ci redouble de coups avec le plat de la main en la fatiguant par ses demandes d'amour, le tout se transforme en un véritable tour de force. L'ascension d'un huit-mille. La femme ne se rend pas de bonne grâce, mais l'homme Klemmer souhaite qu'elle le fasse de son plein gré. Il n'a pas besoin de forcer une femme. Qu'elle l'accueille dans la joie ! lui hurle-t-il.

Il voit le visage immobile auquel sa présence n'imprime d'autre sceau que celui de la douleur. Tu veux dire que je pourrais aussi bien partir, demande Klemmer, coups à l'appui. Klemmer bat pour cette femme ses propres records, afin de se débarrasser enfin de son désir. Et une fois pour toutes, ainsi qu'il l'en menace. Erika gémit d'arrêter, ça fait mal. Indolence ou paresse, Klemmer ne peut se détacher de la femme avant d'avoir fini. Il supplie : aime-moi, enchaînant raclées et baisers. Il s'agite, rouge de colère, tête contre tête. La mère souhaite qu'on en finisse. Elle tambourine contre la porte au rythme d'une mitrailleuse, c'est un tir rapide, en dépit des voisins. Klemmer accélère la cadence, sa vitesse s'est entre-temps relativement élevée. Il ne vise pas trop haut, il met droit dans le mille. Le champion a réussi son coup. Dans la foulée il se nettoie vivement avec un kleenex qu'il jette par terre, tampon humide, à côté d'Erika. Lui demande de ne rien raconter à personne. Dans son intérêt à elle. S'excuse pour son comportement. L'explique en disant que c'était plus fort que lui. Ce sont des choses qui arrivent. Il promet vaguement quelque chose à Erika qui gît toujours par terre. Et réclame l'absolution, à sa manière : je suis malheureusement pressé maintenant. Et lui offre à sa manière amour et vénération : je suis obligé de partir maintenant. En cet instant, s'il avait une rose rouge, il la lui offrirait sans hésiter. Il lui lance un, eh bien, salut ! embarrassé et cherche sur le guéridon de l'entrée le trousseau de clefs de la porte du bas. Et avant de partir il lui glisse un ultime viatique : deux femmes seules qui vivent ensemble, ça ne vaut rien ! Il tire sur ses rênes. Qu'elle pense en toute objectivité à la différence de génération ! Klemmer suggère à Erika de se mêler plus souvent aux gens, si ce n'est avec lui, du moins seule. Il s'offre à escorter Erika à des soirées dont il sait que jamais il ne s'y rendra en sa compagnie. Eh bien voilà, avoue-t-il. Recommencera-t-elle l'expérience avec un autre homme ? lui demande-t-il par intérêt. Et se donne à lui-même la seule réponse logique : non merci. Il joue les Cassandre et dit avec Goethe qu'on ne se débarrasse pas des esprits que l'on a invoqués, et il en rit. Ça le fait rire : tu vois, ce sont des choses qui arrivent. Prudence ! conseille-t-il. Et maintenant elle n'a qu'à mettre un disque pour se calmer. Il ne file pas à l'anglaise, puisqu'à deux reprises déjà il a fait ses adieux à voix haute. Il demande si tout va bien, et répond lui-même : ça ira ! Quand tu seras mariée, tout s'arrangera, prédit Klemmer puisant dans la sagesse populaire. Une fois de plus il doit rentrer sans avoir reçu de baisers, par contre *lui* en a donné. Il ne part pas sans salaire. Son salaire, il l'a recouvré. Et la femme aussi a reçu la récompense qu'elle méritait. On ne fait pas boire un âne qui n'a pas soif, ainsi réagit Klemmer à l'absence de réaction physique d'Erika. Il dévale l'escalier, ouvre la porte, et jette le trousseau de clefs à l'intérieur, à même le sol. Les locataires sont laissés à la merci du premier venu, dans une maison ouverte aux quatre vents, tandis qu'il va son chemin. Tout en marchant, il se propose de dévisager les passants – dans la mesure où il y en a encore – avec insolence et arrogance. Ce soir, il sera un défi vivant et il brûlera ses vaisseaux. Il virevolte sur les barres parallèles de cette certitude : les deux femmes ne perdront pas leur temps à colporter l'événement, et ce dans leur propre intérêt. Un instant seulement il envisage d'avoir à payer d'éventuels dommages et intérêts. Il n'y a plus de voitures, et s'il y en avait, le réflexe de la jeunesse est là, d'un bond résolu on s'écarte. Jeune et vif, Klemmer est prêt à affronter le monde entier ! Il dit : ce soir je déracinerais des arbres ! Il est rassuré de se sentir beaucoup mieux que tout à l'heure. Il pisse vigoureusement contre un arbre. Consciemment il laisse uniquement des pensées positives traverser son cerveau, c'est le secret de sa réussite. Car son cerveau est un cerveau à la gomme ! Après usage il efface et le tour est joué. Dorénavant Klemmer ne trimbalera plus aucun fardeau pesant, telle est la résolution qu'il prend. Défi vivant, il se met à marcher au milieu de la rue.

Le jour nouveau rencontre une Erika seule, mais pansée, bandée par les soins maternels. Cette journée, Erika aurait bien pu la commencer avec l'homme. Insuffisamment préparée, la femme affronte le jour. Personne ne s'adresse à un organisme officiel pour faire arrêter Walter Klemmer. Le temps par contre est au beau. La mère se cantonne dans un silence inhabituel. Elle lance çà et là un ballon d'essai bien intentionné, mais manque le panier accroché trop haut pour tenir à sa fille la dragée haute. Année après année le panier a été remonté d'un cran. À présent il est presque hors de vue. La mère énonce que sa fille devrait davantage aller dans le monde, afin de rencontrer d'autres lieux et d'autres visages ! Vu l'âge de sa fille, il est grand temps ! La mère calculatrice expose à l'enfant silencieuse que rester avec moi qui suis dans ma vieillesse ne vaut rien pour une pétulante jeunesse. Avec cette ignorance de la nature humaine dont elle vient encore de donner la preuve, elle risque de tomber pour la deuxième fois en un an sur le mauvais cheval. La mère parle de ce qui est bon pour Erika. Qu'Erika le reconnaisse serait déjà un premier pas vers la connaissance de soi. Il y a d'autres hommes, dit la mère inquiète, la renvoyant à un plus tard nébuleux. Le silence d'Erika n'est pas rébarbatif. La mère craint qu'Erika ne se mette à réfléchir et exprime aussitôt sa crainte. Qui se tait pourrait bien réfléchir. La mère l'invite à livrer publiquement ses pensées au lieu de les ruminer. Ce qu'on pense, il faut le dire à la mère, afin que celle-ci en soit informée. La mère prend peur à ce silence. La fille serait-elle rancunière ? Osera-t-elle lui tenir un discours impudent ?

Le soleil se lève, sous lui des déserts de poussière.

Les façades sont lessivées de rouge. Les arbres se sont couverts de vert. Ils décident de contribuer à l'ornementation. Des boutons de fleurs apportent leur concours. Des gens circulent. Les paroles jaillissent de leurs bouches.

Bien des choses font mal à Erika qui par prudence évite tout mouvement brusque. Ses pansements, à défaut d'être très adaptés à son corps, ont été appliqués avec amour. La matinée pourrait inciter Erika à rechercher pourquoi, toutes ces années, elle s'est retirée de tout. Afin qu'un jour elle surgisse des murs en grande pompe et les surpasse tous ! Pourquoi pas maintenant ? Aujourd'hui, Erika passe une vieille robe datant des années courtes révolues, la robe n'est pas aussi courte que les autres l'étaient alors. La robe est trop serrée et ne ferme pas bien dans le dos. Elle est tout à fait démodée. La mère non plus ne l'aime pas, elle est trop courte et trop serrée. La fille dépasse par tous les bouts.

Erika marchera dans des rues pour épater la galerie, sa seule présence y suffira. Le ministère de l'Extérieur d'Erika porte une robe démodée sur laquelle plus d'un se retourne moqueur.

La mère tente une diversion et propose une excursion, mais pas dans cette tenue ! La fille n'entend pas. Enhardie par le silence, la mère va chercher des cartes de randonnée. Dans des tiroirs poussiéreux où le père autrefois farfouillait, composant du doigt des itinéraires, cherchant des buts, dénichant des haltes pour pique-niquer. À la cuisine, ni vu ni connu, la fille fourre dans son sac un couteau tranchant. Qui ne voit et ne goûte jamais que des animaux morts. Le fille ne sait pas encore si elle va commettre un meurtre, ou si elle se jettera aux pieds de l'homme avec des baisers.

C'est plus tard qu'elle décidera de le poignarder. Ou de l'implorer avec passion, sincérité. Elle n'écoute pas sa mère toute à ses sentiers.

La fille attend l'homme qui doit venir l'implorer. Elle s'installe tranquillement à la fenêtre et met en balance partir ou rester. Dans un premier temps elle opte pour rester. J'irai peut-être demain, décide-t-elle. Elle regarde la rue en bas. L'instant d'après elle est partie. À l'École polytechnique, section Klemmer, les cours du matin commencent. Un jour elle l'a questionné à ce sujet. L'amour lui sert de guide. Et son ardent désir d'ignorant conseiller.

Déjà Erika Kohut s'en va, laissant derrière elle une mère qui s'interroge sur ses motivations. La mère est de longue date familiarisée avec le temps, c'est une plante carnivore d'une malignité extrême, mais n'est-il pas inhabituellement tôt pour s'y exposer ?

L'enfant commence généralement sa journée plus tard, aussi l'érosion du jour se déclenche-t-elle plus tard.

Erika empoigne son couteau chaud au fond de son sac et marche à travers les rues en direction de son but. Elle offre un spectacle inhabituel, comme une invitation à la fuite. Les gens n'hésitent pas à la regarder fixement. Se retournent sur elle avec des remarques. Ils ne cachent pas leur opinion au sujet de cette femme, et ils l'expriment. Dans sa robe à demi mini qui hésite entre deux longueurs, Erika déploie toute sa taille et entre en concurrence féroce avec la jeunesse. Une jeunesse clairement repérable et qui se rit ouvertement de Mme le professeur. La jeunesse rit d'Erika et de son aspect extérieur. Erika rit de la jeunesse et de sa vie intérieure inconsistante. Un œil masculin signale à Erika qu'elle ne devrait pas porter de robe si courte. Ses jambes ne sont pas si belles que ça ! La femme avance en riant, la robe ne convient pas à ses jambes et les jambes ne conviennent pas à la robe, comme dirait un conseiller styliste. Erika s'élève au-dessus d'elle-même et des autres. Une chose l'inquiète, viendra-t-elle à bout de cet homme ? La jeunesse du centre-ville se moque tout autant. Erika répond du tac au tac. Ce que jeunesse peut, Erika le fait mieux. Depuis le temps !

Erika traverse des places vides devant des musées. Des pigeons s'envolent. Face à une telle détermination ! Des touristes restent d'abord bouche bée devant l'impératrice Marie-Thérèse, puis devant Erika, et retournent à Marie-Thérèse. Des portails grincent. Des horaires d'ouverture sont affichés. Les trams sur le Ring démarrent au feu vert. Poudroiement du soleil. Derrière les grilles du Burggarten de jeunes mères attaquent leur marche journalière. Les premiers interdits pleuvent sur le gravillon des allées. Du haut de leur taille les mères distillent leur fiel. Des hurlements, arme miracle, y répondent crescendo. Partout l'on converse à deux ou à plusieurs. Des collègues se retrouvent, des amis se disputent. Un flot d'automobilistes se déverse vigoureusement sur le carrefour de l'Opéra, car les piétons se sont soustraits à leurs yeux et évoluent sous terre, où ils sont seuls responsables des dégâts qu'ils provoquent. Ici pas de bouc émissaire, car pas d'automobilistes. Des magasins sont pris d'assaut, après avoir été soigneusement expertisés de l'extérieur. Déjà des flâneurs sans but. Sur le Ring des immeubles de bureaux engloutissent les uns après les autres des employés import-export. Dans la pâtisserie Aïda, des mères déplorent l'activité sexuelle de leurs filles qui, dès le début, leur paraît dangereusement précoce. Elles louent leurs fils qui investissent dans les études et dans le sport.

L'égarement d'un couteau en acier et en os dans son sac gagne Erika Kohut. Est-ce un couteau qui s'en va en voyage, ou est-ce Erika qui va à Canossa implorer le pardon de l'homme ? Elle l'ignore encore et en décidera sur place. Pour l'instant le couteau est donné favori. Qu'il danse ! La femme met le cap sur le pavillon de la Sécession et lève librement la tête vers le Chou d'or. Sous la coupole un peintre connu dans toute la ville expose aujourd'hui des choses après lesquelles l'art ne peut plus être ce qu'il était auparavant. D'ici, on entrevoit déjà le pôle opposé de l'art, la technique. Erika emprunte le passage souterrain puis traverse le Resselpark. Du vent par rafales. Déjà les échos multiples d'une jeunesse avide de s'instruire. Des regards frôlent Erika, qui s'y expose. Enfin des regards qui me frôlent, moi aussi, jubile Erika. Ces regards, année après année, elle les a évités en restant monolithique. Mais qui sait attendre finira bien par percer. Erika ne s'expose pas sans armes aux regards, n'est-ce pas mon brave couteau ! Quelqu'un rit. Tout le monde ne rit pas aussi fort. La plupart ne rient pas. Ils ne rient pas, parce qu'en dehors d'eux-mêmes ils ne voient rien. Ils ne remarquent pas Erika.

Des groupes de jeunes gens émergent du flot continu. Ils forment des troupes de choc et l'arrière-garde. Des jeunes gens engagés font résolument des expériences. Ils passent leur temps à en parler. Les uns veulent expérimenter sur eux-mêmes, les autres de préférence sur autrui, c'est selon.

Devant la façade de l'École polytechnique, sur des

colonnes, les têtes métalliques des célébrités scientifiques de cet institut ayant inventé bombes et barrages.

Tel un crapaud, la gigantesque Karlskirche se tapit au beau milieu d'un désert désolé où elle est du moins à l'abri des gaz d'échappement. Clapotis des fontaines qui caquettent avec assurance. Le pied ne foule que de la pierre, à moins de prendre par le Resselpark, censé représenter une oasis de verdure. Mais on peut aussi prendre le métro, il suffit de vouloir.

Erika Kohut découvre Walter Klemmer au milieu d'un groupe d'étudiants aux différents stades du savoir et qui, sympathisant, rient ensemble à gorge déployée. Ils ne rient pas d'Erika qu'ils ne voient même pas. Démonstration éclatante : Walter Klemmer n'a pas séché aujourd'hui. Il n'a pas eu besoin de se reposer davantage de cette nuit que des autres nuits. Erika compte trois garçons et une fille qui semble également être en technique et de ce fait constitue une nouveauté technique. Walter Klemmer passe joyeusement le bras autour de ses épaules. Elle éclate de rire et enfouit un instant sa tête blonde dans le cou de Klemmer qui a déjà lui-même une tête blonde à porter. La fille rit tellement qu'elle ne tient plus debout, ce qu'exprime le langage de son corps. Elle est obligée de s'appuyer sur Klemmer, les autres l'encouragent. Walter Klemmer aussi éclate de rire et secoue les cheveux. Le soleil l'entoure. Un jeu de lumières l'environne. Klemmer continue à rire bruyamment, soutenu à pleine gorge par les autres. Qu'y a-t-il de si drôle ? demande quelqu'un qui vient d'arriver et qui pouffe aussitôt. C'est contagieux. Entre deux accès de rire on le met au courant, maintenant il sait pourquoi il rit.

Il surpasse même les autres, pour se rattraper. Erika

Kohut reste là à regarder. On est en plein jour. Erika observe. Lorsque le groupe a suffisamment ri, il se dirige vers le bâtiment de l'École polytechnique. Ils entrecoupent leur marche de grands rires chaleureux. Ils s'interrompent eux-mêmes par des rires.

Des fenêtres étincellent dans la lumière. Leurs battants ne s'ouvrent pas à cette femme. Ils ne s'ouvrent pas à tout le monde. Nul être bon, bien qu'on l'appelle. Beaucoup voudraient aider mais ne le font pas. La femme tourne le cou le plus possible et montre les dents comme un cheval malade. Personne ne porte la main sur elle, personne ne la décharge de quoi que ce soit. Elle regarde faiblement en arrière, par-dessus son épaule. Que le couteau plonge dans son cœur et s'y retourne deux fois ! Le reste d'énergie qui lui eût été nécessaire manque, ses regards ne tombent sur rien, et sans un sursaut de rage, de colère ou de passion Erika K. enfonce le couteau quelque part dans son épaule, d'où aussitôt jaillit le sang. Blessure bénigne, à préserver seulement de la saleté et de l'infection. Le monde, intact, ne s'arrête pas. Les jeunes gens ont certainement disparu pour longtemps dans le bâtiment. Une maison jouxte l'autre. Le couteau regagne le sac. Dans l'épaule d'Erika bâille une fente, le délicat tissu s'est séparé sans résistance. L'acier est entré, et Erika s'en va. À pied. Elle porte une main à sa blessure. Personne ne la suit. Beaucoup viennent à sa rencontre et se séparent contre elle, vagues contre l'étrave insensible d'un navire. Aucune des douleurs atroces auxquelles elle s'attend à tout instant ne survient. Un pare-brise flamboie.

Le dos d'Erika avec sa fermeture Éclair entrouverte chauffe. Le dos est doucement réchauffé par un soleil de plus en plus fort. Erika marche et marche encore. Son dos se réchauffe au soleil. Du sang suinte d'Erika. Des gens lèvent les yeux de son épaule vers son visage. Quelques-uns se retournent même. Pas tous. Erika sait dans quelle direction elle doit aller. Elle rentre chez elle. Elle marche, et lentement accélère le pas.

Les Exclus
roman
Jacqueline Chambon, 1989
et « Points », n° P1019

Lust
roman
Jacqueline Chambon, 1991
et « Points », n° P151

Les Amantes
roman
Jacqueline Chambon, 1992
et « Points », n° P1120

Ce qui arriva quand Nora quitta son mari
théâtre
L'Arche éditeur, 1993

Totenauberg
théâtre
Jacqueline Chambon, 1994
et « Points », n° P2547

Méfions-nous de la nature sauvage
roman
Jacqueline Chambon, 1995
et « Points », n° P2548

Désir et permis de conduire
théâtre
L'Arche éditeur, 1998

Maladie ou Femmes modernes
Comme une pièce
théâtre
L'Arche éditeur, 2001

Avidité
roman
Seuil, 2003
et « Points », n° P1523

Bambiland
roman
Jacqueline Chambon, 2006

Drames de princesses
La Jeune Fille et la Mort
théâtre
L'Arche éditeur, 2006

Enfants des morts
roman
Seuil, 2007
et « Points », n° P1875

L'Entretien
(en collaboration avec Christine Lecerf)
témoignage
Seuil, 2007

Œuvres romanesques
Actes Sud, « Thesaurus », 2008

Winterreise
Une pièce de théâtre
Seuil, 2012

Restoroute ou L'école des amants
suivi de Animaux
théâtre
Verdier, 2012

RÉALISATION NORD COMPO À VILLENEUVE D'ASCQ
NORMANDIE ROTO IMPRESSION S.A.S À LONRAI
DÉPÔT LÉGAL : MARS 2014. N° 116599 (1400802)
IMPRIMÉ EN FRANCE